ELENA KOLINA

Meine Männer und ich

Buch

Maria ist eine junge Russin aus St. Petersburg, und in ihrem Leben geht so ungefähr alles schief, was schief gehen kann. Ihr Jeep ist Schrott, ihr Ex-Mann ist mit ihrer besten Freundin verschwunden. Ihre Teenagertochter entwickelt sich zu einem öffentlichen Ärgernis, und ihre Haustiere futtern alles, was im Apartment zu finden ist. Da hilft es auch nicht gerade, dass ihre Mutter sie ständig kritisiert und ihr Liebhaber mehr in seine Arbeit verliebt ist als in sie. Und darüber hinaus gibt es anscheinend in keinem der tollen neuen Modeläden in St. Petersburg auch nur ein einziges Kleidungsstück, das ihr so richtig passt. Denn, ehrlich gesagt, ist Maria eher eine russische »Venus von Milo« mit vielen fröhlichen Pfündchen. Mit Witz, Wut und vielen Telefonaten mit ihren Freundinnen hat sie sich an das alltägliche Chaos gewöhnt, doch dann kommt es noch schlimmer: Der lang ersehnte Besuch im Schönheitssalon – eigentlich als Quell der Erfrischung für Leib und Seele gedacht – endet mit ihrer Kündigung als Psychologin an der Universität. Wer zum Teufel hätte denn auch gedacht, dass ausgerechnet ihre neue Chefin die Ehefrau ihres Liebhabers ist? Zum Glück taucht just in diesem Moment Andrej am Horizont auf: Zwar ist das erste Date ein einziges Tohuwabohu und der erste Sex – na ja… Aber irgendwie kann Maria ihn nicht mehr aus ihren Gedanken oder ihrem Herzen verbannen. Und vielleicht stimmt ihr neuestes Lebensmotto »Wer sich verliebt, ist sowieso verrückt« ja doch nicht so ganz?

Autorin

Ihre Zeitungskolumne »Das Tagebuch einer jungen Russin« machte Elena Kolina in ganz Russland berühmt. »Meine Männer und ich« ist der Roman, der aus diesem Erfolg entstand. Auf Anhieb wurde er zum großen Bestseller, denn niemand hatte bisher so genau die ganz normalen Turbulenzen aus dem Leben einer modernen Russin geschildert. Elena Kolina lebt in St. Petersburg. Wenn sie nicht gerade schreibt, unterrichtet sie Psychologie und Englisch am St. Petersburg College of Culture. Sie ist verheiratet und hat zwei Kinder.

Der nächste Roman von Elena Kolina ist im Blanvalet Taschenbuch bereits in Vorbereitung.

Elena Kolina

Meine Männer und ich

Roman

Deutsch von
Natalia Liublina

blanvalet

Die russische Originalausgabe erschien 2004
unter dem Titel
»Dnevnik Novoi Russkoi« bei Amphora.

Umwelthinweis:
Alle bedruckten Materialien dieses Taschenbuches
sind chlorfrei und umweltschonend.

1. Auflage
Deutsche Erstveröffentlichung September 2006 bei Blanvalet,
einem Unternehmen der Verlagsgruppe
Random House GmbH, München.

Umschlaggestaltung: Design Team München
Umschlagillustration: Robyn Neild/digitalvision
Redaktion: Kerstin Pichler
MD · Herstellung: H. Nawrot
Satz: Uhl + Massopust, Aalen
Druck und Einband: GGP Media GmbH, Pößneck
Printed in Germany
ISBN-10: 3-442-36474-4
ISBN-13: 978-3-442-36474-9

www.blanvalet-verlag.de

September

Montag, 1. September

Irgendwann hatte ich einmal ein dickes Büchlein mit einem rauen, grünen Umschlag – das Tagebuch eines Mädchens, das ein ganzes Schuljahr lang aufgeschrieben hat, wie es Freundschaften schloss, wie es sich mit seinen Freundinnen gestritten hat, wie es Geige spielen lernte und wie es schlechte Noten bekam. Jetzt lehre ich an der Hochschule. Deshalb beginnt mein persönliches Tagebuch immer am 1. September und endet im Mai. Der Sommer gehört nicht dazu, weil er ein eigenes kleines Leben ist.

Im Sommer plane ich mein Leben immer neu, später bekomme ich dann panische Angst vor meinen eigenen Vorsätzen und habe psychologische Tricks entwickelt, um damit umzugehen. Wenn ich viel um die Ohren habe,

1. zittere ich vor Angst, dass ich alles schaffe;
2. zittere ich vor Angst, dass ich nichts schaffe;
3. träume ich davon, unter die Decke zu kriechen und dort so zu tun, als ob ich nicht ich wäre.

Deshalb mache ich eine Liste!

Der Sinn dieser Liste ist nur, dass ich mit geschlossenen Augen den Kugelschreiber über das Papier führe, weil mein Unbewusstes schon längst für mich beschlossen hat, was an erster Stelle steht und was wichtig ist. Folglich kann man den Rest irgendwann einmal oder überhaupt nicht erledigen.

Ein Beispiel: Letztes Jahr habe ich beschlossen, Sport zu treiben. (Nicht weil ich irgendwelche sportlichen Höchstleistungen anstrebte, sondern um abzunehmen. Das war ein Vorsatz auf meiner Liste. Ich bin aber keine dumme Kuh, die nur an überflüssige Pfunde denkt, sondern eine Dozentin und promovierte Pädagogin, Psychologin und Mutter von Mura und den anderen Tieren.) Auf einer neuen Liste zum Thema »Abnehmen durch Sport« ordneten sich wie von selbst folgende Punkte:

1. mehr Obst und Gemüse essen (Bragg-Diät)
2. mehr saure Sahne, Wurst, Eis und andere schmackhafte kalorienreiche Nahrungsmittel essen (Atkins-Diät)
3. Nudeln nicht zusammen mit Brot und Kartoffeln essen (Teigwaren sind in unserem kalten und nassen Klima unbedingt notwendig, ab September haben wir ein unstillbares Verlangen nach Pelmeni)

Hieraus ergab sich also, dass man, um abzunehmen, mehr Obst und Gemüse, außerdem schmackhafte kalorienreiche Kost essen sollte (meinem Unbewussten ist zu melden, dass die Schokoladenpralinen nicht vergessen werden) und dass all das, was nicht auf der Liste stand, aller Logik zufolge in meiner Situation keinerlei Beachtung finden müsste. Was also den Sport betrifft: nun ja, er stand eben nicht auf der Liste …

Mit dieser Liste kann man noch weitere Manipulationen durchführen. Ich als professionelle Psychologin kann die Liste mit immer anderen Augen betrachten. Mit diesen anderen Augen kann man die Liste ansehen, und dann wird klar, dass auch die ersten Punkte von ganz allein verschwinden.

Angenommen, ich habe es nicht geschafft abzunehmen, obwohl ich mich streng an die Diät gehalten habe (siehe Liste). Das bedeutet doch nur, dass mein Unbewusstes schon wusste, dass ich nicht abzunehmen brauche, weil es sich schon bewusst war, dass der ganze Wunsch nach Schlankheit nur dem Denken homosexueller Modeschöpfer entspringt. Ich weiß (nicht etwa mein Unbewusstes, sondern ich selbst), dass es bei Schweinen eine Krankheit gibt, Anorexie, während der sie nicht fressen wollen und deshalb abnehmen. Ein dünnes Schweinchen wird furchtbar nervös und für jeden Stress anfällig.

Aber in diesem Sommer habe ich keine Liste gemacht, weil ich eine Romanze mit Roman habe!

Heute Früh am 1. September begann der Tag wie immer: mit einem kurzen, munteren Krach mit Mura. »Mura, warum gehst du ohne Mappe in die Schule?«, interessierte ich mich. Ich habe ganz vorsichtig gefragt, weil man mit jungen Mädchen taktvoll umgehen muss. Mura könnte sonst denken, es handle sich um einen Anschlag auf ihre Privatsphäre.

Roman begleitet heute auch seine Tochter zur Schule. (Ich leide nicht darunter, dass er mir gestern keine gute

Nacht gewünscht hat. Und heute keinen guten Morgen. Zum ersten Mal seit 2 Monaten und 23 Tagen.) Es ist einfach dumm, sauer zu sein, weil er mit Blumen neben seiner Frau auf dem Schulhof steht! Der 1. September – der Tag der Familie.

… Vielleicht habe ich einfach das Klingeln nicht gehört. Ich sehe mal auf mein Handy … Keiner hat angerufen. Handys sind eine sehr böse Erfindung, die das seelische Wohl der ganzen Nation untergräbt. Früher konnte man bei einer Freundin sitzen und die Illusion haben, dass einen ständig jemand anruft, dass das Telefon zu Hause glüht. Und dann konnte man selbst alle möglichen Leute anrufen und lässig sagen, man hat mir gesagt, dass du angerufen hast … Ach, das warst nicht du … aber egal – ich war sowieso nicht zu Hause …

Im Sommer haben alle Ferien, Erwachsene auch. Am 1. September beginnt dann das echte Leben. Man muss sich anders anziehen, statt kurze Hosen und knappe T-Shirts von Mango zu tragen, muss man sich jetzt in ein helles Kostüm reinquetschen. In diesem Aufzug sehe ich wie meine eigene Großmutter aus. Woher habe ich es eigentlich? Ich habe das Kostüm in einem Dämmerzustand gekauft, als ich mich wie eine Frau über 30 gefühlt habe. Das Einzige, was mich tröstet, sind meine neuen Schuhe mit ihren langen, leeren Spitzen wie bei Till Eulenspiegel. (Früher galt ein kleiner Fuß als schön, aber in diesen modischen Schuhen sieht meine 35 wie eine 43 aus, angeblich ist das modern und gilt heute als schön.) Die Mode ist komisch, aber was soll's – Mura und ich: zwei Mädchen en vogue.

Mura glotzte mich mit zusammengekniffenen Augen an.

»In diesen Schuhen siehst du wie ein junger Punk aus.« Da warf ich mich in Positur. »Oder wie ein alter Rapper.« (Verdammt! Widerliche Murka! Na gut, ich werde es ihr zeigen!)

»Mura, wo ist deine Mappe?«

»Leo Jewgenjewitsch hat heute Nacht aus dem Kühlschrank Wurst geklaut«, petzte Mura. »Und Sawwa Ignatitsch frisst Fisch unter deinem Bett.« Alles klar! Mura gab mir zu verstehen, dass sie sich im Vergleich zu unseren Tieren völlig anständig benimmt.

Um meine mütterliche Aufmerksamkeit von ihrer Person ohne Mappe abzulenken, schrie Mura mit besonders böser Stimme nach Leo Jewgenjewitsch:

»Dieb! Wer hat die Wurst geklaut, frage ich dich. Du ... Du bist nicht mehr mein Hund!«

Leo Jewgenjewitsch reichte ihr als Antwort seine Pfote, sehr bescheiden und dezent. (Es ist sehr intelligent von ihm, dass er gar nicht darauf reagiert, wenn sein Gesprächspartner ihn anschreit – als ob er damit ausdrücken wollte: Ich habe keine Ahnung, um welche Wurst es geht. Die Wurst ist doch eine Bagatelle!)

»Murka, wo ist deine Mappe?!«

»Da!« – Mura zeigte mir ein winziges, handtellergroßes Täschchen, wie eine Schminktasche.

»Und wo sind deine Schulbücher oder wenigstens deine Hefte? Wer geht eigentlich in die 10. Klasse – du oder ich?!«

Mura holte aus dieser »Schminktasche« einen winzigen Block.

»Ist das dein Block für alle Fächer? Du ...«, ich wusste nicht mehr, was ich sagen sollte. »Du ...«

»Willst du, dass ich Klassenbeste werde?«, fragte

Mura. Mit Erleichterung nickte ich. Gerade das hatte ich sagen wollen. »Dann werde ich aussehen wie ein Teekessel.« Ich fragte: »Wieso Teekessel?« – »Weil alle Klassenbesten so aussehen«, antwortete Mura überzeugt.

Ich habe mich im Spiegel ganz genau betrachtet. Ich sehe nicht wie ein Teekessel aus, obwohl ich immer und überall Klassenbeste war. Allerdings ist unser Spiegel eine Antiquität, und man sagt, dass solche alten Stücke einen schöner machen…

Ich wollte eigentlich ganz schnell Mura erschlagen, aber da fiel mir ein, dass meine Vorlesung nicht um zehn Uhr, wie gewöhnlich, sondern heute schon um neun Uhr anfängt. (Es ist ganz gemein von der Fakultätsverwaltung, mir so früh eine solche Vorlesung aufzudrücken, wo ich doch zu Beginn des Semesters immer schwermütig bin.)

Knallte die Tür zu. Entschloss mich, Mura am Abend zu erschlagen.

…Auf der Suche nach den Unterlagen für die Uni habe ich in der Schreibtischschublade den für immer verloren geglaubten BH »Wonderbra« gefunden. Keine Spur von meinen Unterlagen, habe dafür diesen herrlichen BH anprobiert, der augenblicklich meine kleine Brust »B« in eine solide »C« oder sogar in eine üppige »D« verwandelt hat!

Meine Unterlagen sind dann doch aufgetaucht. Seit dem letzten Semester haben sie hier ganz still in einem Beutelchen mit ungebügelter Unterwäsche gelegen.

Es klingelte. Mama. Stimme besorgt, wie morgens immer.

»Es ist kalt, 15 Grad und windig. Zieht beide Strumpfhosen an!«

»Wir sind schon in Strumpfhosen, in Unterhosen und haben Filzstiefel an. Ich muss nur noch meine Tschapka finden. Tschüss und Kuss.«

»Nein, nicht tschüss … ich habe gesagt, Strumpfhosen anziehen!«

Habe die Strumpfhosen gesucht und in meiner Hektik vergessen, Leo und Sawwa Futter hinzustellen. Gut, dass Sawwa sich um sich selbst kümmern kann – tüchtig kratzte er mit seinen Krallen auf dem Fußboden und miaute so, als ob er das ganze Jahr kein Futter bekommen hätte, dabei hat er doch gestern erst gut gefrühstückt. So, in eine große Schüssel schüttete ich große Kugeln und in eine kleine Schüssel kleine Kringel … Verdammt! Habe alles durcheinander gebracht! Egal, sie werden selbst klären, was für wen ist. Andere Tiere leben unter viel schlechteren Bedingungen.

An der Türklinke habe ich einen Zettel entdeckt: »Mama, du bist verrückt geworden. Du hast meine Gesichtscreme genommen! Und mir sagst du, dass ich sie von dir geklaut hätte! Papa hat sie extra für mich mitgebracht! Und wer hat mein Parfüm geklaut? Keiner nimmt mich als Mensch ernst! Du hast alle meine Wattestäbchen genommen! Hast du sie etwa aufgegessen? Ich muss ständig aufpassen. Deine treue Tochter Mura.«

Im Erdgeschoss habe ich Pjetunja getroffen. Mein Gott, wie er stinkt! Wie ein vergammeltes Weinfass. Und er hat mich noch mit seinem Mülleimer gestoßen. Ich wollte ihm eine geben – aber dann habe ich beschlossen, ich lasse ihn leben! Jeder hat das Recht, so zu stinken, wie er will.

Plötzlich erstarrte Pjetunja auf der Schwelle und hat mich fest am Ellenbogen gepackt und mich mit seinem stinkenden Atem angehaucht.

Hätte ich mir frische Luft zufächeln sollen? Ich glaube nicht!

»Ach«, atmete er mich an und blickte sich dabei in unserem Hof um. »Ich bin halt zwei Wochen nicht aus dem Haus gekommen... war beschäftigt... und siehe da: jetzt so was...«

Dann sehe ich auch, was sich auf unserem Hof getan hat: Es sind Platten verlegt worden, vor den Eingangstüren sind kleine Metallgitter wie Verzierungen angebracht worden und über den Türen kleine Vordächer gegen Regen und Schnee, da, wo die Müllbehälter standen, ist jetzt ein Springbrunnen – europäischer Luxus ohne Wasser.

»Wir werden ausziehen müssen«, murmelte Pjetunja. »Und du auch. Banditen sind über uns gekommen. Neue Russen. Wo sind jetzt die Müllbehälter? Oder sollen wir unsere Abfälle in den Springbrunnen werfen?«

Ich zeigte in die Richtung des Nachbarhofs, und Pjetunja verschwand mit seinem Mülleimer dorthin. Wie schön, endlich frische Luft zu atmen und nicht Pjetunja!

Von ferne habe ich mein Auto angelächelt. Es hat die Größe eines Kleinbusses, und ich bin froh, dass Dennis so vergesslich ist! Mein Landrover sieht wie ein echter Jeep aus, nicht schlechter als bei anderen Menschen. Er hat sogar einen Aufprallschutz; der sieht aus, als ob ein Vampir die Zähne fletschen würde. In Wirklichkeit ist mein Landrover 200 Jahre alt und wurde von unseren russischen Emigrantenkünstlern in einer Werkstatt in Deutschland zu neuem Leben erweckt. Und ich habe unglaubliches Glück, weil:

1. Dennis hat diesen nicht zu gebrauchenden Alten nach Petersburg gebracht.
2. Er hat versucht, ihn für 9000 Dollar zu verkaufen und ist dann allmählich auf 3000 runtergegangen. Dann plötzlich wurde er sauer und hat wieder von vorn angefangen, sogar bei 12000 Dollar.
3. Er konnte ihn überhaupt nicht verkaufen und hat ihn vor drei Jahren »zeitweilig« für immer vergessen.

Jetzt, nachdem Dennis reich und angeberisch geworden ist, will er diesen zahnbewehrten Alten nicht mehr, und deshalb ist er bei mir geblieben. Er sieht noch sehr gut aus, trotz der manchmal abfallenden Fahrertür und obwohl die Gangschaltung mit Klebeband an meinen Sitz gebunden ist. Aber die anderen Fahrer wissen nicht, dass mein Jeep eine Attrappe ist, und geben mir den Weg frei, dabei beschimpfen sie mich gewöhnlich als »Neue Russin mit ihrem Panzer«.

Mein Auto stieß jetzt direkt an zwei Pfeiler mit einer Eisenkette davor. Was für komische Menschen! Schön, den Brunnen lasse ich mir noch gefallen, aber wozu diese Pfeiler, die stören doch beim Einparken.

Wer klopfte da an mein Fenster? Ich kann mich nicht ablenken lassen, wenn ich meinen Alten anwerfe. Er hat einen zänkischen Charakter: Wenn er will, dann fährt er, wenn nicht – dann nicht. Ich muss mit ihm zuerst vertrauensbildende Gespräche führen und ihm ein bisschen schmeicheln: »Wie geht es dir heute? Gut?«

Und dann dieses widerliche Klopfen mit einem Fingerrücken!

»Sie haben Ihr Auto auf meinem Platz geparkt!«

Ein mittelgroßer kahler Mensch in Trainingshosen und Jeanshemd mit einem Gürtel, an dem Lederbeutel hingen für seine Geldbörse, sein Handy und vieles andere. Sah aus wie ein Offiziersriemen.

Vielleicht ist er beim Militär – a. D.? Hatte Pjetunja etwa Recht, hat es schon angefangen? Wir haben so schön in unserem schmuddeligen Wohnblock, in unserer schmuddeligen Nachbarschaft gelebt. Aber unser Haus ist auf dem Wladimirskiprospekt – fast Newski ...

Wir sind schon ziemlich lange ausgekommen ohne – wie kann ich es besser ausdrücken? – Neue Russen.

Ich mag den Ausdruck »Neue Russen« nicht ... Er hat etwas Kränkendes, als ob alle anderen zum alten Plunder gehörten und nicht mehr zu gebrauchen wären. Ich sage meinen Studenten immer, dass sie den Begriff »Neue Russen« als etwas Positives sehen sollen, nicht als etwas grundsätzlich Negatives. »Neue Russen« bedeutet ja nicht etwa sprichwörtlich »ungebildete Neureiche«, sondern bezeichnet einen neuen Menschentyp, der viel für sein Land und für seine Kinder arbeitet. Und alle diese Anekdoten von Mercedeswettfahrten, himbeerfarbenen Sakkos und goldenen Ketten sind entstanden, als die Gesellschaft gezeigt hat, dass sie völlig unvorbereitet auf den demokratischen Wandel war ...

Oh verdammt, dachte ich, er klopft schon wieder!

»Das ist mein Platz!«, schrie mich dieser Glatzkopf aufgebracht an.

Ich habe meinen Kopf nicht ganz verloren und ihm gesagt:

»Entschuldigen Sie uns bitte, wir stehen immer hier ...

mein Auto und ich. Sehr viele Jahre schon, zwei bestimmt.«

»Und ich bin gestern hier eingezogen. Im Sommer habe ich meine Wohnung gekauft und renoviert. Und den ganzen Hof dazu.« Der Glatzkopf zeigte stolz mit der Hand in Richtung Springbrunnen. »Und jetzt kostet das Parken hier Geld.«

»Wie viel?«, fragte ich, vom Schicksal geschlagen und hoffend, dass es höchstens 500 Rubel im Monat kosten wird (und wenn es 700 sind?).

»200 Dollar im Monat. Aber für Sie 100.«

»Wieso müssen alle anderen 200 bezahlen und ich nur 100?« Ich war sauer.

»Ich habe mir Ihr Auto angesehen ... Wenn Sie losfahren, wird es auseinander fallen!«

Normalerweise denken die Menschen »Wow, ein Jeep«, das bedeutet, ich bin eine Neue Russin. Und dieser Glatzkopf mit dem Offiziersriemen hat gleich alles verstanden.

Übrigens, es ist unanständig, fremden Besitz so anzuglotzen. Hat er etwa so einen altersschwachen Jeep noch nicht gesehen? Jetzt endlich hatte ich kapiert, worum es eigentlich ging: 100 Dollar! In einem Monat! Nur für Parken!

Ich bin ein Spätzünder bei solchen unangenehmen Sachen. Normalerweise schaltet sich mein Bewusstsein aus, um das nicht wahrzunehmen, was ihm nicht gefällt. Bin entschlossen, jetzt meine Interessen durchzusetzen, dachte ich. Ich muss mich nur etwas entspannen, alle möglichen Antworten im Kopf durchspielen, die beste wählen, alle Folgen erwägen und in einer ruhigen Tonlage meine Meinung über die 100 Dollar Parkgebühr erklären.

»Na gut. Auf Wiedersehen. Ich muss zur Vorlesung«, habe ich gesagt, ganz schnell den Wagen gestartet und bin vom Hof gefahren.

Habe nicht verstanden, warum alle hupten. Habe mich nach der Quelle der Aufregung umgesehen und erkannt: Alle hupen wohl meinetwegen. Ich habe den Verkehr einfach nicht richtig eingeschätzt, bin ungeschickt abgebogen, versperrte die ganze Straße, und keiner kam an mir vorbei …

Ein Fahrer ist aus einem schwarzen Wolga herausgesprungen und hat mich mit einer unmenschlichen Stimme angeschrien. Warum war er wohl so nervös am frühen Morgen?

»Du musst ein Pappauto fahren, keinen Panzer!«, schrie er mich an. »Jetzt rechts kurbeln, dann links!«

Ich tat so, als würde ich sehr fleißig das Lenkrad hin und her kurbeln. Es blieb ihm schließlich nichts anderes übrig, als mein Auto selbst von der Straße zu lenken.

Und jetzt stieg die Ehefrau des guten Fahrers aus dem schwarzen Wolga aus. Nach meiner Einschätzung ungefähr 40 Jahre alt und 90 kg schwer, unzufriedene Miene. Sie zitterte nicht, knabberte nicht an ihren Fingernägeln, hatte kein nervöses Augenzucken – aber mich mit meiner Erfahrung kann man nicht täuschen, das war ein klarer Fall: eine der Patientinnen mit Übergewicht. Man unterscheidet dabei zwei Typen:

1. Die Pummelchen, die mit sich zufrieden sind.
2. Die Seekühe, die unzufrieden sind.

Die Aufgabe eines Psychologen (also meine Aufgabe) besteht darin, die Seekühe in Pummelchen zu verwandeln.

War entschlossen, mich für die gute Tat ihres Mannes

zu revanchieren. Weil ihr Mann mich aus dem Stau gesteuert hat, wollte ich ihr helfen (ganz schnell wollte ich sie lehren, ihr Gleichgewicht zu finden und ganz harmonisch mit ihrem Gewicht zu leben).

»Sind Sie manchmal traurig?«, habe ich sie ganz sanft gefragt. Und, um ihr keine Möglichkeit zu geben, mir zu antworten, habe ich gleich die nächste Frage hinterhergeschickt:

»Sind Sie im Nacken verspannt?«

Die Seekuh nickte.

»Ich bin Psychologin«, sagte ich mit meiner besonderen Stimme, mit der andere sagen: »Ich bin Arzt.« »Sie haben fünf Minuten. Erzählen Sie!«

Die Seekuh hat sich umgesehen und angefangen zu erzählen, ohne ihre Stimme zu senken. Uns konnte ohnehin keiner verstehen, weil alle um uns schrien, stritten und hupten.

»Als mein Mann als Oberst gedient hat, war ich sehr beschäftigt, habe Liebesromane gelesen und verschlang buchstäblich ein Buch pro Tag …«

Es ist so interessant zu leben. Wie viel Unerwartetem man begegnet! Ich habe schon einige Empfehlungen vorbereitet, wie man ausgeglichen mit Übergewicht leben kann. Aber die Seekuh entpuppte sich als absolut neuer, mir noch nicht bekannter Typ: Sie hatte ganz andere Probleme. Sie hat einfach zu viele Liebesromane gelesen und verlangt jetzt von ihrem Oberst dieselben Zärtlichkeiten. Sie erwartet von ihm irgendwelche romantischen Liebeserklärungen – ganz zart ins Öhrchen gehaucht –, und das nach seinem Arbeitstag als Oberst. Was tun? Eine solche Problematik kann man bis zum Lebensende nicht lösen, geschweige denn auf der Fahrbahn …

»Werden Sie mir Medikamente verschreiben?«, fragte Frau Oberst.

»Medikamente?« In diesem Moment schrie der gute Oberst ganz höflich, dass ich hinter das Steuer und mich ganz schnell verpissen sollte, sonst würde er mich töten.

»Bevor er von der Arbeit zurückkommt, essen Sie Schokoladenpralinen. Dann können Sie selbst statt des Obersten zärtlich zu sich sein. So werden Sie die Harmonie in Ihrer Ehe bewahren. Auf Wiedersehen und alles Gute!«

(Es ist allgemein bekannt, dass Schokolade die Ausschüttung des Glückshormons Endorphin anregt und eine Quelle von Freude und Zärtlichkeit ist. Insofern habe ich nichts Schlechtes empfohlen.)

»Wie viele Schokoladenpralinen, zwei?«, hat die Seekuh Frau Oberst aus dem Fenster geschrien. »Zwei oder drei?«

Die Vorlesung (Erstes Semester, Hörsaal 226) sollte vor fünf Minuten angefangen haben, und ich rannte durch den Flur der Uni. Eigentlich wollte ich rennen, aber ich musste mich durch die Studentenmassen durchdrängeln wie in der Metro zur Rushhour.

In unserer Universität befindet sich ein ehemaliges Saltykow-Schloss – eigentlich ist es umgekehrt: Unsere Universität befindet sich in einem ehemaligen Schloss. Diese Schloss-Flure sind nur gut, um Intrigen zu flechten. Aber für einige tausend Studenten und mich sind sie wie das Nadelöhr für ein Kamel… Dafür hat Zar Nikolaus (ich vergesse immer der Wievielte) hier auf Bällen getanzt und Puschkin sich mit D'Antes gestritten.

Genau um halb zwölf hat es geklingelt. Roman!

In Wirklichkeit war es Jenka – man kann die Uhr nach ihr stellen. Bei ihr in Deutschland läuft die Nachrichtensendung »Die Zeit« zwei Stunden später als bei uns. Und Jenka sieht alle Nachrichten aus der Heimat und fängt dann an zu telefonieren.

»Bald werdet ihr überhaupt keine Redefreiheit mehr haben. Ich weiß, das verdankt ihr alles eurem Putin.« Jenka mag Putin nicht und hetzt mich gegen ihn auf. Aber ich liebe unseren Verfassungsgaranten ... Wir sind auf dieselbe Schule gegangen. Er ist natürlich älter, aber egal – wir sind Schulkameraden, und ich träume manchmal sogar von ihm. Ich denke, es ist sehr wichtig, dass der Präsident den Frauen seines Landes gefällt – es bedeutet, dass alles läuft, wie es sein soll. Kein Vergleich mit Breschnew. Er ist übrigens als Opa auch nicht so schlecht gewesen. Aber »Opa« ist bestimmt etwas Vorgestriges, das man nicht in die Zukunft mitnehmen kann.

Als Putin zum ersten Mal gewählt wurde, hat mich der Journalist, der seine Wahlkampfsendung moderierte, gefragt:

»Wenn Sie für vier Jahre das Land verlassen müssten – bei wem würden Sie Ihre Kinder zurücklassen? Bei Putin, Jawlinski oder Suganow.«

Putin hat an dieser Sendung nicht teilgenommen. Suganow hat seinen Bauch auffordernd vorgestreckt, und Jawlinski hat sich aufgerichtet und ist auf dem Stuhl unruhig hin und her gerückt – Bei mir, bei mir!

Dann habe ich nachgedacht. Wenn ich Mura mit Suganow zurückließe, dann würde sie zwar satt, aber sie würde mich nach meiner Rückkehr mit festem bolschewistischem Blick anblinzeln und den Mund verziehen.

Mit Jawlinski würde ich Mura auf keinen Fall zurücklassen – er würde sie einfach vergessen. Aber mit Putin wäre es gerade richtig. Mura würde sauber sein, in weißen Söckchen gehen und nach der Schule in einem Chor singen.

Wunderbar! Und er würde die Elternabende auch pünktlich besuchen. Und dann habe ich mich entschieden: Ich würde Mura nur mit Putin zurücklassen!

Mit Jenka habe ich schnell besprochen:

1. meine neuen spitzen Schuhe,
2. meine Romanze mit Roman (Jenka denkt, dass noch nicht alles verloren sei und dass er mich heute noch anrufen werde),
3. Jenkas und meine finanzielle Lage. Unsere Lage ist nicht besonders gut: Jenka wurde gerade als Buchhalterin gekündigt. Sie bekommt jetzt Arbeitslosengeld. Gut, dass die Telefonate aus Deutschland so billig sind und sie mich ohne Rücksicht auf ihre finanzielle Lage anrufen kann. Über meine finanzielle Situation werde ich ein anderes Mal nachdenken.

Noch ein Anruf! Das ist bestimmt Roman. Bin losgestürzt zum Telefon wie Leo Jewgenjewitsch losstürmt, wenn er hört, wie Futter in seinen Napf getan wird.

Es gibt nichts Kränkenderes, als so auf das Telefon loszustürzen in der Hoffnung, dass Roman anruft. Dabei war es meine Mutter. Als ob mich außer meiner Mutter keiner bräuchte. Sie wollte wissen, welche Noten Mura hat. Welche Noten kann Mura schon am ersten Schultag haben? Die ersten Nachrichten über Muras Erfolge bekommen wir nicht vor Dezember – im Dezember werde ich immer in die Schule zitiert. Habe meiner Mutter gesagt, Mura habe eine Eins in Literatur und eine Zwei in Geschichte bekommen.

Vielleicht ruft Roman doch noch an. Er weiß doch, dass ich sehr spät ins Bett gehe und noch lese.

Alena hat angerufen, später Olga.

Habe beschlossen, dass ich nur das Interessanteste aus unseren Gesprächen aufschreiben werde. Sonst ist nicht genug Platz in meinem Tagebuch. Oder, noch besser: Ich werde einfach alles Interessante der Reihe nach aufschreiben. Heute ist Alena dran. Was interessant ist: Alena sagt, dass sie die Renovierung der neuen Wohnung abgeschlossen hätten. Sie hätten begonnen, sich einzurichten, und würden bald Einweihung feiern, aber nicht irgendeine gewöhnliche Party, sondern ein VERY IMPORTANT EVENT. Ich möchte gern dabei sein. Schade, dass es nicht so bald sein wird – Alena und Nikita müssen noch fünf Zimmer und zwei Kabuffs einrichten.

Noch etwas (von dem, was wichtig ist): Alena hat mit sehr geheimnisvoller Stimme gesagt: »Ich möchte dich als Psychologin um einen Rat bitten, Maria …« – Schweigen.

Mit Hilfe besonderer psychologischer Methoden ist es mir gelungen, sie zu entspannen und zum Reden zu bewegen.

Nikita hat Alena das ganze letzte Jahr sehr wenig Aufmerksamkeit geschenkt. Eigentlich hat sie gerade erst bemerkt, dass das schon das ganze Jahr dauert. Früher hat sie überhaupt nichts bemerkt, weil sie erst die Wohnung gekauft und sie dann renoviert haben, jetzt überlegen sie gerade, wie sie sie einrichten wollen, dies und das, und sie hat nicht gemerkt, dass ihr Sexualleben von einem Mal in der Woche auf … Sie erinnert sich überhaupt nicht, wann sie das letzte Mal …

»Wann?«, habe ich streng gefragt. (Der Psychologe muss wie der Arzt einfach alles wissen!)

Alena wich aus und versuchte, äußere Umstände für das verschwundene Sexualleben verantwortlich zu machen.

Zum Beispiel den Pudel, der im Ehebett schläft und knurrt, wenn Nikita versucht, sie anzufassen. Aber das hat mich nicht überzeugt – Nikita ist größer und breiter als ein Schrank, und ich glaube nicht, dass er Angst vor einem Pudel hat, der so groß ist wie ein Telefonhörer.

Habe Alena sehr professionell psychologisch geholfen und ihr sogar Hinweise auf spezielle Literatur gegeben.

Vor einiger Zeit habe ich mich mal eine ganze Woche lang leidenschaftlich mit Judaismus beschäftigt. In einem Fachbuch habe ich gelesen, dass im Talmud das Sexualleben streng reglementiert ist. Die Frau hat das Recht zu verlangen, dass ihr Ehemann jeden Tag mit ihr schläft. Wenn der Mann berufstätig ist, darf sie fest mit zwei Mal in der Woche rechnen. Aber wenn ihr Mann ein Eselhirte ist, dann wird ihm nur ein Mal pro Woche auferlegt. Wenn er ein Kameltreiber ist, dann ein Mal im Monat.

Ich habe Alena gesagt, dass es offensichtlich um Meinungsverschiedenheiten zwischen ihr und Nikita geht: Alena sieht Nikita als Eselhirten, während Nikita denkt, er sei ein Kameltreiber oder noch schlimmer.

Roman hat nicht angerufen, bin mit einem Buch ins Bett gegangen. Ich habe Donzowa von Murka ausgeliehen.

Damit sie nicht sieht, was ich lese, habe ich einen Band von Toynbee davorgehalten. Wenn Murka kommt, verschwindet Donzowa unter der Decke, und ich liege als Intelligenzbestie mit Toynbee im Bett. Donzowa liest sich, als ob man einen »Tatort« im Fernsehen sieht und dabei Schokolade isst, statt im Marienski Theater Ballett zu sehen. Aber ich bin doch eine wahre Intellektuelle, habe promoviert und bin von Beruf Psychologin. Habe einen englischen Roman aus der Serie »Am Kamin« gelesen und kam mir dabei vor, als ob ich

1. eine alte Ausländerin mit weißen Locken aus den sechziger Jahren des vorigen Jahrhunderts wäre,
2. zu allem Überfluss auch noch träge und einfach gestrickt – gar nicht rüstig wie manch andere ältere Dame, dafür aber wahnsinnig öde.

Ich werde die Serie »Am Kamin« nicht mehr kaufen. Jetzt träume ich davon, dass ich diese Reihe von Alte-Damen-Romanen für eine nicht ganz vollständige Ausgabe von immerhin 300 Bänden Donzowa-Romanen tauschen kann.

Sie ist eine sehr nette Frau (habe sie im Fernsehen auf jedem Kanal gesehen) und schreibwütig dazu. Man sitzt bei ihr zu Hause ganz gemütlich in einer Ecke, niemand unterhält sich über höhere Themen, sondern man kocht Pflaumenkompott und putzt seine Schuhe. Und noch was – man kann sie auch im Schlaf lesen. (Oder heißt es: schlafend lesen?)

Angerufen! Angerufen! Um 0.35 Uhr. Hat so leise gesprochen, dass ich ihn kaum verstanden habe (seine Frau und die Schwiegermutter sind zu Hause):

»Gute Nacht, Liebste!«

…Der Sommer ist zu Ende, und wie wird sich unser Verhältnis unter solchen erschwerten Bedingungen weiterentwickeln? Und was ist, wenn ich nur einen Kameltreiber abbekommen habe?

Freitag, 5. September

Um 14 Uhr (heute habe ich zwei Vorlesungen – erstes und fünftes Studienjahr) treffe ich mich mit Roman unter der großen Uhr in der Uni! Wir können nirgendwo hingehen – morgens habe ich Vorlesungen, abends ist Mura zu Hause, er hat von morgens bis abends Frau und Schwiegermutter am Hals. Das macht nichts, wir werden im Sommergarten spazieren gehen.

Bin mit Roman im Sommergarten spazieren gewesen, haben uns unter den Nymphen geküsst wie zwei Schulkinder. Als ich die Augen wieder aufgemacht habe, bemerkte ich zwei meiner Studenten. Sie haben uns sehr aufmerksam zugesehen und gelacht. Das war sehr ungeschickt.

Ganz schnell haben Roman und ich gerechnet – wenn ich Vorlesungen für das erste, zweite und fünfte Studienjahr plus Abend- und Fernkurs mit je 100 Studenten halte, dann besteht immer die Möglichkeit, 500 bis 600 Menschen in der Stadt zufällig zu treffen, vor denen ich mich ordentlich benehmen muss – nicht rauchen, nicht küssen, mich nicht verkehrswidrig verhalten. Ich denke, das ist nicht fair. Bin ich etwa kein Mensch? Das ist doch kein Leben so!

Wir hatten schon vor, jeder zu seinem Auto zu gehen, ganz niedergeschlagen, als Roman plötzlich vorgeschlagen hat: »Lass uns ans Meer fahren!« Mit Roman kann man jederzeit etwas erleben, man weiß nie, was ihm als Nächstes einfällt, und diese Spontaneität gefällt mir an ihm besonders!

Wir haben mein Auto am Sommergarten stehen lassen und sind nach Olgino gefahren. Das Wetter war noch sehr sommerlich, unter unseren Füßen knirschte grauer Sand, und ich wollte mich hinsetzen und mit Schaufel und Förmchen spielen. Mit einiger Mühe haben wir noch einen Platz gefunden und uns zwischen Verpackungen, Chipstüten und Apfelgriebsen hingesetzt.

Roman hat über seine Arbeit erzählt. Er arbeitet zurzeit an einem Projekt – eine ganze Reihe neuer Sendungen, die er verschiedenen Fernsehsendern und Radiostationen anbieten will. Roman ist Produzent. Auf seiner Visitenkarte steht: »Producercenter ›Avantgarde‹. Generaldirektor«.

Bis jetzt habe ich keinen einzigen Produzenten live gesehen, sondern nur im Vor- oder Nachspann von Hollywoodfilmen. Ich habe mich in ihn verliebt, weil er aus einer ganz anderen Welt stammt, obwohl er nicht mein Typ ist.

Ich selbst bin 1,65 Meter groß (ehemalige Standardgröße – jetzt sehe ich im Vergleich mit meinen Studenten aus wie der Kleine Däumeling) und sehr dünn. Das heißt: Ich vergesse immer, dass ich nur früher so dünn war. Ich habe ein sehr schlechtes Gedächtnis, was mein Gewicht angeht. In Geschäften renne ich erwartungsfroh zur 36, dann gehe ich etwas verdutzt zur 38 und lande schließlich bei der 40. Aber die Modemacher versuchen, die 40 so klein zu machen, dass ich am Ende zur 42 übergehen muss, und das ist schon ein kleines Problem für mich.

Also: Weil ich ein ehemals zierliches und schutzbedürftiges Mädchen bin, habe ich eine Schwäche für Männer ab 1,85, wenigstens 1,83 Meter. Mit breiten Schultern, großen Händen und männlichen Gesichtszügen. Aber Roman ist nicht groß, hat schmale Schultern und ein sehr sanftes, intelligentes Gesicht, er trägt sogar eine Brille. Dafür ist er aber ein Produzent. Und was ganz wichtig ist (nicht für ihn, sondern für mich): Roman ist jede Woche auf Sendung.

Jetzt leben wir natürlich nicht mehr in den 50er Jahren, und das Fernsehen ist schon längst fester Bestandteil in jedem Haushalt. Deswegen hat sein Fernsehimage auf mich nicht mehr so gewirkt wie damals der Produzent in »Moskau glaubt nicht an Tränen« auf die Filmheldin, die sogleich mit ihm ins Bett gegangen ist. Aber ich habe auch nie im Leben einen leibhaftigen Moderator gesehen. Roman moderiert die Sendung »Musik und mehr«, über Musik und mehr.

Roman sagte, es gehe ihm sehr gut mit mir, weil wir nicht nur einfach miteinander schliefen, sondern weil ich mich für seine Probleme interessieren würde. Seine Frau hingegen stehe seinen neuen Plänen völlig gleichgültig gegenüber.

Ich träume schon ewig davon, beim Fernsehen arbeiten zu können und solch interessanten Menschen zu begegnen (ich bin mir sicher, dass alle psychologische Probleme haben und dass ich da helfen könnte). Aber Romans Frau hat wahrscheinlich keine Lust, beim Fernsehen zu arbeiten. Das ist der Haken.

»Lass uns ein Hotelzimmer nehmen!«, sagte Roman.

Oh, oh, im Hotel! Wie im Film. Ich habe noch nie im Hotel ein Zimmer für eine Stunde gemietet. Ich war begeistert von seinem Angebot.

Als wir zum Hotel kamen, habe ich plötzlich gedacht, dass ich gerade heute mit Roman die Zeit nicht SO verbringen wollte. Ich habe gedacht, wir würden einfach spazieren gehen und das wäre alles…

Was nun, dachte ich verzweifelt. Jetzt, wenn ich zum ersten Mal in meinem Leben die Chance habe, mich wie eine Prostituierte in einem amerikanischen Film zu fühlen, geht alles in die Brüche, nur weil ich weiße Baumwollunterhosen anhabe?!

Ich versuchte, mich zu erinnern: Die Unterhosen sind weiß, der BH? Weiß ich nicht mehr – vielleicht schwarz, vielleicht beige… Und meine Beine habe ich schon lange nicht mehr enthaart. Wahrscheinlich habe ich auch unterschiedliche Kniestrümpfe an: einer schwarz, der andere durchsichtig. Aber ganz genau konnte ich das nicht sagen, weil ich ja eine Hose anhatte und meine spitzen Schuhe.

»Was denkst du, glaubt die Hotelbesitzerin, dass wir ein Liebespaar sind, das sich von seiner Lust treiben lässt, oder dass du mich für eine Stunde bezahlt hast?«, habe ich gefragt.

Roman sagte, dass ich mir selbst schmeichle und dass ich nicht mehr in dem Alter sei, dass jemand mich für eine Stunde bezahlen würde… Im Zimmer haben wir ein bisschen im Scherz gerauft und uns dann wieder vertragen…

Gerade gestern Abend hat mich Alena gefragt: »Geht es dir gut mit deinem Roman?« (In letzter Zeit ist sie sehr empfindlich, was Sex angeht.) Ich habe ihr geantwortet, es gehe mir gut mit ihm.

Aber alles hängt davon ab, was gut und was schlecht

ist. Für mich ist es gut, wenn ich geliebt werde und jemand zärtlich zu mir ist.

Und übrigens, ich weiß von meinen Patientinnen, die wegen ihres Intimlebens zu mir gekommen sind, dass die Gerüchte über den weiblichen Orgasmus stark übertrieben sind. Sehr viele haben irgendetwas Ähnliches wie Leidenschaft erst mit über 30 empfunden.

Und trotzdem kann letztlich niemand sicher sein, dass das der berühmt berüchtigte Orgasmus ist. Eine sehr bekannte Malerin hat in ihren Memoiren geschrieben (auf Französisch), dass in ihrem Bett fast alle Dichter aus der silbernen Epoche gelegen haben. Und? Es hat sich herausgestellt, dass mit diesen Dichtern nicht viel Staat zu machen war und dass sie ihren ersten Orgasmus mit 76 Jahren erlebt hat! Es ist gut, dass ich seit meiner Kindheit mit Fremdsprachen vertraut bin, sonst hätte ich das nicht im französischen Original lesen können und diese hochinteressanten und Hoffnung spendenden Tatsachen nicht kennen gelernt.

Roman hat nicht gemerkt, dass mein BH schwarz und meine Unterhosen weiß waren, er meinte nur, er bevorzuge farbige Garnituren. Aber ich kann nichts dafür. Roman sollte versuchen, mit Mura zusammenzuleben. Sie ist eine leidenschaftliche Kleptomanin, was meine Sachen betrifft, besonders Socken und Strumpfhosen. Was sie mir übrig lässt, das trage ich… Aber es gibt Sachen, die ich nicht verstehen kann: Wozu z. B. braucht Mura meine Unterhosen, die zwei Nummern größer sind als ihre? Wenn ich ehrlich bin: vier Nummern.

Am Abend habe ich gespürt, dass heute ein zu emotional und sexuell geladener Tag war, um noch Toynbee zu lesen. Deshalb habe ich angefangen, Marinina zu lesen.

War sehr überrascht, dass sie jetzt nicht mehr nur Krimis schreibt, sondern sehr rührend versucht, eine richtige Schriftstellerin zu sein. Warum hat sie so unglaubliches Interesse an klitzekleinen Alltäglichkeiten, z. B. wie oft die Heldin die Suppe umgerührt oder wohin sie ihren Müll gekehrt hat?

Trotzdem habe ich sie zu Ende gelesen. Wenn ein Mensch so eifrig versucht, für uns alles aufzuschreiben, dann sollten wir in großer Dankbarkeit bereit sein weiterzulesen.

Habe ihren Text psychologisch analysiert und herausbekommen, dass die Autorin ihr ganzes Leben davon geträumt hat, Hausfrau und nicht Oberst der Miliz zu sein, obwohl es mich sehr interessiert hat, wie oft die Heldin die Suppe umgerührt und wohin sie ihren Müll gekehrt hat.

Mittwoch, 10. September

Von der Uni um fünf zurückgekommen, träumend von Pelmeni.

Gerade hatte ich mich mit den Pelmeni aufs Sofa gelegt (ein bisschen saure Sahne, Essig und Sojasoße – lecker!), da hat meine Mutter angerufen. Hat mich gefragt:

1. Wo ist Mura? (Sie hat es nicht weniger als fünfmal gefragt, und ich habe ihr fünfmal verschieden geantwortet, zur freien Auswahl.)
2. Welche Noten hat Mura? (Nur Einsen und Zweien. Morgen, um der Wahrheit die Ehre zu geben, sage ich dann etwas über irgendwelche Dreien.)
3. Was haben wir zum Abendbrot? (Meine Mutter wollte eine detailgetreue Antwort haben, und ich habe sehr ausführlich beschrieben, welche Soße ich zu den Pelmeni gemacht habe.)

»Mama, hast du die Telefonnummern von Sportvereinen herausbekommen? Erinnerst du dich, ich hatte dich heute Früh darum gebeten.« Ich habe damit die Initiative übernommen. Ich möchte Aerobic, Shaping und Step machen. Oder Aquaforming. Oder Kalanetik. Alles hängt davon ab, in welcher dieser Disziplinen man nicht herumtanzen, sondern nur in einer Ecke liegen muss, wo einen keiner bemerkt.

»Habe ich irgendwann einmal eine Bitte vergessen?«

»Mein Gott, natürlich nicht! Anders als ich!« Ich habe weder Papier noch Kugelschreiber am Telefon. Dafür liegen aber überall Nadeln, Fingerhüte und Fäden, als ob ich eine Näherin und keine Dozentin wäre.

»Mama, Moment mal, ich muss in Muras Zimmer einen Kuli holen.«

Als ich in Muras Zimmer kam, dachte ich, ich stünde im Schrank. Ihre ganze Garderobe lag wie immer auf einem Haufen auf dem Boden. Mura ist davon überzeugt, dass in ihrem Haufen immer eine sehr strenge Ordnung herrscht. Auf dem Bett liegend, streckt sie einen Arm aus und, ohne zu gucken, zieht sie das, was sie gerade braucht, aus dem Haufen heraus.

Wo ist ein Kuli? Ihren alten Schreibtisch hat Mura mit eigenen Händen zersägt (das Kind hat wirklich goldene Hände) und hat das Holz auf den Müll geworfen. Wie schafft sie es, auf dem Bett liegend ihre Hausaufgaben zu machen? Auf dem Bett lag nichts außer Muras Schminktasche, einem alten Schwamm und alten Apfelgriebsen. Unter dem Bett war auch nichts. Doch, ich habe etwas gefunden: meine Jeans, mein weißes Lieblingshemd, das Büchlein »Alles über Sex«, Orangenschalen.

»Mama, einen Moment, warte mal, ich kann keinen Kugelschreiber finden...«

»Wenn du willst, kann ich dir welche abgeben. Für dich sind sie mir nicht zu schade.«

Das hat mich umgehauen. Meine Tochter ist ein verdorbener Teenager, und ich als Mutter bin eine Verbrecherin! Ich kann keinem psychologisch helfen …

»Sind in deinem Zimmer auch Mücken? Du hast mir neulich selbst gesagt, dass es in deinem Zimmer keine Mücken gibt. Du hast mich selbst in dieses Zimmer mit Mücken gesteckt. Und jetzt bist du sauer.«

Unauffällig habe ich mir diese grünen Schachteln genauer angesehen. Manno! – das ist ja tatsächlich ein Mittel gegen Mücken. Ich habe nicht gleich an mein Glück geglaubt. Sie sehen genau wie Präservative aus – solche … mit Obstgeschmack!

Jetzt durfte ich nicht kopfscheu werden.

»Mura, von jetzt an werde ich eine neue Strafe einführen (es klingt ein bisschen dumm, als ob es in unserer Familie eine ganze Reihe von Sanktionen gäbe, alte, sehr alte und nicht ganz alte). Ich spreche mit dir eine Stunde lang kein Wort wegen dieses Saustalls in deinem Zimmer … Nein, 20 Minuten. Für das gestohlene weiße Hemd spreche ich weitere 20 Minuten nicht mit dir.« (Alles zusammen 40 Minuten – geht noch).

»Du brauchst mit mir 50 Minuten nicht zu sprechen, mit einer Unterbrechung für die Werbung. Dann kann ich wenigstens meine Lieblingsserie in Ruhe sehen. OK Mama. Du brauchst nicht so ein Gesicht zu machen, als ob du nicht du wärst, sondern eine richtige Mutter.«

Ich ging zur Tür auf einem frisch frei gemachten Weg zwischen Jeans und Pullovern, und Mura erzog mich weiter.

»Alle Mütter sind wie Mütter. Aber du bist noch verrückter. Sieh dir Irka Hamster an! Sie sieht einfach super aus. Hat einen langen Mantel, oben geschminkte Lippen, unten High Heels.« Murka zeigte mit den Händen, wo bei einer richtigen Mutter oben und unten ist. »Und du? Stehst hier in Springer-Stiefeln und karierten Kniehosen. Du gehst wahrscheinlich in diesem Outfit auch in die Uni?«

»Nein, so nicht«, wich ich einer richtigen Antwort aus. »Aber Murka, du bist gemein, du hast mir selbst gesagt, dass die Kniehosen wunderschön sind und man sie überall tragen kann.«

»Überall, überall, wo keine Menschen sind.«

»Mura, du bist echt gemein.«

Ich habe mich sehr glücklich gefühlt. Mura und ich haben ein prima Verhältnis zueinander, ich habe Roman – und Mura hat keine Kondome!!!

Abends hat Olga angerufen. Wir haben schon mehrere Tage nicht miteinander gesprochen, weil Olga bei zwei Pressekonferenzen dabei sein musste, dann hat sie einen Bericht für Lenfilm geschrieben, dann war sie beim Liegenden. Sie will auf Kosten ihrer Illustrierten ein Festival besuchen. Sie freut sich des Lebens – abgesehen davon, dass sie nie im Leben verheiratet war. Die Ursachen hierfür sind:

1. Eine Filmjournalistin will überhaupt nur einen Schauspieler oder einen Regisseur heiraten.
2. Alle Filmschauspieler sind ein bisschen dämlich und schwul (Olga weiß es besser).
3. Die Regisseure sind Mangelware, und nicht jede bekommt einen ab. (Manche Menschen sind so veran-

lagt, dass sie nie in einer Schlange stehen sollten. Z. B. haben vor längerer Zeit Olga und ich in einer Schlange gestanden, um eine wunderschöne jugoslawische Strumpfhose zu ergattern, und gerade vor unserer Nase waren sie alle. Von Regisseuren gar nicht zu reden. Ich wundere mich nicht, dass für Olga keiner übrig ist.)

Heute ist Olga mit ihrem Leben so zufrieden, dass sie versucht hat, zwei unserer Abkommen zu brechen. Das erste – nicht die Handlung von einem Film zu erzählen; denn sie ist Journalistin, und es ist ihre Arbeit, Filme anzusehen, und ich bin eine Zuschauerin und mag Filme nicht besonders.

Das zweite Abkommen: nicht länger als zehn Minuten am Stück über den Liegenden zu erzählen.

Also, Olga hat mir alle Vorteile ihrer Arbeit bei einer angesagten Illustrierten aufgezählt – und alle Vorteile vom Liegenden. Die Vorteile ihrer Arbeit:

1. sehr gutes Geld.
2. Abrechnung für jeden einzelnen Bericht.
3. Man kann, wenn man will, um 13 Uhr in die Redaktion kommen oder auch überhaupt nicht.

Die Vorteile vom Liegenden:

1. Er ist ein Genie! (Gerade jetzt entsteht ein neuer Geniestreich – ein Werk zwischen Literatur, Musik und Geopolitik.)
2. Offenbar steht er bald auf. (Der Liegende bleibt schon mehrere Jahre zu Hause, weil er schöpferisch tätig ist und weil es immer eine dumme Kuh gibt, die ihm Essen und Zigaretten nach Hause bringt. Mir ist es ein Rätsel, was er dafür bieten kann. Sex? Aber dafür muss man wenigstens ein bisschen vom Sofa aufstehen … Von Seiten des Liegenden ist es

ganz schön clever, seine Gespräche über Gott und die Welt für Lebensmittel und Zigaretten zu tauschen: Nicht alle Frauen brauchen Sex, aber alle wollen, dass man ihnen zuhört.)

3. Und dann wird er bald sehr viel Geld als Theaterregisseur verdienen. (Verstehe nicht, weshalb als Theaterregisseur. Der Liegende hat keinen Hochschulabschluss, und sein Abiturzeugnis ist verloren gegangen.)
4. Der Liegende hat eine sehr empfindsame Seele. Mit ihr kann er Olga sehr gut verstehen.

Ich bin sehr taktvoll, und deshalb habe ich Olga nicht meine Meinung über den Liegenden gesagt, sondern einfach gefragt, was ihr diese komischen Verhältnisse bringen. Vielleicht ein Gefühl von Geborgenheit und Sicherheit für die Zukunft? Olga hat mir gesagt, dass ich einfach überhaupt nichts verstehe und der Liegende gebe ihr etwas ANDERES. Was?

Donnerstag, 18. September

Heute Früh bin ich mit dem unangenehmen Gefühl wach geworden, ich sollte unbedingt etwas für meinen Haushalt tun. Nur mit Schwierigkeiten habe ich mich erinnert, was ich genau machen wollte – ich muss ein Geldproblem lösen. Was soll ich machen: arbeiten und Geld verdienen oder wegnehmen und teilen?

1. Arbeiten und Geld verdienen.
   Mein Gehalt für September bekomme ich erst am 8. Oktober. Es werden 6000 Rubel sein.
   Wo kann ich sonst noch arbeiten und Geld verdienen?

Ich hoffe, dass ich viel beraten kann. Nachdem die Menschen in ihren Schrebergärten geerntet haben, wird sich herausstellen, dass sie große Probleme angesammelt haben, und sie werden eine Psychologin suchen – mich! Aber ich möchte schon, dass sie nicht besonders komplizierte Probleme haben. Weil ich erstens allen von ganzem Herzen alles Gute wünsche, und zweitens habe ich die Befürchtung, dass ich mit richtig schweren Problemen nicht klarkomme.

2. Wegnehmen und teilen.
   Wegnehmen von Dennis und es zwischen Mura und mir aufteilen. Wir haben ein wunderbares Verhältnis zueinander, solange es nicht ums Geld geht, das heißt um Unterhalt.
   Was für ein widerliches Wort – »Alimente«. Besser sage ich einfach »seine zweihundert Dollar« und nenne es »Hilfe«.

Konnte Dennis sehr lange nicht telefonisch erreichen, es war immer besetzt – und als endlich frei war, habe ich selbst aufgelegt. Hatte die Befürchtung, dass Alla rangeht. Wieso habe ich eigentlich keine Lust, mit ihr zu sprechen, wenn ich Dennis um Geld bitten will? Sonst sind wir doch richtige Freundinnen.

Aber andererseits – wieso soll ich Angst vor ihr haben nur wegen des Geldes? Ich will es doch nicht für mich, und er ist doch eigentlich zum Unterhalt verpflichtet.

Besser rufe ich Dennis auf dem Handy an.

»Dennis, hallo, ich bin's.«

»Ich höre, dass du es bist, hallo!« Seine Stimme klang nicht besonders erfreut. Woher wusste er, dass ich nicht einfach so anrufe?

»Du hast vergessen, uns das Geld für Juli und August zu zahlen, und für September wäre auch nicht schlecht.«

»Aber heute ist erst der 18. September.«

»Dafür ist der August schon zu Ende und der Juli eigentlich auch«, habe ich ihn bescheiden erinnert.

»Übrigens: Ich wohne in Deutschland und nicht in der Nachbarschaft. Ich muss immer jemanden bitten, dass er dir das Geld mitnimmt.«

Jetzt wird er dem Gespräch eine andere Richtung geben wollen, das habe ich gespürt. »Und wie geht es überhaupt? Wie geht es Murka? Ist das Auto noch in Schuss?«

Habe von Muras Mappe erzählt, über unseren neuen Hof, die kaputte Autotür und unauffällig noch einmal gesagt:

»Vergiss bitte nicht, das Geld zu überweisen, und für September auch!« Jetzt musste ich ihn noch ein bisschen anschreien: »Dennis, hörst du mich?«

Habe gespürt, wie Dennis sich nach meinem Schreien richtig verkrampft hat. Wäre schön, wenn das noch zehn Jahre so funktionieren könnte, bis Murka auf eigenen Füßen steht. Oder wenigstens, bis sie ihn selbst um Geld bitten kann.

»Woher soll ich so viel Geld haben – für alle drei Monate auf einmal?«, fragte Dennis melancholisch. »Denkst du, dass ich Millionär bin? Denkst du, dass meine Wohnung in einer vornehmen Gegend nichts kostet? Und dass ich die beiden Mercedes einfach so bekommen habe? Und ich möchte auch Urlaub in einem Fünf-Sterne-Hotel machen. Alla und ich haben uns bei Versace eingekleidet. Kannst du dir vorstellen, wie viel das kostet?«

Wenn Dennis so jammert, kann ich mich entspannen

und meine eigenen Gedanken haben. Hauptsache ich vergesse nicht, vernehmlich zu seufzen. Habe nur gefragt:

»Vielleicht kannst du die Pantoffeln nicht von Versace kaufen? Ich kann für dich und Alla hier Pantoffeln aus Schaffell kaufen, sehr schöne, und du kannst damit richtig sparen.«

»Du verstehst es nicht«, sagte Dennis resignierend. »Alla und ich müssen unbedingt Pantoffeln von Versace haben, weil sonst alle anderen denken, dass unsere Geschäfte schlecht laufen.«

Habe wieder geseufzt und gesagt, dass ich es verstehe.

»Es macht nichts«, sagte Dennis mit Hoffnung in der Stimme. »Irgendwann einmal wird Mura ja aus der Schule kommen, wird Geld verdienen und wird auf eigenen Füßen stehen.«

»Ich will dich nicht traurig machen, aber sie hat ihre eigenen Pläne.« Der unangenehme Teil unseres Gesprächs war zu Ende, und ich konnte mutig weiterreden: »Murka sagte, dass sie sehr, sehr lange studieren will. Nach dem Studium will sie promovieren und dann sich auch noch habilitieren...«

Dennis seufzte. Er weiß, dass seine Tochter Mura einfach alles macht, um nicht zu arbeiten, sie wird sogar zehn Jahre – egal was – studieren.

...Dennis ist eigentlich kein Geizkragen. Eher umgekehrt. Er ist sehr großzügig. Er hat überhaupt keine Probleme damit. Als wir zusammengelebt haben, hat er für mich alles gemacht. Er konnte sein letztes Geld für eine Bluse für mich ausgeben und mir noch einen Rock zu dieser neuen Bluse kaufen; denn diese neuen Blusen und die Röcke waren eigentlich »seine«. Und jetzt hat er Alla als »seine« – in Pantoffeln von Versace. Er liebt

Mura und ist stolz auf sie. Aber in diesem Sinne ist sie nicht auch »seine«. Mura ist eine ihm aufgezwungene Ausgabe, etwas Ähnliches wie die Rechnungen für Strom und Telefon. Man will dafür nicht zahlen, aber ohne Telefon im Dunkeln zu sitzen ist auch keine Alternative.

Ich bin auch kein Musterbeispiel für unglaubliche Großzügigkeit, ich gebe das Geld nicht ohne Sinn und Verstand aus.

Besonders schwer fällt mir Großzügigkeit, was meine Bücher betrifft. Ich ertrage es nicht, eines meiner Bücher zu verleihen. Wenn mich jemand darum bittet, sage ich immer, dass ich das gewisse Buch wahrscheinlich gar nicht mehr habe. Und wenn es doch dazu kommt, dass ich das Buch in fremde Hände geben soll, dann verliere ich alle Reste von Anstand und werde wehmütig: »Mein liebes Buch, du tust mir so Leid.« Also ich bin selbst nicht frei von Geiz.

Dennis ist nicht schuld daran, dass seine Murka nicht »seine« ist. Ich muss einfach sehr einfühlsam mit ihm umgehen. Das macht nichts, ich bin doch die Mutter. Ich bettle sehr erfolgreich.

Dennis hat noch mal geseufzt, seinen ganz eigenen Seufzer. Jetzt beginnt er, über sein Leben in Deutschland zu jammern:

»Ich habe von Deutschland die Nase voll! Es ist so öde. Ich kann mit niemandem hier sprechen. Wir sind fest dazu entschlossen, wir kehren nach Piter zurück.«

Dennis und Alla sind wie Tschechows Schwestern. Ewiges Jammern: Nach Moskau, nach Moskau (das bedeutet: nach Piter)! Weil es hier bei uns in Piter Theater gibt und die für ihn absolut unentbehrliche Kultur. Z. B.

kann er Donzowa und Ustinova gleich nach dem Erscheinen kaufen und muss nicht warten, bis ich sie erst nach Deutschland sende. Jenka jammert auch ab und zu mal, dass es in Deutschland sehr langweilig sei, und schreit in schlechten Momenten: »Ich kehre nach Hause zurück!« Aber letztendlich kehrt niemand zurück.

Als Jenka nach Deutschland gegangen ist, hatte ich mich eigentlich entschieden, dass ich das auch möchte, und habe ständig zu Dennis gesagt, dass wir auswandern müssen, erstens wegen Mura und außerdem wegen des ganzen Katalogs der üblichen Auswanderungsargumente.

Er hat als Antwort – auch dem üblichen Katalog entsprechend – zurückgeschrien, was sollen wir mit über dreißig in einem fremden Land, und er habe nicht vor, bei Null anzufangen, bloß weil ich kein normales Verhältnis zu Jenka habe. (Aber er wollte damit nicht sagen, wir seien lesbisch, sondern einfach unfähig, ohne die andere auszukommen, was wir aber aufgrund unseres Alters doch endlich lernen müssten.)

Und dann, als Ergebnis höchst dramatischer Ereignisse, die ich jetzt nicht in klarer Reihenfolge im Gedächtnis habe, ist Dennis nach Deutschland gegangen, und wir, Mura und ich, sind in Piter geblieben. Dennis geht davon aus, dass ich ihn verlassen habe, das heißt, dass ich nicht mit ihm fortgehen wollte.

Zum Glück ist es sehr billig, aus Deutschland zu telefonieren, und Jenka ruft mehrmals am Tag entweder mich oder Murka an. Und Mura und ich sind ziemlich häufig bei ihr zu Besuch und waren auch schon in den Nachbarländern mit kleinen billigen Busreisen. Es gibt solche Touren, »Ganz Europa in 40 Minuten«, eine wunderschöne Sache, wenn du wenig Geld und eine sehr lange, neugierige Nase hast, die du überall reinstecken willst, in jedes Schloss oder jeden Dom.

»Grüß Alla schön von mir. Sie kann mich abends mal anrufen. Gruß und Kuss.«

Alla ruft auch ohne meine Aufforderung an. Sie hat außer mir keine Freundinnen. Sie lebt schon sehr lange in Deutschland und hat schon *daher* längst ihre alten Freundinnen in Piter verloren, aber aus den verschiedensten Gründen keine neuen in Deutschland gefunden. Emigration ist für Freundschaft eine schreckliche Sache, denn Erwachsenen fällt es schwer, neue Freunde zu gewinnen, aber sehr leicht, alte zu verlieren.

Deshalb ist sie praktisch gezwungen, sich an jeden Strohhalm zu klammern, selbst wenn es die erste Ehefrau ihres Mannes ist. Ich bin auch mit ihr befreundet, und unsere ganze Familie (Mura, Dennis, Alla und ich) hat einmal gemeinsam einen unglaublichen HORRORTRIP nach Disneyland gemacht.

Gerade dort in Disneyland wurde mir plötzlich klar, dass Alla keine Verwandte ist, wovon ich immer ausgegangen war, sondern eher eine Freundin oder eine gute Bekannte …

In Disneyland hat mich Alla in einen Zug gelockt, der bis zum Himmel fährt, mich hinterlistig in ein Abteil verfrachtet und gesagt, dass ich keine Angst haben müsse. Es gab tatsächlich nichts, was mir hätte Angst machen können. Aber ich sah und roch, dass vor mir schon jemand gekotzt hatte, und ich verstand, dass ich mich selbst retten müsste. Und plötzlich begann dieses Abteil, mit einem unglaublichen Aufjaulen über Berg und Tal zu reiten. Mir wurde klar, dass es sinnlos wäre zu schreien. Keiner würde mich retten. Und ich habe stattdessen geweint. Als wir wieder gelandet sind, musste Alla einen Arzt holen, um mich aus diesem Abteil zu befreien, und mich überreden, die Augen überhaupt wieder aufzumachen.

Manchmal denke ich (aber nur in sehr, sehr schlechten Augenblicken, wenn ich denke, dass mein Leben verpfuscht ist), dass Alla mit mir befreundet ist, weil Dennis sich von mir getrennt und jetzt eine Wohnung in der Mitte von Europa hat, zwei Mercedes und Klamotten von Versace, und nicht etwa weil ich so eine super erste Ehefrau bin. Ich habe das schon zweimal gedacht.

...Es ist nichts Peinliches dabei. Jeder Mensch hat manchmal so scheußliche Gedanken. In Wirklichkeit ist es nicht wahr, und Alla ist mit mir einfach so befreundet.

Freitag, 19. September

Tagsüber sind Roman und ich nach Olgino gefahren. Heute war es nicht so spannend wie beim ersten Mal (sogar sehr interessante Abenteuer werden irgendwann reine Routine). Es war überhaupt nicht wie im Film, sondern ausgesprochen nüchtern: Zwei nicht mehr ganz junge Menschen hatten keine Möglichkeit, zusammen zu sein, und mussten ein Zimmer im Hotel mieten. Besser wäre es, sie säßen bei sich zu Hause, tränken Tee und sähen fern...

Auf dem Weg in die Stadt sah Roman plötzlich sehr unglücklich aus und sagte, dass er überhaupt keine Lust habe, nach Hause zu fahren. Und dann sagte er, mir falle es viel leichter, weil mein Leben sich nicht geändert habe und ich mich nicht daran gewöhnen müsse, dass mir zu

Hause ständig ein völlig fremder Mensch über den Weg laufe.

Es ist schon komisch, wenn die eigene Ehefrau als völlig fremder Mensch bezeichnet wird. Z. B. Dennis: Obwohl er mein Ex-Mann ist, ist er mir nicht völlig fremd, sondern sogar ein ziemlich nahe stehender Verwandter.

Roman trägt eine so unglaubliche Menge nicht erwünschter Zärtlichkeit in sich, als ob er kein erwachsener Mann wäre und nicht Hochzeit gefeiert hätte, mit Eheringen, weißem Schleier und Besuch am »Ewigen Feuer«.

Die Geschichte seiner Ehe ist genauso gewöhnlich wie bei allen anderen auch. Eine Institutsromanze, erster undeutlicher Sex. Als ob das wirklich Liebe wäre und man unbedingt heiraten müsste. Dann ein Kind, dann Erwachen – oh, und wo ist die Liebe? Welche Liebe? Es gibt keine Liebe! Dann beginnen die Liebschaften, und jetzt ich. Keine Liebschaft sondern eine Liebe (er hat es so ausgedrückt, nicht ich).

War es bei mir und Dennis etwa anders? Im ersten Semester haben wir Mädchen aus Leningrad uns umgesehen, haben ein bisschen unsere Näschen herausgestreckt aus unserer Kindheit. Im zweiten und dritten Semester genauso, und im vierten Semester haben wir dann bemerkt, dass die Mädchen aus der Provinz, unsere Kommilitoninnen, schon geheiratet haben, und zwar unsere Jungs aus Leningrad. Dann sind wir natürlich nervös geworden und haben angefangen, so schnell wie möglich zu heiraten, weil diejenige, die 20 Jahre alt und unverheiratet ist, als alte Jungfer gilt. Dann haben wir ganz hastig einen ansehnlichen Mann gefunden, den wild angebaggert, und das Ergebnis war bei allen gleich – mit zwanzig einmal Hochzeit mit Schleier, eine Puppe am Autogrill und mit einundzwanzig ein Kind. Und mit fünfundzwanzig, als unsere ziemlich jungen Eltern sich damit abgefunden hatten, dass sie jetzt Oma und Opa sind, und bereit waren, unsere Kinder zu hüten, haben wir uns zum ersten Mal verliebt.

Wir haben mein Auto von der Uni abgeholt und sind mit zwei Wagen zu mir gefahren. Auf dem Newski fuhren wir nebeneinander wie zwei Verliebte. Und dann habe ich ihn ein bisschen überholt!

Haben uns dann sehr lange im Auto geküsst, im Hof gegenüber von meinem Haus, damit uns Murka nicht zufällig sieht. Zum Abschied hat Roman ein bisschen über seine Frau geklagt. Wem kann er so etwas sonst erzählen, ich bin doch die ihm am nächsten stehende Person?!

Ich als professionelle Psychologin verstehe, dass an dem unglücklichen Familienleben nicht nur seine Frau schuld sein kann und Roman kein Engel ist, der gerade zufällig auf der Erde – in meinen Armen – gelandet ist. Es ist so üblich, dass Liebhaber immer schlecht über ihre Ehefrauen reden. Schließlich kann er mir kaum sagen, dass sie eine wunderbare Person ist. Aber Roman erzählt mir Dinge, die man sich nicht ausdenken kann, nur um besonders Eindruck zu machen.

Er sagt, dass seine Frau nicht gut sei, dass sie alle seine Freunde verscheucht habe und schon längst nicht mehr mit ihm schlafen wolle. Alle verheirateten Liebhaber meiner Freundinnen sagen, dass sie selbst mit ihren Frauen nicht schlafen wollen. Und einer hat sogar frech behauptet, mit seiner Frau zu schlafen sei wie Unkraut jäten: Die Arbeit sei mühselig, langweilig und undankbar.

Also, ich glaube Romans Worten! Es ist sehr schwer

für einen Mann zu sagen, dass seine Frau nicht mit ihm schlafen will:

»Hör mal, und wie ist euer Kind entstanden, wenn alles so schlimm ist?«

Roman zog die Schultern hoch und sagte, dass er es selbst nicht genau wisse. Vielleicht ist es ihm gelungen, ihr ein Schlafmittel in den Tee zu tun? Er sagte, dass seine Frau mit ihm die ganze Schwangerschaft über nicht gesprochen habe.

Aber nicht zu sprechen ist doch überhaupt nicht interessant! Ich z. B. habe während der ganzen neun Monate über mein Befinden all jenen berichtet, die ich zwingen konnte, mir zuzuhören! Der Arzt im Geburtshaus hat mich schließlich gebeten, wenigstens während der Geburt ruhig zu sein.

»Sie hat erst im Nebeneingang zur Geburtsklinik gesprochen, hat sich zu mir umgedreht und gesagt, das hätten wir uns sparen können!« Die alte Kränkung brach wieder auf, als Roman mir das erzählte.

Komisch! Ein Kind muss man doch mit Freude bekommen, und sie … armer Roman!

»Und noch was: Sie bestraft unsere Tochter.«

»Aber das ist doch gut so. Die Bestrafung ist ein notwendiger Teil der Erziehung«, habe ich bemerkt. Irgendjemand sehr Kluges hat das gesagt – ich weiß nicht, wer: Makarenko, Pestalozzi, Lenin? Ich träume schon längst davon, Mura zu bestrafen. Es fehlt mir nur die richtige Art der Bestrafung. Am liebsten mit einer zusammengerollten Zeitung …

»Sie spricht nicht mit ihr. Sie kann drei Tage nicht mit ihr sprechen. Sag mir als Psychologin …«

Als Psychologin hätte ich sie schlagen können. Wozu bekommen die Menschen Kinder? Um sie zu lieben und zu schützen, oder um sie leidenschaftlich zu bestrafen? Ich habe ganz schnell meinen Dozententon angeschlagen:

»Viele Frauen, die im Unbewussten zur Brutalität neigen, wählen das Schweigen als Strafe gegenüber ihren Ehemännern und Kindern. Es gibt keine bessere Methode, den Konflikt in die Länge zu ziehen. Aber mit einem neunjährigen Kind nicht zu sprechen! Das ist einfach furchtbar. Du musst ihr sagen, dass sie das mit dem Mädchen nicht machen darf!«

Es stellte sich heraus, dass sie auch mit Roman sehr streng umgeht. Auch hier wendet sie die Schweigemethode an: Auf eine Kleinigkeit, wenn er z. B. vergessen hat, Brot zu kaufen, oder wenn er mit Straßenschuhen ins Wohnzimmer kommt, steht ein Tag Schweigen, auf größere Vergehen, z. B. nicht am Freitag, sondern erst am Sonnabend zur Datscha zu fahren, bis zu zwei Wochen Schweigen. Höchststrafe: ein Monat.

»Aber wozu schweigen? Ich wollte immer richtig zanken...«, habe ich unüberlegt gesagt, und wir haben angefangen, uns zu verabschieden.

Es war furchtbar traurig, auseinander zu gehen, nahezu unmöglich. Wie schön wäre es (ich darf doch ein bisschen träumen), wenn nicht ich zu mir... und nicht er zu sich... sondern wir zusammen zu mir...

Hm. Einfach so zu mir? Bei mir ist doch nie aufgeräumt... Außerdem war ich müde von solch starken Gefühlen, und ich wollte einfach auf dem Sofa liegen, mir sogar nicht mal die Schuhe ausziehen.

Aber wenn wir zusammengewohnt hätten, gäbe es

solche leidenschaftlichen Gefühle nicht, und es drohte ein normaler Familienabend. Ich wäre aber nicht so einsam. Jetzt ist z. B. Mura nicht zu Hause und, nachdem ich ein bisschen in Schuhen auf dem Sofa gelegen habe, wurde mir ganz einsam.

Und so würde bei uns ein normaler Familienabend ablaufen:

Zuerst würde Roman Abendbrot essen wollen. Übrigens, wir haben heute zum Abendessen ein umfangreiches Angebot. Pelmeni »Daria«, Buletten »Daria«, Blini mit Quark »Daria«. Vielleicht ist er überhaupt nicht so ein leidenschaftlicher Daria-Liebhaber? Dann würde ich gezwungen sein, eine Suppe zu kochen. (Murka und ich mögen überhaupt kein richtiges Essen. Wir mögen geröstetes Brot mit Wurst, Pâté und Käse. Besonders mögen wir Camembert und Räucherkäse. Aber sehr viele Männer möchten am Abend ein ganzes Mittagessen haben: Suppe, Hauptgericht und Kompott. Ich muss sehen, ob es in unserem Lebensmittelladen eine tiefgefrorene Suppe »Daria« gibt.)

Nach dem Mittagessen/Abendbrot würde Roman fernsehen, und der Apparat würde sehr laut sein. (Das Gehör bei Männern funktioniert anders als bei Frauen. Sie mögen es, wenn es sehr laut ist, und bei Geräuschen, die von ihren Frauen und nicht aus dem Fernseher kommen und die ein bisschen lauter als Geflüster sind, verwandeln sie sich buchstäblich in einen Hund von Baskerville.)

Und wenn er sagt: »Du telefonierst schon zwei Stunden«, oder »Hör auf, im Bett zu lesen«? Ich muss irgendwie unauffällig klären, ob er auf Licht allergisch reagiert.

Dafür wären wir immer zusammen, und ich wäre nicht so einsam.

Aber ich fühle mich eigentlich nicht wirklich einsam.

Es ist alles OK. Ich vermute schon lange, dass alle Geschichten über das bittere Leben einsamer Frauen stark übertrieben sind. Es ist nicht wichtig, dass du einen Ehemann hast, es ist wichtig, dass du lebst. Z. B. ich: Ich koche mir jetzt Pelmeni, werde heute Abend meine Beziehung zu Mura ein bisschen aufbessern, dann telefoniere ich mit Mama, Jenka, Olga und Alena. Dann werde ich einen neuen Krimi von Akunin lesen … ich meine natürlich Toynbee, »Der Gang der Weltgeschichte«. Mein Leben ist in diesem Moment so eingerichtet, wie es mir am besten passt, und es gibt nur eins, was mich etwas unruhig macht, die Frage, ob Roman mich heute anruft, um mir eine gute Nacht zu wünschen.

Oktober

Montag, 2. Oktober

Montags beginnt das Leben immer neu. Deswegen habe ich mir heute fest vorgenommen, dem Glatzkopf zu sagen, dass ich nicht vorhabe, für den Parkplatz 100 Dollar zu zahlen.

Habe mich an mein Auto rangeschlichen, dabei nach allen Seiten geschaut, ob mich keiner sieht. Plötzlich habe ich einen missbilligenden Blick des Glatzkopfs aufgefangen – er hat mich bemerkt und ist sehr schnell aus dem Treppenhaus zu mir geeilt.

Aber er kann mich nicht besiegen – ich wollte das ganze Arsenal meiner psychologischen Methoden auf ihn anwenden. Das Wichtigste für eine erfolgreiche Kommunikation ist, dass man richtigen Kontakt aufbaut. Viele Menschen haben ihre Kommunikation beendet und haben sich sogar gestritten, bevor sie einen richtigen Kontakt aufgebaut haben. Wir professionellen Psychologen gehen ganz anders vor.

Habe den Glatzkopf fixiert und gelächelt.

»Was glotzen Sie mich so an?«, verdächtigte mich der Glatzkopf.

So ein Dummkopf. Er verstand überhaupt nicht, dass ich nach allen Regeln der psychologischen Kunst einen Kontakt aufbaute.

Um gut in Kontakt zu kommen, muss man dieselbe

Haltung annehmen wie das Gegenüber. Deshalb habe ich mich genauso breitbeinig hingestellt, die Schultern hoch- und den Kopf eingezogen und eine Hand hinter den Rücken gesteckt, als ob ich eine Pistole versteckt hielte.

»Was ist mit dir, machst du Witze? Wieso machst du mir alles nach?«

Wir Psychologen spüren in der Regel jede auch noch so undeutliche Bedrohung, die von unserem Gegenüber ausgeht. Deshalb bin ich ein bisschen in Richtung Treppenhaus zurückgewichen. Dabei habe ich nicht aufgehört, ihn anzulächeln, und winkte ihm übertrieben freundlich zu.

Ich würde ganz schnell die Probleme mit dem Glatzkopf ein für alle Mal lösen.

... Obwohl – wenn du die Probleme selbst nicht lösen kannst, dann lösen sie sich von alleine. Entweder er überlegt sich die Sache mit dem Parkplatz anders oder er vergisst mich irgendwie.

Genau um 12 Uhr, als die Kanone auf der Festung Peter und Paul zu Mittag schoss, habe ich wie immer Angst bekommen, dass plötzlich Krieg herrscht.

Alle Dozenten wurden aus ihren Vorlesungen herausgezogen, und es wurde eine dringliche, ungeplante Sitzung unserer Fakultät einberufen. Unsere Dekanin kam mit ausdruckslosem Gesicht, und alle älteren Lehrkräfte hatten furchtbare Angst, entlassen zu werden.

Es stellte sich aber heraus, dass keiner entlassen werden sollte. Es ist vielmehr etwas Außerordentliches passiert: Drei unserer Studenten aus dem vierten Semester sind wegen des Verkaufs von Drogen in sehr großen Mengen verhaftet worden. Man sagt, dass darauf wohl zwanzig Jahre stehen.

Als die Namen genannt wurden, habe ich laut geschrien: »Das kann doch nicht wahr sein!« Einer davon war mein Student, ein sehr sympathischer Junge mit einem rassigen Gesicht, schönen Augen, bestimmt aus einer sehr guten Familie. Während des ganzen letzten Semesters saß er in der ersten Reihe und hat immer sehr kluge Fragen gestellt. In der Prüfung bei mir hat er eine Zwei bekommen, war sehr traurig darüber und wollte sich auf eine Eins verbessern. Ist es für einen Drogendealer wirklich wichtig, ob er eine Eins oder eine Zwei in Psychologie hat? Jetzt wird er eingesperrt. Wie konnte er nur? Furchtbar, furchtbar, furchtbar!

War so deprimiert, dass ich den Termin für Fußpflege, Enthaaren und Maniküre fast vergessen hätte. Morgen treffe ich mich mit Roman, und die Haare an meinen Beinen wachsen so schnell im Vergleich zu meinem Kopfhaar. Das musste ich erst jahrelang wachsen lassen, um von meinem ganz kurzen Kurzhaarschnitt loszukommen.

Habe meine Vorlesung gehalten, konnte mich aber nicht konzentrieren; ich habe meine Studenten aufmerksam angesehen und mich dabei gefragt, wie viele von ihnen bereits einmal Drogen gekauft haben. Prüfend habe ich in ihre Augen gesehen.

»Was ist mit Ihnen? Vielleicht wollen Sie kurz rausgehen?«, haben mich einige Studenten mitleidig gefragt.

Ich habe gesagt, mit mir sei alles in Ordnung, aber etwas Furchtbares sei geschehen. Drei unserer Studenten hätten gedealt. Und ich habe alle Anwesenden gefragt:

»Wer von Ihnen glaubt, dass schwere Drogen schlecht, leichte dagegen harmlos sind?«

Die Hälfte des Hörsaals hob die Hände hoch.

»Sie sind Dummköpfe und verstehen nicht…«, habe

ich leidenschaftlich angefangen. »Wenn ein Mensch leichte Drogen nimmt, bedeutet es, dass er schon eine entscheidende Schwelle überschritten hat und keine Angst mehr hat, auch den nächsten Schritt zu tun. Und noch etwas, das Wichtigste – er hat schon Suchtsymptome und vergisst nie, wie blau der Himmel war, als er … Sie verstehen schon.«

Habe erzählt, über welche Schutzmechanismen ein Mensch verfügt, nicht im Sinne einer Pistole, sondern psychologische. Das Wichtigste ist, die unangenehmen Gedanken nicht zu verdrängen, so dass ihr Bild kleiner und kleiner wird, bis es ganz verschwindet …

War furchtbar nervös und wollte, dass sie es verstehen. Wenn du ein einziges Mal etwas Schlechtes machst, eine Kleinigkeit nur, dann wird es viel leichter, auch im Großen etwas Schlechtes zu tun. Habe darum gebeten, dass diejenigen sich melden, die damit einverstanden sind. Ganze zwei Studenten haben die Hand gehoben. Das ist sehr wenig. Andererseits – wenn man bedenkt, dass ich zwei Seelen gerettet habe, ist es nicht so schlecht.

Bin nach Hause gefahren und habe dabei überlegt, wie ich meinen Studenten Angst einjagen könnte, um noch ein paar Seelen zu retten. Plötzlich habe ich mich erinnert: Pediküre! Enthaarung!

Den Schönheitssalon »Nymphe« habe ich auf der Puschkinskaja entdeckt.

Dieser Salon ist sehr in und die Pediküre dementsprechend. Ich habe mich nämlich entschlossen, eine echte Frau zu sein, der kein Geld für sich selbst zu schade ist. Ich lasse mir immer im Herbst und Winter eine Pediküre machen, weil es mich an glänzende Bernsteinkugeln erinnert, was danach geheimnisvoll in meinen Schuhen und Strümpfen schlummert. Die Maniküre ist dagegen uninteressant, weil ich immer sehr kurze Fingernägel habe und jeder sie sieht. Während der Prüfungszeit schreibe ich Hunderte von Testaten mit der Hand.

Eine junge Frau mit dem Schild »Tatjana – Meisterin für Pediküre und Maniküre« auf der Brust nimmt sich meiner an. Warum sind alle Tatjanas bloß so penibel? Kann man nicht einfach ruck, zuck – und das war's? War drauf und dran, nach dem ersten Fuß fortzulaufen. Die junge Frau hat mich gefragt, ob sie einen Nagellack nach ihrem Geschmack wählen dürfe. Der entpuppte sich als furchtbarer Himbeerknaller.

Tatjana hat mir streng befohlen, außerdem noch meine Fingernägel machen zu lassen, und hat mir beigebracht, wie ich sie pflegen soll. Das ist wohl sehr einfach. Man muss jeden Abend die Fingernägel mit Tonic, Balsam und einer Emulsion bestreichen, dann eincremen (für alle Arten von Fingernägeln gibt es verschiedene Flüssigkeiten und Cremes), und ich muss besondere Vitamine einnehmen, um das Wachstum der Fingernägel anzuregen. Ich war zu schüchtern zu fragen, wozu man so riesige Krallen wie ein Bussard braucht – wir schützen uns damit nicht und benutzen sie nicht, um unsere Nahrung zu fangen. Aber ich habe rechtzeitig kapiert, dass die Fingernägel ihr Broterwerb sind, und je mehr Fingernägel, desto besser – für sie.

Für ihre Empfehlungen zu meiner Nagelpflege habe ich ihr einen psychologischen Tipp gegeben, was sie mit ihrem Kind machen soll, das schlecht in der Schule ist. Sagte ihr, dass sie nicht traurig sein muss. Eine Sechs bei einem Jungen sei normal. Sie solle eher froh sein, es wachse ein echter Mann bei ihr heran, frei und unabhängig. Dann habe ich erfahren, dass sie eine Tochter hat…

Nach der Pediküre war ich bei der Enthaarung. Es hat sehr, sehr wehgetan! Habe die Kosmetikerin gebeten, einige Haare stehen zu lassen. Aber sie hat nicht darauf gehört, weil sonst ihre Arbeit nicht ordentlich wäre. Um mich von meinen Schmerzen abzulenken, hat sie mir von verschiedenen Verjüngungsmethoden erzählt (sehe ich so aus?!).

Eine Gesichtsmassage mit Vitaminmaske verschönt den Teint und strafft die Haut. Zehn Sitzungen je 400 Rubel. (Bin sicher, dass ich es wert bin.)

Eine Elektrobehandlung strafft auch die Haut. Zehn Sitzungen inklusive Massage je 950 Rubel. (Ob ich das wert bin?)

Mesotherapie verbessert buchstäblich alles. Es wachsen dir sogar neue lange Beine. Immerhin: Eine Spritze kostet 2000 Rubel, und man braucht fünf.

Also: Für 10000 Rubel wird mir Collagen in meine Persönlichkeit gespritzt. Dabei kann man nicht ausschließen, dass es mir genauso ergeht wie meiner Nachbarin Irka.

Irka und ich sind auf dieselbe Schule gegangen. In dieser Schule war Chemie ein Unterrichtsschwerpunkt, und dieser Schwerpunkt hat auf Irkas Unbewusstes eine unglaubliche Wirkung ausgeübt. Sie meint, dass sie ein Stoff in einem Reagenzglas ist. Ständig misst sie sich, wiegt, erhitzt und trocknet sich und beobachtet, was als Rest dabei herauskommt.

Im letzten Herbst wurde Irka versprochen, dass sie so aussehen könnte wie Cathérine Deneuve, und Irka hat beschlossen, sich Goldfäden implantieren zu lassen.

Im Winter hat sich gezeigt, dass die Fäden bei Frost sichtbar werden und ihr Gesicht regelrecht kariert aussieht. In diesem Jahr soll der Winter mild werden. Irka ist darüber nicht sehr traurig.

Aber Irkas eigentliche Schwachstelle ist die Nasen-Mund-Partie. Sie sieht in Wahrheit nicht so schlecht aus, wie Irka denkt. Aber sie ist eine Anhängerin von radikalen Lösungen. Ganz in diesem Sinne geht sie auch an besagtes vermeintliches Problem heran: Im Sommer hat sie sich z. B. ein sehr teueres Gel in die Mundfalten spritzen lassen und sich darüber geärgert, dass das Gel nur ein halbes Jahr wirkt. Schließlich ist dieses Gel schon wenige Tage nach dem Eingriff aus den Falten weiter in ihre Wangen geflossen, vorwiegend in die rechte. Ich habe gedacht, sie hätte eine dicke Backe von einem Zahngeschwür. Aber es war dieses Gel.

Eine ähnliche Situation habe ich in der Schule in der letzten Klasse im Chemieunterricht erlebt. Ich musste nur einen Tropfen von irgendeiner Flüssigkeit in ein Reagenzglas geben (»Nur einen!«, hat die Chemielehrerin geschrien.). Aber ich habe – zufällig oder absichtlich – so viel hineingeschüttet, dass ein schrecklicher schwarzer Schaum aus dem Reagenzglas hervorgequollen ist. Ich habe wie in einem Rausch immer mehr hineingeschüttet, bis die Lehrerin mich einfach bei der Hand gepackt und in eine entfernte Ecke gezogen hat. Ruh dich von diesem Experiment aus, du bist zu aufgeregt, hat sie gesagt. Und dort, in dieser Ecke, habe ich verstanden, dass man sehr aufpassen muss mit der Chemie.

Aber Irka hat keine Gelegenheit gehabt, in einer solchen Ecke zu stehen und nachzudenken. Deswegen nennt Mura sie »Irka, der karierte Hamster« oder einfach »Irka

Hamster«. Mura steht ihr sehr nahe. Irka erlaubt ihr zu viel. Und man kann nichts dagegen tun.

Bei mir könnte dieses Collagen auch irgendwohin fließen, wo es nicht hingehört, z. B. in die Augen. Ich würde dann wie ein Schwein mit kleinen Äuglein aussehen. Sollte es in die Nase fließen, würde die wie ein Steinpilz aussehen… Aber vielleicht hätte ich Glück, und das Gel würde nur hinter die Ohren fließen. Dann müsste ich einen Rollkragenpullover tragen.

Die Kosmetikerin hat von mir auch einen Psychotipp bekommen. Ihr Freund will im Herbst in die Türkei fliegen und sie im Winter zum Skilaufen. Ich habe ihr empfohlen, im Winter in die Türkei zu fahren, weil dort ein Skigelände direkt am Meer eröffnet wurde. Ich bin fast sicher, dass ich davon gehört habe.

Nein, ich werde mich nie von Tatjana trennen – der Meisterin der Pediküre und Maniküre. Ich habe meinen Ring bei ihr vergessen. Der ganze Salon hat gesucht, man hat die Putzfrau bestellt, dann die Verwalterin, und einige Kunden beteiligten sich – begierig auf einen kleinen Skandal – ebenfalls an der Suche. Mein Ring wurde nicht gefunden.

Die Verwalterin wollte schon die Miliz anrufen, aber ich habe abgewinkt. »Ach, lassen Sie nur… Wegen dieses kleinen Glassplitters. Meine Freundin hat mir den Ring in der fünften Klasse geschenkt. Obwohl – vielleicht findet die Miliz ihn.«

Der Ring wurde im selben Augenblick (wie in einem Trickfilm) auf dem Boden entdeckt. Ein Brillant, in dunkles Silber gefasst. Solche alten Brillanten sehen wirklich wie Glas aus, weil sie früher nicht richtig geschliffen wurden. Diesen Ring hat mir Dennis' Mutter geschenkt, als ich Mura geboren habe.

Habe der Verwalterin und den Mitarbeiterinnen erklärt, welche psychologische Methode ich in diesem Fall angewendet habe, habe Visitenkarten verteilt und gesagt, wenn sie irgendwelche Probleme hätten, könnten sie mich jederzeit anrufen.

Sonnabend, 7. Oktober

... Um acht Uhr abends sind Murka und ich vor Hunger fast gestorben, aber meine Mutter hat uns gerettet. Sie hat Rouladen in Tomatensauce und Apfelkuchen mitgebracht. Das Größte, was einem Menschen widerfahren kann, ist ein Leben in Reichweite der Mutter und von Rouladen in Tomatensauce!

Ich habe drei Rouladen, dann noch ein kleines, unerhebliches Stück Apfelkuchen gegessen (ich fange mit meiner Diät an, sobald ich mit Shaping beginne). Murka hat zwei Rouladen und die Hälfte des Apfelkuchens gegessen.

Um halb neun sind Irka, der karierte Hamster, und ihr Mann Pjotr Iwanitsch gekommen. Er hat einfach einen Riecher für die Rouladen meiner Mutter!

Wir kennen uns hundert Jahre, und beide sind ganz enge Freunde von uns. Deshalb hat Pjotr Iwanitsch beschlossen, meiner Mutter zu erzählen, wie Irkas Leben weitergehen würde, sollte ihm etwas passieren. Er ist 40 Jahre alt, er ist nicht krank, und er ist kein Berufsverbrecher. Er ist einfach drei Jahre älter als Irka und denkt, dass sie ihn genau um diese drei Jahre überleben werde.

Pjotr Iwanitsch hat Mama, Murka und mich überzeugt, dass man Geld zur Bank bringen müsse oder in Immobilien anlegen. Und »wenn…« – dann könnte Irka ganz leicht das Geld bekommen und entscheiden, was sie damit machen will.

Mama war ganz rot und hat mich mit einem Gesichtsausdruck angesehen, der besagte: Du machst alles falsch, und man muss viel mehr über die Zukunft nachdenken. In mir nagt immer etwas, wenn ich daran denke, dass alle anderen so viel haben und ich irgendwie allein dastehe. Wo ist übrigens meine Kreditkarte? Aber eigentlich habe ich gar keine. Wenn ich allerdings meinen Pass finden würde, könnte ich eine bestellen und mein Gehalt auf mein Konto überweisen lassen.

Obwohl… die Weltliteratur kennt so viele Beispiele dafür, dass riesige Vermögen in wenigen Augenblicken verschwinden können. Und ich weiß aus eigener Erfahrung, dass in Gelddingen alles ganz und gar nicht einfach ist… Einmal habe ich eine sehr schöne blaue Bankkarte besessen. Ich habe sie mit Geld aufgeladen und habe mir vorgestellt, wie ich überall mit dieser Karte bezahlen werde – lässig und ein bisschen gelangweilt mit dem Gesichtsausdruck eines Menschen, der solche Operationen längst gewohnt ist. Mit dieser Karte sind Mura und ich nach Deutschland zu meiner Freundin Jenka gefahren. Und erst als ich diese schöne Karte in einen Automaten gesteckt habe, erinnerte ich mich, dass dieses Stück Plastik nicht ausreicht, um an Geld zu kommen; denn man braucht ja noch einen PIN-Code. Gerade diesen PIN-Code hatte ich vergessen – dachte, dass ich ihn eigentlich auswendig wüsste, und hatte ihn deshalb nicht aufgeschrieben. Aber trotzdem habe ich ihn vergessen. Das kann doch jedem passieren. Und so waren Mura und ich ohne einen Pfennig im Ausland, aber dafür mit einer

Karte. Ich möchte jetzt nicht daran denken, wie viele Unannehmlichkeiten wir erlebt haben, als wir zunächst am Telefon bei unserer Bank in St. Petersburg (die Bank hat unterstellt, dass ich eine verrückte Bettlerin sei, die zufälligerweise die Kartennummer und die Telefonnummer der Bank mitbekommen hätte) und dann bei Jenkas Nachbarn um Geld gebettelt haben.

Aber das Unangenehmste passierte in Piter, als man mich zu erklären zwang, warum ich gleichzeitig den PIN-Code vergessen, außerdem die Karte verloren und meinen Pass verlegt habe…

Ich konnte mein Geld so lange, lange nicht bekommen, und mein Kundenberater in der Bank hat mir vorgeschlagen, auf ihre Kosten prüfen zu lassen, ob ich noch zurechnungsfähig sei…

…Also für mich ist es besser, nicht über eine zukünftige Geldanlage nachzudenken, weil ich einmal eingezahltes Geld nicht so einfach zurückbekomme.

Viel wichtiger ist es, über die Zukunft der Kinder nachzudenken. Ich habe beschlossen, jetzt sofort zu beginnen, über die Zukunft von Mura nachzudenken.

»Lasst uns Muras Schicksal und Zukunft besprechen!«, habe ich angeregt. »Welches Studium soll Mura beginnen, wenn sie eigentlich keine Neigungen hat, außer uns vorzulügen, dass alle anderen eine Sechs haben und ihre persönliche Sechs vor diesem Hintergrund wie eine Fünf erscheint.«

»Aber Mura muss noch ein Jahr zur Schule gehen«, hat sich Irka gewundert. »Warum müssen wir jetzt schon darüber sprechen?«

»Aber wann denn?«, habe ich wissen wollen, und wir begannen dann doch, über Muras zukünftiges Schicksal zu sprechen.

»Was willst du, Murotschka?«, hat meine Mutter gefragt.

»Ich will zu Benetton, Mango und Mexx«, hat Mura ehrlich geantwortet.

»Es gibt nichts zu besprechen«, hat meine Mutter abgewinkt. »Unsere Mura wird an der Philologischen Fakultät studieren.«

Wie wahr! Es ist die einfachste Lösung. Was kann ein Mädchen aus einer Intellektuellenfamilie sonst studieren?

Zu meiner Zeit (es klingt so furchtbar, als ob ich 200 oder 220 Jahre alt wäre) wurden solche Mädchen ohne jegliche Neigungen an einer technischen Fachhochschule wie eine Pfandflasche am Kiosk abgegeben. Es wurde ein Mädchen ohne Diplom abgegeben, und dafür bekam man ein Mädchen mit Diplom zurück. Alle diese Mädchen haben ganz passabel studiert. Ein beliebiger Mensch mit durchschnittlicher Intelligenz ist in der Lage, überall zu studieren, egal, ob in der Metallverarbeitung oder im Theaterfach. Danach können natürlich Probleme entstehen. Aus diesen Mädchen ist inzwischen eine ganze Generation vierzigjähriger Tanten entstanden, die keinen Platz in dieser Gesellschaft mehr finden können …

Ja! An die Philologische Fakultät. Noch dazu besucht sie das renommierteste geisteswissenschaftliche Gymnasium der Stadt. Dorthin gehen Kinder von allen, vom Bürgermeister, von Künstlern und Konsuln. Unsere Mura erwirbt dort tiefgehende Kenntnisse in allen Fächern.

»Natürlich an die Philologische Fakultät mit ihr! Jetzt werden wir ihre Kenntnisse überprüfen«, hat meine Mutter vorgeschlagen. »Murotschka, mein Kind, sag mir, wer hat ›Das Gewitter‹ geschrieben?«

»Ich erinnere mich nicht.«

Mama hat nervös eine Stelle hinter dem Ohr von Leo Jewgenjewitsch gekrault. (Normalerweise mag sie ihn gar nicht, weil meine Mutter Diebe überhaupt nicht leiden kann.) Sie hat ungeschickt zur Seite geguckt. Aber es gab da keinen anderen außer mir, Irka und Pjotr Iwanitsch.

»Und von wem ist ›Der Kirschgarten‹?«

»Griboedow«, hat Mura geantwortet, hat dann aber unsere Gesichter gesehen und sich augenblicklich korrigiert. »Nein, nicht Griboedow? Aber von wem dann?«

»Was hat Dostojewski geschrieben, Mura?«, hat Mama gefragt. Kraftlos versank sie in ihrem Sessel und schloss die Augen.

Mura ist ein gutes Mädchen und will ihrer Großmutter nur Freude bereiten.

»Ich weiß! ›Die Dämonen‹ und ›Väter und Söhne‹«, antwortete Mura wie aus der Pistole geschossen. »Nein, aber bitte sagt mir nicht, dass das kein Dostojewski ist! Der Frosch wurde in ›Väter und Söhne‹ geschlachtet?! Und die alte Frau wurde auch dort geschlachtet! – Was, nein? Dafür weiß ich ganz genau, dass Tschechow ›Wanka Schukow‹ geschrieben hat und als Fortsetzung davon, als er schon erwachsen war, ›Onkel Wanja‹.«

»Murotschka, lass uns über die Poesie sprechen! Welche russischen Dichter kennst du?«, hat meine Mutter gefragt. Und ich habe plötzlich gespürt, wie sie richtig aggressiv wurde.

»Majakowski. Majakowski hat ›Der Mensch in Hosen‹ geschrieben. Ich kenne noch andere russische Dichter – Puschkin, Lermontow, Blok, Jewtuschenok.«

»Wer hat früher gelebt, Blok oder ›Jewtuschenok‹?«, hat meine Mutter hinterlistig gefragt. Aber es ist nicht so leicht, Mura aufs Glatteis zu führen.

»Gleichzeitig.«

Meine Mutter dachte, dass Mura einfach spielt. Aber ich weiß ganz genau, dass sie das nicht gemacht hat. Wahrscheinlich nur ein kleines bisschen fürs Publikum. Die ganze Weltkultur ist an Mura vorbeigegangen. Es ist schwer zu sagen, wer daran Schuld hat – die Familie oder die Schule –, aber in jedem Fall weder ich noch meine Mura. Also bleibt nur die Schule. Diese Eliteschule hat das Interesse von Mura an allen kulturellen Errungenschaften der Menschheit zerstört.

Für mich bedeutet nicht lesen so viel wie nicht essen, nicht trinken und überhaupt: nicht leben. Ich lese immer – morgens, bevor ich aufstehe, während ich esse, im Auto, im Stau …

Einmal, als ich in einem Stau in der Fontanka gestanden und dabei gelesen habe, hat sich aus dem nebenstehenden Auto ein Fahrer aus dem Fenster gebeugt und mir gesagt: »Es geht Ihnen gut. Sie haben einen Autopilot!«

Nur einmal im Leben habe ich einen ganzen Monat lang nicht gelesen – als mein Vater gestorben ist. Ich war damals noch ganz klein, ich war damals 32 Jahre alt. Mein Vater war auch nicht richtig erwachsen geworden, er war erst 54, als er starb. Eines Abends haben wir alle zusammen, Mama, Murka, Dennis und ich, Tee getrunken und unsere Lieblingslieder gesungen. Es war irgendwie besonders warm, aber vielleicht habe ich mir das erst hinterher alles ausgedacht und es war in Wirklichkeit wie immer. Ich hätte diesen Abend nie besonders in Erinnerung behalten, wenn nicht ausgerechnet in dieser Nacht mein Vater gestorben wäre. Als ich vor ihm gestanden habe, war er schon tot. Ich habe mich gefühlt, als ob ich fünf Jahre alt wäre.

Wenn mich seitdem irgendjemand nach meinen Eltern fragt, sage ich: »Mein Papa ist gestorben.« Und im selben Augenblick füllt sich mein Inneres mit Tränen, als ob es gestern erst geschehen ist. Und ich bin wieder ganz klein, 5 oder 6 Jahre alt, nicht älter.

Danach konnte ich jedenfalls den ganzen Monat nicht lesen. Wenn ich ein Buch zur Hand nahm, begann ich zu weinen. Aber sonst lese ich immer. Ich verstehe überhaupt nicht, wie es möglich ist, dass Mura so eine große Banausin diesbezüglich ist.

Murka hatte meine Miene bemerkt und rechtfertigte sich:

»Dafür weiß ich, wer das ›Tagebuch von Bridget Jones‹ geschrieben hat, den ersten Band und den zweiten auch«, hat sie angeberisch gesagt.

»Toll, es ist toll, Murotschka!«, hat meine Mutter mit dem traurigen Lächeln einer letzten Überlebenden der Kultur in unserer Welt gesagt. »Deine Mutter ist promovierte Pädagogin und hat so eine fortschrittliche Tochter herangezogen.«

Meine Mutter ist nach Hause gegangen, aber Irka Hamster ist geblieben und geblieben wie ein Steinerner Gast! Ich habe sie angelogen, dass ich mich auf meine Vorlesungen vorbereiten muss. Aber Irka sagte, dass Vorlesungen einfach Quatsch sind.

Dann habe ich geflunkert, dass jetzt Roman mit einem gewissen Vorhaben zu mir kommen würde, und Irka hat es sich bequemer gemacht und gesagt, dass sie nur mit einem Auge … und überhaupt nicht stören wird …

Ich habe mich nicht geschlagen gegeben und habe mitgeteilt, dass ich ganz dringend von Kopf bis Fuß eine Packung mit Meeresalgen auflegen muss, um meinen Teint und meine Hautfarbe am Körper zu verbessern. Irka hat das als Begründung akzeptiert und ist endlich gegangen. Ich wollte nun Toynbee lesen und überhaupt nicht den neuen Krimi von Akunin. Die widerliche Murka hat meinen neuen Akunin in ihrem Zimmer versteckt. Aber Leo Jewgenjewitsch und ich sind in ihr Zimmer eingedrungen, haben ausgiebig ihre Haufen durchstöbert und haben alles gefunden, was wir wollten – ich den Akunin und Leo Jewgenjewitsch ein angebissenes Brötchen mit Käse.

Am späten Abend, fast in der Nacht, ist mir eine geniale, revolutionäre Idee für Muras Zukunft gekommen: Institut für Internationale Beziehungen! Konnte nicht bis zum Morgen warten, habe Mura geweckt und sie gefragt, ob sie Botschafterin werden wolle.

»Besser heirate ich einen Botschafter und werde Frau Botschafter«, hat Mura geantwortet.

Das bedeutet, sie ist nicht dagegen! Das ist sehr gut! Sie muss ihren Beruf mögen! Aber ich weiß nicht, ob Mura Ahnung von Politik hat… Mura sagte, dass sie schon viel Ahnung davon hat und dass z. B. der Präsident von Frankreich Yak Zibrack heißt, und ist dann wieder eingeschlafen.

Yak Zibrack? Frankreichs Präsident? Vielleicht hat sie Recht, dieser Name kommt mir auch bekannt vor…

Habe mich erinnert, woher ich diesen Namen kenne: »Drei Japaner kamen zu Yak Zibrack, tranken Tee und aßen Zwieback.«

Meine Liste für morgen:

1. Dennis anrufen und ihn davon überzeugen, dass Mura Botschafterin wird. Dafür muss man viel investieren, in erster Linie in Nachhilfe…

2. Nicht vergessen: meine Bordeaux-Dessous anziehen! Morgen treffe ich mich mit Roman. Hurra, hurra, hurra!

Montag, 9. Oktober

Morgen.

War spät dran. Habe mich ganz schnell angezogen, Leo Jewgenjewitsch und Sawwa Ignatitsch getrennt (sie haben sich auf Muras Bett wegen eines angebissenen Quarkröllchens gestritten), habe überlegt, ob ich nicht vielleicht auch um dieses Röllchen kämpfen sollte – habe es nämlich nicht einmal geschafft zu frühstücken.

Enthaarung und Pediküre waren nicht nötig, weil Roman keinen richtigen Ort gefunden hat, wo ich mich ihm hätte vorführen können.

Man kann nie wissen: Wird IRGENDETWAS passieren oder nicht? Schade nur, dass man diese beiden Maßnahmen nicht fürs nächste Mal aufheben kann, sie sind verderblich. Es ist schwere Arbeit ohne Schlaf oder Erholung, sich richtig in Schuss zu halten: Gerade hast du die Fußpflege hinter dir, werden die Haare fällig usw.

Ich würde gern sehen, was aus den Männern werden würde, wenn sie all das machen müssten, um von uns schön gefunden zu werden:

1. Immer, immer die Beine und Arme enthaaren und auch die Bikini-Zone!
2. Mit einer Pinzette jedes zufällige Härchen im Gesicht auszupfen!
3. Außerdem: die Augenbrauen pflegen! Sie dürften sich auch nicht in der Öffentlichkeit mit einem unsauber rasierten Schnurrbart zeigen.

Ach, egal, zum Teufel mit der Enthaarung! Er will eben nicht nur Sex, sondern überhaupt mit mir zusammen sein. Er kann aus jedem unserer Treffen eine Feier machen. Hat mir Blumen geschenkt, einen riesigen Strauß in Blau und Gelb.

Ich mag diese Cellophanverpackung nicht. Und Blumen mag ich auch nicht. Ich denke, es hat etwas Unmoralisches, wenn solche zarten Blüten abgeschnitten werden, so als ob jungen Mädchen …

Aber ich sage ihm das nicht, damit er nicht denkt, dass ich undankbar bin.

»Magst du Sushi?«, hat Roman gefragt, und ich habe ihm gesagt, dass ich es mag.

In Wahrheit liebe ich italienisches Essen, Pasta – egal welche – oder Pizza, auch egal welche, aber am liebsten mit Schinken, und diese kalorienreichen Desserts – Tiramisu oder Pannacotta … Außerdem mag ich Eis, am liebsten mit kandierten Früchten. Amerikanisches Essen gefällt mir auch, Hamburger oder Steak mit Pommes frites. Außerdem mag ich Meeresfrüchte, aber nur Crevetten, weil Austern wie fauliges Wasser riechen. Aber heutzutage muss jeder fortschrittliche Mensch Sushi mögen. Und ich habe mich geniert, Roman zu sagen, dass ich ein primitiver Fresssack bin, der davon träumt, sich mit Makkaroni voll zu schlagen. Deswegen sind wir in eine Sushi-Bar auf dem Newski-Prospekt gegangen.

Ich weiß nicht, was mit mir in dieser Sushi-Bar passiert ist, mit mir, einer promovierten Psychologin, der Mutter von Mura, mit der Ernährerin von Leo Jewgenjewitsch und Sawwa Ignatitsch, einer Dozentin, die absolut souverän vor Hunderten von Studenten steht usw. Aber ich weiß nicht, warum ich dort völlig den Kopf verloren habe.

Ich konnte nichts bestellen, habe in der Speisekarte hin- und hergeblättert, etwas Undeutliches gestammelt. Dennis und ich sind nie in solche Sushi-Bars gegangen, weil es sie damals noch nicht gegeben hat. Nach Dennis machte ich alle meine Restauranterfahrungen mit Jenka, und mit ihr spare ich erstens immer, weil uns beiden klar ist, dass die neue, fünfundzwanzigste Bluse viel besser als ein Mittagessen im Restaurant ist, und zweitens, weil sie auch eine Neigung zu Pizza und kalorienreichen Desserts hat.

Wie eine Neunmalkluge der Psychologie weiß ich, dass man sich nicht genieren sollte zu sagen, ich weiß es nicht, helfen Sie mir! Normalerweise bin ich immer sicher. Aber hier habe ich plötzlich Angst bekommen, dass Roman denkt, ich sei ein bisschen dumm, und habe deshalb einfach mit dem Finger auf irgendein Bild in der Speisekarte gezeigt in der Hoffnung, dass dieses Gericht keine Nilpferdportion sein wird …

Als ich dann dieses Gericht für ein Nilpferd bekommen habe, befürchtete ich, dass Roman denken könnte, ich sei entweder ein Fresssack oder ein Geizhals.

Zuerst habe ich versucht, mit Stäbchen zu essen. Aber die Stäbchen sind von ganz allein an die Decke geflogen, als ob ich ein berühmter Jongleur wäre – ich konnte sie nur nicht wieder auffangen. Aber Roman hat so mit den Stäbchen hantiert, als ob er in einem japanischen Kindergarten erzogen worden wäre.

»Möchtest du ein bisschen Wasabi?«, hat Roman gefragt.

»Natürlich! Ich mag Wasabi sehr«, habe ich selbstsicher geantwortet und zugesehen, was Roman macht. Also habe ich mir auch ein kleines Stückchen dieser grünen Paste aus der Schale genommen.

Unverzüglich sind meine Augen nach oben gerollt, und dann kamen mir die Tränen.

»Sehr, sehr lecker!«, flötete ich, sobald ich wieder Luft holen konnte und mich von dem Wasabi-Schock erholt hatte, der eigentlich für die Wilden vom Stamm der Feuerschlucker bestimmt zu sein scheint.

Es hat so furchtbar gebrannt, dass ich mich nicht mehr auf das Essen mit einer Gabel konzentrieren konnte, so dass ich Romans weißen Pullover mit der Sojasauce bespritzt habe und dann ein Stück rohen Fisch auf meinen Rock habe fallen lassen. (Er hat es nicht bemerkt, weil ich mit einer lässigen Bewegung diesen Fisch unter dem Tisch auf seine Hose geschnippt habe.)

Überall haben sie mit den Stäbchen hantiert wie echte Liebhaber der japanischen Küche. Nur ich habe mich gebärdet wie ein Landei, das sich noch in die Hand schnäuzt, während alle anderen schon mit Taschentüchern umgehen können.

Roman hat mir von seiner Arbeit erzählt, vom Fernsehen. Er hat überhaupt nicht vor, sein Leben lang Fernsehmoderator zu bleiben. (Meiner Meinung nach ist es nicht schlecht, als Moderator zu arbeiten. Alle wollen doch zum Fernsehen, und er sitzt dort jeden Mittwoch um 15 Uhr.) Er ist auch noch Producer, wie auf seiner Visitenkarte steht.

Ich habe gedacht, Produzent sei derjenige, der das Geld für das Projekt gibt. Aber ich wusste nicht, dass es solche Produzenten nur in Amerika gibt. Eigentlich ist aber der »Produzent« gerade umgekehrt derjenige, der das Geld besorgt für sein Projekt. Genau das macht Roman. Er sucht finanzielle Unterstützung für sein Projekt. Er hat die glänzenden Ideen für eine Sendung (es gefällt mir besonders, das Wort »Sendung«), und für diese

Supersendung (irgendetwas über Musik, auf alle Fälle heißt die Sendung »Musikalische Leidenschaften«) sucht er eine Finanzierung und kann nichts finden. Das ist die schwierigste Aufgabe für einen Produzenten.

Ich verstehe Romans Probleme sehr, sehr gut, weil es mir auch sehr schwer fällt, das Geld für Muras Nachhilfe von Dennis zu bekommen (ich bin mir sicher, dass meine Idee für Muras Zukunft einfach genial ist).

Roman war sehr inspiriert und erzählte mir ganz ausführlich von seinen Plänen. Zuerst würde er zum Chefproduzenten vom Sender SPS (Sender! Produzent!) gehen und dort sein Treatment präsentieren. Das Wort »Treatment« gefällt mir so gut, es hat etwas Anziehendes, wie »Szene«, »Champagnerempfang« oder »Büfett«. Ich weiß nicht genau, was »Treatment« heißt, aber ich dachte, dass ich vielleicht besser im Wörterbuch nachsehe.

Roman sagte, seine Frau interessiere sich überhaupt nicht für seine Probleme. Das ist natürlich nicht gut. Am wichtigsten für einen Mann ist weder Mittagessen noch Sex, sondern dass ihm zugehört wird, er will verstanden werden. Als ob es so schwer ist, einfach ein bisschen zu warten, bis Roman leidenschaftlich von seinen Problemen spricht, dann ganz heimlich zum Telefon zu schleichen, hinter dem Rücken die Nummer der besten Freundin einzutippen, dabei einen verständnisvollen Gesichtsausdruck zu bewahren und dann ganz leise in ein anderes Zimmer zu fliehen.

Ich, als Psychologin, bin sehr aufmerksam gegenüber Romans Problemen, weil sie alle mit Fernsehen und Showbiz zusammenhängen. Ich bin auch ein bisschen Teil des Showbusiness – als ich in der fünften Klasse war, habe ich in einem Theaterstück eine Prinzessin gespielt. Ich habe einen bis zum Boden reichenden blauen Morgenrock meiner Mutter angehabt und als Kragen einen alten Pelz umgebunden.

Ich wollte Roman gerade erzählen, welchen Erfolg ich mit diesem alten Pelz gehabt habe, als er meinte, dass er nach Hause gehen muss.

Ach, ich habe gedacht, dass ich ihm nach der Sushi-Bar meine Enthaarung präsentieren könnte, sonst wird es bis zum nächsten Mal wieder nichts …

Gut, dass ich Psychologin bin und weiß, dass man einem verheirateten Liebhaber seine Kränkung darüber nicht zeigen darf, dass er einem weniger Zeit widmet als erhofft.

»Wie, nach Hause, schon nach Hause?«, habe ich gesagt. »Dann muss ich auch nach Hause, aber eigentlich zu ›Mango‹, weil dort gerade Sommerschlussverkauf ist.«

»Meine Kleine, das ›Mango‹ ist doch nichts mehr für dein Alter!«

»Oooooh!«, habe ich gejault über diese Beleidigung. »Aber wieso, wieso ist das nichts für mein Alter?«

Woher weiß er überhaupt etwas vom »Mango«, woher?! Hat er eine jugendliche Geliebte? Ich bin *schon* 35, aber er ist *erst* 35. Ich bin mir sicher, dass es jede Menge junge Damen im Sender gibt. Eine junge Geliebte von Roman kauft für sich Garderobe bei »Mango«, habe ich düster gedacht und habe mir vorgestellt, wie Roman neben einer Ankleidekabine steht, seine Geliebte anschaut und sagt: »Sehr gut, einfach wunderbar …«

»Ich habe mir für dich eine Beschäftigung ausgedacht, damit du dich abends nicht so einsam fühlst«, hat Roman gesagt und versuchte dabei, mir nicht in die Augen zu blicken: »Schreib ein Buch!«

Wieso denkt er, dass ich mich einsam fühle? Ich habe Mura, Mama, Jenka, Leo und Sawwa, Alena, Olga, Toynbee…

»Ein Buch? Das Letzte, was ich geschrieben habe, war ein Aufsatz zum Thema ›Natascha Rostowa‹. Worüber soll ich schreiben, in welchem Genre?«

»Es ist ganz einfach. Z. B. ein erster Satz: ›Vera blickte in den Himmel‹. Je nach Genre könntest du den Satz unterschiedlich ausbauen. Wenn es um einen Liebesroman mit erotischen Elementen geht: ›Vera blickte in den Himmel, während seine Hand ihr Höschen suchte‹.«

»Wieso sucht er das Höschen? Als ob man die Höschen auf dem Kopf trägt.«

»Ist doch egal. Stell dir vor, dass du einen Auftrag bekommen hast, und schreib!«

…Ich habe es fast geschafft, mit Stäbchen zu essen. Dazu haben sie eine wunderbare zusätzliche Funktion offenbart – die Stäbchen sind sehr nützlich, wenn man etwas stehlen will. Sie sind so schön lang. Am Ende war ich so geschickt, dass ich ganz gekonnt eine Zigarette aus Romans Schachtel angeln und versuchen konnte, vom Nachbartisch ein nettes Stück Sushi mit Gurke zu stibitzen.

Ich habe mich sehr langsam über den Newski-Prospekt auf der geliebten rechten Spur bewegt, und dabei habe ich keine Zeit verloren – ich habe sehr ernsthaft über das Thema meines zukünftigen Buches nachgedacht:

Alle wissen, dass die am besten verkauften Bücher Krimis sind. Deshalb wird der Schlüsselsatz so klingen: »Vera blickte in den Himmel und bemerkte nicht, dass unmittelbar neben ihr ein Doppelmord geschah.«

Außerdem in Mode sind mystische Thriller. Dann müsste man so anfangen: »Vera blickte in den Himmel und bemerkte nicht, wie hinter dem Baum ein Werwolf erschien.« (Der Werwolf kann Schulterstücke haben oder Ähnliches).

Aber vielleicht wird es eine einfache, wahre Geschichte aus dem heutigen Leben: »Vera blickte in den Himmel, als an ihr ein noch freier Oligarch vorbeiging und sich an sie drückte.«

Das ist nicht schlecht, dachte ich zufrieden. Ich fühlte mich schon als Schriftstellerin. Interessant ist: Wie hoch wird mein Honorar sein? Ich werde davon renovieren, fahre mit Mura nach London oder besser: auf die Inseln… kaufe für Mama einen Pelzmantel aus Polarfuchs, für Sawwa und Leo Jewgenjewitsch einen Gummihahn.

Aber Schriftsteller müssen das Milieu ihrer Protagonisten kennen, und ich weiß überhaupt nichts von Oligarchen. Habe beschlossen, dass alle Oligarchen eine schwere Kindheit gehabt haben müssen und immer ihre dreckigen Nasen an den Schaufensterscheiben plattgedrückt haben und immer nur etwas wollten, wollten, wollten! Ich lasse meinen persönlichen Oligarchen nicht aus Moskau stammen, sondern aus dem Umland. Aber wie hat er sich zum Oligarchen gemausert?

Das ist egal, ich werde mehr auf stilistische Raffinesse achten als auf den Inhalt, z. B. so: »Armut. Umland. Marmor, Brillanten, Bohrtürme. Oligarch.« (Ich werde wie Blok: »Nacht. Straße. Laterne. Apotheke.«)

Während meiner Arbeit als Schriftstellerin ist ein verrückter Verkehrspolizist vor mein Auto gesprungen und hat mit seiner Kelle gewinkt. Ich bin sehr langsam an ihm vorbeigefahren und habe ihm ohne Absicht mit dem Seitenspiegel seine Kelle aus der Hand geschlagen.

»Sie müssen verstehen, ich bin Schriftstellerin«, habe ich gesagt. »Und Sie wissen ja, wie das ist. Ich habe mich mit meiner Literatur beschäftigt, und hier sind Sie ...«

Der Verkehrspolizist hat sich als sehr nett und lesefreudig entpuppt. Er hat weder meine Fahrerlaubnis noch Bußgeld gefordert und hat nur gesagt, dass die Fahrbahn kein Ort für psychisch Kranke ist. Warum eigentlich?

Als ich zu Hause meine Hose ausgezogen habe, ist etwas Schwarzes auf den Fußboden gefallen. Zuerst habe ich gedacht, das ist sicher etwas Furchtbares und Geheimnisvolles. Aber letzten Endes war es nur eine Strumpfhose, die sich noch von gestern in meiner Hose versteckt hatte.

Wie konnte ich mich heute Früh nur in die Hose zwängen, obwohl doch dieser Klumpen der Strumpfhose drin war? Und so bin ich den ganzen Tag rumgelaufen?!

Gut, dass Roman und ich uns heute nicht SO getroffen haben. Ich stelle mir nur die Überraschung Romans vor, wenn er mich ausgezogen und dabei in meiner eigentlichen Kleidung verschiedene Kleidungsstücke sozusagen »auf Vorrat« gefunden hätte. Das Schicksal weiß schon, was es macht.

Dienstag, 10. Oktober

Habe mich mit Alena Ecke Newski und Majakowski zum Shopping verabredet (habe es nach wie vor nicht geschafft, zu Mango zu gehen, habe eben literarisch zu tun).

... Roman hat nicht angerufen. Aber es kümmert mich

nicht besonders – ich habe übrigens auch ein Privatleben. Ich gehe nämlich morgen zur Einweihungsfeier von Alena. Das wird keine einfache Feier, sondern eine Luxusparty, und ich werde jetzt gleich ein richtiges Abendkleid im Schlussverkauf bei Mango kaufen.

Bei Mango habe ich den Kopf verloren – wie ein fettes altes Nilpferd bin ich zwischen Klamotten hin- und hergelaufen, die eher für Kinder gedacht zu sein schienen. Oi, oi, oi! Die kleinste Größe war 34…

Die Verkäuferinnen in solchen Geschäften sind ätzend. Eine hat mir eine Hose mitgebracht und gesagt, das sei eine riesige Größe. In diese »riesige Größe« habe ich nicht hineingepasst.

Die Situation ist tragisch. Es scheint, dass Roman Recht hatte – alle diese wunderbaren kurzen Höschen und Hemdchen sind nichts für mein Alter…

Nachdem ich das ganze Geschäft durchprobiert hatte, musste ich einsehen: Überhaupt sich anziehen ist scheinbar nichts mehr für mein Alter.

Nirgendwo sieht ein Mensch so furchtbar aus wie in einer Umkleidekabine – viel, sehr viel blaues fettes Fleisch. Zellulitis ist überall: an den Beinen, auf den Hüften, sogar auf den Ohren, wie es scheint. So ein Mensch hat gar kein Recht, von Kleidung zu träumen. Wozu braucht er Klamotten, wenn er ein Entstellter ist?

Wenn ich einen Laden hätte, würde ich Zerrspiegel aufstellen, die schlank machen. Und dann würde die ganze Ware wie frische Semmeln weggehen, und ich würde unglaubliche Gewinne machen. Aber ich bin keine Ladenbesitzerin, ich bin nur eine Schriftstellerin…

Ich habe Mura zwei Pullöverchen und Höschen gekauft, für mich ist einfach alles zu klein, noch dazu ist alles kariert, liniert und mit Spitzen versehen. Alena sagte, dass in solchen Klamotten mein Platz in der Liegekrippe ist.

Meine Freundin behauptet, dass mein Konzept, mich zu kleiden, falsch ist. Ich kleide mich angeblich wie eine Zwölfjährige. Wahrscheinlich hat sie sogar Recht, und ich muss mir einen langen schwarzen Rock, ein schwarzes Jackett und eine weiße Spitzenbluse kaufen.

Aber Kleidung für Erwachsene ist sehr teuer. Und schon Coco Chanel hat gesagt: »Sehr teure Kleidung macht alt.« Vielleicht hat sie sogar gesagt, teure Kleidung mache SEHR alt!

Deshalb habe ich mich entschlossen, als Abendgarderobe einen neuen schwarzen Pullover zu kaufen.

Pulloverliste

1. Ein schwarzer Pullover, sehr eng gestrickt, früher hießen sie »Spaghetti-Pullover« (zu jung für mich?). Habe ihn zurücklegen lassen bis 20 Uhr.
2. Ein schwarzer Pullover aus Wolle (zu alt für mich?). Habe ihn bis morgen zurücklegen lassen. Komisch, wieso wollen sie mir diesen Pullover so gern verkaufen, dass sie ihn mir sogar bis morgen aufheben? Noch dazu kostet er 100 Dollar. Das ist sowieso zu teuer, weil ich dann nicht auch noch die Hosen kaufen könnte, die ich wirklich brauche. Ein Mensch mit einem durchschnittlichen Gehalt von 5.650 Rubel wie ich kann jeden Monat einen Zentimeter eines solchen Pullovers kaufen.
3. Ein schwarzer Pullover, sehr billig, reiner Kunststoff. Das bedeutet, dass er fusselt wie ein räudiger Hund.

Fazit:

1. Alle Läden sind mit für mich denkbaren Pullovern voll gestopft.
2. Mura hat sehr viele neue Klamotten.

Hab's kaum nach Hause geschafft, das Auto fährt ganz schlecht, wollte bei jeder Gelegenheit gleich den Geist aufgeben.

Am Abend habe ich Jenka über die Finanzierungsschwierigkeiten von Romans Projekt berichtet. Sie hat spöttisch bemerkt, dass ich mich in eine Henne verwandelt habe, die nur für die Interessen ihres Liebhabers lebt.

Interessant, dass die Henne als Symbol der Treue gewählt wurde. Als ob sie wirklich für die Interessen des Hahnes lebte, und wenn ja, für welche denn? Wenn man es recht bedenkt, ist das Finden von Würmern in der Tat so ähnlich wie das Auftreiben von Geld für Roman...

Es stimmt nicht, dass ich nur für seine Interessen da bin. Wer läuft denn schwarzen Pullovern hinterher wie ein verrücktes Kaninchen? Und wer geht morgen auf ein rauschendes Fest?

Als Mura und ich vor laufendem Fernseher Abendbrot (Fleischfrikadellen Marke »Daria«) gegessen haben und ein bisschen Musik hören und vielleicht sogar tanzen wollten, hat Olga angerufen.

Sie hat schlechte, einfach fürchterliche Nachrichten – ihr wurde von ihrer Illustrierten gekündigt. Olga hat traurig aufgezählt, was sie alles verloren hat:

1. ein sehr anständiges Gehalt,
2. ihr Extra-Honorar,

3. das Wichtigste – in die Redaktion konnte sie auch erst um ein Uhr mittags gehen oder manchmal sogar überhaupt nicht.

Olga hat gesagt, dass sie zu jeder x-beliebigen Yellow-Press gehen könnte. Aber weil sie ein Profi sei, mache sie das nicht, sondern würde eher hungern.

»Aber wie kann ich mich fürs Hungern entscheiden, wenn ich Dimotschka habe…«, hat Olga traurig gesagt.

Ich habe taktvoll geschwiegen, sagte nur, dass es besser wäre, mit dem »Liegenden« Schluss zu machen, und zwar gleich.

»Er ist ein Genie, und du bist ein Dummkopf«, hat Olga recht friedlich geantwortet.

Und es ist wahr, sie hat den »Liegenden« an der Backe. Er braucht etwas zu essen, zu rauchen und etwas anzuziehen…

Gut, dass Olga ihm vor kurzem eine Video-Kamera gekauft hat. Er hat angeblich gerade einen super Plan, wie er damit Geld verdienen kann…

Vor dem Einschlafen hat mich mein Gewissen dafür gequält, dass ich so viel kaufen wollte: die Pullover, die Hosen, die Hemden und sogar ein Jackett. Aber andererseits schminke ich mich nicht (Schminke ist wahnsinnig teuer), und ich gehe nicht zur Massage oder in den Schönheitssalon und mache dort keine kostspieligen Algenpackungen (wie Alena).

Das Einzige, wofür ich überhaupt Geld ausgebe, sind Bücher (und nur deshalb, weil ich im Buchladen in einen Dämmerungszustand verfalle und nicht ganz zurechnungsfähig bin) und billige Klamotten für junge Leute. Also – wo liegt meine Schuld?

Ich habe mich erinnert, dass ich nichts gekauft habe,

was ich eigentlich wollte. Das Einzige, was ich wirklich brauche – das sind die kleinen Wildlederstiefeletten mit halbem Absatz. Obwohl ich jetzt eine Schriftstellerin bin, bin ich noch nicht Leo Tolstoi, um wie er barfuß zu laufen.

Als ich fast eingeschlafen war, habe ich mich plötzlich erinnert, dass ich vergessen habe, das Wort »Treatment« im Wörterbuch nachzusehen. Dieses furchtbar wichtige und unbekannte Fernsehwort bedeutet nichts anderes als »fesselnde Kurzfassung«. (Ich erkläre auch am Anfang einer langweiligen Vorlesung, dass ich etwas über die Liebe erzählen werde. In Wirklichkeit spreche ich über Erkenntnistheorie.)

Samstag, 14. Oktober

Am Samstag habe ich immer die gleiche Stimmung – sie ist fröhlich und heiter. Zumindest wenn ich weiß, dass ich abends zu Besuch eingeladen bin. Ich kann nicht sagen, dass ich mich verpflichtet fühle, am Samstag unbedingt um jeden Preis fröhlich und unternehmungslustig zu sein: Als selbstgenügsamer Mensch weiß ich sehr gut, wie ich mich selbst beschäftigen kann – Toynbee lesen oder mich auf meine Vorlesungen vorbereiten (besonders jetzt, da ich schon fast angefangen habe, mein Buch zu schreiben). Aber wenn ich nicht ausgehe, dann sitze ich abends im Schlafanzug mit Häschenmuster vor dem ausgeschalteten Fernseher und denke darüber nach, dass irgendwo das echte Leben brummt, mit Empfängen, Bällen, Partys – und alles brummt ohne mich.

Heute Früh musste ich dringend in einen Sexshop.

Um 10 Uhr, als ich schon fast fort war, hat Jenka angerufen. Sie hat geheult und beabsichtigt, wieder zurück nach Piter zu kommen:

»Wozu bin ich hierher gekommen! Hier in Deutschland kann ich nirgendwo Bekanntschaften schließen! Das ist kein Vergleich mit Piter!«, hat Jenka gejammert.

Sie denkt, dass in Piter alle nur auf sie warten und dass sie überall ohne weiteres interessante Leute kennen lernen könnte. Wo kann ich denn ihrer Meinung nach Bekanntschaften schließen? Im Kino »Mirage Cinema«? Im Auto-Salon? Auf Konferenzen, Foren oder am Buddelkasten?

»Ja, du hast es gut. Bei euch gibt es Clubs…«, hat Jenka weitergejammert.

Wir haben wirklich viele Clubs, das ist wahr. Aber mit diesen Prestige-Clubs ist es sehr kompliziert. V. a. zwei Gefahren lauern in der Club-Welt: Man kann in einen Club von Homosexuellen geraten, und in den nicht zu teueren Nachtclubs verkehren nur Jugendliche.

Nach einigem Nachdenken habe ich Jenka vorgeschlagen, in ein teures Café zu gehen und dort bei einer Tasse Kaffee den Abend zu verbringen. Dann kommt bestimmt jemand, der von ihrer außerirdischen Schönheit begeistert ist… Oder sie sollte im Internet surfen… Ich glaube, im Westen machen es alle so.

»Verpiss dich!«, hat Jenka gebellt, und weil ich ihr wirklich helfen wollte, habe ich alle meine Fähigkeiten ausgeschöpft:

»Man sagt, dass man Leute auch ganz gut auf dem Friedhof kennen lernen kann«, habe ich schließlich bemerkt, und Jenka hat böse den Hörer aufgeknallt.

Habe beschlossen, dass ich nicht zurückrufe. Ich bin nicht schuld, dass Jenka allein in Deutschland sitzt und sich mich in folgenden äußerst aufregenden Situationen vorstellt:

1. Gehe zum Bowling – fasziniere das gesamte begeisterte Publikum mit außergewöhnlicher Flinkheit in dieser Disziplin.
2. Mit einer Zigarette, besser noch mit einer Zigarre lässig im Mundwinkel, gebe ich eine klasse Billardspielerin ab.
3. Im Stripteaseclub stecke ich einen Geldschein in das Höschen eines Stripteasetänzers.
4. Wie ein Kind amüsiere ich mich in der Spielhalle an den einarmigen Banditen.
5. Gehe in eine VIP-Sauna und singe danach in einer Karaoke-Bar.

Ich denke, das ist alles, was die Metropole in Gestalt der Zeitschrift »Affischa« mir als Amüsement vorschlägt.

Bin auf halbem Wege zum Sexshop umgekehrt und habe Jenka angerufen – wie konnte ich nur so gemein ihr gegenüber sein?! Ich habe total vergessen, dass ich Roman habe, Roman, Roman, Roman! Und Jenka hat jetzt keinen Menschen …

Bitte um Entschuldigung bei Jenka, die wurde mir gewährt, habe versprochen, sie gleich anzurufen, sobald ich vom Sexshop zurück bin, und mit ihr überhaupt den ganzen Tag in Verbindung zu bleiben. Am Samstag sind die Menschen einfach verpflichtet zusammenzuhalten, um einem Überfall des Niemand-braucht-mich-Syndroms zu entkommen.

Endlich bin ich unterwegs zum Sexshop. Es ist nicht meine übliche Samstagstour – ich gehe dort nicht jede Woche hin, um zu sehen, ob es etwas Neues gibt –, aber Alena sagte, dass ich ein Geschenk für die Einweihungsfeier brauche, und das muss aus dem Sexshop sein. Sie hat mir sogar die Adresse von einem Geschäft in meiner Nähe gegeben, am Kusnetschnij-Markt.

Also, ich muss Nikita die erotischsten Höschen für Alena schenken und ihr eine spezielle Pille für ihn, die Alena morgens nach der Einweihungsfeier in seinen Brei mischt, damit er seine 100 Kilo Lebendgewicht auf sie zu stürzen in der Lage ist – genauso wie nach der Hochzeit vor fünfzehneinhalb Jahren.

Ich wollte nicht so gern in den Sexshop gehen, aber Alena hat mir gesagt, dass die Höschen aus zwei kleinen Dreiecken und eine Potenzpille mein Pflichtgeschenk als Einweihungsgast sind.

Alena selbst kann sich dieses verdammte Höschen und diese Wunderpille nicht kaufen, denn:

1. sie hat vor, Nikita zu sagen, dass dieses Höschen, ha, ha, ha, ich ihr geschenkt habe, und alle wissen, dass ich nicht alle Tassen im Schrank habe;
2. sie stirbt vor Angst im Sexshop, und mir ist das ja alles egal.

... Wo hat denn diese verdammte Alena diesen Sexshop gesehen? Hier ist der Markt, gegenüber ein Schreibwarengeschäft, dann eine Bäckerei ...

Den Sexshop habe ich neben der Bäckerei entdeckt. Man muss in die zweite Etage gehen. Da gibt es zwei Türen, eine geht in einen Laden mit Anglerbedarf und die andere in den Sexshop.

Es ist sehr bequem, alles quasi in einem Abwasch besorgen zu können: Gemüse, Schokoladentörtchen und einen Vibrator nebst anderen Kleinigkeiten wie Potenzpillen für sich und den Bekanntenkreis ...

Die Tür zu diesem Sexshop wirkt ziemlich heruntergekommen. Alena ist eigentlich sehr taktvoll. Sie hat wahrscheinlich gedacht, dass ein besserer Sexshop über meine Verhältnisse gehe.

Also, ich stelle mir vor, dass ich selbstbewusst hineingehe und gleich ganz mutig sage: »Denken Sie bitte nicht, dass ich das für mich kaufe!« Aber die Verkäuferin wird sicher annehmen, dass ich lüge und dass ich von morgens bis abends nur von einem künstlichen Penis träume.

Und wenn dort ein Verkäufer wäre? Dann würde ich überhaupt nicht hineingehen!

Betrachten wir eine andere Vatiante: Es ist eigentlich viel leichter, die Wahrheit zu sagen:

»Ich möchte gern ein erotisches Höschen und eine Potenzpille für die Einweihungsfeier meiner Freundin.«

Ich habe ungefähr zehn Minuten auf dem Treppenabsatz gestanden, als ob ich einfach nur so hier wäre und auf jemanden wartete. Dann habe ich mich verstohlen umgesehen, noch einmal überprüft, ob mich jemand beobachtet, und schließlich diese abgewetzte Tür angesteuert. Und gerade in diesem Moment habe ich gehört, dass von unten jemand die Treppe hochkommt, und bin sofort in die andere Richtung geflohen – also in den Anglerbedarf.

Der auf der Treppe ist nach mir auch in das Angelgeschäft gegangen und hat direkt hinter mir gestanden.

Habe mir sehr nette, schöne Spielzeugfischchen angesehen. Der Verkäufer sagte, dass sie »Vaubleure« heißen. Wer braucht so viele kleine, schöne Plastikfischchen?

Dieser Jemand hat offensichtlich ein starkes Interesse an mir entwickelt, weil er direkt hinter mir stehen geblieben und keinen Millimeter von mir gewichen ist. Ich habe mich umgedreht, um ihn besser sehen zu können, und habe verstanden, dass ich mich geirrt habe – dieser Jemand hat einen verliebten Blick auf die Vaubleure geworfen und nicht auf mich. Und überhaupt, SOLCHE Männer schließen keine Bekanntschaft im Angelgeschäft…

Ein mutiges, ein wenig müdes Gesicht, leichter Dreitagebart, nach vorn spitz zulaufendes Kinn…. Kein Schönling wie aus dem Film oder vom Theater, sondern einfach der Traum aller Mädels.

Weder in der Schule noch an der Uni traute ich mich, solchen Männern nahe zu kommen. Dieser mutige Beau zwinkerte mir abschätzig zu, als wollte er mir sagen: »Mit uns zwei beiden wird das nie etwas.« Wozu muss ich dann diese entwürdigende Situation aushalten, diese vorprogrammierte Niederlage?

Aber es ist ja ein Glück, dass er nicht mitbekommen hat, dass ich eigentlich wie eine Sex-Besessene in den Nebenshop gehen wollte! Andererseits, wer kriegt eigentlich solche Männer ab? Dieser Traum aller Mädels, der etwa sechs-, sieben- oder achtunddreißig Jahre alt ist, kann doch nicht zu niemandem gehören – wozu hat er eine besondere Angel gekauft und noch dazu eine besondere Angelschnur? Wofür? Bestimmt will er mit Hilfe dieser Angel die Familie ernähren. Das bedeutet, dass er eine Familie hat und dass sie ziemlich groß ist.

Ich habe so getan, als ob ich von den Spielzeugfischen ganz begeistert wäre, und habe dabei heimlich diese Schönheit mit dem Dreitagebart betrachtet. Er hat so viel Respekt vor den Vaubleuren gehabt und war dabei so unerträglich schön, dass ich auch diese Fischlein gekauft habe – ohne zu wissen, wozu.

Einen roten mit langem Schwanz und einen blauen mit

grünem Kopf habe ich auf seine Empfehlung hin gekauft. Aber was diesen gelben angeht, haben wir unterschiedliche Meinungen. Die Schönheit sagte, dass er für nichts zu gebrauchen ist, und ich sagte, dass er meiner Meinung nach süß ist. (Ich habe mich sehr weiblich gefühlt, weil er eine so sonore, leicht heisere Stimme hat, die sehr, sehr männlich wirkt.)

Habe diesen gelben Vaubleur trotzdem gekauft.

Ich denke, dass die herrlichen Vaubleure ein wunderbares Geschenk für Nikita sind. Sicher hat er nichts gegen das Angeln. Ich sage Alena, dass ich diese Vaubleure im Sexshop gekauft habe (als letzte Neuheit der Sexologie). Angeln ist doch zweifelsohne auch sehr erholsam und steuert die Gedanken vom Fisch zum Sex.

Ich habe einfach die Gelegenheit genutzt und bin, als die unrasierte Schönheit ganz auf die Vaubleure fixiert war, ins Treppenhaus gestürzt, nervös in den Sexshop gegenüber gegangen und habe gleich auf das erstbeste Höschen gezeigt.

Die unrasierte Schönheit hat seine Angel in den schwarzen Landrover gepackt, der gleich vor dem Eingang stand. Sein Landrover sah meinem sehr ähnlich, nur waren alle seine Türen heil und die Stoßstange war nicht mit Klebeband befestigt. Schade, dass ich keine Ahnung von Allradautos habe. Sonst könnte ich genau bestimmen, zu welcher … mein Beau gehört.

Was heißt zu »welcher«? Zu welcher Klasse? Wir haben doch keine Klassen, besonders keine Mittelschicht. Angenommen, der Landrover ist sehr teuer – was bringt mir das? Diese mutige Schönheit kann einfach:

1. ein Mafioso mit sehr teuerem Auto sein,
2. ein tüchtiger Verkäufer vom Kusnetschnij-Markt,

3. ein bescheidener Oligarch, der noch viele andere Autos hat und den Landrover nur von seiner Haushälterin geliehen hat, um die Vaubleure zu kaufen,
4. ein Arbeiter vom Polarkreis oder ein Verkaufsmanager,
5. ein Fischfanatiker,
6. egal wer!

Nein. Ich kann nur nach seinem Gesicht gehen ... oder nach seiner Kleidung!

Schwarze Jeans, beigefarbene Jacke mit Lederkragen im Machostil – genau die hat eine Schaufensterpuppe im Camel-Laden an.

»Hm, hm ... Äh, äh ... Soll ich Sie mitnehmen?«, hat die unrasierte Schönheit gefragt. Bedankte mich und habe gesagt, die Vaubleure und ich hätten es nicht weit.

Unsere Familie hat ein Geheimnis, das von Generation zu Generation weitergegeben wird – man setzt sich nicht in das Auto eines fremden Mannes. Wozu begleitet er mich auf den Wladimirski-Prospekt? Will er unser traumhaftes Gespräch über die Vaubleure fortsetzen? Zum ersten Mal in meinem Leben läuft der Traum aller Mädels brav wie ein Hündchen neben mir her, und ich könnte eigentlich absolut glücklich sein, aber wieso schweigt er und räuspert sich nur ab und zu? – überlegte ich irritiert. Mit dem Verkäufer hat er doch über die Angeln und Angelschnüre wie ein besonders singfreudiger Vogel geschwatzt!

So sind wir schweigend bis zu meinem Haus gegangen. Eigentlich hat er geschwiegen und ich habe mitgeschwiegen. Aber einer von uns muss doch endlich etwas sagen! Es fällt mir sonst immer leicht, ein Gesprächsthema mit fremden Menschen zu finden – ich kann es aus beruflichen Gründen sehr gut. Und denjenigen, denen es schwer fällt, rate ich immer, Smalltalk zu führen über allgemeine einfache Themen und solche, die sich auf den Gesprächspartner beziehen, z. B. über Politik, neue Bücher oder Kunst. Ich rate immer ab von privaten Themen, die eigentlich doch nur uns selbst interessieren. Man muss ganz gelassen und unaufdringlich, aber mit jenem feinen Unterton sprechen, der hilft, die Annäherung anzubahnen.

»Stellen Sie sich vor, Sawwa Ignatitsch ist heute über Nacht weggeblieben, und ich muss ihn auf allen Höfen suchen…«, habe ich angefangen zu erzählen.

Die Schönheit hat mich herausfordernd angesehen und weitergeschwiegen.

»Und Leo Jewgenjewitsch hat heute Früh so virtuos mein belegtes Brötchen gemopst. Und stellen Sie sich vor, wie ein Dummkopf hat er es bei mir unter dem Kissen versteckt…«

Die Schönheit hat komisch gezuckt, aber kein Wort rausgelassen. Ich denke, er dachte, dass ich zwei Mitbewohner habe, einer geht fremd, und der andere ist psychisch krank und ein Kleptomane.

»Die zwei sind Tiere«, habe ich schüchtern hinzugefügt.

Ich habe immer noch erwartet, dass er mich fragt, ob ich ihm nicht eine Tasse Kaffee anbieten würde, und dachte darüber nach, was ich ihm darauf antworten könnte. Nach Hause wollte ich ihn um keinen Preis mitnehmen. Wenn er ein Verrückter ist? – dachte ich ängstlich. Noch dazu ist er ziemlich groß, und ich gehe ihm nur bis zur Schulter. Was, wenn er auch zum Sexshop gegangen ist und dort Handschellen und Peitsche kaufen wollte?

Wahnsinnige tarnen sich in der Regel als normale Menschen.

Als Mura noch klein war, wollte ich ihr Angst einjagen und habe eine ganz schreckliche Geschichte über böse Onkel erzählt, so schrecklich, dass ich selbst Angst bekommen habe. Mura hat mir damals gesagt:

»Ich habe alles verstanden, nur weiß ich nicht, wie ich erkenne, ob ein Onkel böse ist – und was, wenn er gute Augen hat?«

Genau, die Augen! Die unrasierte Schönheit und ich sind ein Teil der Tierwelt, in der das Leben so funktioniert, dass ich ganz genau weiß: Wenn Leo und Sawwa sich tief in die Augen blicken, bedeutet das, dass bald eine Keilerei beginnt. *Daraus ergibt sich folgende wertvolle Maxime für den Umgang mit anderen Menschen:* Nicht tief in die Augen von fremden Menschen blicken, sonst kann man die Aggression direkt provozieren, und das würde bedeuten, dass der andere zu seiner Verteidigung angreift und beißt.

Ich habe beschlossen, das zu überprüfen – blickte tief in seine Augen. Griff nicht an. Augen grau, Blick aufmerksam.

»Hm, hm … Äh, äh … Wiedersehen!«

»Möchten Sie eine Tasse Kaffee?« Ich habe das nicht gefragt, um ihn zu mir nach Hause zu locken, um ihn dort besser kennen zu lernen, sondern ich habe einfach Angst bekommen, dass er meine Gedanken lesen kann.

»Nein, hm, hm … ich habe es eilig.«

Die Schönheit hat mich schweigend bis zur Eingangstür begleitet und mich nicht nach meiner Telefonnummer gefragt.

»Rufen Sie mich doch irgendwann einfach an!«, habe ich sehr lässig, einfach aus Höflichkeit gesagt und habe meine Telefonnummer auf seine Davidoff Zigarettenschachtel geschrieben. »Schönen Tag noch«, hat die Schönheit gesagt.

Ein sehr, sehr angenehmer Mensch. Die Zigarettenschachtel kann er aus Versehen wegwerfen … Alles wie in der Schule, wie am Institut – solche Männer sind nichts für mich.

Am Anfang hat Murka aus ihrem Haufen für mich etwas Glänzend-Kariertes mit großen Plissees und kleinen Strassknöpfen rausgeangelt. Aber nach einem kurzen, energischen Widerspruch habe ich doch eine schwarze Hose und einen kleinen schwarzen Pullover angezogen.

»Du ähnelst einer Fledermaus«, hat Murka unzufrieden gebrummt.

Na, es ist gut so! Statt mich zu sehr rauszuputzen mit Plissee und funkelnden Knöpfen, werde ich besser eine bescheidene, aber selbstsichere schwarze Maus sein.

Eine meiner französischen Freundinnen hat mir beigebracht, wie man sich kleidet (vielleicht ist es falsch, aber uns gefällt es).

Lucyl hat ihr Diplom über die Synonyme zum Wort »trinken« in der russischen Sprache geschrieben. Für ihre wissenschaftliche Arbeit war sie sehr viel zu Besuch und hat hier ihr Material gesammelt. Einmal, als wir zu einer Party gehen wollten, hat mich Lucyl abgeholt. Sie hatte einen schwarzen Umhang an, ungebügelt und ein bisschen abgetragen, und hat mich mit ihrem wunderschönen französischen Akzent gefragt:

»Habe ich mich nicht zu doll rausgeputzt?« In diesen ollen Klamotten! Die Französinnen verstehen es besser als alle anderen Frauen der Welt, wie man sich benehmen und kleiden muss. Deswegen achte ich jetzt immer sehr darauf, nicht zu aufgemotzt auszugehen.

Alena gab heute den ersten Empfang in ihrer neuen Wohnung – Einweihungsfeier. Aber nicht nur für die richtigen Freunde, sondern auch für alle neuen Bekannten. Von den richtigen Freunden sind nur Olga und ich eingeladen.

Wir waren noch nicht bei Alena nach der endgültigen Renovierung. Deswegen gab es etwas Unerwartetes für uns (der Flur hat uns an ein rotes Gästezimmer im Winterpalais erinnert), und etwas anderes war unverständlich (eine Gedenktafel an der Eingangstür). Auf der weißen Marmor-Gedenktafel waren irgendwelche Zahlen eingemeißelt.

»Zu welchem Anlass ist diese Gedenktafel angebracht worden?«, hat Olga ängstlich gefragt und auf die Tür gezeigt. »Ist jemand gestorben?«

»Das sind einfach unsere kostbarsten Daten: Tag des Wohnungskaufs und Tag der Fertigstellung der Renovierung«, hat Nikita erklärt.

»Aber das sind nicht alle Daten! Wo sind die Daten vom notariellen Kaufvertrag, dem Ende der Sanitärarbeiten?«, hat Olga gefragt und mich mit dem Ellenbogen gebufft, und irgendein böser Geist in mir hat mich auch mit dem Ellenbogen angestoßen.

»Bist du mit dem Jeep da?«, hat Alena laut gefragt, als ob ich jeden Morgen aus meinem Fahrzeugpark eins auswähle – entweder Jeep, Mercedes oder Wolga. Außerdem wusste Alena ganz genau, dass mein Alter auf dem Hof steht.

Olga hat mir zugezwinkert und mich gekniffen:

»Alena hat dich extra gefragt, weil sie will, dass die Gäste erfahren, dass du einen Jeep hast.«

Olga ist nicht gemein oder stutenbissig, sie will einfach mit mir über Alena tratschen. Das liegt daran, dass beide grundverschieden sind. Olga ist klein, dunkelhaarig, Typ bodenlanger Rock und Silberketten – und Alena ist groß, eine stattliche Blondine mit Pfennigabsätzen; sie neigt zu rosa Handtaschen. Alena habe ich in der Schule abgekriegt und Olga an der Uni. Und so wurden sie zwangsläufig engere Freundinnen. Aber die Unterschiede in Sachen Weltanschauung und Lebensführung treten doch immer wieder zu Tage und führen zu derartigen Spannungen zwischen der mondänen, rotwangigen Blonden und der verhutzelten, blassen Brünetten.

Wir haben das Flurdesign und die Gedenktafel gelobt und sind auf Erkundungstour durch die Wohnung gegangen. Alles war neu, glänzte schön und glitzerte wie im Katalog. Überall Souvenirs, die Alena und Nikita aus fremden Ländern mitgebracht haben. Alena hat früher in einem Reisebüro gearbeitet, wo sie Auslandsreisen verkauft und sich selbst wahrscheinlich einen Komplex eingehandelt hat: Die Kunden fliegen weit weg, und sie steht immer nur da und winkt hinterher… Deswegen fährt Alena jetzt so viel in alle Welt. Aber man muss auch fair bleiben. Sie bucht die Reisen nur in ihrem ehemaligen Reisebüro.

Alena, Olga und ich lebten früher in genau gleichen finanziellen Verhältnissen. Um Jeans kaufen zu können, haben wir an Kefir und Bierschinken gespart. Alena und Nikita haben sehr lange in einer Gemeinschaftswohnung gelebt, Olga dagegen hat von ihrer Oma eine Wohnung geerbt und ist als Erste von uns für verschiedene Zeitschriften ins Ausland zu Veranstaltungen gefahren.

Dann hat sich alles geändert. Alena und Nikita sind mit sicherem Schritt in Richtung Reichtum aufgebrochen (Nikita hat zuerst einen Lebensmittelladen gehabt, dann zwei und jetzt – ich weiß nicht, wie viele), und Olga ist ganz langsam in Richtung Armut geschlittert. Aber sowohl Alenas Reichtum als auch Olgas Armut sind in Hinblick auf die Weltrevolution absolut relativ. Und wir haben immer stolz behauptet, dass nur die Menschen im Wilden Westen auf der Grundlage ihres finanziellen Status befreundet sind (Reiche sind nie mit Armen befreundet). Für uns zählen doch nur innere Werte, und es ist nicht wichtig, ob einer schon auf den Malediven oder den Seychellen gewesen ist oder nicht (Alena war dort schon, Olga und ich aber nicht). Trotzdem fühlen wir uns heute in diesem neuen Luxus von Alena ein bisschen unwohl. (Aber das macht nichts. Jetzt werden wir uns daran gewöhnen, und alles bleibt beim Alten.)

Im Wohnzimmer hängt ein Gemälde mit einer Esche oder Eiche. Wir haben erfahren, dass die Esche oder Eiche ein Stammbaum ist und dass ihn Nikita extra bei einem Maler bestellt hat, um ihn zur Einweihungsfeier zu präsentieren.

Woher kommt das alles, der Baum? Früher gab es so etwas überhaupt nicht.

Alenas Jungen waren an diesem Abend auch nur in Form eines Stammbucheintrags präsent. Nikita hat sie zusammen mit dem Pudel über das Wochenende auf die Datscha geschickt, um Kartoffeln und Mohrrüben zu holen.

Olga hat mit lauter, gespannter Stimme gefragt, warum Alena nicht auch ihre Kolleginnen und Freundinnen aus dem Reisebüro eingeladen hat, mit denen sie fast zehn Jahre lang zusammengearbeitet hat. Alena wurde ein bisschen rot und hat schnell geantwortet, dass sie die Kolleginnen ganz sicher einlädt – aber getrennt von uns anderen – und hat mir und Olga zugeflüstert: »Stellt euch vor, was mit ihnen passiert, wenn sie hierher kommen! Und überhaupt… Sie sind schon ganz anders als alle anderen hier, sie gehören zu einem anderen Kreis…«

Olga hat mir ins Ohr geflüstert: »Heute hat Alena zum ersten Mal in ihrem Leben die historische Entscheidung getroffen, Arm und Reich voneinander zu trennen. Du passt schon in ihr neues Konzept, du bist doch eine Neue Russin mit Jeep und einer Wohnung fast auf dem Newski, und noch dazu eine Psychologin.«

»Und dich hat Alena eingeladen, weil du Filmjournalistin bist und die anderen Gäste mit Geschichten über Schauspieler unterhalten kannst«, habe ich sarkastisch geantwortet. Olga ist einfach gekränkt, weil ihr bei der Zeitschrift gekündigt wurde. Deshalb griff sie Alena an. Eigentlich ist das doch schnuppe, der Stammbaum oder die Kolleginnen aus dem Reisebüro…

»Alena hat sich so verändert, so verändert«, hat Olga geknurrt. »Früher war ihr Lieblingssatz: ›Es ist sehr teuer‹ – und jetzt: ›Es ist überhaupt nicht teuer.‹«

Ich habe in meinem Gedächtnis gekramt und mich erinnert, dass sie Recht hat – Alena ist die ganze Zeit über sehr froh, dass ein Kilo Scampi überhaupt nicht teuer ist und eine Gucci-Handtasche auch nicht. Habe eine psychologische Blitz-Analyse ihrer Persönlichkeit gemacht und verstanden: Alena hat einfach Angst gehabt, dass sie sich trotz ihrer verbesserten Einkommensverhältnisse ein Kilo Scampi oder eine Gucci-Handtasche nicht würde leisten können – und jetzt geht es doch.

Alena hat angekündigt, dass das Essen heute Abend spanisch ist, überhaupt das ganze Fest würde spanisch sein, weil Nikita und sie gerade aus Spanien zurückgekommen sind und Spanien ein sehr gutes Land sei. Sie hätten sich dort ein Haus angesehen – und das sei überhaupt nicht teuer. Und genau jetzt hat sich etwas in mir bewegt.

Ich bin so traurig geworden, weil ich verstanden habe, dass dieses Etwas in mir ein Wurm des Neides war. Diesen Wurm habe ich gefragt, ob er sicher sei, dass er Neid heißt. Er hat mir geantwortet – ja. Er wolle auch ein Haus in Spanien (Meer, Sonne, Wein …).

Ich bin letzten Endes Psychologin und kann mir selbst psychologische Krisenhilfe leisten. So … Mir gefallen die Gucci-Handtasche und die neuen Vasen, besonders die mit einem geflochtenen Muster aus … was ist das eigentlich? Und außerdem gefällt mir Alenas Schlafzimmer. Es ist so üppig, so schön lackiert, vielleicht ein bisschen zu doll. Aber ein Schlafzimmer muss so kitschig sein, mit rosa Spitzen-Tagesdecke und Kissen … Aber, was ich auf keinen Fall zu Handtasche und Scampi bekommen möchte, das ist dieser dicke und launische Nikita, der, wenn irgendetwas nicht nach seinem Willen geht, Alena ohrenbetäubend anschreit.

So habe ich mir psychologische erste Hilfe geleistet und dann Olga in die Küche gerufen, um eine zu rauchen, und ihr zwischen Bar und Kühlschrank gesagt:

»Wir sind auf Alena neidisch und unter wissenschaftlichen Gesichtspunkten haben wir absolut Recht.«

»Ich bin neidisch?«, hat Olga gekränkt zurückgefragt.

»Ja, weil der Neid ein Vergleich zwischen sich selbst und der Umwelt ist und das menschliche Gehirn das ununterbrochen macht, besonders so hoch entwickelte

Exemplare wie deins und meins. Aber … na, sag mir ganz ehrlich: Willst du, dass Alena die Scampi und die Handtasche wieder weggenommen werden?«, habe ich Olga gefragt.

»Nein, um Gottes willen. Lass ihr die Freude! Sie hat sich übrigens ihre ganze Kindheit über mit ihrem Bruder ein Zimmer geteilt, und Nikita hat auch keinem Menschen etwas Böses getan. Alles hat er selbst erreicht. Lass ihn stolz auf seinen Stammbaum sein. Und du, schlägst du mir etwa vor, ihr die Scampi wegzunehmen?«

»Bist du verrückt geworden, oder was?«, habe ich mit Erleichterung gefragt. Olga und ich sind doch keine bösen, gemeinen, neidischen Monster, hurra, hurra.

Ich bin extrem dessertfixiert, deshalb habe ich meine Nase in den Herd gesteckt und Alena gefragt: »Alena, was hast du als Dessert – Meringues?«

»Nein! Es gibt eine Sopa Ingles, bestehend aus Eiweiß, Zucker und Mandeln«, hat Alena geantwortet.

Und dann sind wir ganz im Frieden mit Alenas Reichtum in ihr Gästezimmer gegangen.

Nicht vergessen, Jenka zu erzählen, dass das Hauptgericht »Paella Mariscada« heißt. Alena hat ihre Paella nach allen Regeln der Kunst in einer breiten Paella-Pfanne gemacht. Reis, obendrauf Scampi, Tintenfisch, Muscheln und etwas Grünes. Sie hat zuerst Hähnchen in Olivenöl gebraten, dann extra Zwiebeln, Knoblauch und Petersilie auch in Olivenöl geröstet und zu den Hähnchen gegeben, hat Tomaten, junge Erbsen und Scampi untergemischt und dann den Reis mit scharfem Paprika und Safran dazugetan. Jenka und ich haben oft Paella in Spanien bestellt in der Hoffnung, dass sie endlich einmal gut schmeckt – aber sie war immer widerlich. Aber Alenas Paella schmeckte wunderbar.

Außer Olga und mir waren noch drei Paare da und außerdem zwei gleich aussehende Mädels, grob geschätzt zwischen 25 und 40 Jahre alt. Alle habe ich zum ersten Mal gesehen.

Ein sehr dicker Onkel (dicker als Nikita) hat lustig von seiner Frankreichreise erzählt.

»Sind nach Versailles gefahren und haben beschlossen, ein Boot zu mieten, wenn wir schon da sind, und ein bisschen auf dem Teich zu rudern. Aber der ganze Teich ist voller Seerosen, wir haben uns kräftig in die Riemen gelegt, aber die Seerosen haben uns wie Seile festgehalten.«

Komisch, dass ich mich überhaupt nicht an die Seerosen im Teich vom Schlosspark in Versailles erinnere. Wahrscheinlich haben Jenka und ich in eine andere Richtung geblickt, z. B. auf das Denkmal von Ludwig XIV.

Verstohlen habe ich eine einsame Blondine betrachtet. Gerade haben wir auf ihr neues Auto, einen weißen Mercedes, angestoßen. Wahrscheinlich ist sie eine höhere Managerin, weil sie die ganze Zeit mit englischen Wörtern um sich geschmissen hat. Wollte sie sehr gern ein bisschen näher kennen lernen, weil sie ein mir völlig unbekannter Frauentyp zu sein schien – alles an ihr glänzte, sie war glamourös, pathetisch – als ob sie in der Zeitschrift »Top-Manager« groß rausgekommen wäre. Aber die Blonde hat so streng und kalt umhergeblickt, dass ich Angst hatte, mich ihr zu nähern. Ich weiß nicht, weshalb ihr ein Zahn fehlte, unlösbares Rätsel, wieso? Wahrscheinlich hat sie einfach keine Zeit gehabt, zum Zahnarzt zu gehen.

Die Blonde sagte, dass sie jetzt, nachdem sie ihre Paella aufgegessen hat, nach Helsinki auf eine Party fahren würde. Nach Helsinki fährt man vier Stunden…

Was für eine Frau! Probiert sie etwa nicht einmal die *Sopa Ingles*?

Lieber wollte ich mich bemühen, das zweite der beiden Mädels kennen zu lernen: Stella. Sie schien mir etwas zugänglicher zu sein.

Stella hat ausführlich über ihr Hotel erzählt, das sie auf der Basiliusinsel baut. Und ich habe ihr treu und brav in die Augen geblickt und genickt.

Das Hotel auf der Basiliusinsel gehört ihr und das Nachbargebäude auch und noch irgendetwas sonst. Stella hat schon die Baugenehmigung, den Vertrag, einen Zeitplan und die richtigen Lagerbedingungen für die Ziegelsteine, um ihr Hotel zu bauen.

Ich habe festgestellt, dass ich einfach platt bin vor Ehrfurcht – wie hat sie das bloß alles geschafft – die Baugenehmigung, den Vertrag, den Zeitplan und die wunderbaren Lagerbedingungen für die Ziegel.

Stella hat eine Stunde und zwölf Minuten mit mir gesprochen, und ich bin dabei fast in Trance gefallen – mein Kopf hat immer nur im Takt ihrer Worte genickt, und mein Lächeln hat sich in eine fletschende Grimasse verwandelt. Das ist bei mir berufsbedingt. Aber Stella hat anscheinend kein Gewissen, ich war doch privat hier!

Beim Dessert haben Stella und die Top-Managerin das Thema Extremsportarten besprochen. Stella kämpft mit der Steuerfahndung, und die Blonde kann fliegen und hat einen Führerschein für Motorboote. Ich möchte die blonde Managerin näher kennen lernen. Deshalb habe ich beschlossen, auch an diesem Gespräch teilzunehmen.

»Was die Extreme betrifft...«, habe ich wie eine Frau von Welt eingeworfen. »Ich habe eine Bekannte, die einem Ausbilder für Fallschirmspringen imponieren wollte. Zu diesem Zweck hat sie sich ungeheuer selbstbewusst in den Hubschrauber geschlichen, in dem besagter Ausbilder saß, und ist tatsächlich einfach so abgesprungen. Und stellen Sie sich vor, direkt im Fall hat sie sich in die Hosen gemacht...«

Als ich damit unterstrichen hatte, dass auch ich eine Beziehung zu Extremsportarten habe, fühlte ich mich sofort auf gleicher Augenhöhe mit der Managerin. Und ich wollte gerade das Gespräch fortsetzen, als mich Alena in den Flur gerufen hat:

»Weißt du, obwohl die Managerin und Stella Geld und einen Mercedes haben, sind beide furchtbar unglücklich, ohne Familie und Kinder.«

»Du bist verrückt geworden!«, habe ich mich empört. »Ich sage dir als Psychologin, dass beide absolut glücklich und selbstzufrieden sind. Sieh nur, wie viel sie haben – eine Party in Helsinki, ein Flugzeug, ein Boot und überhaupt...«

Alena vertritt die eigensinnige Meinung, dass so erfolgreiche Frauen eine Maske tragen und dass sich unter dieser Erfolgsmaske eine traurige Einsamkeit verbirgt. Aber ich vermute, dass sie so denkt, weil sie selbst überhaupt keinen Erfolg hat – abgesehen von Nikita und den Jungen.

Am Ende des Abends sind wir wirkliche Freundinnen geworden, und ich habe die Managerin gefragt, wie sie es schafft, so übermenschlich schlank zu sein:

»Ach, ich habe so eine Geschichte! Ich wünsche keinem Menschen so etwas«, hat die Managerin gesagt und mich verdächtig gierig fixiert.

Nein! Nur das nicht!, habe ich geschrien – aber nur innerlich – laut habe ich dagegen gesagt: »Na los! Erzähl! (Wir waren nämlich schon per Du) Erzähl alles ausführlich! Mich interessiert deine Geschichte sehr …«

Vielleicht ist bei mir schon eine déformation professionnelle eingetreten? Es ist so ähnlich wie beim Staatsanwalt, der nicht nur im Gericht, sondern auch zu Hause plädiert. Oder wie beim Oberst, der an der Straßenbahnhaltestelle die Fahrgäste beim Aussteigen anschreit »Im Gleichschritt marsch!«. Oder wie bei der Grundschullehrerin, die ihren Ehemann bei jeder Gelegenheit in die Ecke schickt. Und ich habe offensichtlich mein spezielles Psychologengesicht aufgesetzt, mit dem ich jedem signalisiere: Erzählen Sie mir bitte alles, was Sie wollen!

Letzten Endes ist die Zeit wie im Flug vergangen:

a. Eine Stunde und zwölf Minuten habe ich alles gehört, was sich bei Stella angesammelt hat.
b. Eine Stunde und achtundvierzig Minuten habe ich zugehört, wie die Managerin von ihrem Ehemann verlassen wurde. Und der hat sie sehr eigenartig verlassen. Ich habe gedacht, dass so etwas nur in Büchern vorkommt und dass das im wirklichen Leben nicht passiert. Dieser Mann ist einkaufen gegangen und hat seine Frau einen Monat später angerufen und gesagt, dass er ganz schnell die Wohnungsfrage klären muss. Es habe sich nämlich herausgestellt, dass er Vater geworden sei, während er einkaufen war. Und als er das erfahren habe, sei er nicht nach Hause zurückgekommen, sondern hätte sein Kind sehen wollen. Und übrigens brauche das Kind jetzt eine Wohnung. Das sei ja klar, deshalb habe er angerufen.

Es ist unwahrscheinlich, dass die Managerin mich anlügt – so eine ernste Frau, die das Wort »Businessplan« kennt, könnte sich nicht eine solch banale Weibergeschichte ausdenken. Die Managerin hat mir ganz sachlich mitgeteilt, dass sie jetzt einen Plan für die Partnersuche hat, und alle ihre organisatorischen Fähigkeiten für die Akquisition eines Mannes aktiviert sind und dass sie sich schon einige Kandidaten angesehen hat.

Ob Alena wirklich Recht hat, dass sich bei einer solch erfolgreichen Managerin unter ihrer Maske Einsamkeit und Sehnsucht verbergen? Manchmal kommt es schon vor, dass ein Laie scharfsinniger ist als ein Profi und völlig unerwartet neue Gesetzmäßigkeiten in Hypothese und Theorie entdeckt.

Was die Männersuche anbetrifft, habe ich der Managerin empfohlen, der Tierwelt mehr Aufmerksamkeit zu schenken. Wir sind alle ein unentbehrlicher Teil der Natur, und Mutter Natur hat es so eingerichtet, dass alle Weibchen ein bescheidenes Federkleid oder bescheidene Farben tragen und versuchen, sich vor den Männchen zu verstecken – oder wenigstens tun sie so als ob. Es ist ganz unklar, warum die Natur das braucht (wie kann man dann ein Männchen anlocken?), aber es ist nun mal eine wissenschaftliche Tatsache. (Habe der Managerin empfohlen, in den Zoo zu gehen, um sich davon zu überzeugen.) Ein Wissenschaftler hat ein Experiment durchgeführt und im Zuge dessen erreicht, dass die Weibchen einer bestimmten Fischart nicht vor ihren männlichen Artgenossen wegschwimmen wie immer, sondern stattdessen kokett auf diese zuschwimmen.

»Rate mal, was mit diesen Männchen passiert ist? Wetten, dass du das nicht weißt!«

Die Managerin konnte es nicht rauskriegen.

»Gibst du auf?«, habe ich triumphierend gefragt. »Alle Männchen sind ohne Ausnahme impotent geworden.«

Die Managerin hat daraufhin geschworen, bald ein natürliches weibliches Aussehen anzunehmen und ruhig abzuwarten, dass die Männchen auf sie zuschwimmen.

Olga ist zu dem Liegenden gefahren, und Stella hat mir versprochen, mich mitzunehmen. Sie wohnt nicht weit von mir auf dem Schukowskij-Prospekt.

»Das war's, ich muss geradeaus und du weiter durch Fontanka«, hat Stella gesagt, und ich bin gedankenverloren aus ihrem Auto ausgestiegen, zwei Minuten vor meiner Wohnung. Wie komisch! Eigentlich hätte sie mich bis zum Wladimirski- Prospekt fahren und dann umdrehen können – in drei Minuten wäre sie bei sich zu Hause an der Ecke Litejnij- und Schukowski Prospekt gewesen. Wahrscheinlich hatte Stella einen genauen Zeitplan, bis wann sie zu Hause sein wollte.

Zitternd und mich ängstlich in der dunklen Passage umsehend bin ich durch das finstere Fontanka gelaufen. Aber unterwegs habe ich verstanden, weshalb Stella einen Vertrag und die richtige Lagertemperatur für die Ziegel für ihr Hotel auf der Basiliusinsel hat.

Fast schon im Schlaf habe ich mir Gedanken über die Zukunft meiner Tochter Mura gemacht. Vielleicht sollte sie ein Management-Studium ergreifen? Es ist sehr in Mode und prestigeträchtig. Aber was soll sie managen...? Man kann sich sehr schwer eine Branche vorstellen, die ausgerechnet Murkas Management braucht. Und um große Erfolge im Management zu erlangen, muss man wie Stella einen Menschen zwei Minuten vor dessen Wohnung aus dem Auto in eine dunkle Straße werfen können.

Wozu braucht Murka diesen Wettbewerb? Sie sieht nicht so aus, aber ihre Seele ist sehr zart, und sie ist überhaupt nicht geeignet, sich einen Platz an der Sonne zu erkämpfen. Meine Mura wird in einem solchen Kampf nur kurz lächeln und beiseite gehen und so aussehen, als ob es ihr nicht schlecht ginge. Aber im Grunde genommen wird es ihr schlecht gehen, ich weiß es… Sie wird erleben, dass die anderen Top-Manager werden und sie nur Durchschnitt oder gar ganz unten ist.

Fast schon im Schlaf haben mir die Managerin und Stella Leid getan, und ich habe Gott dafür gedankt, dass ich Mura habe und dass Jenka Katka hat.

Sonntag, 15. Oktober

Heute Morgen hat mich Alena angerufen und geheult. Das erotische Höschen hat nicht funktioniert und die Potenzpille nicht gewirkt. Sie hat gesagt, dass sie lieber an der Potenzpille als an Nikita zweifelt.

»Es ist einfach unglaublich!«, habe ich ihr beigepflichtet. »Weshalb die Pharmahersteller solche Pillen nicht auf Nikitas Körpergewicht berechnen, wir werden uns beschweren…« Haben beschlossen:

1. Alena muss ganz dringend das Buch kaufen: »Alles, was Sie über Sex wissen wollen, aber Angst haben zu fragen«.
2. Olga zu verschweigen (es schmeichelt mir, dass ich Alena näher stehe als Olga), dass das Höschen nicht funktioniert hat, und nur sagen, dass die Pille nicht gewirkt hätte.

Montag, 23. Oktober

Heute Abend treffe ich mich mit Roman. Ich hoffe sehr, dass meine schlechte, einfach furchtbare Stimmung verfliegt (diese schlechte Stimmung habe ich schon die ganze Woche, besonders heute, weil mein Leben irgendwie misslungen ist). Heute Abend werde ich schon wieder spüren, dass das Leben wunderbar ist, weil ich einen Menschen habe, der mir nahe steht und der sich für mich interessiert, den buchstäblich jede Kleinigkeit meines Lebens interessiert. (Menschen, die sich sehr nahe stehen, sind doch dazu da, sich gegenseitig in dieser fremden und bösen Welt zu unterstützen.)

Eine Liste von Unannehmlichkeiten – die Ursachen meiner schlechten Laune:

1. Mein Auto springt nicht an (und das ist nicht nur eine Frage von unfreiwillig investiertem Geld, sondern auch von unfreiwillig investierter Zeit).
2. Ich bin gezwungen, zu Fuß zur Arbeit zu gehen und meinen Alten ganz allein auf dem Hof zu lassen, noch dazu ist der Glatzkopf sauer, weil ich bei der Hofverschönerung störe (der Glatzkopf ist völlig außer Rand und Band und will noch einen Springbrunnen rechts vom Müllplatz errichten lassen). Wer zum Teufel braucht noch einen nicht funktionierenden Springbrunnen? Vielleicht lässt ihm die Fontänengalerie vom Petershof keine Ruhe.
3. Aber wohin soll mein Alter, wenn er nicht anspringt und während dieser Baumaßnahmen nicht vom Hof kann?
4. Mura hat eine Fünf in Physik und damit insgesamt vier (vier!) Fünfen.

5. Und überhaupt die anderen Kleinigkeiten, z. B. dass ich schon seit über einer Woche Roman nicht gesehen habe. Egal – ich bin ja ein genügsamer Mensch. Aber wie er ohne mich auskommt, das ist schon interessant.

Das schreibe ich jetzt vor dem Schlafengehen:

Hatte ein Date mit Roman in der Wohnung seines Freundes. Der Freund hat Roman die Wohnung von sechs bis halb acht überlassen. Aber Roman sagte:

»Besser gehen wir schon zwanzig nach sieben und vergessen nicht, alles wieder aufzuräumen.«

Der Sex war irgendwie traurig, aber schnell. Oder schnell, aber traurig.

... Ein nackter Mensch sieht schon komisch aus, wenn man ihn mit unvoreingenommenem Blick ansieht. Wieso hat er in der Mitte einen Rumpf, daran vier Beinchen und an jedem Beinchen sind fünf Keimchen? Wieso ragt oben ein Hals heraus und auf diesem Hals ein Kopf, und wieso wachsen aus dem Kopf Ohren? Und wieso versteht dieses Wesen mit Ohren und Beinen nicht, dass die physiologische Reaktion auf Sex bei Männern und Frauen unterschiedlich ist? Und die psychologische auch!

Man kann von einem Mann nicht verlangen, dass er immer auf der Höhe ist (ich meine nicht den absolut nutzlosen Blödsinn, mit dem die Männer versuchen, die Qualität des Sex zu messen – wie viel, wie oft usw. –, ich meine das Miteinander, die Zärtlichkeit usw.).

Und man sollte nicht jeden Tag mit unbeschreiblichen Höhepunkten rechnen ... Überhaupt mit Höhepunkten. Letzten Endes kann man diesen Anspruch nur an den eigenen Körper, nicht an einen fremden stellen.

Schade, aber es ist halt so – für Männer ist das Ende wirklich das Ende. Die Frau will noch mehr – z. B. darüber reden, warum sie gerade schlechte Laune hat…

Roman war in sich selbst versunken und sehr traurig. Er hatte Schwierigkeiten – er dachte über seinen Petersburger Sender nach. Aber ihm wurde gesagt, dass das, was er sich ausgedacht hat, nicht in ihr Programm passe, das sei nicht ihr Format (mich regt das Wort »Format« sehr an).

»Format«, das ist wie Größe, Farbe und Fasson (wenn es z. B. um ein Kleidungsstück geht) zusammengenommen. Z. B. meint unser Dekan, dass meine karierte Kniehose nicht mein Format ist, weil sie weder meinem Alter, noch meinem Status oder meiner Größe entspricht, d. h., sie müsste lang sein. Mura und ich dagegen denken, dass die karierte Hose gerade mein Format ist.

Aber das ist nicht das einzige Problem von Roman. Außerdem hätten sie ihm gesagt: »Deine Sendung entspricht nicht unserer Zielgruppe.« Von wegen »Zielgruppe«: Meinen Vollzeitstudenten erkläre ich immer ganz ausführlich die Psychoanalyse, den Abendstudenten, die ihren kulturellen Analphabetismus überwinden sollen, teile ich nur mit, dass jeder von ihnen ein Unbewusstes hat – einen kochenden Topf mit angeborenen Instinkten –, und wenn die Fernstudenten kommen, halte ich einfach ein Porträt von Sigmund Freud hoch.

Ich wollte Roman gern von meinem kaputten Auto und von Muras Fünf in Physik erzählen, weil ich als Kommunikationsexpertin die goldene Kommunikationsregel kenne: Wenn ein Mensch von seinen Schwierigkeiten erzählt, muss man sehr schnell mit den eigenen Problemen antworten, damit er nicht auf den Gedanken kommt, dass nur bei ihm alles schlecht läuft.

»Bei mir … mein Auto … und Mura … sind nicht …«, habe ich angefangen. Aber eigentlich ist es so, dass ein anderer Sender Roman mitgeteilt hat, sein Projekt könne eine Traumsendung werden, dass sie begeistert von seiner Genialität auf dem Gebiet von »Format«, »Zielgruppe« und »Treatment« seien. Und jetzt müsse man lediglich Sponsoren dafür finden.

Weshalb war er so traurig, wo er doch so gelobt wurde? Offenbar verstehe ich vom Fernsehen und vom Showbusiness noch nicht viel.

Am Ende wollte Roman schon wieder mit mir das Format seiner Sendung und seine Zielgruppe besprechen, und ich wollte ihn nicht mehr mit meinen Kleinigkeiten belasten, um ihm nicht das Gefühl zu geben, dass ich seine Geschäfte für unwichtig und meine Probleme dagegen für sehr wichtig halte (über das Auto kann ich mir von Dennis Rat holen).

Vielleicht war es besser so, schließlich gibt es in der Fachliteratur auch ganz andere Kommunikationsprinzipien – wenn ein Mensch über seine Probleme spricht, darf man auf keinen Fall von seinen eigenen anfangen, um ihm wenigstens die Illusion zu lassen, dass bei einem selbst alles gut läuft.

Zehn vor sieben hat Roman angefangen, auf die Uhr zu schauen, und ich wollte ihm vorlügen, dass ich auch nicht mehr Zeit habe (Abendvorlesung), aber ich habe es nicht geschafft.

»Tut mir Leid, Kleine, ich muss los«, hat Roman Punkt sieben gesagt, und wir sind gegangen. Unsere Tassen zu spülen und die Decke wieder glatt zu streichen habe ich vergessen. Aber den Wasserkocher habe ich wohl ausgeschaltet. Oder etwa nicht?

Es ist gut, dass ich Roman nicht von meinem kaputten

Auto und von Muras Fünf erzählt habe. Sonst hätte Roman denken können, dass ich von ihm Hilfe bei der Reparatur oder der Nachhilfe erwarten würde. Außerdem kann man Muras Fünf und die Defekte meines Alten überhaupt nicht mit Romans Sendung, mit dem »Format« und seiner »Zielgruppe« vergleichen.

Donnerstag, 2. November

Ich gewöhne mich allmählich an die endlosen Schicksalsschläge (das Auto ist immer noch kaputt, Mura hat noch zwei Fünfen in Physik bekommen) und habe mich damit ein bisschen abgefunden. (Mura hat aus ihrem Aufgabenheft die Seiten herausgerissen, auf denen die Lehrer die Fünfen eingetragen haben, und jetzt ist uns beiden etwas leichter ums Herz.)

So bin ich jetzt ein bisschen besser drauf und sogar irgendwie gut gelaunt. Aber was lange währt, wird nicht unbedingt gut: Unsere Prorektorin hat mich heftig gekränkt (ihretwegen habe ich mich völlig schutzlos in dieser fremden und bösen Welt gefühlt).

Ich bin in ihr Zimmer gegangen, ganz sicher, dass sie immer froh ist, mich zu sehen. Die Prorektorin spricht mit mir gern über Mode, Frauenschicksale und vor allem über ihr Leben. In Erwartung des üblichen freundlichen Empfangs habe ich meine Nase wie immer in ihren Raum gesteckt, hatte dabei mein »Da bin ich!«-Geschenkgesicht aufgesetzt, sie jedoch erwartete mich mit einem mir völlig unbekannten »Jetzt zeig ich es Ihnen!«-Zorngesicht. Sie hat ihre Hörner auf mich gerichtet, ihre Krallen ausgefahren und schrie wie am Spieß:

»Was erlauben Sie sich!… Zu mir zu kommen, wenn ich zu tun habe…«

Das kam so unerwartet, dass ich sofort aus ihrem Raum gestürzt bin und den ganzen Tag darunter gelitten habe, dass ich es ihr nicht ordentlich zurückgegeben habe. Was habe ich ihr getan, weshalb hat sich mich rausgeschmissen?

Und wieso kann ein Mensch den anderen rausschmeißen? Nur weil er in einem BÜRO SITZT? Und eine VORGESETZTE ist? Weshalb geht mir das so nahe? Ich war doch nicht unhöflich und grob?

Habe Roman gesehen, wollte ihm von dem Vorfall erzählen, habe es aber nicht geschafft. Den ganzen Tag über war ich sehr, sehr traurig. Wieso nur? Ich als Psychologin weiß, wenn ein Mensch völlig grundlos schlechte Laune hat, braucht er Schokolode. Aber wenn keine da ist und er einfach zu faul ist, welche zu kaufen, gibt es auch andere Mittel: die Gedanken aussprechen oder sie aufschreiben.

Für alle Fälle habe ich mir mit der Sowohl-als-auch-Methode geholfen – ich habe eine riesige Tafel Schokolade »Wispa« aufgegessen und ein Traktat »Über die Flegelei« geschrieben, das ich dann gleich am Telefon allen vorgelesen habe.

Traktat über die Flegelei

Was genau kränkt uns so unerträglich, wenn sich jemand uns gegenüber wie ein Flegel benimmt? Nicht wir haben uns schlecht benommen, sondern ein anderer, und was schert uns sein Verhalten eigentlich?

Im Grunde geht es gar nicht um sein Verhalten, sondern darum, dass wir nicht gut darauf reagiert haben.

Aber es ist kaum möglich, angemessen auf eine Flegelei zu reagieren. Und wenn das stimmt, dann muss man sich eigentlich auch nicht so gekränkt fühlen.

Zusätzlich habe ich eine soziologische Untersuchung zum Thema »Wie reagieren Sie auf eine Flegelei?« angestellt.

1. Alena: »Ich zahle mit gleicher Münze heim.«
   (Das passt mir nicht, weil ich nicht so schnell eine in dieser Situation richtige Flegelei als Antwort finden kann. Es würde bei mir ein oder zwei Minuten dauern, bis ich sie hätte – dann bräuchte sie aber keiner mehr.)
2. Olga, Jenka, Mama:
   Sie fühlen sich hilflos und der Situation ausgeliefert, als ob sie bespuckt worden wären. Die drei kann man noch in zwei Untertypen gliedern: Der eine Typ (Jenka und Mama) braucht zwischen zehn Minuten und einem Monat, um passend zu reagieren. Aber das hat natürlich keinen Wert mehr, weil alles längst vorbei ist. Der zweite (Olga) weint, statt eine Antwort zu suchen, betrinkt sich und kündigt.
   Fazit: Wir erwarten nicht, dass unser Gesprächspartner grob und ungehobelt zu uns ist, weil unser Prinzip in zwischenmenschlichen Beziehungen Friede, Freude, Eierkuchen ist.
   Mama, Olga, Jenka und ich (und Alena eigentlich auch, sie hat einfach sehr viel Erfahrung durch die lange Tätigkeit in einem Frauenkollektiv) sind richtig nette Engel, die Güte, Liebe und Anteilnahme in der Welt verbreiten.
3. Alle anderen (die Sekretärin von unserer Fakultät):
   Sie befinden sich ständig in totaler Defensive, und

deshalb kommt keiner auf den Gedenken, sie grob zu behandeln. Solche Menschen haben immer etwas rote Wangen, einen angestrengten Blick, ein nach vorn stehendes Kinn und stachlige Augen. (Das passt mir aus ästhetischen Gründen nicht.)

Empfehlungen:

Zum Arzt gehen, sich am Magen untersuchen lassen und mehr Sex haben. Der Sex hilft beim Entspannen und dabei, die Welt so zu sehen, als würde sie uns lieben und begehren und uns nicht ständig Knüppel zwischen die Beine werfen.

Heute war der Tag von Streit, Kränkungen und Konflikten.

Mura hatte auch einen Konflikt mit dem Geschichtslehrer.

Mura hat mir gesagt, dass der Lehrer blöd ist. Er sei 22 Jahre alt und nach seiner Ausbildung für eintausendfünfhundert Rubel an die Schule gegangen.

»Vielleicht ist das seine Berufung«, habe ich angenommen.

»Ist das eine Berufung, für eintausendfünfhundert Rubel zu arbeiten?«, hat mir Mura geantwortet. »Meine Freundinnen und ich meinen, dass ein Mann Geld verdienen muss. Sonst ist er eine Niete und unerotisch.«

... Hm, hm. Muras Freundinnen meinen also, dass der Geschichtslehrer unerotisch ist...

Vor dem Schlafengehen habe ich überlegt, dass ich eigentlich Mura und Muras Freundinnen eine Lektion dafür erteilen müsste, dass sie den Geschichtslehrer unerotisch finden.

Andererseits habe ich gerade heute meinen Studenten

vom ersten Semester beigebracht, dass die Temperamente der Menschen unterschiedlich sind und manche Temperamente überhaupt nicht zueinander passen. Z. B. Choleriker und Melancholiker haben es schwer miteinander. Choleriker sind immer so aufgeregt und machen den Melancholikern das Leben zur Hölle. Einem Melancholiker geht es dann natürlich dreckig.

Und plötzlich hat sich eine Studentin gemeldet und gesagt, dass die Temperamente völliger Blödsinn sind, Entschuldigung: völliger Quatsch, und die Hauptsache sei doch, dass der Partner viel verdient. Dann könne man auf irgendein Temperament scheißen – dann hat sie sich korrigiert. Und sofort haben sehr viele geschrien: »Richtig! Richtig! Hauptsache ist der Verdienst!«

Und ich habe mir vorgestellt: Ein lustiger Choleriker kommt nach Hause und sieht den Melancholiker in der Ecke sitzen und weinen. Der Choleriker kneift den Melancholiker und kitzelt ihn und regt ihn auf – aber der Melancholiker weint immer weiter. Dann sagt der Choleriker viel versprechend: »Aber ich habe viel Geld…« Und der Melancholiker lächelt ihn traurig an und sagt durch seinen Tränenschleier hindurch: »Zeig, was du mir mitgebracht hast!« Eine absolut neue, frische Erkenntnis in der Wissenschaft.

Wenn die »Generation Pepsi« sowieso nicht denselben Wert auf geistige Qualitäten legt wie unsere und Murka und ihre Freundinnen so materialistisch eingestellt sind, dann wäre es doch nicht schlecht, wenn Murka Zahnärztin werden würde. Es ist allgemein bekannt, dass Zahnärzte sehr gut verdienen. Zwar sagen meine Arzt-Freunde immer, dass der Zahnarzt kein richtiger Arzt sei, aber dafür könnte Murka Dennis im Alter unterstützen und außerdem Jenka rechts oben einen Zahn richten, der sich ein wenig zur Seite neigt.

Die Aufnahmeprüfung findet in Chemie und Biologie statt – und gerade in Chemie ist Mura nicht so schlecht wie in Physik.

Konnte nicht bis zum Morgen warten, diesen Gedanken Mama, Murka und Jenka mitzuteilen.

November

Sonnabend, 4. November

Heute Früh habe ich Muras Kenntnisse in Chemie überprüft. Ich erinnere mich noch aus der Schulzeit, dass in der Chemie alles einfach ist. Man muss überhaupt nur wissen, dass die Säuren ein H haben und die Alkohole eine OH-Gruppe.

»Also Murka, sag schnell, womit enden die Formeln für Alkohol?«

»Alkohol endet auf -ol.«

Einige Politiker waren auch nicht gut in der Schule, aber trotzdem: Welche beruflichen Erfolge haben sie erzielt, einfach grandios! Und so ist meine Mura auch – die Nachhilfelehrer werden ihr schon beibringen, wie man Hölzchen von Stöckchen unterscheidet, und dann ist die Sache erledigt! Ergebnis der Mühen: was für ein Beruf – sauber und in weißem Kittel. Was auch immer kommen mag, die ganze Familie bleibt gesund! Und immer raucht der Schornstein.

Ich fühlte mich heute so unwohl, mir war übel und schwindlig. Mein Hals tat weh.

»Mura, mir ist übel und schwindlig. Was ist mit mir? Du musst es mir als angehende Ärztin doch sagen können!«

»Du hast Karies«, hat Murka geantwortet und ist zur Schule gerast.

Und ich musste, wie immer, Leo Jewgenjewitsch ausführen. Dabei war mir sooo übel …

Und plötzlich ist mir innerlich ganz kalt geworden, und ich habe angefangen zu zittern. Meine Hand hat wie von selbst zum Telefonhörer gegriffen, um Jenkas Nummer zu wählen. Es war erst sieben Uhr in Deutschland, aber ich hatte ein dringendes Anliegen.

»Jenka, es ist alles verloren. Mir ist übel, und ich bin eigentlich überfällig.«

»Du bist nicht überfällig, du kommst in die Wechseljahre.«

»Nein! Überfällig, überfällig!«, habe ich geschrien. Sie ist einfach noch nicht ganz wach und kann meine Situation nicht richtig beurteilen, war ich mir sicher.

Von wegen Wechseljahre mit etwas über dreißig?!

Endlich wach geworden, hat Jenka auf meine Mitteilung wie eine erfahrene Frauenärztin reagiert und mir die Frage gestellt, wann es das letzte Mal so und wann es das letzte Mal anders war …

»Kauf einen Schwangerschaftstest!«, hat sie mir geraten.

Verstehe nicht, wozu ich diesen Test brauche. Erwachsene, erfahrene Frauen brauchen so etwas nicht. Es ist doch klar, dass ich schwanger bin. Mir ist übel, und mein Hals tut mir weh. Mir ist übrigens so übel, dass es fast unerträglich ist. Zum Glück habe ich heute nur am Abend Vorlesungen. Ich muss mit unserer Dekanin sprechen, um meine Arbeitszeit zu ändern. Schwangere müssen mehr schlafen.

»Es kann keine Rede von Schwangerschaft sein. Ich treibe ab!«, habe ich gesagt.

»Richtig!«, hat mich Jenka bestärkt.

»Ich treibe nicht ab«, habe ich dann gesagt. Es ist einfach peinlich, einem Arzt zu gestehen, dass ich in meinem Alter nicht verhüten kann. Und außerdem bin ich grundsätzlich gegen die Abtreibung. Es ist Mord. Früher haben alle abgetrieben. Aber jetzt, wo wir offener für Religionen sind, wollen wir nicht, dass die Kirchen, denen wir nicht angehören, uns dafür tadeln.

Ich meine natürlich nicht wirklich, dass Abtreibung Mord ist. Es ist einfach so: Wenn jemand schon eine Murka oder Katja hat, ist es praktisch unmöglich abzutreiben.

Ich habe panische Angst vor meiner Mutter, habe ich überlegt.

»Ich stelle mir vor, was deine Mutter sagt«, hat Jenka meine Gedanken ausgesprochen.

Ich stelle mir das auch vor. Aber ich weiß, wie ich das Problem mit meiner Mutter löse. Sie wird erst dann davon erfahren, dass ich schwanger bin, wenn ich das Kind gerade bekomme.

Mit schwacher Stimme habe ich Jenka gesagt, dass ich nicht weiter mit ihr sprechen kann – vor der Vorlesung muss ich mir unbedingt noch Mohrrüben raspeln.

Ich war aber zu faul, eine Mohrrübe zu reiben, und habe mich entschlossen, dass ich besser allen diese Neuigkeit mitteile.

Olga hat eine ganz wichtige Person interviewt und konnte nicht richtig mit mir sprechen. Hat mir aber versprochen, zweimal in der Woche zu kommen und mit mir spazieren zu gehen. Lügt wie gedruckt! Sie hat ständig entweder Pressekonferenzen oder andere Termine.

Habe den Hörer aufgelegt und mir vorgestellt, wie ich mit dem Kinderwagen über den Wladimirski-Prospekt gehe – alleine! Völlig entnervt blicke ich alle fünf Minuten auf die Uhr, ob die zwei Stunden des Spaziergangs mit dem Kind schon um sind. Oder stehe gelangweilt am Buddelkasten. Oder führe das Kind an der Hand in den Kindergarten, auch alleine.

Am meisten fürchte ich – die erste Klasse. Und alles von vorne. Buchstaben malen, Einmaleins üben …

… Und Roman ist nirgendwo zu sehen. Wahrscheinlich ist er bei der Arbeit.

Alena sagte, dass sie jetzt bereit ist, mit mir alles ausführlich zu besprechen, gerade gestern habe sie ein wunderbares Spitzendeckchen gesehen, ganz preiswert, für 200 Dollar.

Habe aufgelegt und nachgedacht – Alena wird weiter ins Ausland reisen, Olga wird sich beruflich weiterentwickeln, alle werden Partys besuchen, Theater und Bowlinglokale, und ich werde mich freuen und beobachten, wie mein Kleines wächst.

Ein Kind mit 36 Jahren zu bekommen ist sehr gefährlich – was ist, wenn mich in 20 Jahren alle für seine Oma halten?

Jenka hat mich zurückgerufen und hat mir dringend geraten, mich positiv zu stimmen – und zwar mit Hilfe von autogenem Training. Autogenes Training kann man sehr leicht machen. Man muss sich hinlegen, die Augen schließen, Arme, Beine und Kopf entspannen und immer wieder mit Grabesstimme wiederholen: »Ich bin einfach sehr, sehr glücklich. Und Mura wird sich sehr freuen. Und Leo Jewgenjewitsch wird sich besonders freuen (er ist ganz erpicht darauf, den Kindern die Bällchen wegzunehmen und selbst damit zu spielen).«

Dabei bin ich eingeschlafen, und als ich wach wurde, habe ich gemerkt, dass mir das autogene Training wunderbar geholfen hat. Ich war richtig glücklich und habe gleich Roman angerufen.

»Wollen wir uns heute Abend treffen? Ich habe um 20 Uhr Vorlesung, also treffen wir uns im Sommergarten um halb sieben«, habe ich ihm vorgeschlagen. »Nein, nein, es ist nichts passiert (wozu sollte ich ihm Angst einjagen), ich muss einfach SEHR DRINGEND mit dir über eine SEHR WICHTIGE ANGELEGENHEIT sprechen. Aber sei unbesorgt!«

Es ist sehr wichtig, vor einem schwierigen Gespräch dieses genau zu durchdenken. Ich habe überlegt, wie ich es richtig angehen soll. Es gibt mehrere Varianten. Zur besseren Übersicht liste ich sie auf:

Erste Variante

1. Wie zufällig haben wir Alena getroffen.
   »Oh, was für ein wunderschönes Paar ihr seid! Was für schöne Kinder werdet ihr bekommen …«, sagt Alena zuckersüß ganz nebenbei.
   Vermutete Reaktion von Roman: Er freut sich, will unverzüglich schöne Kinder haben.
   Hinweis: Nicht vergessen, Alena darauf vorzubereiten.
2. Lotse Roman wie zufällig in eine Apotheke und lasse mich von ihm beraten, welcher Schwangerschaftstest wohl der beste ist. Den besten dann kaufen.
   Vermutete Reaktion von Roman: Er ist voller freu-

diger Erwartung, so schnell wie möglich die Testergebnisse zu erfahren.
Hinweis: Nicht vergessen, in eine Apotheke zu gehen. Und wo genau kann ich im Sommergarten diesen Schwangerschaftstest durchführen?

3. Nach dem Kauf des Schwangerschaftstests Roman liebevoll »Väterchen« nennen.
Vermutete Reaktion von Roman: zärtliche Bewegtheit.
Hinweis: Zur Abwechslung kann ich ihn manchmal auch »Daddy« nennen.

Zweite Variante (einfaches Gespräch): stichwortartige Thesen

1. Ich bekomme ein Kind.
Vermutete Antwort von Roman: »Nicht du, sondern wir!«
2. Ich bin eine selbständige Frau und werde das Kind allein erziehen.
Vermutete Antwort: »Wir werden unser Kind zusammen erziehen.«
3. Ich will dich nicht heiraten, weil du schon verheiratet bist.
Vermutete Antwort: Kann mir nicht vorstellen, was er darauf sagen könnte. Und das ist gut so, weil es in jedem Plan ein Element von Spontaneität geben muss.
4. Hilf mir, einen Arzt zu finden!
Hinweis: Nicht vergessen, eine schwarze Mütze aufzuhaben und mich dazu auf eine Bank zu setzen.
Vermutete Antwort: »Schau mal einer an, wie im Kino, sie erwartet ein Kind und er, ein Schurke, will

es nicht. Sie ist eine Heilige.« (Hinweis: Was, wenn er den Text von meinem Lieblingsfilm »Moskau glaubt nicht an Tränen« nicht kennt?)

Sind von halb sieben bis zehn vor acht im Sommergarten spazieren gegangen. Es war ein sehr trauriges Gespräch. Zum ersten Mal hat Roman gesagt, dass er mich liebt (Männer versuchen, solche wunderschönen Worte wie »Ich liebe dich« nicht zu benutzen, und wahrscheinlich haben sie sogar Recht, weil es sehr still und traurig wird, nachdem sie ausgesprochen sind), dass ich während dieses Sommers ein ganz wichtiger Mensch für ihn geworden bin, dass ich außergewöhnlich (hurra!) bin und dass er sich nie im Leben vorstellen kann, sich von mir zu trennen. Was »trennen« anbelangt, habe ich ihn nicht richtig verstanden.

Soweit ich mich erinnere, habe ich nicht darüber gesprochen.

»Ich werde darüber nachdenken müssen, wie jetzt alles wird«, hat Roman sehr mutig und verantwortungsvoll gesagt. Aber andererseits hat er unterstrichen, er habe noch nicht einmal meine Tochter kennen gelernt (das stimmt, aus Prinzip mache ich Mura, Leo Jewgenjewitsch und Sawwa Ignatitsch nicht mit den Männern bekannt, mit denen ich gerade eine Romanze habe), und in Zukunft würden auf uns sehr viele Schwierigkeiten warten. Und ob wir diese Schwierigkeiten bräuchten…

Ich war genauso großzügig wie er und habe ihm alle meine drei Punkte aufgezählt (»Ich wollte dich nicht heiraten, weil du schon verheiratet bist…« usw.), Roman hat genickt und gesagt: »Ja, ja natürlich.«

Er tut mir furchtbar Leid, es ist so eine komplizierte Situation…

Angenommen, Roman liebt mich und will, dass wir ein Kind bekommen. Und seine Frau liebt er nicht – aber dafür haben sie schon ein Kind. Wenn er sowieso vorgehabt hätte, sie zu verlassen, dann wäre es irgendwie möglich gewesen. Aber bis zum heutigen Gespräch hat er überhaupt nicht daran gedacht, sie zu verlassen. Das würde bedeuten, dass er größeres Interesse an seinem neuen als an seinem alten Kind hat – und das wäre falsch, das geht nicht.

Habe Roman getröstet und ihm gesagt, er soll nicht traurig sein. Es würde schon alles irgendwie werden.

Wir müssen es einfach als das größte Glück der Welt empfinden, und diese Freude darf auf keinen Fall eine Enttäuschung für seine Frau und seine Tochter sein.

Zum Abschied hat mir Roman die letzten Neuigkeiten über sein Projekt erzählt. Er wollte zum Generalproducer von einem Sender gehen, aber Eingeweihte hätten ihm gesagt, dass der auf der Kippe steht. Dann ist Roman zu dessen Stellvertreter gegangen, aber der habe keine Entscheidungsgewalt. Und so müsse man es jetzt über den Art-Direktor versuchen. Roman ist davon sehr mitgenommen, sagt, während dieses Hin und Hers werde irgendjemand seine Idee stehlen und dann dieselbe Sendung als seine eigene produzieren.

Habe Roman versichert, dass das nicht passieren wird und alles gut wird.

Roman hat mich beim Abschied außerordentlich zärtlich umarmt (hat anscheinend eine riesige zusätzliche Portion Zuneigung zur Mutter seines ungeborenen Kindes empfunden) und sagte:

»Tschüss, bald werden wir uns wiedersehen, aber nicht vor Freitag.«

Bin sehr müde und beladen mit Problemen und schlechten Gefühlen zur Vorlesung gegangen. Ich konnte kaum in die dritte Etage steigen. Die Schwangerschaft macht sich schon bemerkbar, sagte ich mir selbst.

Habe nicht verstanden, wieso die Studentinnen aus der ersten Reihe mir angestrengt irgendwelche komischen Zeichen gaben. Nach der Vorlesung haben sie mich umringt, geschwiegen und schließlich verlegen herumgedruckst. Ich habe gedacht, es sei etwas Schreckliches passiert. »Entschuldigung, Sie haben …« Endlich hat sich eine Studentin entschlossen, es mir zu sagen, und hat mit den Augen hinter mich nach unten gedeutet.

Ich habe versucht, mich von hinten anzusehen. Oh mein Gott! Ein roter Fleck!

Ich wäre beinahe vor Peinlichkeit im Boden versunken, aber habe im letzten Moment beschlossen, eine Lektion fürs Leben daraus zu machen:

Habe meinen Studentinnen ganz selbstbewusst erklärt, dass sie, sollte ihnen in der Öffentlichkeit jemals etwas Peinliches oder Bloßstellendes passieren, auf keinen Fall betreten, sondern unbedingt mit Humor reagieren sollten – so etwas könne immerhin jedem passieren.

Habe aus der Toilette meine Mutter angerufen. Ich rufe sie immer gleich an, wenn ich Probleme habe, sofern sie nichts mit Mura, mit Geld, mit meiner Arbeit oder meinen Romanzen zu tun haben.

»Es ist etwas Schreckliches passiert«, habe ich in den Rollkragen meines Pullovers geflüstert, um keinen mithören zu lassen. »Das Schrecklichste, was einem Menschen überhaupt passieren kann, der an der Tafel steht und den hundert Menschen ansehen. – Nein! Du hast es nicht erraten, ich habe nicht in die Hose gepinkelt. Ich gebe dir einen Tipp: Wenn dieser Mensch eine Frau in hellen Hosen ist…«

Habe mich entschlossen, während der kritischen Tage etwas Wasserdichtes zur Vorlesung anzuziehen, z. B. eine rote Pelerine mit Kapuze, die ich in Disneyland gekauft habe…

Abends habe ich Jenka angerufen. Sie hat mir spezielle Vitamine für ältere Schwangere gekauft (das kränkt mich nicht besonders, weil als »ältere Schwangere« alle Frauen über 25 gelten) und ein schönes Lätzchen mit Äffchen drauf. Ich sah mich gezwungen, ihr zu sagen, dass ich die Daten verwechselt habe.

»Ich sage doch, du kommst in die Wechseljahre«, hat Jenka triumphierend geantwortet. »Aber das macht nichts, das Lätzchen mit den Äffchen wirst du mit Sicherheit anderweitig gebrauchen können. Du leidest immerhin schon an Gedächtnisverlust und Altersdemenz.«

Roman hat nicht angerufen – komisch, er weiß doch noch nicht, dass ich nicht mehr schwanger bin und dass damit der Grund für seine besondere Zärtlichkeit nicht mehr besteht. Aber er hat trotzdem nicht angerufen. Warum?

Mittwoch, 8. November

Hurra, Hurra! Heute ist ein glücklicher Tag! Aber eins nach dem anderen.

Heute Früh hat der Glatzkopf versucht, sich mit mir in alle Ewigkeit zu zerstreiten.

»Ihre Katze schläft auf meinem Mercedes. Und wenn sie ihn beschmutzt (so gesittet hat er das natürlich nicht ausgedrückt, aber ich kann das von ihm gewählte Wort nicht aussprechen, geschweige denn aufschreiben)? Nachher kann ich mein Auto nicht mehr waschen.«

»Sawwa Ignatitsch? Schläft? Ich sage es ihm, und er wird es nie mehr tun...«

Der Glatzkopf hat mich angesehen wie eine Verrückte und gesagt, dass er persönlich daran interessiert sei, dass hier ein neuer Springbrunnen entstehe. Dafür biete er mir an, diesen... (auch diese wenig schmeichelhafte Bezeichnung für meinen guten alten Wagen kann ich unter gar keinen Umständen wiedergeben) mit einem Seil zur Werkstatt zu schleppen. Wie nett von ihm!

...Und was ist, wenn der Glatzkopf etwas Böses im Schilde führt? Wenn er mich nur ködern will und dann z. B. mein Auto einfach irgendwo abstellt, bloß um meinen Parkplatz selbst zu besetzen..., dachte ich misstrauisch.

»Wozu nehmen Sie einen Hund mit?«, hat mich der Glatzkopf gefragt.

»Leo Jewgenjewitsch ist ein großer Liebhaber von langen Reisen. Noch dazu möchte ich, dass er abwartet, bis mein Auto fertig ist, und es dann nach Hause fährt. Sonst macht er gar nichts Nützliches im Haushalt...«

Es scheint, dass der Glatzkopf fest davon überzeugt ist, dass ich eine Wahnsinnige bin, weil er mir keine weitere Frage gestellt, sondern mich wortlos an ein Seil gebunden hat und so mit mir zur Werkstatt gefahren ist.

Wir sind ganz langsam gefahren, weil ich sehr große Angst hatte

1. den Mercedes zu verlieren,

2. in ihn reinzukrachen,
3. vor allem.

Der Glatzkopf hat aus dem Fenster geblickt und wie verrückt geschrien: »Was ist mit dir, bist du dort gestorben? Vorwärts!«

Habe drei unvergessliche Stunden in einer Werkstatt auf der grünen Wiese verbracht. Dort gab es nicht mal ein Café. Es ist doch so schwer, eine einsame Frau zu sein … Und der Glatzkopf hat komischerweise ständig neben mir gesessen. Der Glatzkopf heißt übrigens Marat.

Habe ihm empfohlen, nach dem Springbrunnen mit einer wohltätigen Beschäftigung zu beginnen. Aber er sagte, das brauche er nicht, weil es schon sehr bald keine Armen mehr in unserem Land geben werde.

Wie denn das? Alle haben doch nur eine kleine Rente, und Lehrer und Ärzte verdienen ganz wenig! Ich habe erst einmal Angst bekommen, dass der Glatzkopf den geheimen Plan der Regierung kennt, wie man uns vollständig von allen Armen befreien kann, z. B. indem man alle Rentner, Lehrer und Ärzte irgendwohin verbannt. Aber es hat sich herausgestellt, dass die Regierung einen ganz anderen Plan hat:

Alles, was für die Armen nötig sei, soll aus dem BIP gezahlt werden. Der Glatzkopf weiß, dass »BIP« Bruttoinlandsprodukt bedeutet, ich wusste das nicht, aber ich habe mich geniert, ihn danach zu fragen. Ich habe mich nicht getraut, weil ich nicht wollte, dass der Glatzkopf denkt, ich sei eine ökonomische Analphabetin. Habe mich sehr gefreut, dass unsere Regierung viele solche BIPs hat, und hoffe, es reicht für alle.

Im Gegensatz zu mir hat Leo Jewgenjewitsch keine Gespräche über Volkswirtschaft und Staatsfinanzen geführt, sondern seine Zeit wunderbar verbracht – er ist durch die ganze Werkstatt gerast und hat um Fressen gebettelt. Die Handwerker haben geschrien: »Schaffen Sie den Hund weg, er sieht so Grauen erregend aus!« (Mein armer Boxer sieht so Furcht erregend aus? Feiglinge!) Aber auf alle Fälle haben sie ihm ihre Butterbrote gegeben.

Roman hat nicht angerufen. Wahrscheinlich ist die Sache mit seiner Sendung in die entscheidende Phase gegangen.

Freitag, 10. November

Noch ein sehr glücklicher Tag!!! Weil alles Gute gleich auf einmal kommt!!

Ich komme gerade aus der Uni zurück, da hat das Telefon geklingelt. Habe gedacht, dass es Roman ist, aber tatsächlich hat jemand vom Schönheitssalon »Nymphe« angerufen. Die Belegschaft will, dass ich in dem Salon eine kleine psychologische Beratungsstelle einrichte, in der nur ich allein tätig sein soll. (Es war sehr nützlich, dass ich psychologische Ratschläge nach rechts und links erteilt habe.)

Die haben dort darüber nachgedacht, dass eine Psychologin im Schönheitssalon kein schlechter Einfall ist, und haben mich angerufen!

Ich denke, es ist eine wunderbare Idee, eine psychologische Beratungsstelle in einem Schönheitssalon einzurichten!! Die Kundin lässt sich das Haar eindrehen, sieht ein Schild »Psychologische Beratungsstelle« und erinnert sich gleich daran, dass ihr Mann ihr untreu ist. Oder sie lässt ihre Füße pediküren und denkt darüber nach, wie sie Führungseigenschaften entwickeln könnte. Und warum sollte sie nicht gleich anfangen – da hängt doch das Schild »Psychologische Beratungsstelle«.

Was noch für diese Idee spricht, ist die Tatsache, dass die meisten Menschen heutzutage immer noch große Vorurteile gegenüber der Psychologie hegen und meinen, sie könnten all ihre psychischen Probleme beim Kaffeeklatsch mit Freunden lösen. Der Schönheitssalon eröffnet dagegen ganz neue Möglichkeiten: Zwischen Frisör und Pediküre mal eben beim Psychologen vorbeischauen – keiner merkt etwas, und für einen selbst bedeutet es auch nichts Ernstes, wenn es im Schönheitssalon stattfindet.

Bin mir sicher, dass ich über den Sommer meine Qualifikation nicht verloren habe und dass ich es schaffe.

Eine Beratung wird 300 Rubel kosten – weniger als eine Pediküre. Andererseits, warum sollte es auch teurer sein, die Seele zu pflegen als die Füße? Dann müsste folglich ein Krimi weniger als eine philosophische Abhandlung kosten. Aber so ist es ja nicht.

...Und die Hälfte kriegt der Schönheitssalon ab. Es macht nichts. Der Markt wird mir schon sagen, wie viel ich wert bin.

Vor dem Schlafengehen habe ich nichts anderes gelesen als »Die Psychotherapie in der Praxis« von Viktor Frankl, um meine Therapie-Kenntnisse aufzufrischen.

Im Vorwort steht, dass Viktor Frankl während des Krieges in einem Konzentrationslager war und dort dieses Buch über den Sinn des Lebens geschrieben hat.

Weiter (nach dem Vorwort) habe ich nicht gelesen. Könnte ich im Konzentrationslager über den Sinn des Lebens nachdenken? Ich glaube nicht! Ich hätte nur

Angst gehabt, hätte vom Essen geträumt und vom Versuch, mich vor der Zwangsarbeit zu drücken. Das ist so, weil ich eine Frau bin. Und Frauen neigen nicht zu philosophischen Gedanken, sondern denken darüber nach, wie sie überleben können.

Sehr lange konnte ich nicht einschlafen und versuchte, mich daran zu erinnern – gab es überhaupt Philosophinnen? Und lebte eine von ihnen wie Diogenes in einer Tonne oder in einer Höhle, sich von Würmern ernährend, wie... ich erinnere mich nicht, wer? Ich denke nicht...

Roman ruft nicht an, aber ich hätte ihm empfohlen, dass er nicht traurig über seine Sendung sein, sondern stattdessen lieber über den Sinn des Lebens nachdenken sollte. Habe mich entschlossen, meinen Willen zu trainieren – werde mein Tagebuch nicht mehr führen, bis Roman mich anruft.

ABER WARUM RUFT ER NICHT AN??? WAS HABE ICH FALSCH GEMACHT (außer dass ich mich bei der Schwangerschaftssache geirrt habe – aber er weiß ja noch nichts davon)?

Sonntag, 12. November

Endlich hat Roman angerufen, er klang sehr traurig und zärtlich, hat schuldbewusst gefragt, wie ich mich fühle.

Ich habe mit schwacher Stimme geantwortet – bis jetzt nicht schlecht.

Ich kann mein komisches Benehmen keinem erklären, nicht einmal mir selbst oder Jenka. Aber ich WILL NICHT damit rausrücken, dass meine Schwangerschaft nur eingebildet war.

Dienstag, 14. November

Roman hat angerufen – er klang sehr traurig und sehr zärtlich, hat ängstlich gefragt, wie ich mich fühle.

Habe mit lässig-mutiger Stimme geantwortet – es geht. Ein bisschen sei mir übel, aber das sei halb so schlimm. Ich verstehe selbst nicht, weshalb ich mich so benehme.

Freitag, 17. November

Roman hat angerufen.

Zu Beginn des Gesprächs habe ich gedacht: Jetzt muss ich endlich die Wahrheit sagen, sonst kann mich mein Betrug noch weit bringen.

Während des Gesprächs habe ich etwas anderes gedacht: Auf gar keinen Fall sage ich ihm die Wahrheit.

Am Ende des Gesprächs habe ich mich entschlossen: Ich sage es ihm in sechs oder sieben Monaten.

Weshalb kann ich mich nicht von dem Gedanken trennen, dass ich ein uneheliches Kind haben könnte? Wahrscheinlich ist es irgendetwas Unbewusstes, etwas sehr Tiefes. Aber ich verstehe nicht, was es genau ist.

Ich habe alle gefragt, warum ich mich so komisch benehme – wie eine echte Erpresserin.

Alena hat mir hochnäsig geantwortet, dass ich in den Tiefen meiner Seele eine echte Familie mit Mann und einem weiteren Kind haben möchte. Ich denke, das ist Quatsch. Wer von uns ist die Psychologin – sie oder ich? Und außerdem heißt es nicht in den »Tiefen meiner Seele«, sondern im »Unbewussten«.

Olga ist zufrieden. Sie braucht jetzt nicht zweimal in der Woche mit dem Kind spazieren zu gehen.

Jenka sagte: »Hör auf! Du Bescheuerte.« Ich meine, das war sehr grob. Ohne Berücksichtigung meiner zerbrechlichen inneren Struktur.

Dennis hat es ohnehin nur gekümmert, welche Auswirkungen ein neues Kind auf Mura hätte. (Es ist gut, dass ich mich von ihm getrennt habe. Er ist ein furchtbarer Egoist. Hat sich keinerlei Mühe gegeben zu verstehen, dass ich eine immaterielle Schwangerschaft hatte.)

Heute Abend habe ich zufällig in den Tiefen meines Schrankes Muras erste Schühchen gefunden.

Freitag, 24. November

Heute gehe ich um fünf in den Schönheitssalon »Nymphe«. Der Salon ist bis neun Uhr abends geöffnet, und ich schaffe es, fünf oder sechs Menschen zu beraten, vielleicht sogar sieben.

Acht Uhr, schon drei Stunden sitze ich in diesem Raum allein (wie ein Dummkopf) herum. Aber warum? Warum sind Nägel und Haare wichtiger als die eigene Seele? Kommt zu mir gar keiner? Ich habe es hier aber richtig gemütlich. Habe aus dem Auto eine Lampe mit grünem Schirm mitgebracht (Grün beruhigt). Und eine rote Tischdecke (Rot peppt auf).

Oi, oi, oi – jemand klopft! Schnell das Buch verstecken und eine psychologische Beratungsmiene aufsetzen (die ausdrückt: »Ich kann Ihnen helfen«)!

Eine Dame um die vierzig kam herein, teuer und langweilig angezogen, oben eine schwarze Jacke, unten auch etwas Ähnliches wie eine schwarze Jacke. Ging in meine Richtung mit einem Gesichtsausdruck, als ob sie mich gleich vom Tisch jagen und sich selbst an ihn setzen wollte.

»Möchten Sie Kaffee? Oder Tee?«, habe ich sanft gefragt.

Ich habe nämlich auf einem Regal Tassen und Tee/Kaffee zur Entspannung meiner Kunden vorbereitet.

»Ich habe keine Zeit, mit Ihnen Tee zu trinken. Ich bin die Oberbuchhalterin einer großen Firma. Ich habe mir die Haare machen lassen und bin vorbeigekommen, einfach… aus Neugier. Sonst wäre ich nicht zu Ihnen gekommen, weil ich es gewohnt bin, meine Probleme selbst zu lösen.«

Aber ich habe verstanden: Wenn sie gekommen ist, bedeutet das doch, dass sie etwas auf dem Herzen hat. Sie sollte sich so schnell wie möglich offenbaren und sich nicht umdrehen und weggehen. Sonst wäre meine Karriere im Schönheitssalon schmählich beendet, bevor sie überhaupt angefangen hat.

Vor Angst schwieg ich. Und sie schwieg auch. Selbst zur Psychologin gekommen, hasste sie mich auch noch dafür. Fragte, wie sie heißt. Für einen Menschen gibt es nichts Schöneres als den Klang des eigenen Namens (in jedem Konflikt, sogar in einem Straßenbahnskandal lohnt es sich, nach dem Namen des Gesprächspartners zu fragen).

Die Oberbuchhalterin hat letztlich selbst die Initiative übernommen. Trocken gab sie ihren Rechenschaftsbericht: Lebt mit ihrem Mann 20 Jahre zusammen, kommt spät von der Arbeit. »Ich habe alles unter Kontrolle. Mein Mann wartet jeden Abend auf mich, zu Hause herrscht Ordnung.«

Auf keinen Fall möchte ich ihr Mann sein. Ich dürfte nicht mehr Fußball sehen, und ich müsste mich im Flur für ihre feierliche Heimkehr als Ein-Mann-Parade aufstellen.

Was sollte ich weiter machen? Es wäre interessant zu wissen, welchen Typ Mann sie hat. Fragte sie irgendwie durch die Blume, um sie nicht zu sehr einzuschüchtern:

»Das hört sich nach einer gut funktionierenden Partnerschaft an, habe ich Recht?«

»Na, mein Mann ist ein schwacher, unsicherer Mensch. Kein Vergleich zu mir … Jede kleine Unannehmlichkeit bringt ihn aus der Fassung …«

Was für Probleme hat diese dominante Tante, fragte ich mich. Ich denke, dass dieser bis zur völligen Demütigung eingeschüchterte Mann sich ihr auf die einzig mögliche Weise entzogen hat – er ist fremdgegangen. Ich wäre bei ihr auch heimlich fremdgegangen.

»Also, ich vermute, mein Mann ist mir untreu.«

Hurra, hurra – ich bin eine geniale Psychologin! Ich knacke die Menschen wie Nüsse. Allerdings ist das hier ein einfacher Fall, es könnte gar nicht sein, dass solch eine eiserne Lady sich einen Liebhaber genommen hat – Ha! Ha! Ha! Bin sicher, dass sie außer ihrem Mann keinen hatte, und mit ihm schläft sie streng nach Plan!

»Untreu?«, habe ich gefragt. Das ist meine Lieblingsmethode: Wenn ich nicht weiterweiß, wiederhole ich wie ein Echo, der Mensch erzählt bestimmt weiter, und währenddessen kann ich über mein weiteres Vorgehen nachdenken.

Super, es funktionierte! Ihre Erzählung floss munter weiter. Die Oberbuchhalterin zeigte buchstäblich alle Anzeichen: Auf der Arbeit denkt sie darüber nach, was ihr Mann gerade macht; zu Hause lauscht sie, mit wem er telefoniert, öffnet seine Briefe – allerdings nur Werbung drin. Ich habe nicht sehr aufmerksam zugehört, weil ich noch nicht wusste, was ich ihr weiter sagen sollte.

»Und was bedeutet für Sie ›Untreue‹«?

»Wie? Das, was es für alle Menschen bedeutet.«

Erklärte ihr, dass »Untreue« für alle etwas anderes bedeutet. Für den einen spielt sich Untreue ausschließlich im physischen Bereich ab, für den anderen beginnt sie schon in der Welt der Fantasien. Für die einen ist gerade die körperliche Untreue besonders kränkend, etwas, was sie niemals verzeihen können, für die anderen ist es erst das Verliebtsein in eine andere Person, woran die Beziehung scheitert.

Es gibt im Übrigen nicht nur eifersüchtige Menschen, sondern sogar eifersüchtige Insekten – diese Käfer bleiben ganz lange nach der Paarung auf dem Weibchen sitzen, um keinen anderen ranzulassen. Meiner Meinung nach ist diese Information höchst interessant. Aber die Oberbuchhalterin war nicht begeistert.

»Aber warum bringen Sie Insekten ins Gespräch? Wir sind doch Gott sei Dank keine Käfer. Untreue ist Untreue. Reden Sie doch keinen Blödsinn!«

Es war eine totale Katastrophe! Ich wusste einfach nicht, wie es weitergehen sollte!

»Und Sie selbst, waren Sie Ihrem Mann einmal untreu?«

Jetzt würde sie gleich aufstehen und weggehen! – war ich mir sicher. Aber es ist mir nur zufällig rausgerutscht. Ehrlich…

Und plötzlich richtete sich die Oberbuchhalterin auf, beugte sich zu mir und erstattete Bericht: »Ich war meinem Mann am 20. August um 19.15 Uhr, also exakt vor drei Wochen, untreu. Aber das war ein reiner Zufall in der Arbeit…«

Wow! Das hatte ich von ihr nicht erwartet. In der Arbeit. Na ja, das kann doch wohl jedem passieren.

»Und denken Sie, dass Ihr Mann schon lange fremdgeht?«

Sie hat nachgedacht.

»Nein… seit zwei Wochen vielleicht. Aber ich bin ganz unruhig…«

Ich schwieg. Sie brachte mich anscheinend absichtlich durcheinander! Ich hatte Kopfschmerzen und verstand nicht mehr, wer wem untreu gewesen ist. Dachte: Jetzt sage ich ihr gleich: Entschuldigung, ich kann Ihnen nicht helfen. Wiedersehen… Und gehe dann nach Hause, um nie mehr hierher zu kommen. Zur Pediküre gehe ich woanders hin.

»Wollen Sie damit sagen, dass ich meinen Mann nur verdächtige, um mich selbst reinzuwaschen?«, hat die Oberbuchhalterin gefragt.

Hätte nicht gedacht, dass sie so schnell ihr eigenes Problem erkennen würde, ein Prachtmädel! »Vielleicht soll ich ihm alles sagen?«, hat sie erleichtert gefragt.

Die Arme. Sie quälte sich, weil sie keine ideale Ehefrau mehr war.

»Sind Sie sicher, dass er es verkraftet, wenn Sie ihm von dem kleinen Seitensprung erzählen? Sie haben doch selbst gesagt, dass er auf jede Kleinigkeit panisch reagiert. Vielleicht sollten wir ihn schonen? Er ist doch ein typischer Melancholiker. Lebt mit abgewandtem Gesicht.«

»Ja! Ja! – Er wird es nicht überleben, wenn wir ihm die Wahrheit sagen.«

Wir sind uns ganz schnell einig geworden, dass ihr Mann ihr treu ist, dass sie sich ihre Eifersucht eingeredet hat, um sich selbst nicht schuldig zu fühlen, und dass sie die Wahrheit auf gar keinen Fall sagen darf.

Wahrscheinlich sollte ich auch über mich ganz offen reden, als kleine Anerkennung dafür, dass sie so offen mit mir war? – habe ich überlegt. Nein, besser nicht! Sonst denkt sie, dass ich als Psychologin Berufsverbot wegen unmoralischen Lebenswandels erhalten müsste.

Besser sage ich ihr am Ende etwas Nettes:

»Sie sind eine bewundernswerte, starke Frau! Nur Sie können das Glück und die Ruhe Ihres Mannes bewahren. Alles liegt wie immer in Ihren Händen!«

Zufriedenes Nicken der Oberbuchhalterin. Sie mag es, alles in der Hand zu haben.

Die Frau verließ mein Beratungszimmer mit strenger Miene und hatte wohl schon vergessen, dass wir uns gerade näher gekommen waren. An der Tür sah sie sich überraschend um und sagte: »Danke«, kriegte dabei die Zähne aber nicht auseinander.

»Bitte sehr!«, habe ich gesagt. »Kommen Sie wieder.«

Ich denke, das alles ist gar nicht so schlecht gelaufen…

Bin so müde nach Hause gekommen, dass ich sogar Murka nicht freundlich behandeln konnte.

»Wie war's im Schönheitssalon?«, hat Murka gefragt.

»Nichts Besonderes, reine Routine… Die Kosmetikerin hat mich angefleht, eine spezielle Massage gegen die Zellulitis auf meinem Po machen zu lassen.«

Mura hat ihre Öhrchen gleich gespitzt und gesagt, dass sie auch eine solche Massage möchte. »Wozu brauchst du das? Du hast doch keine Zellulitis.«

»Nein! Ich möchte aber neben dir liegen und auch meinen Po massieren lassen.«

Vor Müdigkeit konnte ich kaum telefonieren. Nur ganz kurz habe ich Jenka in allen Einzelheiten von der Oberbuchhalterin und meinen beruflichen Kommentaren erzählt.

Bin in einem löchrigen Flanell-Pyjama schlafen gegangen. In dem hat Mura von ihrem zehnten bis zu ihrem zwölften Lebensjahr geschlafen, und sobald ich ihn anhabe, verfliegt meine Müdigkeit.

So eine Beratungstätigkeit ist sehr zermürbend, weil man dabei die Probleme des Gegenübers übernimmt. Und was wäre gewesen, wenn ich fünf oder auch nur zwei Kunden gehabt hätte? Fast schon eingeschlafen, habe ich an die Oberbuchhalterin gedacht. (So etwas passiert selbst bei professionellen Beratern.) Habe mir ihren Mann vorgestellt: Ich denke, er ist nicht groß, hat Glatze und Brille, ist gutmütig.

Samstag, 25. November

Vormittags um halb zwölf bricht mein Sonnabendsyndrom aus: »Keiner braucht mich.« Und alles nur deshalb, weil einige Menschen (Olga hat angerufen – heute Abend geht sie auf einen Empfang mit leckeren Schweinereien) zu meinem Verdruss sonnabends immer gesellschaftlichen Verpflichtungen nachkommen, zu Empfängen, Vorstellungen, Abendbüfetts und sonstigen Treffen gehen.

Es ist unfair, dass das sonnabendliche Unterhaltungsprogramm oft von der Arbeit abhängig ist. Olgas Arbeit ist Schreiben über Empfänge im Zuge von Preisverleihungen wie »Nika« oder »Teffi« – und ich habe sehr häufig sonnabends Vorlesung.

Viertel vor zwölf hat Roman angerufen und mich ganz vorsichtig wie eine Kranke gefragt: »Wie geht es dir, gut?«

»Heute wunderbar.«

Lässig habe ich ihm gesagt, dass ich zum Frauenarzt gegangen bin und schon einen Kinderwagen angesehen habe.

»Meine Kleine …« Roman hat so lange geschwiegen, dass ich Angst bekommen habe, dass er in tiefe Ohnmacht gefallen ist und mir jetzt ohne zu überlegen in diesem Zustand irgendetwas sagen könnte, was meine Meinung über ihn beeinträchtigen würde. Und ich will über ihn nicht schlecht denken. Ich möchte so denken, wie es ist – Roman ist sehr nett und liebt mich.

Tränen traten mir in die Augen.

»Ich bin nicht mehr schwanger, ich war nicht beim Arzt, und ich habe mir auch keinen Kinderwagen angesehen«, habe ich mit gebrochener Stimme gemurmelt.

Was tun … Als prof. Psychologin habe ich schon eine Ahnung, was nun in Roman vorgeht. Wenn es in einem Menschen regelrecht stürmt vor unterschiedlichen Empfindungen (Liebe zu mir, Pflicht gegenüber seiner Frau, der Wunsch, abends in den Nachtclub »Taj-Mahal« zu gehen), dann ist dieser Mensch nicht im Stande, die Wahrheit zu sagen, nämlich wie stark er ein Kind von mir haben will! Es ist ganz normal. (Ich denke nicht, dass Männer immer und ohne Unterlass Helden spielen müssen. Sie sind doch auch nur Menschen und haben auch das Recht, sich zu fürchten.)

Aber Roman hat sich in dieser komplizierten Schwangerschaftssituation wirklich heldenhaft benommen. Er hätte mir natürlich sagen können, dass ich selbst klarkommen müsste, wie es normalerweise verheiratete Männer in solchen Situationen tun! Aber er hat mir nichts dergleichen gesagt!

»Lass uns heute Abend ins ›Taj-Mahal‹ gehen«, hat Roman vorgeschlagen. Er hat vergessen, dass ich mich gerade von der Schwangerschaft abgemeldet und noch keine Lust auf solche Unternehmungen habe. »Lass uns Blues hören.«

Ich will ganz doll in diesen Club! Obwohl ich keinen Blues mag, ihn sogar hasse. Aber in diesen Club werde ich gehen, gehen, gehen!

»›Taj-Mahal‹? Ah, kenne ich … Gibt es dort nicht orientalische Küche?«, habe ich gefragt. Ich habe nie etwas gehört von diesem Club (jeder Mensch kann doch erraten, dass ein Club, der Taj-Mahal heißt, keine Borschtsch und keine Pelmeni anbietet). Ich verstehe nicht, weshalb ich den Eindruck erwecken wollte, ich sei eine Stammkundin in Nachtclubs. Wenn ich ehrlich bin, ist das ganze neue Clubleben an mir vorbeigegangen. Dennis und ich haben uns nach Studentenart amüsiert – in der Küche mit unseren Freunden gesessen, auf der Datscha gegrillt und die Geburtstage unserer Kinder gefeiert.

Bis Viertel vor zwölf hatte sich mir keinerlei gesellschaftliche Verpflichtung angeboten, außer mit Alena einen Gang durch die Boutiquen zu starten. Jetzt dagegen stand echtes Ausgehen zur Debatte – allerdings hätte ich mich während der Boutiquenexkursion endlich mal mit Alena ausquatschen können, immerhin habe ich mit ihr nur zweimal gestern Abend und einmal heute Früh telefoniert.

Kurz nach zwei habe ich beschlossen, mich ordentlich auf den Abend vorzubereiten. Habe mir eine Pflegemaske aus blauem Kaolin aufs Gesicht geschmiert.

Um drei Uhr wollte ich mich mit Alena in der Galerie »Neue Passage« treffen, und Murka hat sich angehängt. (Ich habe in ihrem Alter nach der Schule ein persönliches Tagebuch über meine Naturbeobachtungen geführt, auf Französisch gelesen und Gedichte auf Deutsch geschrieben, aber Murka hat absolut andere Vorlieben: Sie mag es besonders, mit meinen Freundinnen durch die Boutiquen zu bummeln.)

Vor dem Eingang zum Einkaufszentrum hat Murka mich bereits erwartet und mich kritisch angesehen.

»Wir werden hier rausgeschmissen wie Obdachlose«, hat Murka sicher erkannt. »Was ist mit deinem Gesicht? Du bist irgendwie graublau, besonders um die Nase.«

Ich habe furchtbare Angst bekommen – wie schrecklich, ausgerechnet heute sehe ich so beschissen aus, aber ich habe rechtzeitig kapiert, dass ich einfach vergessen hatte, die blaue Verjüngungsmaske vom Gesicht zu waschen. Aber es ist verzeihlich, ich bin Dozentin und Wissenschaftlerin. Wissenschaftler sind überhaupt zerstreute Menschen. Bei uns an der Uni ist eine Dozentin zu ihrer Vorlesung sogar ohne Rock gekommen. Sie hat im Hörsaal ihren Mantel ausgezogen, hat ihn über den ersten Tisch gelegt und zufällig nach unten gesehen – und kein Rock da! Sie hatte Glück, dass ihre Strumpfhose keine Löcher hatte – sonst hätte weiß Gott was passieren können, und sie wäre vor Scham im Boden versunken.

Ich habe mich im Schaufenster mit Wohlgefallen betrachtet. Ich bin sehr schön, dachte ich, man kann die Augen nicht von mir wenden – langer schwarzer Mantel, darunter Jeans (man sieht nicht, dass sie alt sind) und an den Füßen supermodische spitze Schuhe!

Sind durch dieses Marmorgebäude flaniert, alles ist so glamourös, so pathetisch… Konkret: teuer. Meiner Meinung nach sollten solche Boutiquen irgendwie mehr Wärme ausstrahlen, gemütlicher sein, auch für weniger Geld Kleinigkeiten wie Schals oder andere Accessoires anbieten. Hier aber, in unserer Passage, sieht es aus wie im Marmorbad oder in der Toilette eines Fünf-Sterne-Hotels. Wenn man gerade kein Bedürfnis hat, sind sie überflüssig, und man benutzt sie nicht.

Murka hatte vor, Escada zu besuchen, hat aber Schiss gekriegt. Hat versichert, dass alle normalen Menschen eine Scheu davor haben, in teure Boutiquen zu gehen.

»Hast du etwa keine Angst? Die Verkäuferinnen ahnen schon, dass du nichts kaufst.«

»Wozu soll ich darüber nachdenken? Sie selbst kaufen auch nicht dort. Und außerdem bin ich keine Verkäuferin«, habe ich zerstreut geantwortet und habe Alena neben einem Garderobenständer gesehen. Und an diesem Garderobenständer hat etwas UNGLAUBLICH Schönes gehangen, mit Federn, Flitter und Glasperlen.

Ich habe mich sofort auf diese Jacke mit den sehr nach Pfau aussehenden Federn gestürzt.

»Das Jäckchen ist von Ungaro, die Erste Linie«, hat die Verkäuferin geziert gesagt. »Es kostet zweitausend Dollar.« (Was ist das, die »Erste Linie«, ist das die beste?)

Wenn ich es recht bedenke: Kann sich etwa jemand solch Gefieder überwerfen, ohne sich dabei wie ein Pfau zu fühlen? Ein anständiger Mensch sollte geschmackvoll angezogen sein, in Jeans (am besten alten) und schwarzem Pullover.

»Dieses Jäckchen haben wir aber zufällig gerade im

Angebot«, setzte die Verkäuferin fort. »Um 80% herabgesetzt.«

Hurra, ich habe Glück, ein Angebot! Muss mir sofort diesen rosa Schwanz kaufen, habe ich gedacht. Mir hat es den Atem verschlagen, und ich habe Alena zugeflüstert:

»Und was… Nur vierhundert Dollar. Ich kann mein Glück nicht fassen. Vierhundert – im Vergleich zu zweitausend – das ist einfach geschenkt. Noch dazu steht mir dieses rosa Gefieder, es ist so unglaublich schön. Nicht so wie meine alten Jeans und mein schwarzer Pullover!«

Bin so in Rage gekommen und habe total vergessen, dass ich keine vierhundert Dollar für den sofortigen Kauf habe, ich habe eigentlich gar nichts…

»Ich brauche dieses Jäckchen total! Wo kriege ich noch Ungaro-Erste-Linie für vierhundert Dollar?«

Alena und Mura haben mich übereinstimmend runtergeputzt – wie taktlos von ihnen!

»Du siehst in diesem rosa Schwanz wie ein verrückter Fasan aus! Wo willst du so ein Stück tragen?« (Mura)

»Überall, überall! Heute werde ich das gute Stück im Club ›Taj-Mahal‹ anziehen.«

»Dieser rosa Schwanz ist dir zu klein, Maria.« (Alena)

Vor lauter Kränkungen habe ich ganz vergessen, dass ich in einer Boutique war, und habe Alena an der Schulter gepackt und sie etwas geschüttelt.

Aber das war alles vergeblich. Dieses rosa Gefieder hat mir letzten Endes gar nicht gepasst. Es hätte fast gepasst, wenn ich meinen Bauch eingezogen hätte und wenn ich die Arme nicht in die Ärmel stecken würde.

…Wegen Murka und Alena werde ich nie diesen rosa Ungaro-Schwanz der Ersten Linie für vierhundert Dollar bekommen… Es wäre so schön gewesen, diese 80% Rabatt…

Der Bummel war nicht weiter aufregend. Murka ist in ein Cord-Kostüm vernarrt, hat den Rock heimlich gestreichelt und sich an das Kostüm geklammert, als wir das Geschäft verlassen wollten. Alena war sauer und hat – wie in den Zeiten, bevor der Reichtum bei ihr ausgebrochen war – beleidigt wiederholt, dass hier alles sehr teuer sei.

Wir haben im Café Aurora Kaffee getrunken, mit sehr leckeren Petits Fours dazu (ich habe zwei gegessen und von Alenas abgebissen, Alena hat auch zwei gegessen und von mir und Murka abgebissen). Als wir uns von Alena getrennt hatten, bemerkte ich, dass Murka sauer war und fast geweint hat.

»Sag mir, für wen ist das ganze Zeug?«

Ich habe nicht gleich verstanden, was Murka meinte. Eine Stunde Lauf durch dieses luxuriöse Leben hat Murka anscheinend nicht gut getan.

Vor dem Hintergrund der Boutiquen fragten wir uns, ob wir nun nur arm sind, oder gar sehr arm.

Ich hatte noch zwei Stunden bis zum Treffen mit Roman und habe ganz schnell meinem Kind erklärt, dass Armani-, Versace-, Escada-, Sonja-Rykiel-Teile sehr schön, aber nur für eine winzig kleine Schicht von Menschen gedacht sind, die man kaum sieht. Die meisten Menschen in Russland und anderen Ländern kleiden sich in normalen Geschäften ein, fahren preiswerte Autos und einmal im Jahr nach Disneyland oder auf ihre Datscha. Und genau das sind wir – Mittelschicht, Hoffnung und Stütze der Gesellschaft.

»Aber fang bitte nicht an, mir jetzt eine Vorlesung über Neue Russen zu halten, die eine bessere Zukunft wollen«, hat Mura im Skandalton geantwortet. »Ich möchte mir ganz konkret dieses Cord-Kostüm leisten, das ist alles! Na gut, es geht eben nicht, aber warum kannst du dir dieses Federjackett nicht leisten? Du hättest doch ein Anrecht auf so ein Stück.«

»Mura, das ist schon eine philosophische Frage, warum einer als Prinz und der andere als Bettelmann geboren wird und alle anderen nicht schlecht leben, wenn sie wenigstens auskommen…«

Ich war nicht richtig sauer auf Mura. Ich denke, jeder Mensch in ihrem Alter hat das Recht, sich einmal zu wundern, weshalb ihm nicht die ganze Welt gehört. Aber nur ein einziges Mal!

Vergiftet durch Spitzen und Glasperlen in den Boutiquen, hat Mura angefangen, mich zu erziehen.

»Du bist 37 Jahre alt.«

»Ich bin 36!«

»Bald wirst du 37 sein. Und du kannst nicht einmal auf High Heels laufen. Wenn morgen ein Empfang stattfände, hättest du nichts anzuziehen. Du hast keine Pumps und kein Abendkleid. Nur deine schrecklichen Schuhe für Zurückgebliebene, deine alten Jeans und den ollen schwarzen Pullover.«

Was für ein Empfang? Obwohl… Was wäre, wenn, so ganz plötzlich?!!

Mura hat Recht.

Ich finde als Frau einfach nicht statt. Ich habe keine Schminke, nur einen Lippenstift, den mir Irka Hamster geschenkt hat. Den Lippenstift hat Irka nicht gebraucht, weil sie ihre Lippen für drei Jahre im Voraus im Himbeerton eingefärbt hat (es heißt Dauer-Make-up und wird mit kleinen Nadeln eingestochen, es tut weh). Irka Hamster ist überhaupt nicht geizig, aber sie wird sich freuen, in drei Jahren ihren Lippenstift von mir unbenutzt zurückzubekommen.

»Mura, weißt du, was wir nicht haben?«, habe ich dramatisch gefragt. »Wir haben keinen Iltis …«

Jetzt ist es ganz in Mode, zu Hause einen Iltis zu halten. Pjotr Ivanitsch hat Irka einen Iltis zum letzten Silvester geschenkt. Der Iltis hat bei Irka alles durchgebissen, was er nur konnte. Anfangs hat er versucht, im Schrank ein Nest zu bauen. Dann wollte er in den Sprungfedern des Sofas bauen; nachdem er sich in ein Sofa gebissen hatte, stellte er fest, dass es ihm dort nicht genehm war, und hat sich dann das nächste vorgeknöpft.

Ich habe Mura gefragt, wie sie sich hier im Winterpalais fühlt. Ob sie nicht sofort anfängt zu träumen – wäre es nicht schlecht, auf solchen Sofas zu liegen, von solchem Geschirr zu essen …? Ich selbst träume auch ein bisschen davon, im Winterpalais zu wohnen, besonders der Malachitsaal hat es mir angetan …

Wir haben auf der Bank im Katkin-Park gesessen, ich habe geraucht und an nichts weiter gedacht, und Murka hat mit sich selbst besprochen, wer von unseren Bekannten arm und wer reich ist. Plötzlich hat sie mich gekniffen und gesagt:

»Ich hab's! Reichtum und Armut – das ist nicht, wie viel oder wenig Geld jemand hat. Sie werden vielmehr dem Menschen für immer und ewig gegeben, wie die Augenfarbe. Wenn ich kein Cord-Kostüm habe und auch keines haben will, dann bedeutet das, dass ich nicht arm bin. Aber wenn ich schon ein Kostüm habe und mir noch eins zu meinem Glück fehlt, bedeutet das, dass ich arm bin. Ein Mensch ist nicht arm, weil er zu wenig Geld hat, sondern weil er zu viele Wünsche hat. Und wir beide sind nicht arm, ganz und gar nicht!«

Ich denke, meine Mura hat ein neues Naturgesetz entdeckt. Eine meiner amerikanischen Freundinnen klagte immer, dass sie katastrophal wenig Geld hat, weil sie ihr teures Haus, das teure Auto, teure Kleidung, einen teuren Babysitter braucht. Für sie selbst bleibe nichts übrig.

Mura und ich haben immer etwas für uns übrig. Heute hatte ich etwas für Muras BH übrig.

»Gib mir etwas für wohltätige Zwecke«, hat Mura ihre Pfötchen flink hergestreckt. »Ich brauche einen BH.«

Wir haben alle BHs in der Passage Gostiniy Dvor angefasst. Die Verkäuferin hat Mura und mich für Fetischistinnen gehalten. Wir haben einen mit Füllung gesucht.

Haben Cheeseburger bei McDonalds Newski-Prospekt Ecke Rubinsteinstraße gegessen und viel gelacht.

Ich habe Roman seit der Beichte meiner eingebildeten Schwangerschaft nicht mehr gesehen. Deswegen ist unser Treffen in der Wohnung seines Freundes sehr stürmisch verlaufen.

Ich habe es nicht geschafft, Roman zu erzählen, dass sich in meinem Leben so viele Veränderungen ergeben haben und dass ich neuerdings im Schönheitssalon berate.

Kurz darauf waren wir schon im Taj-Mahal, ich in schwarzen Jeans, einem kleinen schwarzen Pullover und in Euphorie mittendrin zwischen Dekolletés, Flitter und Boas – ein echtes Leben von Welt!

Der Blues ist irgendwie elektrisch und giftig, der Laden furchtbar verraucht, die orientalische Küche besteht aus Schaschlik vom Lamm. Ich hasse den Geruch von

Lamm. Und wenn das alles ist, was unter diesem Clubleben verstanden wird, dachte ich, dann möchte ich unverzüglich ins Bett.

Roman hat nichts bezahlt, weil er mit diesem Club einen Bartervertrag für die Werbung hat. Habe so getan, als ob ich alles verstanden hätte. Er hat für diesen Club etwas Gutes getan, und jetzt erlauben sie ihm kostenlos, mich mit diesem Lamm-Schaschlik zu quälen.

Roman kennen viele Leute in dem Club, und mich kennt keiner. Es ist unangenehm, wenn alle sich grüßen und mich alle ignorieren, als ob ich ein Wesen von einem anderen Planeten wäre. Habe beschlossen, so zu tun, als ob ich auch jemanden grüßte, der am anderen Ende des Saals steht. Habe gewinkt und gelacht. Alles ist toll gelaufen, und nach wenigen Minuten habe ich noch mal jemandem mit einem Ohrring in der Lippe gewinkt.

»Wer ist das?«, hat Roman gefragt. »Der da, mit Haaren bis zu den Schultern und mit einem Ohrring in der Lippe?«

»Der da? Ah, der, das ist ein Professor vom Fachbereich Wirtschaft.«

Alle um mich herum sprachen über Musik, aber ich kannte keine Band und keinen Namen.

»Ich mag eher klassische Musik«, habe ich meinem Vis-à-vis gesagt, einfach so, weil ich schon mehr als eine Stunde geschwiegen hatte.

Er hat mich angesehen, als wäre ich ein sprechender Papagei. (Der Papagei spricht, aber wer wird ihm schon antworten?)

Gut, dass ich einfach schweigend rauchen und so tun konnte, als ob ich extra dazu hierher gekommen wäre – ich rauche einfach gern in der Öffentlichkeit.

Roman hat mit verschiedenen Menschen gesprochen.

»Nimm dir drei Minuten Werbezeit und bring mir die fertige Sendung …«

»Er will mir nicht drei Minuten, sondern ganze zehn Minuten unterjubeln. Von diesen zehn sind sieben Jeans-Minuten …«

»Rating, Gallup.« (Was soll das heißen?)

»Ich kann nicht verstehen, ob das eine richtige Sendung oder ein Jeans-Placement ist …«

Wenn in den alten sowjetischen Kriegsfilmen mal Deutsch gesprochen wurde, hat man unten einen Hinweis eingeblendet, »Rede in ausländischer Sprache«. In der Fernseh-Fremdsprache kenne ich (von Roman) nur das Wort »Product-Placement« – das ist Schleichwerbung. So, wie wenn ich zufällig ein Lehrbuch geschrieben hätte und alle Dozenten dafür bezahlen würde, dass sie überall erzählen, dass mein Lehrbuch hervorragend ist und sie alle ihre Vorlesungen nur auf der Grundlage meines Lehrbuchs gestalten würden. (Wieso habe ich nie ein Lehrbuch geschrieben?)

Ich habe schon ganz elegant eine halbe Schachtel Zigaretten aufgeraucht und nahm gerade die zweite Hälfte in Angriff, als ich endlich einen normalen Menschen kennen gelernt habe, dem es so ähnlich ging wie mir.

Er ist ein hohes Tier beim Zoll, hat kein Interesse an Gallup, Rating und Jeans, und ich wollte mit ihm über irgendetwas sprechen, mit dem wir beide vertraut waren.

»Ich mag Blues nicht besonders, hasse ihn einfach«, habe ich dem Zollbeamten gestanden. »Ich liebe klassische Musik, und Sie, lieben Sie Brahms?«

»Brahms? Ich mag eher die Natur«, hat das Tier vom Zoll gesagt. »Ein bisschen Sonne, kaltes Wasser.«

Der Mann vom Zoll ist richtig aufgelebt, als er erfahren hat, dass ich Psychologin bin – er hatte eine kleine Frage auf diesem Gebiet.

»Gestern ist mein Auto kaputtgegangen, und ich bin mit der Straßenbahn nach Hause gefahren«, hat der Beamte gesagt und ist nachdenklich geworden. »Und während ich so fahre und die Menschen angucke, überlege ich fieberhaft, was die Menschen wohl in ihren Taschen haben mögen.«

Für alle Fälle habe ich meine Tasche an mich genommen. Ich konnte sie auf keinen Fall dem Beamten zur Überprüfung geben, da herrscht völlige Unordnung drin: das Theaterprogramm vom vorigen Jahr, Tampons, eine leere Zigarettenschachtel, zwei, drei Pralinenpapierchen …

Um seine Aufmerksamkeit von meiner Tasche abzulenken, habe ich ihm die fürchterliche Geschichte von meinen Studenten erzählt, die beim Dealen mit Drogen ertappt worden sind. Der Zollbeamte hat mir empfohlen, einen Posten an der Eingangstür zum Hörsaal aufzustellen, der die Hosentaschen der Studenten überprüfen soll.

Rasch habe ich meinen Mann vom Zoll beraten – ich habe ihm gesagt, dass es ein absolutes Glück ist, wenn ein Mensch seine Arbeit so sehr liebe.

Gestern (Freitag war ein sehr anstrengender Tag) hatte ich nach drei Vorlesungen am Tag und zwei am Abend das Gefühl, ich sei vor Müdigkeit so leer und leicht, dass ich abheben könnte. Und in diesem Taj-Mahal (es war mittlerweile zwei Uhr nachts) fühlte ich mich so schwer und voll, als ob alle diese Treffen mit den interessanten Menschen unmittelbar auf mir stattgefunden hätten. Und noch dazu war ich gezwungen, die ganze Schachtel Zigaretten regelrecht aufzuessen.

Meine Seele ist unerklärlich widerspruchsvoll – ein Teil träumt von nächtlichen Partys und Clubs (aber nicht in einem solchen Ausmaß!), und ein anderer Teil ist ewig müde und sehnt sich nach seinem Zuhause, seinem Zimmer, seinem Bett (dort könnte man einen Apfel oder eine Praline essen oder auch ein Buch lesen).

Ich habe nicht umsonst gelitten (Lamm, Blues, keine Pralinen usw.). Dieser Abend hat sich nicht nur als einfacher Quälabend entpuppt, sondern als SEHR NÜTZLICH – Roman hat seine Sendung fast schon unter Dach und Fach, hurra!

Nach einem solch stürmischen, weltmännischen Leben braucht jeder Mensch Schlaf in einem alten Flanellpyjama mit Häschenmuster.

Dezember

Sonnabend, 2. Dezember

Heute Morgen hat Alena angerufen – Stella brauche ganz dringend Beratung und Handpflege. Wozu braucht ein Mensch psychologische Beratung, der so viel hat – ein Hotel und alles andere? Habe Stella zur Maniküre im Schönheitssalon um 15 Uhr eingetragen und für mich um 16 Uhr.

Stella war eigentlich ganz ruhig, abgesehen davon, dass sie die ganze Zeit mit den Fingern an irgendetwas herumgefummelt hat und ihr linker Mundwinkel immer gezuckt hat. Oder war es der rechte? Ich verwechsle immer rechts und links, besonders wenn ich Auto fahre und wenn mir ein Mensch gegenübersitzt.

Es stellte sich heraus, dass Stella das Hotel gar nicht gehört, sondern dass sie nur die Stellvertreterin von Saus und Braus ist. Sagte, dass sie keine Namen nennen und nur in Andeutungen sprechen wolle. Sagte aber ständig: »Petrov und ich«, »Petrov hat mir alles anvertraut.« (Petrov – ist das ein richtiger Name oder nicht?)

»Es war alles wunderbar, wahnsinnig viel Geld«, Stella hat sich zu mir gebeugt und gehechelt. »Ich traue mich gar nicht zu sagen, wie viel!«

Ich war abgelenkt und habe nachgedacht, was ich von so viel Geld gekauft hätte.

Also: Auf alle Fälle wäre ich zu Mexx gerannt; dort habe ich mir unlängst ein Kostüm angesehen, eine Wildlederjacke und eine Hose mit Taschen mitten auf den Knien. Dazu eine Handtasche... Ach!

»Es ist so interessant mit ihm. Er hat so eine Ausstrahlung. Petrov ist eine echt charismatische Persönlichkeit.«

Was meinte sie? Charismatische Persönlichkeit – wie Jesus Christus oder Jelzin? Und der arme Gorbatschow hat gar kein Charisma gehabt. Deshalb hat ihn das Volk nicht geliebt...

»Ich hätte für Petrov sogar ohne Geld gearbeitet... Mit ihm zusammen ist es ein ganz anderes Leben!«

»Und was für ein Leben führen Sie ohne Petrov?«

Stella hat nur abgewinkt – wahrscheinlich hat sie sich ein Leben ohne Petrov überhaupt nicht vorstellen können. Ihn mal zu sehen wäre nicht uninteressant...

»Also, alles lief wunderbar. Bis uns vor etwa einem Monat die Konkurrenz platt gemacht hat. Dann ist die Steuerfahndung zu uns gekommen, hat alles durchsucht und alle Akten mitgenommen. Gut, dass ich rechtzeitig alles kopiert habe und manche Unterlagen an meinem Körper versteckt hinausschmuggeln konnte!«

Sieh mal an, wie raffiniert!

»Und vor einer Woche...« (oh, mein Gott, sie weint, was soll ich machen? Stellas Wangen sind tränenverschmiert).

»...wurde ich verhaftet! Obwohl Petrov überhaupt nichts Unrechtes getan hat. Das kommt nur von der Konkurrenz!«

Ich habe Stella ein Papiertaschentuch gereicht. Habe auf meinem Tisch immer Taschentücher für meine Kunden, aber manchmal benutze ich sie selbst, wenn ich weine. Das ist sehr unprofessionell, deswegen wollte ich jetzt nicht weinen, noch dazu verstehe ich doch gar nichts vom Hotelgewerbe.

Stella hat sich die Nase geputzt und weitererzählt. Sie hat nicht damit gerechnet, dass so etwas passieren könnte, und hat ein bisschen Angst gehabt – im Geschäftsleben kann bekanntlich alles passieren. Irgendwann einmal sind die Geschäfte bei Petrov und ihr nicht gut gelaufen, sie meinte, sie hätten die Steuern nicht bezahlt. Und Stella hat seither jeden Tag in der Früh geduscht und warme Unterwäsche angezogen – für alle Fälle, z. B. wenn sie auf der Straße eingesammelt würde.

»Ich habe Strumpfhosen mit 70 den angezogen, Socken, ein T-Shirt und zwei Pullover, einen dicken und einen dünnen …«

Woher wusste sie, dass es in der Zelle kalt sein würde?

»Und in der Tasche habe ich immer Unterhosen zum Wechseln.«

Ich war von Stellas Bericht erschüttert! Wie schwer ist es doch, Geschäftsfrau zu sein. Ich lebe so leicht, denke an nichts Böses und wusste bis heute nicht, dass die Geschäftsfrauen überall auf der Welt mit Unterhosen zum Wechseln herumlaufen …

»Jemand hat mich auf der Straße festgenommen und mich in Untersuchungshaft gesteckt. Und Petrov wusste bis abends nicht, wo ich war …«

Stella hat alle meine Taschentücher aufgebraucht, und ich hatte selbst keines mehr, dabei würde ich auch bald weinen …

»Und wann hat Petrov davon erfahren? Er ist Ihnen bestimmt zu Hilfe geeilt, hat einen Verteidiger mitgebracht und alles getan, was in einer solchen Lage nötig ist …«

An dieser Stelle erstarrte Stella und hat gebrabbelt:

»Petrov hat währenddessen eine dringende Dienstreise ins Ausland angetreten... Und ich bin absolut allein mit den Konkurrenten und der Steuerfahndung geblieben... Und Gurevitsch war weit weg...«

»Warten Sie, ich bin jetzt durcheinander. Wer ist dieser Gurevitsch?«

»Das ist er, Petrov!«

Stella hat ihre Tränen abgewischt und mich in die Geschichte von Petrov eingeweiht. Er, dieser Geschäftsmann Petrov, hat zu sowjetischen Zeiten eine ganz gewöhnliche sowjetische Karriere gemacht, das heißt, er hat eine Dissertation geschrieben und einen anderen Namen gehabt: Gurevitsch.

Und als Gurevitsch hat er geheiratet und den Namen seiner Frau angenommen – Petrova. Von der Genossin Petrova hat er sich bald getrennt – aber nicht von ihrem Namen.

Ach so! Dieser Petrov ist ein echter Schlawiner!

Im Leben gibt es manchmal wunderliche Zufälle – manche Menschen haben ewig Probleme mit Namen. In der Schule hatte ich einen sehr guten Freund mit Namen Saschka Katzenellenbogen. Saschka hat sich immer »der Halbe« genannt, weil sein Papa der Jude Katzenellenbogen und seine Mutter die Russin Kalmückova war. Als wir in der zehnten Klasse einen Pass bekommen haben, hat Saschka furchtbar mit seinen Eltern gestritten und wollte sogar für immer ihr Haus verlassen und zu mir ziehen, wegen der Kohlrouladen meiner Mutter. Und alles nur, weil seine Eltern in seinen Pass eintragen lassen wollten, dass er ein Russe sei und Kalmückov hieße. Saschkas Mama und Papa sind zu uns gekommen, um

Saschka abzuholen, haben Kohlrouladen gegessen und ihren Sohn überzeugt, dass es sehr vernünftig sei, eine vorsorgliche Sicherheitsmaßnahme zu ergreifen. Weil sie, die Eltern, nicht wollten, dass ihr eigenes Fleisch und Blut das ganze Leben lang leiden und ein Jude bleiben müsse. Während der vierten Kohlroulade hat Saschka sich für den Russen entschieden, aber nun stand noch die Wahl zwischen dem Namen seines Vaters und dem seiner Mutter bevor. Für Papas Familiennamen hat er wie ein Löwe gekämpft und wollte keinen Kompromiss eingehen. So ist Saschka im Pass Katzenellenbogen wie Papa geblieben – und ein Russe wie Mama geworden.

Aber wenn dieser Gurevitsch schon seine Dissertation geschrieben und geheiratet hat, wozu nennt er sich Petrov?

»Können Sie sich das vorstellen? Ich habe zwei Tage in der Zelle zugebracht! ...«, hat Stella schluchzend gesagt.

Habe mir vorgestellt, wie die gut gepflegte Stella in Reih und Glied geht und ihr befohlen wird: »Nummer 6, heben Sie den Kopf hoch ...«

Alle wissen, vor Gericht und auf hoher See – nichts kann man sich da fest vornehmen. Aber jeder denkt natürlich, dass ihm SO WAS nicht passieren könnte: sowohl Chodorkowskij als auch Stella. Wie furchtbar ist es für eine erfolgreiche Business-Lady, plötzlich in einen Käfig zu geraten. War das etwa eine echte Zelle mit Klosettschüssel, wie sie immer beschrieben wird?

»Mir ist es egal, ob ich jetzt vorbestraft bin. Für mich ist die Hauptsache, dass ich Petrov nicht im Stich lasse.«

Aber Petrov hat Stella doch im Stich und »sitzen« gelassen. Viele Frauen haben etwas Heroisches.

»Ich habe Angst, auf die Straße zu gehen, stelle mir

immer wieder vor, dass jemand auf mich zukommt…«, flüsterte mir Stella zu.

»Stella, Sie müssen regelmäßig zu mir kommen. Sie leiden stark unter Stress, und in einer Sitzung kann ich Sie nicht von Ihrer Angst befreien.«

Was kann ich gerade jetzt für sie tun? – habe ich überlegt. Ich hatte in meiner Tasche eine wunderschöne Garnitur Unterwäsche. Einen rosa BH mit bordeauxfarbenen Spitzen und ein bordeauxfarbenes Höschen mit rosa Spitzen. Ob ich sie ihr schenke? Sie würde sich freuen, dachte ich bei mir. Obwohl – was ist mit mir los? Sie ist ihr doch zu klein.

»Was ist mit Petrov? Ich habe Sehnsucht nach ihm…«

Es fiel mir wie Schuppen von den Augen, sie ist in Petrov doch bis über beide Ohren verliebt! Und vor sich selbst tut sie so, als ob er ein unglaubliches Charisma hätte – im Geschäftsleben und überhaupt… Sie braucht kein Hotel und ebenso wenig alles andere! Sie leidet darunter, dass es der Mann war, der sie sitzen gelassen hat, und nicht der Geschäftspartner. Wenn ich ein Mann wäre (trotzdem Psychologe), hätte ich mir selbst gesagt, Weib bleibt Weib! Aber so – was sollte ich sagen?

»Wissen Sie was, Stella, für heute machen wir Schluss. Und beim nächsten Mal werden wir ein anderes Problem besprechen.«

In einer Jackentasche haben sich zwei kleine Schokolädchen versteckt. Ich habe mich entschlossen, eines gleich aufzuessen und das andere später – aber auch aufzuessen.

Sonntag, 3. Dezember

Heute Früh haben wir Tante Vera abgeholt. Wenn sie von ihrem kleinen Ort im Ural zu uns kommt, wird meine Mutter immer kindisch, weil Tante Vera zehn Jahre älter als meine Mutter ist und daher meine Mutter immer »mein kleines Schwesterchen« nennt. Tante Vera ist eine Heldin. Während des Krieges sind sie und meine vierjährige Mutter allein geblieben, und Tante Vera ist für meine Mutter eine Mutter geworden. Obwohl die elfjährige Tante Vera selbst noch eine Mama gebraucht hätte.

Ich mit meinen 36 Jahren kann mir nicht vorstellen, wie ich so überleben soll – ohne Mutter?

Wir haben Tante Vera nach Hause zum Ausruhen gebracht, und nach langen Verhandlungen ist es mir gelungen, Murka ins Russische Museum zu locken (Mura geht mir zuliebe eine Stunde ins Russische Museum, und ich tue ihr auch etwas Gutes, z. B. kaufe ihr zuliebe eine riesige Pizza).

Als wir ins Foyer des Museums gegangen sind, hat Mura sich missbilligend umgeblickt und gesagt: »Du schätzt dich als kulturbeflissene Frau ein, aber dein Kind war kein einziges Mal im Russischen Museum!«

Das war sehr unfair von Mura – als sie ein kleines Kind war, haben wir allein vor dem Bild »Die letzten Tage von Pompeji« insgesamt zwei Tage oder noch länger verbracht.

»Und das Eselchen, Mura, auf dem Bild von Polenov, das dich immer mit den Augen verfolgt? Hast du es etwa vergessen?«

Wie immer haben wir sehr viel Zeit mit dem Eselchen

verbracht. Egal wohin wir uns stellten, es verfolgte uns immer noch!!!

Mura hat mich durch die Säle gejagt, als ob wir zwei verrückte Kaninchen wären und vor dem Fuchs fliehen müssten, und nach 40 Minuten waren wir wieder völlig befreit von aller Kunst. Für ihr gar nicht schlechtes Verhalten im Museum habe ich Mura in eine Pizzeria ausgeführt.

Dann haben wir Mama und Tante Vera abgeholt und sind nach Pawlowsk gefahren. Der goldene Herbst, fallende Blätter und das Übliche waren schon vorbei, aber das Café im Schloss von Pawlowsk ist zu jeder Jahreszeit wunderbar.

»Zum ersten Mal in meinem Leben fühle ich mich wie ein weiser Mensch: Ich bin sowohl spazieren gegangen als auch im Café gewesen«, hat Tante Vera gesagt.

Verdammt! Verdammt! Verdammt! Tante Vera tut mir furchtbar Leid. Bin sicher, dass Gott keine Zeit hat, sich mit allen Kleinigkeiten zu beschäftigen, aber es muss doch irgendeinen Personalmanager, Organisator oder himmlischen Aufgabenverteiler geben, der dafür sorgt, dass in unserem Leben alles fair zugeht.

Tante Vera ist Frauenärztin gewesen. In ihrer Stadt hat sie drei Generationen von Uralkindern ans Licht der Welt geholt. Sie hat über dreißig Jahre lang Geburten betreut... Jetzt ist sie Rentnerin, und eine ihrer Töchter, Jana, ist Schuldirektorin und Vorsitzende des örtlichen Kommunalparlaments, eine Abgeordnete. Und diese Abgeordnete kann sich und ihre Familie nur von Makkaroni ernähren, und die Rente von Tante Vera erlaubt es ihnen, auch noch Käse über die Makkaroni zu reiben.

Alle erinnern sich an Tante Vera als beste, herzlichste

Ärztin aller Zeiten. Und so frage ich: Wo bleibt die Gerechtigkeit? Wer, wenn nicht sie, sollte es sich leisten können, mal ins Café zu gehen? Mit 70 Jahren!!

Am Abend habe ich Roman am Telefon meine Gedanken über soziale Gerechtigkeit mitgeteilt. Aber er hat gefragt:

»Meinst du wirklich, dass jeder das bekommt, was er verdient?«

Ich hatte nicht vor, eine theologische Diskussion mit ihm zu führen und zu besprechen, wie genau der Liebe Gott erraten kann, dass er bei Tante Vera irgendetwas übersehen hat. Ich wollte einfach Mitleid mit ihr haben und über die allgemeine Ungerechtigkeit in unserem Leben weinen. Aber Männer – verstehen sie davon überhaupt etwas?...

Roman hat mir ein Beispiel von einer großen Ungerechtigkeit genannt: Einer von den Menschen, mit denen ich mich im Club Taj-Mahal gequält habe, hat Romans Idee von seiner Sendung gestohlen. Gerade eben ist eine ähnliche Sendung ausgestrahlt worden... Roman sagt, jetzt sei es aus, das Thema sei verbraucht...

Der arme Roman ist völlig erschlagen, aber im Großen und Ganzen hält er sich wacker. Ich verstehe ihn, mich hat gerade ein ähnlicher Schlag getroffen – ich habe mir einen Mantel in einem Laden angesehen. Und während ich noch gezweifelt habe und dem Mantel immer wieder Besuche abgestattet habe, wurde er gekauft – und jetzt ist es aus, er hat mich auf immer und ewig verlassen.

Während meines Telefongesprächs mit Roman haben Mama und Tante Vera unseren ganzen Haushalt voreingenommen untersucht. Es gab einen riesigen Skandal, und ich wurde mit verschiedenen Ausdrücken beschimpft:

Schlampe, schlechtes Beispiel für Mura ... Weiter will ich es nicht fortsetzen.

Ich denke, dass sie ungerecht sind; schließlich habe ich von morgens bis abends zu tun. Am Morgen habe ich Vorlesungen, tagsüber und abends Beratungen und das übrige berufliche und private Leben (und natürlich das wissenschaftliche – ich habe vor, einen Artikel über ein sehr interessantes Thema zu schreiben, und habe sogar irgendwelche Gedanken dazu. Und das Literarische – wer schreibt eigentlich ein Buch und hat sich schon fast einen Plot ausgedacht?).

...Ärgerlich, sehr ärgerlich, wenn du so ungerecht für nichts und wieder nichts beschimpft wirst.

Montag, 4. Dezember

Mama und Tante Vera haben völlig Recht – so kann man nicht mehr leben. Zu Hause herrscht ein Bild von furchtbarer Verwilderung. Im Kühlschrank stinkt es unangenehm, der Herd ist bekleckert, im Bett von Leo Jewgenjewitsch liegt alles, was er in den letzten hundert Jahren gemopst hat: Tüten, Papier, Zellophan von Pralinen. Sawwa Ignatitsch hat in einer Ecke im Flur seine eigenen Häufchen organisiert, um nichts kleiner als die von Mura, und hat dort alle für ihn nötigen Haushaltsgegenstände gesammelt (einige hat er bei uns gefunden, und einige draußen im Hof). Mura und ich sind inzwischen vollkommen auf die Produkte »Daria« übergegangen, besonders die Buletten in Pilzsauce schmecken sehr gut. Verstehe nicht: Wieso darf man sich nicht von Fertigkost ernähren?

Dieses ewige Warum. Warum ist der Herd dreckig, warum diese Buletten, warum erlauben sich unsere Tiere alles? Die Antwort ist ganz einfach – weil immer Nachfrage nach guten Spezialisten besteht und ich im Schönheitssalon drei Beratungen am Tag habe.

Habe mich von meinen Mädels beraten lassen, was ich kochen soll und wie ich meinen Herd sauber kriegen kann.

Jenka hat gesagt: »Lass mich in Ruhe!«

Sie hat mich durchschaut! Ich denke, Jenka ist ungerecht. Jeder Mensch hat eine Chance verdient, sich zu bessern: den Herd sauber und sein Leben in Ordnung zu halten.

Olga hat gesagt, dass sie Wasja bitten könnte, den Kühlschrank zu reparieren, obwohl sie ihm sehr böse sei, weil er nicht wisse, was »Archetyp« bedeutet.

»Wahrscheinlich kann ich dir Wasja am nächsten Freitag bis drei Uhr ausleihen. Um drei kommt ein Klempner zu mir, und Wasja soll ihn einweisen. Und dann gehen wir mir einen neuen Küchenschrank kaufen«, hat Olga gesagt. »Aber weißt du, ich habe das undeutliche, aber sehr tiefe Gefühl … Ich habe Angst, dass Wasja nicht nur nicht weiß, was ›Archetyp‹, sondern auch nicht, was ›Artefakt‹ bedeutet …«

Den einzigen nützlichen Ratschlag hat Alena gegeben: Sie hat mir empfohlen, eine Haushaltshilfe zu nehmen. Ich habe Alena auch einen Ratschlag erteilt (sie hat nach wie vor Probleme in ihrer Familie).

Nein, Alena und Nikita haben eine sehr tolle Familie und eine wunderbare Wohnung, und vielleicht bekommen sie noch ihr Haus in Spanien. Das Einzige, was nicht stimmt, ist ihr Sexualleben. Alena meint, dass ein echter Mann seinen ehelichen Pflichten nicht nur einmal in der Woche nachkommen dürfe. Und vor kurzem hat sie angedeutet, dass, wenn Nikita kein Vergnügen daran fände, er den Begriff »Pflicht« wortwörtlich nehmen und sie ehrlich mittwochs und samstags wird erfüllen müssen.

Habe Alena empfohlen (wenn es schon mit der Sexpille nicht geklappt hat), »Das Buch vom köstlichen und gesunden Sex« oder »Alles, was Sie über Sex wissen wollen, aber Angst haben zu fragen« von der ersten Seite an systematisch durchzuarbeiten. Aber heute Abend (solange sie diese Bücher noch nicht hat) soll sie bei Nikita die althergebrachte Kunst des Petting anwenden und mich dann zurückrufen, um über den Erfolg zu berichten.

Das ist eine sehr gute Idee mit der Haushaltshilfe. Noch dazu, wo ich jetzt VIEL verdiene. Alena sagte, dass ich einen Arbeitstag der Haushaltshilfe mit zwei oder drei Beratungen bezahlen kann. Und so viele habe ich jetzt jeden Tag...

Dann lasse ich die Haushaltshilfe einmal in der Woche kommen, die Wohnung sauber machen, bügeln und hauptsächlich das Mittagessen zubereiten, für zwei Tage, oder auch für drei oder vier. Oder irgendetwas, was man die ganze Woche über essen kann, z. B. Kohlrouladen. Und Pelmeni gingen sogar den ganzen Monat.

Alena hat mich zurückgerufen. Auf meinen Rat hin hat sie ihre Jungs ins Kino geschickt (sie waren sehr überrascht, warum plötzlich Kino statt Hausaufgaben), hat sich in Schale geworfen und schon im Flur angefangen, Nikita die Schuhe auszuziehen (Alena hat ihre Handlungsweise als zügelloses Petting eingeschätzt und er als eine Chance zur Erholung seiner müden Füße). Nikita ist barfuß in die Küche gegangen und hat Alenas Schürze mit dem Bild von Mickey Rourke umgebunden. Warum?

Ich hätte so etwas an seiner Stelle nicht gemacht (Alena macht ohnehin alles für ihn). Alena hat sich von hinten an ihn rangeschlichen, hat die Schleife wieder aufgemacht und Nikita über der Hose gestreichelt.

Sie sind schon viele Jahre zusammen, und diese Zeit reicht aus, um die Spielchen des anderen zu durchschauen. Deswegen hat Nikita die Schleife entschlossen wieder zugebunden und damit klar seine Position bestimmt:

1. Alena schafft es nicht, ihm seine ehelichen Pflichten auch am Werktag aufzuzwingen.
2. Es kann keine Rede von Mittwoch und Sonnabend sein.
3. Darüber hinaus stört der Pudel ständig bei der Erfüllung der ehelichen Pflichten und versucht, sich im unpassendsten Moment zwischen ihn und diese Erfüllung zu mogeln. Was die Pflicht betrifft, unterhält er Alena, die Wohnung, zwei Autos und die Datscha und denkt, das sei vollkommen genug, um ihn für immer vom Mittwoch zu befreien und das ganze Theater auf Sonnabend zu beschränken.
4. Und jetzt hofft er, dass man in diesem Hause endlich mal in Ruhe ein Stück Fleisch braten kann.

Vor dem Schlafengehen habe ich Arbatova gelesen. Ihre Heldin, eine 45jährige Tante, schläft mit allen, denen sie in ihrem Leben begegnet – in der Arbeit, auf der Straße, im Geschäft, im Internet. Eine Art von Sex-Road-Movie. Keiner außer ihr hat so einem ganzen Land von seinen Komplexen erzählt. Ich denke, dass Mascha Arbatova nie im Leben mit jemandem geschlafen hat und dass sie ihre Kinder unbefleckt empfangen hat. Warum behauptet sie so leidenschaftlich, dass Sex gut und kein Sex schlecht ist?!

Übrigens, sie hat ganz Recht, was die Gleichung kein Sex = schlecht angeht.

Mittwoch, 6. Dezember

Ich hatte zwei Stunden und 15 Minuten zwischen der Vorlesung und der Beratung im Schönheitssalon, und in dieser Zeit hatte ich vor, meinen Haushalt zu schmeißen. Deshalb ging ich zur Agentur Karlsson, die sich neben dem Theater Lensowjet befindet, um die Haushaltshilfe kennen zu lernen. Alena ist mitgekommen als Expertin für Alltagsprobleme, Olga, weil sie völlig freigestellt von der Arbeit bei ihrer Illustrierten ist, und wir haben auch Mura mitgenommen, weil sie schon ein großes Mädchen ist und endlich lernen muss, einen Haushalt zu führen.

Alles in allem ist es nicht so gut gelaufen. Ich habe nicht erwartet, dass Karlsson für mich ein Casting mit vier Bewerberinnen machen würde. Wie furchtbar, dass ich auswählen sollte: eine aussuchen – und drei ablehnen etwa? Wer bin ich eigentlich, um so etwas zu tun? »Sie sind nicht gut genug dafür, um meine Wohnung sauber zu machen und Mittagessen zu kochen!«

Habe mich damit getröstet, dass es so sein soll – eine hat Vorlesungen und Beratungen von morgens bis abends, und die andere macht den Herd sauber und kocht Suppe für die erste, das ist ganz gewöhnlicher Kapitalismus.

»Sie müssen mit jeder Bewerberin unter vier Augen in meiner Anwesenheit sprechen«, hat mir eine strenge junge Managerin gesagt.

»Worüber soll ich denn mit ihnen sprechen?«

Als Erste kam eine füllige Dame im strengen Kostüm. Ich habe geschwiegen.

»Ich kann alles im Haushalt machen«, hat die Dame gesagt. »Nur sauber machen mag ich nicht, und kochen mag ich auch nicht besonders.«

»Und wie wollen Sie... äh... eine Haushaltshilfe sein?«, hat Mura gefragt. Die Jugend von heute hat weder Charme noch Herz. So direkt hat sie gefragt, »Haushaltshilfe« hat sie die Dame genannt, so taktlos. »Bei mir zu Hause kocht mein Mann, und mein Sohn macht sauber – und ich kontrolliere das.«

Als Nächstes nach dieser »Frecken Bock« kam ein mittelgroßes Mädchen in Jeans mit einem durchschnittlich angenehmen Gesicht.

Ich habe mit Erleichterung aufgeatmet. So ein Mädchen passt genau. Wir könnten mit ihr befreundet sein, morgens zusammen Kaffee trinken...

»Die Bewerberin hat den Butler-Kurs absolviert«, hat uns die Managerin feierlich verkündet. »Stellen Sie bitte Ihre Fragen.«

Ein Butler ist genau das, was wir brauchen, habe ich begeistert gedacht. Für Mura und mich einen Butler und Haushofmeister, für Leo Jewgenjewitsch und Sawwa Ignatitsch einen Kammerdiener und Offiziersburschen.

»Sagen Sie bitte, wie viele Seidenstücke haben Sie?«, hat mich die Bewerberin gefragt. »Seidene Unterwäsche, Blusen und Frisierumhänge? Das Bügeln von solchen Teilen ist sehr aufwendig. Ich wäre nur dann einverstanden, wenn nicht mehr als drei seidene Stücke am Tag zu bügeln sind.«

»Wir haben überhaupt keine seidenen Stücke«, habe ich verschüchtert gesagt. »Ich trage einfache, bequeme

Kleidung. Jeans, Pullover… schwarz…« (Über meinen löchrigen Schlafanzug verlor ich kein Wort!)

»Und wie wollen Sie, dass ich das Essen auftrage?«, hat die Bewerberin gefragt. »Das Mittagessen und das Abendessen serviere ich nach Etikette. Soll ich auch das Frühstück servieren?«

»Wissen Sie, normalerweise essen wir im Bett aus Schüsseln. Aber ab und zu können Sie uns das Essen auf der Zeitung servieren«, hat Mura mit süßlicher Stimme geantwortet.

Die Bewerberin ist weggegangen. Wir passten ihr nicht.

»Haben Sie es nicht ein bisschen einfacher?«, habe ich die Managerin gefragt. »Um den Herd zu putzen, manchmal den Fußboden zu wischen, eine Brühe zu kochen… Hühnerbrühe mit Grießklößchen…«

»Nein!«, hat die Managerin abschätzig gesagt. »Das sollten Sie selbst machen. Die Gespräche mit den Bewerberinnen kosten dreihundert Rubel.«

»Lasst uns ins Café gehen, wenn wir schon ohne Haushaltshilfe geblieben sind!«, hat Mura vorgeschlagen. Wir sind gegenüber in die Ideale Tasse gegangen.

Mura hat heiße Schokolade getrunken und mit sich selbst gequatscht. Alena und ich haben Petits Fours gegessen, und Olga hat Espresso mit einem besonderen Gesichtsausdruck getrunken, der uns zu verstehen gegeben hat, wer heute als Erste auf unserem Programm stehen sollte, mit ihrer unsicheren Berufslage und ihrem instabilen Privatleben.

»Keiner bietet mir eine unbefristete Stellung, ich schreibe Rezensionen für verschiedene Zeitschriften wie am Fließband, das wird schlecht bezahlt«, hat uns Olga dramatisch mitgeteilt. »Und Dimotschka braucht einen neuen Fotoapparat. Er will anfangen zu fotografieren …«

»Du sollst deine Freunde nicht anlügen«, hat Mura gesagt.

Mura führt mit Olga sehr oft lange Telefongespräche, und dann spielt sie Verstecken, verdreht die Augen und tut so, als hätte sie mit einem Jungen gesprochen.

»Lüg nicht«, hat Mura wiederholt. »Dir wurde doch eine Redakteursstelle angeboten. Die hättest du annehmen können. Dann hättest du eine gesicherte Stellung.«

»Bist du verrückt geworden?!!«, ist Olga explodiert. »Ich will nicht den ganzen Tag in einer Redaktion sitzen. Ich bin müde und nahe an einem Nervenzusammenbruch. Ich schlafe schon zwei Nächte nicht – so möchte ich nicht dorthin gehen. Und überhaupt, ich habe schon abgesagt. Tröstet mich! Habe ich es richtig gemacht?«

»Richtig! Wenn du nicht malochen willst, warum sollst du dich quälen?«, hat Mura bestätigt, und Olga hat sich gleich wieder beruhigt.

Jetzt wird Olga sicher gleich von ihrem Privatleben erzählen, befürchtete ich. Alle ihre Probleme rühren daher, dass zwei Männer in ihrem Leben stehen – Dimotschka, der Liegende, und der Fahrer Wasja, das Abonnement. Olga ist eigentlich nicht leichtsinnig. Ihr Privatleben steht in direkter Beziehung zu ihrer beruflichen Situation. Wenn sie Arbeit und Geld hat, führt sie nächtelang mit dem Liegenden philosophische Gespräche über seine Existenz, und weniger erfreuliche Zeiten ohne bestimmte Beschäftigung und Geld sind zugleich die Zeiten von Wasja-Abonnement. (Olga wird sauer, wenn sie erfährt, dass wir ihren Wasja »das Abonnement« nennen.)

Olga ist sehr unzufrieden mit Wasja, weil er:

1. nie im Leben etwas Geniales macht,

2. nie mit ihr lange Gespräche über sein Seelenleben führt,
3. kein Hehl daraus macht, dass er nicht weiß, was Apartheid heißt. Das gibt er auch vor allen Leuten zu.

Einmal hat Olga Wasja einen besonderen Pullover angezogen, ihm ein Halstuch umgebunden und ihn zu einem Treffen mit Filmleuten mitgenommen (Journalisten, Schauspieler, Regisseure – ich möchte auch dorthin). Und dort hat Wasja jemanden von seinem Handy aus angerufen. (Es scheint eine ganz gewöhnliche Sache zu sein, aber, jetzt kommt's:) »Der Abonnement antwortet nicht«, hat Wasja verdutzt den umstehenden Regisseuren, Schauspielern und Journalisten mitgeteilt.

Seitdem hat er von uns den heimlichen Spitznamen »Abonnement«, und Olga geht nur noch allein aus und erlaubt Wasja lediglich, im Hintergrund ihres Privatlebens zu wirken (verrücken, umstellen, in Ordnung bringen, einen Klempner anweisen usw.).

Gegen Wasja ist nur Olga, Mura und ich sind für ihn, weil er gut und gemütlich ist. Alena neigt mehr zum Liegenden, weil ihr selbst die romantisch-intellektuellen Gespräche mit Nikita fehlen, die sie mit ihm zwischen Kisten voller Sprotten und Untertassen voller Kippen bis sechs Uhr früh führen möchte.

»Ich sage ihm heute Früh, Dimotschka, ich will nicht zur Zeitung gehen. Bei der Zeitung muss man jeden anrufen, alles organisieren, nervös sein. Das ist nichts für mich.«

Jetzt fing Alena an, Partei für den Liegenden zu ergreifen. Manchmal denkt sie wie eine echte Blondine – sehr primitiv. Meint sie wirklich, das ist ein so einfacher, mechanischer Prozess: Wenn Olga die Arbeit verloren hat, dann wählt sie automatisch Wasja, und das nur deshalb, weil er sehr häuslich und ein bodenständiger Fahrer ist? Ich als prof. Psychologin weiß, dass die Liebe von einer so kultivierten Frau wie Olga unbewusst nach Respekt und Bewunderung verlangt. Deshalb ist Alena umsonst in Sorge – Olga bleibt auf immer und ewig bei dem Liegenden.

»Aha, siehst du! Mit Dimotschka kannst du alles teilen, was du erlebst. Und mit Wasja ist es kein Vergleich«, hat Alena Olga leidenschaftlich überzeugt und fühlte sich dabei richtig als prof. Psychologin, die ruck-zuck einen Menschen zu der für ihn richtigen Entscheidung führt.

Es ist schon so, dass Wasja kein richtiger Partner für sie ist, er ist nicht subtil genug.

»Wasja denkt, dass Prus eine Abkürzung von Proust ist…«, hat Olga hilflos gesagt.

»Dafür will Dimotschka keine Verantwortung übernehmen. Er hat nicht die leiseste Ahnung, was einen echten Mann ausmacht. Und mit Wasja hält er wirklich kei nen Vergleich aus«, hat Mura eingeworfen.

Weiß nicht, wie es kam, aber plötzlich geriet Olga in helle Aufregung:

»Wie Recht du hast, Mura! Ich sage Dimotschka Folgendes: ›Wenn du nicht verstehst, dass ich schwach und müde bin, sollten wir – wenigstens auf Zeit – auseinander gehen.‹ Wasja dagegen ist zuverlässig, obwohl er nicht intellektuell ist.«

»Es ist so, dass Wasja nicht so schlecht ist«, führte Mura gekonnt ihre Linie weiter.

»Ja, er ist nicht so schlecht«, hat Olga nachdenklich

eingeräumt. Und Mura hat zufrieden gelächelt – genau wie Sawwa Ignatitsch vor einem Stückchen Wurst.

Wie ein Schmetterling, der sich zufällig auf einer Blume niederlässt, hat Olga unsere Petits Fours gekostet, hat der Reihe nach ein Stück von jeder Sorte genommen.

»Lass mir wenigstens noch ein einziges Stück!«, hat Alena pikiert gekreischt, hat sich ein ganzes Petit Four mit Creme auf einmal in den Mund gestopft und war ganz traurig: »Du hast Glück, Olga, frisst meine Petits Fours und siehst trotzdem aus wie ein Teenager…«

Alena hat demonstrativ geseufzt, um unsere Aufmerksamkeit auf sich zu ziehen. Zum gegenwärtigen Zeitpunkt hat sie überhaupt nur zwei Themen: Sex und ihren Pudel. Aber jetzt konnte Alena nichts sagen – weder zu dem einen noch zum anderen Thema.

Einerseits denkt sie, dass es pädagogisch nicht zu verantworten ist, in Muras Gegenwart ihr schief gelaufenes Sexualleben zu besprechen, damit Mura um Gottes willen nicht den Eindruck gewinnt, dass Ehe etwas mit Sex zu tun hat. Andererseits war sie sich sicher, dass es in Olgas Gegenwart taktlos wäre, von der Gesundheit ihres Pudels zu sprechen, weil Olga gleich gekränkt wäre, weil es dem Pudel im Vergleich zum Liegenden wunderbar geht. Aber der Pudel ist ein sehr fröhliches Geschöpf, und der Liegende tut sein ganzes Leben lang so, als würde er in fünf Minuten sterben. Entweder hatte er gestern Kopfschmerzen oder bekommt morgen Schnupfen…

»Der Pudel benimmt sich etwas komisch. Der Kardiologe denkt, dass eine Ultraschalluntersuchung seines Herzens, ein Elektrokardiogramm und ein Röntgenbild gemacht werden müssen.« Zu dieser Mitteilung hat sich Alena immerhin durchgerungen.

»Der Hund…«, hat Olga mit Nachdruck gesagt. (Der

ewige Streit – wer ist kränker, der Pudel oder der Liegende, plus eine Andeutung davon, dass der Hund kein Mensch ist.)

»Mein Pudel ist nicht schlechter als dein Dimotschka«, konnte Alena nicht an sich halten. (Alena lügt. In Wirklichkeit glaubt sie, dass er viel besser ist.)

Ich als Psychologin habe augenblicklich den gerade entstehenden Konflikt unterdrückt, indem ich gesagt habe, dass Olga und Alena sich nicht auf Kosten fremder Vorlieben profilieren sollen. Denn Dimotschka sei nicht besser als der Pudel, und der sei nicht schlechter als Dimotschka (an dieser Stelle habe ich selbst etwas durcheinander gebracht). Im Grunde genommen wählen die Menschen selbst aus, wem sie ihre Seele schenken – entweder Dimotschka oder eben dem Pudel.

So haben wir Kaffee getrunken und geredet. Währenddessen haben ununterbrochen unsere Handys geläutet – 40. Symphonie von Mozart –, und ich habe gedacht, warum werden die beiden immer angerufen und ich überhaupt nicht?

Endlich ist auch bei mir die Melodie in der Tasche erklungen, und ich habe mein Telefon ergriffen.

»Wo bist du? Ich gehe über den Wladimirski und möchte mit dir Kaffee trinken«, hat Roman gesagt.

»Ich trinke gerade Kaffee in der ›Tasse‹«, habe ich automatisch geantwortet und die Taste »Auflegen« gedrückt. Innerlich war mir angst und bange – was sollte ich jetzt machen?

Es ist so, dass meine Mutter mir nicht erlaubt, Mura die Helden meiner Romanzen vorzustellen, und ich höre immer auf Mama. Deshalb habe ich nicht den Kopf verloren und ganz schnell überlegt, was in dieser Situation klüger wäre:

1. Murka anflehen, sofort nach Hause zu gehen, um ihre Schularbeiten zu machen, und dadurch ihren Protest zu provozieren, der gleich hier ausbrechen würde und den Roman natürlich gleich mitbekommen würde.
2. Mich einfach an den Nachbartisch setzen und so tun, als ob ich meine besten Freundinnen und auch meine eigene Tochter nicht kennen würde.

Fazit: Alles blöd!

Die Situation hat ergeben, dass ich die mütterlichen Grundsätze verletzen und Roman Mura vorstellen musste. Aber Mama erlaubt mir ja eigentlich nur nicht, jemanden mit nach Hause zu bringen. Vom Café hat sie nicht gesprochen.

Habe schon seit langem immer wieder über ein Problem nachgedacht und möchte darüber sogar einen wissenschaftlichen Artikel verfassen – warum verwandeln sich sogar so selbstbewusste Frauen wie Olga oder Alena, wenn sich ein Mann nähert?

Als Roman in die »Tasse« hereinkam und sich an unseren Tisch gesetzt hat, haben sich alle (außer mir) sofort verändert. Alena ist rot geworden (es ist schon ein Problem, blond mit so zarter weißer Haut zu sein) und hat Roman fordernd angestarrt, als ob er ein Schulschwänzer wäre, der zu uns gekommen ist, um seine Klassenarbeit nachzuschreiben. Olga hat sich verspannt und eine souveräne Miene aufgesetzt. Und ich habe mich nur gekämmt, gepudert und mir eine angezündet. Ich habe mich so benommen, als wäre nichts passiert.

Es ist alles sehr nett gelaufen, obwohl ich Angst hatte – ich wollte, dass Olga und Alena merken, wie ernst meine Beziehung zu Roman ist, und zugleich aber, dass Mura denkt, dass er bloß ein entfernter Bekannter ist.

Die blöde Alena hat allen Anstand vergessen und gesagt:

»Ach, Sie sind wohl DER Roman! Wir haben so viel über Sie gehört! Es ist schon überfällig, dass wir uns einmal kennen lernen.« (Das ist das Problem von allen nicht berufstätigen Frauen – sie verlernen die elementaren Regeln der Kommunikation.)

»Ich erinnere mich nicht ganz genau, wer dieser Roman ist – ein führender Manager, der Besitzer einer Autowerkstatt oder ein Pilot?«, flüsterte Olga für alle Caféhausbesucher vernehmlich. Damit versuchte sie, die Situation irgendwie zu retten und Roman feinfühlig anzudeuten, dass er nicht der Einzige für mich ist und dass sie absolut den Überblick über die Männer verloren hat, mit denen ich zu tun habe.

Olga kann sich aber sehr raffiniert unterhalten und konnte deshalb diesen Roman, über den sie angeblich noch nichts gehört hatte, wissen lassen, dass sie sehr viel über seine neue wunderbare Sendung von mir erfahren hat.

Und die beiden haben angefangen, über alle ihnen bekannten Themen zu plaudern: Romans Sendung, Olgas ehemalige Zeitschrift, die Werbung in Presse und Rundfunk.

Als Alena die Kontrolle über die Situation etwas verloren hatte, versuchte sie schmollend, das Gespräch auf ein allgemeineres Thema zu lenken:

»Ich habe einen Tisch für unsere Wohnung gesucht… Wir haben ein Gästezimmer von 40 m^2, und vielleicht kaufen wir ein Haus in Spanien. Deshalb brauche ich einen großen Tisch. Und deshalb möchte ich fragen, warum sie in der Wohnzeitschrift nicht schreiben ›Großer Tisch für 12 Personen. Sehr bequem ausziehbar‹? Stattdessen steht da: ›Dieser Tisch ist eine unglaubliche Geschmackssymphonie‹.«

Eigentlich hat Alena Recht – die Werbesprüche arbeiten mit den Klischees, die gerade im Trend liegen. Und doch hat ihr eigener Satz so geklungen, als ob sie in einem teuren Restaurant ein einfaches Bier bestellt hätte. Vielleicht hat Alena, seit sie nicht mehr berufstätig ist, Angst vor Fremden und schützt sich gewissermaßen mit der neuen Wohnung und einem Haus in Spanien.

Murka hat verdächtig lange nicht am Gespräch teilgenommen, und ich wollte gerade ihre Stirn anfassen und ihr in den Hals gucken, als sie sich sehr höflich an alle zugleich gewandt und mit einem Tonfall gefragt hat, als wollte sie für eine Umfrage die Verbrauchergewohnheiten der Anwesenden erfragen: »Sagen Sie bitte, ziehen Sie vor dem Spiegel Grimassen, und wenn ja, wann – morgens, abends oder tagsüber?«

Olga, Alena und Roman ziehen überhaupt nie Grimassen, ich nur morgens. Mura selbst ist eine Weltmeisterin in dieser Disziplin. Sie macht es zu allen Zeiten. Dann hat meine liebe Tochter knurrend und maunzend ihre Lieblingsgrimassen vorgeführt.

Roman hat Mura versprochen, sie bei Gelegenheit ins Fernsehstudio mitzunehmen. Ich war nicht überrascht, dass Mura Roman gleich eingewickelt hat, sie besitzt so viel Charme.

»Ich muss los«, hat Roman gesagt.

Kaum ist er vom Tisch aufgestanden, hat Olga schmachtend gesagt:

»Schade, dass diese Schönheit verheiratet ist…«

Plötzlich hat sich Roman umgedreht und Mura und mich gefragt: »Mama und Tochter, wollen wir übers Wochenende nach Finnland fahren? Wenn ja, dann fahren wir übermorgen Abend.« Wir wollten, wollten sehr!

Als ich vom Schönheitssalon nach Hause zurückgekommen bin, ist etwas Seltsames passiert. In unserem Treppenhaus hat ein Obdachloser in zerrissener Kleidung gesessen. Man konnte unmöglich sagen, wie alt er war. Traurig: Heutzutage gibt es so viele ganz unglückliche Menschen. Kein Vergleich zu den Zeiten unserer sowjetischen Kindheit. Und übrigens, wo waren diese unglücklichen Menschen damals? Oder hatten alle einen festen Wohnsitz?

Ich habe mich schon darauf eingestellt, ganz traurig zu werden, weil dieser Mensch hier ganz allein sitzt. Aber plötzlich hat er seinen Kopf gehoben, und ich habe das GESICHT gesehen – mit solchen Gesichtern werden Heilige oder wenigstens die letzten Adligen gemalt. Er hat gemerkt, dass ich erstarrt bin, und sagte mit einer sehr schönen Stimme, jedes einzelne Wort äußerst gewissenhaft formend, als stammte er aus einer alteingesessenen Intellektuellenfamilie:

»Seien Sie nicht überrascht! Jeder kann in meine Lage geraten. Und ich bitte Sie, seien Sie nicht traurig…«

Was ist mit ihm passiert, was?! Vielleicht ist er aus einem Lager Stalins zurückgekehrt? Welches Jahr haben wir? Nein! Das geht nicht. Alle sind schon längst zurückgekommen…

Zu Hause habe ich ein bisschen geweint und gedacht, wie kann ich ihm helfen? Es ist unmöglich, einem solchen Gesicht Essen oder alte Kleidung zu geben. Aber neue habe ich nicht, und Essen habe ich auch kaum… Dann bin ich doch noch einmal hinuntergegangen. Aber er war schon fort… Wer war das? Ein heiliger Pilger?

Am Abend habe ich mit Mura eine Aussprache gehabt. Mura hat kapiert, dass Roman nicht einfach nur ein Jemand, sondern eine ernsthafte Romanze ist.

Dann haben wir unsere Fahrt nach Finnland besprochen. Bisher sieht alles ganz gut aus: Leo Jewgenjewitsch wird mit Irka Hamster spazieren gehen. Sawwa Ignatitsch wird ganz froh sein, ein paar Tage allein zu Hause zu sein, und die Visa haben wir auch schon. Dennis besorgt uns ein Schengen-Visum für ein Jahr, um – im Fall des Falles… – Mura rechtzeitig außer Landes bringen zu können. Er weiß selbst nicht, welcher Fall: Feuer, Wasser, Oktoberrevolution? Aber er und Alla haben solche Sehnsucht nach Piter, dass sie denken, wir sitzen doch nicht umsonst hier, wenn es doch der Fall sein sollte… – wir sitzen in Deutschland!

…Es gibt nur ein, nein zwei Probleme: Erstens, was mit dem Geld ist. Hier bezahlt immer Roman unsere Restaurantbesuche. Abgesehen davon, dass wir normalerweise nur in solche Restaurants gehen, wo er nicht bezahlen muss (das heißt Product-Placement für Werbezwecke). Und dann gibt es noch eine heikle Frage:

Wer soll Muras Zimmer bezahlen? Das zweite Problem: wenn ich unterwegs pinkeln muss? Ich bin doch so schüchtern. Werde mit Mura ein bestimmtes Zeichen verabreden – im Fall des Falles… muss sie sagen, dass sie rauswill, und ich gehe einfach mit.

Vor dem Schlafengehen dachte ich darüber nach, dass es im Leben Wunderschönes (übermorgen fahren wir nach

Finnland) und ganz Trauriges (wo ist er jetzt, mein heiliger Pilger?) gleich nebeneinander gibt.

Freitag, 8. Dezember

Um acht Uhr hat meine Mutter angerufen.

»Ich habe für euch eine Haushaltshilfe gefunden. Aber bitte nennt sie nicht ›Haushaltshilfe‹! Es ist unsere Irina Andrejewna, sie hat bei uns am Institut als Bibliothekarin gearbeitet.«

Ich habe meiner Mutter gesagt, dass wir heute keine Haushaltshilfe brauchen, weil wir am Abend nach Finnland fahren.

»Davon kann keine Rede sein. Ihr solltet die Wohnung sauber machen, bevor sie kommt!«

Um zehn Uhr hat Roman angerufen und gesagt, dass es heute nicht geht und dass wir wahrscheinlich über das nächste Wochenende nach Finnland fahren. So ist es auch gut, mache die Wohnung sauber. Sonst ist es nicht gut genug für die Haushaltshilfe.

Um zehn nach zehn hat Alena angerufen und gesagt, dass das nur unter uns bleiben soll, aber sie habe so ein Gefühl … in letzter Zeit habe sie wenig Interesse an Einkauf und Renovierung von Immobilien.

Und sie hat eine Idee: Sie will einen jour fixe einrichten – verschiedene interessante Menschen nach Hause einladen, z. B. das Ensemble für Alte Musik. Es wird für Nikita sehr angenehm sein, dass er Alena zwischen interessanten Menschen sieht, wenn er nach Hause kommt. Es ist wohl für das Sexualleben auch nicht weniger wirksam als eine Pille oder Petting. Zumindest in der Theorie.

Sie sagte, dass ich es ja gut habe, weil ich mit Roman sowohl Sex haben als auch Gespräche über Schönes führen kann, z. B. über seine Sendung …

Um halb elf hat Olga angerufen und mit mir ein langes Gespräch über verschiedene Männer geführt. Es ähnelte mehr einem Monolog.

»Wasja hat bei mir den Frühjahrsputz gemacht und Lebensmittel für die ganze Woche eingekauft … ein einfacher Fahrer ist doch besser als ein Genie …«

»Besser!«

»Ja, dafür hat Wasja die unerträgliche Angewohnheit, auf jeden Satz mit einer Frage zu reagieren. Ich sage ihm z. B., dass ich Shakespeare lese, und er fragt mich: ›Was ist Shakespeare?‹ Dimotschka hat mir gesagt, wenn ich jemals Geld haben sollte, würden wir zusammen Flamenco tanzen lernen. Das mache seine innere Welt so ausdrucksvoll … Nein, ein Genie ist doch besser als ein einfacher Mensch …«

»Besser!«

»Du hast es aber gut. Du hast mit Roman sowohl Sex als auch die Gespräche über das Schöne, z. B. über seine Sendung …«

Zehn Minuten später hat Olga wieder angerufen und gesagt:

»Nein! Das Genie ist doch besser als ein einfacher Fahrer …«

»Du selbst magst lieber die Lebensmittel für eine ganze Woche, als auf hungrigen Magen Flamenco tanzen«, habe ich geantwortet. Und ich denke auch so.

»Quäl mich nicht mit deinen Vorwürfen«, hat Olga gesagt und wieder aufgelegt.

Ist das etwa die Folge von einem kurzen Treffen mit Roman?

Ich wollte eigentlich die Wohnung sauber machen, habe es aber nicht geschafft, weil ich noch ein bisschen telefoniert habe, und dann wollte ich noch einmal die »Forsythe Saga« lesen, bekanntlich ein sehr dickes Buch. Und die Haushälterin, das heißt, die Bibliothekarin, ist ziemlich früh gekommen, um 14 Uhr.

Ich habe die Tür geöffnet und ... oh Schreck! Vor mir stand Irina Andrejewna, eine fünfzigjährige Dame, intelligent, mit Brille und einem Hut mit Schleier. Wie kann ich ihr in strengem Tonfall sagen: »Machen Sie hier bitte sauber, wenn es Ihnen nichts ausmacht. Und außerdem bitte ich Sie sehr, eine Brühe zu kochen, wenn Sie gerade in Stimmung sind.«

Irina Andrejewna hat versprochen, heute bis zum Abend zu bleiben, kategorisch abgelehnt, Leo Jewgenjewitsch und Sawwa Ignatitsch beim Namen und Vatersnamen zu nennen, hat erraten, weshalb es im Kühlschrank stinkt (tatsächlich, im Kühlschrank herrscht ein warmer Frühlingstag mit einer Temperatur von 18 Grad), hat sich vorgenommen, eine Brühe zu kochen, Hühnchen zu schmoren und Eierkuchen zu backen. Und ich bin weggegangen, weil ich heute einen schrecklichen Tag habe – eine Vorlesung, zwei Beratungen nacheinander um vier und um fünf, dann eine Stunde Pause und dann noch drei Beratungen am Abend. Ich bin schon bei dem Gedanken daran müde geworden.

... Bin vor der abendlichen Beratung nach Hause gegangen. Jede Minute Menschen um sich zu haben ist sehr anstrengend, noch dazu wenn ich die Menschen berate, d. h. auf sie eingehe. Heute habe ich als Patienten wahre Vampire gehabt. Als Erstes haben sie mich ausgesogen, und dann haben sie sich in mich hineingestopft. Danach hatte ich ein Gefühl, als würde ich selbst einen Psychologen oder gar einen Psychiater brauchen, wenn ich mich nicht sofort hinlegte und den Kopf unter die Decke steckte.

Ich habe den Wecker gestellt und mich angezogen ins Bett gelegt – für alle Fälle; denn wenn ich doch einschlafen sollte, muss ich ganz schnell wieder in den Salon rennen können. Es ist ein wahres Glück, wenn keiner mit dir spricht.

»Ich habe Eierkuchen gebacken – möchten Sie?«

Oh verdammt, Irina Andrejewna! Ist es höflich, ihr zu sagen, dass sie eigentlich anklopfen müsste? Aber damit sie nicht denkt, das würde ich nur deshalb erwarten, weil sie »nur« unsere Haushaltshilfe ist, habe ich lieber nichts dazu gesagt, schließlich hat meine Mutter mich gebeten, dass ich ihr das nicht zu verstehen gebe …

»Danke Irina Andrejewna, vielen Dank! Ich bleibe besser liegen, ich habe nur eine halbe Stunde … nochmals vielen Dank!«, habe ich mit der dünnen Stimme eines schüchternen, sehr braven Mädchens gesagt.

»Sie schmecken sehr gut, ich bringe gleich welche!«

Hat ein paar gebracht. Oh mein Gott! Was war das denn? Ich wollte keine Eierkuchen, und es ging mir einfach physisch schlecht, weil sie vor mir standen. Aber ich wollte mich nicht aus dem Bett quälen. Nein! Sonst würde sie noch mitkriegen, dass ich Hosen und Pullover anhabe, und mich dafür tadeln.

Irina Andrejewna hat wie eine Aufseherin vor mir gestanden.

»Na, schmeckt es?«

Ich habe genickt und dabei einen großen Happen runtergeschluckt. Keine Frage, das waren richtige Eierkuchen. Nicht luftig wie bei meiner Mutter, sondern richtig ledern, aber eben doch Eierkuchen …

»Iss, iss! Ich sehe dir nur zu!« Irina Andrejewna hat es sich im Sessel an meinem Bett bequem gemacht. Ich habe wie blöd dagelegen und unter ihrer Aufsicht am Eierkuchen gewürgt. Währenddessen hat sie mir die Geschichte ihres Lebens erzählt.

Dieser schrecklich schwierige Tag ging mit dem Besuch einer Patientin zu Ende, die ich schon kannte. Vor einer Woche hatte ich diese junge Frau mit den unendlich langen Beinen schon einmal bei mir. Wenn sie sich auf dem Newski-Prospekt lang hingelegt hätte, hätten ihre Beine an der Admiralität begonnen und am Wosstanje Platz aufgehört … und die Knie hätten an der Anitschkin Brücke gelegen!

Ich fasse mich kurz.

Das Problem dieser Jungfrau ist: Wie zwingt sie ihren Freund, sie zu heiraten.

Ihre Beschwerde: Sie hätte alles getan, was ich ihr beim ersten Mal empfohlen habe, aber er habe sie nicht geheiratet, sondern im Gegenteil – sie verlassen.

Was ich ihr aufgegeben habe:

1. Keine Liebeserklärungen verlangen!
2. Etwas in die Wohnung des Freundes mitbringen, was ihn an sie erinnern soll!
3. Traurig sein nach dem Sex und auf seine Frage, ob alles in Ordnung sei, seufzend antworten, dass alles in Ordnung sei!

4. Bei ihm zu Hause seine Kleidung (z. B. Hemd oder Krawatte) tragen!
5. Eine Kleinigkeit von sich (z. B. einen Schal oder ein Tuch) bei ihm zu Hause vergessen!

Was sie gemacht hat:

1. Sagte: »Ich liebe dich. Aber du brauchst mir nicht zu antworten, ich spüre sowieso, was du fühlst.«
2. Hat ihm einen Blumenstock mitgebracht und gesagt: »Wenn diese Blume stirbt, dann stirbt auch unsere Beziehung.« Jeden Tag stand sie vor seiner Tür und wollte die Blume gießen, aber er hat sie nicht reingelassen.
3. Als sie das erste Mal nach unserer Sitzung miteinander geschlafen haben, hat sie nach dem Sex geweint, und das nächste Mal hat sie beim Sex bitterlich geweint.
4. Hat zwei seiner Lieblingspullover zu sich nach Hause mitgenommen.
5. Hat ihren BH bei ihm vergessen. Daraufhin hat sich herausgestellt, dass er bereits verheiratet ist.

Ich war gezwungen, zwanzig Minuten länger mit ihr zu machen. Bis ich die Jungfrau getröstet und ihr geschworen hatte, dass sie alles noch vor sich hätte, ist mir ein neuer Spruch eingefallen: Lange Beine – kurzer Verstand!

Es wurde ein zu psychologischer Tag bei mir – zu Hause musste ich Mura erklären, dass bei erwachsenen Leuten wie Roman manchmal viel wichtigere Dinge bei einem bestimmten Vorhaben – wie etwa einer Reise nach Finnland – dazwischenkommen können.

»Und ist es zwischen euch ernst? Vielleicht willst du ihn heiraten?«

»Vielleicht!«, habe ich ohne zu überlegen vor lauter Müdigkeit geantwortet.

»Dann will ich, dass er mich mit zum Fernsehen nimmt«, hat Mura gesagt.

Im Einschlafen dachte ich: Nicht vergessen, Roman zu bitten, dass er Mura zu irgendeiner Show mitnimmt…

Wurde durch einen Anruf geweckt – Dennis hat mich aus dem Schlaf gerissen. Übermorgen kommt er angeflogen. Hat Mura ans Telefon gebeten und sie gefragt, was er ihr mitbringen soll. Mura hat sich ein rotes Röckchen, ein blaues Blüschen und unbedingt eine karierte Mütze gewünscht. Oder ein blaues Röckchen und ein kariertes Blüschen…

Sonnabend, 9. Dezember

Heute sind die Wahlen zur Duma. Deshalb habe ich am Morgen meine eigene Umfrage unter den Wahlberechtigten in Person unseres Universitätsnachtwächters durchgeführt. Dieser Wächter wird die Kommunisten wählen, weil deren Präsidentschaftskandidat Sjuganow und er aus Orel stammen und somit Landsleute sind.

Und alle unsere Dozenten werden rechts wählen.

Als ich später die Universität verlassen habe, passierte eine schlimme Geschichte, die mir das Blut in den Adern gefrieren ließ: Der Wächter hat mich beim Rausgehen an meiner Tasche festgehalten und mich sanft in eine Ecke gedrängt.

»Wir müssen uns näher kennen lernen«, hat er gesagt

und mir ein Papier in die Hand gedrückt. Dabei handelte es sich um einen Wahlaufruf vom letzten Jahr, auf dem stand, dass unser Wächter bei der vorigen Wahl von den Rechten als Kandidat aufgestellt worden ist.

Für den Fall, dass er gewählt würde, hatte unser Nachtwächter Folgendes versprochen:

1. Verbesserung der Wohnbedingungen in den Gemeinschaftswohnungen (wie wollte er dafür sorgen?)
2. Schutz der Rechte der Rentner (das war eine offensichtliche Lüge. Ich habe selbst gesehen, wie er unsere älteste Dozentin von der Fakultät für Fremdsprachen nicht hereingelassen hat, weil sie ihren Dienstausweis vergessen hatte.)
3. verstärkter Schutz von Recht und Ordnung (das kann er wohl – er trägt ein Pistolenhalfter, obwohl die ganze Universität weiß, dass es leer ist).

Ach so! Anfangs ist unser Wächter von den Rechten aufgestellt worden. Dann wurde er von deren Führer Jawlinski enttäuscht und ist zu den Kommunisten übergelaufen. Also unser Wächter kann alles, und ich darf nicht für die »Einheit« stimmen?! Ich denke, es ist einfach eine Verletzung meiner Rechte.

Ich möchte eigentlich für die »Einheit« stimmen. Mir gefallen diese Herren in den gut sitzenden Anzügen und mit den akkuraten Gesichtern – ausgenommen ein einziger Minister mit dem Gesicht eines Besessenen –, und ich identifiziere mich schon mit einer starken Macht. Ich werde niemals offen zugeben, dass ich in den Tiefen meiner Seele von einer starken Hand träume (von einer männlichen Hand).

Aber ich werde praktisch gezwungen, meine Stimme für die Rechten abzugeben. Sonst würden mich Mama und alle anderen aus ihren liberalen Kreisen ausschließen.

Ich war traurig. Die Studenten sind den Wahlen gegenüber gleichgültig. Und – lassen wir den Wächter mal beiseite – ich habe keinen einzigen Bekannten, der für die »Einheit« gestimmt hat. Und ich bin auch nur eine heimliche Anhängerin von Putin, der Idee des Staates und von guten Anzügen...

...Dabei hat mich der »Garant der Verfassung« auf seinen Schultern damals durch die ganze Schule getragen, und ich habe die Klingel zum Ende des Schuljahres läuten dürfen... Na und – das war leider nicht so, aber theoretisch hätte es passieren können.

Es ist eine komische Mischung aus völliger Gleichgültigkeit der jungen Leute und der riesigen Aufregung der nicht mehr jungen Menschen auf meinem eigenen Territorium.

Bis drei Uhr nachts haben wir die Wahlergebnisse in einer sehr komischen Gesellschaft verfolgt – Mama, Alena und Nikita, Olga und Wasja (jetzt ist Wasja gerade dran), Irka Hamster, Pjotr Iwanitsch, und der Glatzkopf ist auch – ich weiß nicht, warum – zu uns reingeschneit.

Auf einer Seite des Tisches (neben den Kohlrouladen) saßen die liberalen Kräfte. Zu denen gehören Mama, Olga und der zu ihnen gestoßene Pjotr Iwanitsch. Diese liberalen Kräfte wurden durch das verheerende Abschneiden der Rechten zur Verzweiflung gebracht.

Ununterbrochen haben unsere Verwandten und die Bekannten aus der Universität angerufen und mit jenseitiger Stimme gesprochen: »Wir haben verloren«, »Polizeistaat«, »gezähmte Duma«. Furchtbar, peinlich – meinetwegen haben die Rechten nicht genügend Stimmen bekommen und sind in der Duma nicht vertreten…

Auf der anderen Seite des Tisches (neben den »Eisbär-Pralinen« und der Erdbeermarmelade) saßen die Anhänger der Partei »Unser einheitliches Russland«:

1. Wasja
2. alle anderen.

Ich befand mich auf der Seite der Kohlrouladen. Deshalb bin ich zu den liberalen Kräften gerechnet worden, aber manchmal bin ich zur Marmeladen-Seite übergelaufen.

Ich denke, dass die Rechte das bekommen hat, was sie verdient – wieso denken die nicht an das Volk, sondern genießen ihren Intellekt und stellen als zentrale Figur Tschubais auf, den das Volk noch aus der Zeit der Privatisierung hasst, die nicht jedem ein Stück von dem Kuchen eingebracht hatte.

Ich weiß, was mir die liberalen Kräfte antworten – dass sie eine andere Zielgruppe haben. Z. B. mich. Gut. Ich bin dabei, auf der Seite der Kohlrouladen – aber wo stehen alle anderen? Warum stimmen sie nicht für die Repräsentanten der Rechten? Wo sind sie? Packen sie etwa ihre Koffer aus Angst vor den Neofaschisten? Oder laufen sie vielleicht Ski (meine Studenten sagten, dass gestern die Saison in Korobizino eröffnet worden ist)? Oder feiern sie in London den Geburtstag ihrer Frauen? Oder liegen sie vor ihrem Videorekorder und sehen sich die neuen russischen Blockbuster an? Oder gehen sie vielleicht mit ihren Kindern in die Eremitage und anschließend ins Restaurant essen und sehen, wieder zu Hause angekommen, im Fernsehen zu, wie die Rechte ihr Debakel erlebt?

Dienstag, 12. Dezember

... Hurra, hurra! Dennis und Alla sind angekommen! Ich hatte solche Sehnsucht nach ihnen. Sie bleiben nur einige Tage, werden im »Europejeskaja« wohnen, weil sie nicht einfach so gekommen sind, sondern weil sie eine wichtige geschäftliche Angelegenheit zu regeln haben.

Mura und ich haben sie vom Flughafen abgeholt und sie erst mal zu uns nach Hause gebracht. Sie wollten ins Restaurant gehen, und Alla hat ihren atemberaubenden Anzug gewechselt und ihr üppiges Abendkleid mit tiefem Dekolleté und einer roten Pelzboa angezogen.

Dennis hat Mura Befehle erteilt: Mach den Koffer auf! Mach den Koffer zu! Bring uns Tee und die Pelzboa! ... Murka hat gehorcht und dabei mit unnatürlicher Stimme geredet, ist hektisch geworden und wollte mit ins Restaurant gehen. Dafür hat sie die rosa Hosen und ihre glitzernde Bluse – allerdings ohne Pelzboa – angezogen. Dabei machte sie ein Gesicht, als ob sie fünf Jahre alt wäre und Dennis und Alla nicht ihr Papa und seine Freundin, sondern der Weihnachtsmann in Begleitung von einem Engel wären.

Als die in fröhlicher Erwartung zitternde Murka begann, im Flur ihre Schuhe anzuziehen, war Dennis perplex und sagte, dass sie heute nicht mitkommen könne – dafür beim nächsten Mal aber unbedingt...

Murka hat ein Geräusch von sich gegeben, das gleichzeitig Gebrüll und Gelächter war, hat dabei versucht, nicht zu weinen, und mit kindlicher, piepsiger Stimme gefragt: Wo seien in diesem Fall eigentlich ihre Geschenke, der Rock und die Mütze. Mir ist unklar, wieso sie plötzlich die Fassung verloren hat.

Der Weihnachtsmann hat sich als Attrappe entpuppt, denn er hatte keine Geschenke mitgebracht. Und noch dazu hat er überhaupt nicht verstanden, dass Murka bloß ihr Gekränktsein wegen dem Restaurantverbot überspielen wollte, indem sie diese blöde karierte Mütze ins Spiel gebracht hat.

In dieser Zeit haben Alla und ich nicht aufgehört, uns über die Gegenwart der jeweils anderen zu freuen, und deshalb habe ich nicht gleich bemerkt, dass Murka und Dennis es bereits geschafft hatten, sich gegenseitig zu kränken.

Dennis hat böse geschnauft und gesagt, dass Murka nur Geschenke haben möchte und nicht etwa von einem Treffen mit ihrem Vater träumt, sondern von einem Treffen mit der karierten Mütze. Aber er sei von der Reise ermüdet und habe Probleme in seinen Geschäften. Und er erwarte von seiner erwachsenen Tochter Mura Verständnis für seine schwierige Lebenssituation: Es sei auch nicht einfach, direkt vom Flugzeug ins Restaurant zu gehen.

Und statt des Röckchens und des Mützchens habe er mit Alla im Duty Free am Flughafen eine Schachtel Pralinen für seine liebe Tochter und für Mama (für mich) ein Parfüm – von Chanel – gekauft.

Bestimmt würde Mama (ich) Mura dieses Parfüm abtreten, und dann hätte sie gleich zwei Geschenke: das Parfüm und die Pralinen. Als Dennis auf diese Weise alles erklärt hatte, bat er seine erwachsene Tochter, seinen Mantel ganz schnell mit der Bürste zu säubern, und wollte schon los.

»Wir bitten Papa, uns später ins Café auszuführen«,

hat Alla im Tonfall einer Intrigantin bei Hofe gesagt. »Oder wir werden von Papa Geld erbetteln und allein ins Café gehen…«

Alla ist ein guter Mensch, sie mag Mura und spielt mit ihr immer ein solches Spiel, als wären sie Papas zwei Töchter – Alla die jüngere und Papas Liebling und Mura die ältere. Bei dieser Konstellation landen natürlich alle Geschenke von Papa bei Alla, und von Mura werden Verständnis, moralische Unterstützung und die Fähigkeit verlangt, ein echter Kerl zu sein.

Als Dennis und Alla geschäftlich ins Restaurant gegangen sind, hat Murka augenblicklich wie ein kaputter Luftballon die Luft verloren und ist in ihr Zimmer gerauscht. Dabei hat sie gesagt:

»Ich brauche dieses rote Röckchen und das blaue Blüschen gar nicht, nur die karierte Mütze, die brauche ich wirklich… Aber es geht gar nicht um diese Mütze…

Wieso hat Papa so ein betretenes Gesicht gemacht und gesagt, dass er keine Zeit gehabt hätte, die Sachen einzukaufen? Er hätte doch zu Benetton gehen können, das bedeutet: ins Nachbarhaus…«

Aber eine Benetton-Filiale haben wir auch in unserem Nachbarhaus auf dem Newski-Prospekt. Es ist ganz unverständlich, warum Mura Dennis darum gebeten hat, dass er kostbare Zeit von seinen Geschäften abknapst, um in einen Laden zu gehen und sich vorzustellen, wie bezaubernd seine Tochter Mura in dieser karierten Mütze aussehen würde. Warum will Mura nicht zwei Schritte tun und diese Mütze selbst kaufen, um ihren Vater nicht damit zu behelligen?

»Alla sagt die ganze Zeit: ›Wir, wir, wir‹… aber wann soll ich mit meinem eigenen Papa zusammen sein, wenn sie mich keine Minute mit ihm allein lässt?!«, hat Mura sich beschwert.

Mura ist nie lange traurig, und in drei, vier Minuten sieht ihr Gesicht wie neu aus – voller Erwartungen auf künftige Freuden. Morgen werden sie spazieren gehen, ins Restaurant, in Geschäfte, ins Theater – das heißt, sie und ihr Papa werden gemeinsam in gegenseitiger Liebe und fröhlicher Eintracht durch all die folgenden Tage tanzen.

Freitag, 15. Dezember

Dennis und Alla wohnen nach wie vor bei uns, weil etwas mit dem »Europejeskaja« schief gelaufen ist – entweder bei der Buchung, oder das Hotel hat sie ausgesperrt, um zu renovieren. Aus den Erzählungen von Dennis habe ich herausgehört, dass die geschäftlichen Beziehungen zwischen unseren Auslandsrussen und den Einheimischen eine sehr heikle Angelegenheit sind. Zwischen den ehemalig Hiesigen und den gegenwärtig Hiesigen herrschen sehr komplizierte Verhältnisse, weil die Ehemaligen versuchen, unsere Bodenschätze gegen die Glasperlen aus dem Ausland zu tauschen, und die Gegenwärtigen zwischen Ausländerbewunderung und dem Misstrauen gegenüber den Ehemaligen schwanken, die doch keine echten Ausländer sind. Die Ehemaligen wollen unbedingt beweisen, dass sie ganz echt sind, echter noch als alle anderen, und sie kleiden sich in teuerste Klamotten und tun so, als ob sie alles vergessen hätten, nach dem Motto: »Wie heißt das gleich auf Russisch?« Dennis ist nicht so, er ist sehr nett, und trotzdem muss er leiden, kann nicht im »Europejeskaja« wohnen wegen dieses gespannten Verhältnisses.

Jeden Tag ist Dennis so deprimiert wegen seiner Geschäfte, dass er den ganzen Vormittag Tee in der Küche trinkt. Und wenn Mura aus der Schule kommt, ist er geschäftlich unterwegs. Deswegen habe ich mich heute Früh entschlossen, ganz vertraulich (unter uns Pastorentöchtern) mit Alla zu sprechen, um ihr zu sagen, dass Dennis Mura gegenüber nicht aufmerksam genug ist und dass sie, Alla, etwas tun muss. Alla ist es natürlich angenehm, sich als wichtige und entscheidende Friedensstifterin in der Familie zu bewähren.

»Meiner Meinung nach ist Mura traurig«, habe ich ganz von vorn angefangen.

Als Antwort hat Alla mir gesagt, wie gut das Fleisch gestern im Restaurant geschmeckt habe: »Stell dir vor, zwei Kellner haben es mit Spiritus übergossen...«, hat sie sich verträumt erinnert.

»Ich wurde gestern in der Universitätskantine auch mit Saft übergossen«, habe ich geantwortet und bin gegangen, um Dennis zu suchen.

Habe ihn zufälligerweise auf halbem Weg zwischen Badezimmer und Küche gefunden, ihn mir geschnappt und mit der kalten Stimme einer Schneekönigin darauf hingewiesen, dass er eine Tochter hat.

Dennis hat sich gleich erinnert:

»Ja, wirklich, ich habe eine Tochter. Aber ich werde heute den ganzen Tag geschäftlich unterwegs sein.«

»Und Mura wird den ganzen Tag mit dir geschäftlich unterwegs sein. Und Alla wird heute ihre alten Verwandten besuchen. Bestimmt hat sie doch noch welche hier«, habe ich unmissverständlich geantwortet und bin zufrieden mit mir weitergegangen. Wie schön ich doch Muras Privatleben mit ihrem Vater arrangiert habe! Und in unserer Familie wird wieder Friede herrschen.

Habe eine Vorlesung über ein ganz langweiliges und überflüssiges Thema gehalten – Extrovertiertheit und Introvertiertheit. Mit dem Satz »Das Gefühl ist das Ergebnis der Empfindungen der Sensoren« habe ich die Studenten veranlasst, mich mit ihrem Gähnen anzustecken. Ich habe gegähnt und gegähnt und konnte mich nicht halten. Dann habe ich ein bisschen überlegt und angefangen, über die Gefühle von Neugeborenen zu sprechen. Die Studenten werden doch irgendwann einmal Kinder haben. Deshalb ist es nicht überflüssig, schon vorher zu wissen, dass die Kinder von morgens bis abends Streicheleinheiten und Zärtlichkeiten brauchen. Sonst könnten sie sehr aggressiv und in Zukunft richtig kriminell werden. Die Empfindlichkeit der Sensoren habe ich als Aufgabe zum selbständigen Nachlesen aufgegeben – wenn sie mal in Stimmung sein sollten.

Dennis, Alla und Mura sind um zwölf zu Hause erschienen. Mura hat sich mit stolzer, frecher Miene aus dem Schrank eine Flasche Martini geschnappt und ist in ihrem Zimmer verschwunden. Im nächsten Moment haben wir ihr Gebrüll durch die geschlossene Tür gehört.

Dennis und Alla haben ganz still in der Küche gesessen, und ich – ich starrte ratlos in die Richtung, in der Mura verschwunden war. Was tun? Soll ich den Notruf, die Feuerwehr, die psychologische Krisenhilfe, Mama anrufen? Was soll ich mit meinem Kind tun? Ob ich wirklich ohne Muras Erlaubnis in ihr Zimmer gehen muss?

Endlich hat Mura gemurmelt: »Komm rein!«, und ich bin mit Leo Jewgenjewitsch in ihr Zimmer gestürzt. Mura war nicht da.

Entsetzt bin ich zum Fenster gerannt und – weiß nicht warum – habe versucht, den Riegel zu drehen, um das Fenster zu öffnen. (Ich habe Irina Andrejewna schon gesagt, dass die Fensterritzen bei mir erst im Mai verklebt werden. Aber sie hat schon jetzt alte Strumpfhosen in die Ritzen gestopft, als ob wir in der Steinzeit lebten. Jetzt muss ich die alle rausreißen …)

Alles wurde schließlich nicht so heiß gegessen, wie es gekocht wurde. Mura hatte sich in einem Haufen Klamotten verbuddelt, und während ich versucht habe, das Fenster wieder zu schließen (draußen herrscht regelrecht Frost), hat Leo Jewgenjewitsch Mura wieder ausgegraben. Nachdem sie ziemlich viel aus der Flasche geschluckt hatte, sprach Mura endlich mit weinerlicher Stimme.

Arme Mura, sie hat heute wirklich einiges auf den Deckel bekommen:

1. Zwei Stunden und dreißig Minuten hat sie wie ein Plüschtierchen auf dem Rücksitz verbracht, weil neben Papa ein Geschäftspartner gesessen hat, ein Dicker im Trainingsanzug und in Lackschuhen. Mura konnte mit keinem Wort an der Unterhaltung teilnehmen.

»Wo ist Papa?«, hat Murka erregt gefragt. »Er wird noch sagen, dass ich mich beschwere …«

»Sei unbesorgt, Papa lauscht hinter der Tür«, habe ich meine Tochter beruhigt.

»Dieser Dicke in Lackschuhen war ein sehr wichtiger Businesspartner«, hat Dennis hinter der Tür geschrien …

2. Sie sind in irgendein Büro auf der Nekrassowa gefahren, und Papa hat zu ihr gesagt, bleib in dieser kleinen Parkanlage eine Minute sitzen. Und dann hat er sie in diesem kleinen Park eine Stunde und sechzehn Minuten lang total vergessen.

»Nicht eine Stunde und sechzehn Minuten! Nur eine Stunde, keine Minute länger …«, hat Dennis seinen Kommentar – nach wie vor hinter der Tür – abgegeben.

3. Sie sind geschäftlich weitergefahren, und Papa hat Mura bei McDonald's rausgelassen – sie musste mal. Mura ist zurückgekommen, aber von dem Auto und Papa und dem Partner war keine Spur mehr zu sehen.

»Was ist schon dabei? Papa hatte sich in das Gespräch mit seinem Partner vertieft, und als die Ampel grün wurde, ist er einfach weitergefahren. Er ist nach einer halben Stunde doch zurückgekommen! Und wer nicht da war, ist Mura. Eine erwachsene Tochter muss einfach Bescheid sagen, wenn sie nicht im Auto ist«, beschwerte sich Dennis hinter der Tür.

Mura hat übrigens auf dem Bürgersteig gestanden und Angst bekommen, dass Papa von Außerirdischen entführt worden sein könnte.

Sie hat gehofft, dass wenn die Außerirdischen ihren Papa zurückbringen, sie dann beide in ein Café gehen würden. Oder, wenn schon nicht ins Café, dann würde Papa sie mit seinem menschlichen Gesicht ansehen und endlich kapieren, dass Mura seine Tochter ist, und fragen, wie geht es dir, meine liebe Tochter? Und vielleicht würde es Mura schaffen, ihn in einen Laden zu locken, und sie würde sich vor ihm in einem roten Röckchen und mit der karierten Mütze aufbauen, und er würde sagen, wie sie dir steht, diese Mütze, meine liebe Tochter!

Aber auf eine schüchterne Andeutung Muras hat Dennis geantwortet, dass sein russisches Geld zu Ende geht und Alla brauche noch Pantoffeln aus Schurwolle. In Deutschland gebe es solche nicht.

»Ihm ist für mich alles zu schade«, hat Mura gemurmelt und verschmierte mit ihren angeschmuddelten Pfötchen mit den abgeknabberten Fingernägeln die Tränen.

»Mura, zieh dich schnell an, lass uns dir diese Mütze und dieses Röckchen kaufen gehen«, hat Dennis mit weinerlicher Stimme gesagt.

Mura hat traurig mit dem Kopf gewackelt:

»Nicht nötig... nicht mehr nötig... ich brauche das alles nicht... abgesehen davon, dass die Geschäfte schon zu sind...«

Ich habe Dennis zurück in die Küche geschickt und angefangen, Mura zu trösten:

»Mura, du hast nicht Recht. Papa liebt dich doch! Er ist es einfach nicht mehr gewöhnt, dass du jeden Tag vor seinen Augen herumtanzt. Versteh doch, er ist so ein Mensch – ein sehr guter, er lebt einfach unaufmerksam... Er liebt dich, wie er kann. Von jedem Menschen kann man nur das bekommen, was er geben kann.«

Mura hat überrascht geschnaubt und nachgedacht. Und als ich, beflügelt von meinem Erfolg, in pädagogische Rage geriet, habe ich verschiedene Beispiele aus der Literatur genannt:

»Erinnerst du dich, was Tschechow gesagt hat: ›Wenn

einem Kaffee gereicht wird, darf man nicht Bier erwarten.‹ Übrigens zu den Getränken, ich möchte auch Martini trinken.«

Aber Mura hat sich nicht an Tschechow erinnert.

»Und Alla hat auch keinen gemeinen Plan, dich deinem Papa zu entfremden. Sie will einfach auch mit dir zusammen sein, sie liebt dich.«

Als ich das Wort »lieben« in verschiedenen Variationen an die zweihundert Mal wiederholt hatte, beruhigte sich Mura und hat sogar ein bisschen gelächelt. Aber vielleicht war sie auch schon ein bisschen angetrunken.

Und dann hatten wir einen wirklich wunderbaren Abend. Wir alle, die ganze Familie mit Dennis, Alla, Leo Jewgenjewitsch und Sawwa Ignatitsch, wir haben uns alle auf Muras Bett gesetzt, und Mura hat uns erzählt, wie ein unmenschlicher Albtraum auf dem Schülerball am letzten Sonnabend in ihr Leben geplatzt ist. Eigentlich wollte sie das nicht erzählen, aber da wir nun alle auf ihrem Bett saßen…

Als Einleitung hat Mura dünn gewimmert, genau wie Leo Jewgenjewitsch in seiner frühen Kindheit, wenn er verjagt wurde, nachdem er sich gerade auf einem Kissen warm eingekuschelt hatte.

»Was ist los, Mura, was?«, habe ich im Tonfall meiner Mutter dramatisch gefragt.

Mura jammerte weiter und hat dabei nicht vergessen, wieder aus der Flasche zu schlucken, und uns schließlich gesagt, dass sie am letzten Sonnabend zur Schuldisco gegangen ist.

Und dort in der Disco hat ein von Mura angehimmelter Junge ihr zum Trotz mit anderen Mädchen getanzt, mit allen außer Mura. Aber vielleicht liebt er mich und ist nur zu schüchtern, hat sich Mura gesagt und ihn bei der

Damenwahl selbst zum Tanz aufgefordert. Und der Junge hat abgelehnt! ... Hat in aller Öffentlichkeit abgelehnt, besonders vor der bösen Tanja Svetkowa!

Ich wollte sagen, dass ein Mädchen Stolz haben muss, aber ich habe, warum auch immer, fast angefangen zu weinen. Habe mir vorgestellt, wie meine liebe Mura ganz rot vor Scham vor irgendeinem Jungen steht (widerlicher Pickelhering) und er verächtlich den Kopf schüttelt – Nein, ich tanze nicht mit dir ... MIT MEINER MURA!

»Ja, ja, wie schön es ist, dass du schon die Disco besuchst«, hat Dennis das Drama zerstreut kommentiert.

Und in diesem Moment habe ich eine kalte Entscheidung getroffen: Zuerst schlage ich Dennis tot, dann sage ich ihm, dass er auf immer und ewig aus unserem Leben verschwinden soll, besonders aus Muras Leben, und gebe ihm auf keinen Fall die vorbereiteten 20 kg Krimis.

... Oder ich gebe sie ihm doch. Man muss ihm sein Verhalten nachsehen. Ich war zwanzig, als ich Mura bekommen habe, und Dennis war viel älter als ich, er war zweiundzwanzig. Ich bin jetzt schon 36, und Dennis ist noch immer 22.

»Soll ich euch was erzählen: Wir kriegen ein Kind!«, hat Alla berichtet. »Ich war heute beim Arzt, weil die deutschen Ärzte ihr Handwerk nicht verstehen, und der russische Arzt hat mir gesagt: ›Sie kriegen ein Kind.‹ Ich habe mir schon eine Babymütze von Versace angesehen.« Wir haben uns alle riesig gefreut, besonders Mura. Sagte, dass sie eigentlich ein Brüderchen haben möchte, weil es schon ein Mädchen in der Familie gebe. Und übrigens sollte man Mädchen mehr lieben.

»Mura, dein Papa vergöttert dich doch«, habe ich gesagt.

Mura war damit einverstanden, dass ihr Vater ein sehr beschäftigter Engel ist. Und wir haben alle noch sehr lange auf Muras Bett gesessen, aber eigentlich über nichts (außer Alla) gesprochen, nur der Reihe nach Martini getrunken und gelacht.

Wenn meine Mutter erfährt, dass Mura mit uns zusammen Martini getrunken hat, schlägt sie mich tot!

Mura ist schließlich eingeschlafen, Alla ist auch schlafen gegangen, und ich habe mich konzentriert und mir vorgestellt, dass vor mir nicht Dennis, sondern ein Patient sitzt, der zu mir in die Beratung gekommen ist, und wollte ihm endlich mit leiser psychologischer Stimme seine Tochter erklären. Dass z. B. die Mütze, um die sie so gebeten hatte, nur auf den ersten Blick eine Mütze und in Wirklichkeit die Bitte um einen Liebesbeweis ist. Aha, denkt Mura, wenn ihm schon eine Mütze für mich zu schade ist, dann liebt er mich nicht! Sie will diese Mütze haben als Beweis, dass Papa sie liebt.

»Verstehst du mich?«, habe ich einschmeichelnd gefragt.

»Ich bin nicht zurückgeblieben, und du bist keine Anstaltsärztin«, ist Dennis explodiert. Und ich habe angefangen zu schreien: Du, du, du! – um zu beweisen, dass ich auch nicht zurückgeblieben, also keine Anstaltsärztin bin.

Geschrien habe ich allerdings im Flüsterton, weil Mura morgen in die Schule muss und Alla in ihrem Zustand einen langen und ruhigen Schlaf braucht.

»Das sollte nie wieder vorkommen! Ich möchte nicht, dass mein Kind traurig ist«, habe ich zum Schluss geschrien.

Dennis hat genickt. Es ist unter sich nahe stehenden Menschen immer so: Es ist nicht so schlimm, dass man gelegentlich einmal vollständig die Kontrolle über sich verliert und Grobheiten herausschreit, weil man dann doch wieder anfangen kann, freundlich miteinander umzugehen. Und außerdem ist es nicht wichtig, dass das immer ich bin.

Nach diesem Theater ist es mir leichter gefallen, das Gespräch auf Muras Nachhilfe zu lenken. Dennis hat die Augen verdreht, wie gewöhnlich geschrien, dass er kein Geld hat, aber es war eigentlich klar, dass er einverstanden ist und davon träumt, Mura mit dem Bohrer hantieren zu sehen.

Er hat sehr geschickt von Mura auf seine geschäftlichen Probleme übergeleitet – hat sich beschwert über seine Geschäftsfreunde, dass er keinen vernünftigen Freundeskreis hat, über Deutschland (kann man überhaupt nicht leben), über Piter (kann man Alla keine Pantoffeln aus Schurwolle kaufen), und dann habe ich angefangen, ihn zu bemitleiden. Besonders dafür, dass er ein sehr großer Mann ist im Vergleich zu seinem kindischen Verhalten. Und noch dafür, dass er ständig davon träumt abzunehmen und zugleich ohne Eis gar nicht leben kann.

Es ist doch eigentlich komisch, dass Dennis jetzt mit Alla zusammen ist. Ich bin nicht sicher, dass er nicht nach wie vor nachts von mir träumt. Ich bin einfach daran gewöhnt zu denken, dass ich die große Liebe seines Lebens bin.

Was wäre, wenn ich nicht die große Liebe seines Lebens bin, sondern einfach die ehemalige Liebe seines Lebens? Es ist mir auch egal, Hauptsache, wir haben etwas gemeinsam – Mura, unsere Jugend und noch mehr. Als mein

Vater gestorben ist, stand mir Dennis bei. Als dann seine Mutter gestorben ist, war ich für ihn da.

Konnte lange nicht einschlafen, weil mir alle so Leid taten.

Mura, weil sie nicht selbstsicher ist. Mama… es findet sich immer etwas, wofür ich meine Mutter bemitleiden kann. Dennis, weil er in einem Land ohne Mura leben muss. Alla, weil sie ihre verdammten Pantoffeln aus Schurwolle nicht kaufen konnte. Ich mir selbst, na, ich selbst tue mir wegen so vielem so Leid, dass mir die Tränen kommen…

Ich bin eigentlich Psychologin und weiß, wenn es einem Menschen schlecht geht, muss er sich vor den Spiegel stellen und laut sagen: Ich bin sehr schön, bei mir ist alles wunderbar, und dann der Reihe nach aufsagen, was genau. Und die Hauptsache ist: Lachen, immer lachen dabei. Nach allen Regeln der Alltagspsychologie muss man das morgens machen, bevor man die Welt draußen erlebt. Aber ich mache es jetzt vor dem Schlafengehen, das wirkt sogar noch besser.

Habe im Schlafanzug vor dem Spiegel gestanden, mein verweintes, verquollenes Gesicht gesehen und laut und deutlich gesagt:

»Ich bin sehr schön (ha, ha!).

Es ist alles wunderbar bei mir. Murka ist das beste Mädchen auf der ganzen Welt. Der picklige Junge ist ein Dummkopf. Dennis geht es ohne Murka auch nicht schlecht. Ich kaufe Alla die Schurwollpantoffeln.«

Das hat gar nichts gebracht, habe immer noch geheult wie ein Schlosshund, und alle haben mir immer noch Leid getan, besonders natürlich ich selbst.

Sonnabend, 16. Dezember

Jeden Morgen erhalte ich zwei Nachrichten – eine ist gut, und eine ist schlecht. Die schlechte: Ich muss aufstehen. Die gute: Alle gestrigen Katastrophen erscheinen mir in rosigem Licht. Noch dazu habe ich heute frei. Nur zwei Beratungen im Schönheitssalon und am Abend eine Vorlesung. Und außerdem ist Irina Andrejewna gekommen und hat mich vollkommen mit meinem Leben versöhnt.

Wodurch unterscheidet sich das Leben mit Irina Andrejewna von dem Leben ohne sie (wenn man morgens nicht ganz schnell in die Vorlesung laufen muss)?

1. Ohne Irina Andrejewna: Morgens aufstehen, eine animalische Fresse ziehen und mit Leo Jewgenjewitsch spazieren gehen (keiner weiß, wer morgens einem Tier mehr ähnelt, er oder ich), unterwegs die Zeitschrift »Gorod« kaufen, zu Hause Mura und die Tiere mit Frühstück füttern und sich schließlich kraftlos mit einer Tasse Kaffee und mit der »Gorod« wieder hinlegen.
2. Mit Irina Andrejewna: Während sie mit Leo Jewgenjewitsch spazieren geht (sie mögen sehr lange Spaziergänge), Kaffee kochen. Die von Irina Andrejewna gekaufte Zeitschrift »Gorod« aus ihrer Hand reißen und blitzschnell wieder ins Bett springen, während sie Tochter und Tiere mit Frühstück versorgt.

Hinweis: Alles ist ein bisschen dadurch vergiftet, dass ich im Bett liege und sie nicht. Aber man kann dieses Problem auch von der anderen Seite betrachten:

1. Zu allen Zeiten ist überall auf der Erde jemand eine Zeitschrift »Gorod« kaufen gegangen, und ein anderer hat sie gelesen.
2. Irina Andrejewna kann gar nichts anderes machen, und ich gebe ihr die Chance, etwas Geld zu verdienen mit dem, was sie machen kann, und zwar mit dem Backen von ledernen Eierkuchen.
3. Ich bin kein Faulpelz. Von morgens bis abends säe ich das Vernünftige, Schöne und Gute.
4. Kann ich mich nicht an meinem einzigen freien Tag mit nur einer Abendvorlesung und zwei Beratungen ohne schlechtes Gewissen mit einer Tasse Kaffee noch eine Weile im Bett wälzen? Ich stehe doch gleich auf!
5. Trotzdem ist es mir unangenehm, weiß nicht, warum.

Bin wieder aufgestanden und habe die Zeitschrift nicht zu Ende gelesen. Dieses unangenehme Gefühl ist ein blödes Erbe aus sowjetischen Zeiten, als man gedacht hat, je öfter du den Fußboden wischst, ein desto besserer Mensch bist du. Sogar wenn du Professor oder wissenschaftlicher Mitarbeiter warst, musstest du ständig aufwischen oder Ähnliches. In der Schule hatten wir auch das Fach Hauswirtschaft, und ich selber habe den Fußboden im Schulkorridor gewischt. Jetzt kann ich mir überhaupt nicht mehr vorstellen, was mich gezwungen hat, diesen widerlichen, stinkenden Bastbesen der Schule in die Hand zu nehmen.

Irina Andrejewna ist eine sehr taktvolle Bibliothekarin: Sie macht die Wohnung sauber, und ich höre keine unangenehmen Geräusche wie etwa vom Staubsauger. Habe sie in der Küche entdeckt. Sie saß still und las leise Jane Austen. Sie hat ihren Kopf gehoben, meine Bibliothek gelobt und hat weitergelesen.

Bevor sie nach Hause gegangen ist, haben wir ein bisschen über Literatur gesprochen. Jane Austen ist ihre Lieblingsschriftstellerin.

Ich habe einfach Glück mit meiner Haushälterin. Nicht oft begegnet man einem Menschen, der genauso von Jane Austen begeistert ist wie ich. Haben besprochen, wie perfekt, ideal, fabelhaft sie ist, besonders ihr »Stolz und Vorurteil« – mit Colin Firth als Hauptdarsteller.

Unter strenger Aufsicht von Irina Andrejewna habe ich mich mit ledernen Eierkuchen voll gefressen und bin danach in die Uni zur Abendvorlesung gegangen. Als ich zum Hörsaal kam (ein bisschen zu spät), habe ich vernommen, wie sich Studenten auf dem Flur unterhalten haben:

»Lass uns die Psychologievorlesung hören, die Tante liest wirklich klasse, und danach können wir nach Hause gehen.«

Hm, »Tante«, das war dann wohl ich.

Nach der Vorlesung habe ich es extra überprüft – die meisten Studenten sind tatsächlich nach Hause gegangen. Das ist nicht gut, war mir bewusst. Die nächste Stunde schwänzen sie praktisch. Das bedeutet aber auch, dass sie extra meinetwegen gekommen sind – hurra, hurra!! Ich bin sehr glücklich.

Zu Hause hat sich herausgestellt, dass Mura heute auch einen guten Tag hatte – zuerst wurde die ganze Schule evakuiert, weil ein Anruf mit einer Bombendrohung erfolgt war. Und dann, wennschon – dennschon, ist in unserer Wohnung der Strom ausgefallen. Leo Jewgenjewitsch hat unter dem Deckmantel der Finsternis das Futter von Sawwa Ignatitsch aufgefressen, und Mura hat keine Hausaufgaben gemacht, ist in meinen Schrank eingedrungen und hat meinen schwarzen Lieblingspullover beschlagnahmt. Dann haben wir gemeinsam bei Kerzenlicht die Songs aus »Top 20« gesungen.

Sonntag, 17. Dezember

Um sechs Uhr früh haben wir Dennis und Alla zum Flughafen gebracht. Bevor wir das Haus verließen, habe ich Alla angelächelt und zugleich Dennis gekniffen und ihm heimlich ein Päckchen mit einer Mütze und einem Röckchen zugesteckt, damit er es Mura überreichen konnte.

Vom Flughafen sind wir schweigend zurückgefahren. Mura hat gedöst, und ich habe nachgedacht – liebt ein Mann etwa sein Kind weniger, wenn er nicht mit ihm zusammenwohnt?

Habe mich entschlossen, bei meinen Bekannten nach Beispielen zu suchen.

Nr. 1 hat sein Kind ein Jahr nicht gesehen. Wohnt zwei Metro-Stationen von ihm entfernt. Hatte einen wichtigen Grund dafür – Ex-Frau sagte, dass sie ihn nicht mehr sehen will und für sein Kind einen besseren Vater finden würde.

Nr. 2 ist nach der Scheidung immer zu Besuch zu seinem Jungen gegangen und hat dann plötzlich damit aufgehört. Hatte einen wichtigen Grund dafür – die Ex-Frau sagte, dass er ein Loser ist und ihr und des Kindes Leben versaut hat.

Nr. 3 hat nie Unterhalt gezahlt. Hatte einen wichtigen Grund dafür – seine Ex-Frau hat gesagt, dass er sehr wenig verdient und dass sie auch ohne seine lächerlichen Kopeken auskommen könnte.

Und alle drei sind nicht irgendwelche Blutsauger, sondern sehr anständige Menschen mit angesehenen Berufen, und sie sind auch nicht überempfindlich …

Das bedeutet doch, dass jeder Mann sein Kind mag. Aber sie fühlen sich nicht schlecht, auch wenn sie ihr Kind sehr lange Zeit nicht sehen … Ich möchte auf keinen Fall an diese Wahrheit glauben. Deshalb habe ich mir vorgenommen, die Augen davor zu verschließen (aber nur im übertragenen Sinne, weil ich doch gerade Auto fuhr) und zu glauben, dass diese Wahrheit nicht die wirkliche Wahrheit ist.

Mit solchermaßen geschlossenen Augen habe ich eine psychologische Offenbarung erlebt (viele Wissenschaftler haben ihre großen Entdeckungen auf diese Weise gemacht, entweder im Schlaf oder beim Tagträumen unter einem Baum oder in irgendeinem vergleichbar unkonzentrierten Zustand). Es handelt sich um eine der wichtigsten Entdeckungen in Zeiten von Ehescheidungen am Fließband, die vielleicht die Kinder vor völliger Vergessenheit seitens ihrer Väter rettet.

Entdeckung: Wenn die Männer kein besonders ausgeprägtes Gedächtnis in Bezug auf ihre Kinder haben, sollten die Ex-Frauen mit ihren früheren Männern wenigstens Freundschaft pflegen und ihnen immer wieder sagen: Dein Sohn ist so begabt wie du – und deine Tochter … so gut aussehend wie du …

Und unbedingt unterstreichen, dass die Kinder sehr gut geraten sind.

Mir gefällt Mura in jeder Lage, sogar, wenn sie in der Schule ist und sich wie eine Rabaukin benimmt. Dennis aber nicht: Er will einfach wissen, dass Mura schön und klug ist, andernfalls gefällt sie ihm nicht so sehr. Es ist wohl ein Naturgesetz. Dagegen kann man nichts machen.

Als wir durch Sagorodneje gefahren sind, versuchte ich, mich zu erinnern – was hat mir Mura so furchtbar Unangenehmes gesagt, das mir so wehgetan hat? Aber ich habe mich entschlossen, dass ich später darüber nachdenke.

Ich habe mich direkt vor unserem Haus daran erinnert. Mura hat gesagt, dass sie nicht sicher ist, ob irgendjemand sie jemals richtig lieben wird, dass sie wahrscheinlich solche Liebe auch gar nicht verdient. Während ich die Treppen hochgegangen bin, habe ich gedacht, oh Gott, warum, warum? Ich habe mir doch so viel Mühe gegeben!

Im Gegensatz zu Mura war ich vom Kindergarten an eine typische Klassenbeste. Zuverlässig, pflichtbewusst. Wenn ich gesagt habe, ich komme um zehn – dann war ich eine Minute vor zehn schon in der Nähe. Und mein Äußeres haben andere Menschen immer gemocht. Manche haben mich sogar ausgesprochen hübsch gefunden. Eigentlich hätte meine Mutter guten Gewissens stolz auf mich sein können. Sie war natürlich immer mit mir zufrieden… aber ich wollte keine bescheidene Zufriedenheit mit meinen Erfolgen erregen, sondern leidenschaftliche, überschwängliche Begeisterung, die alles aus dem Weg räumt.

Meine Mutter hatte eine Freundin. Deren Tochter und ich sind wie Schwestern aufgewachsen. Und diese

Freundin hat einmal in einem verzückten Hauchton gesagt: »Sehen Sie meine Verotschka an, wie schön und klug sie ist!« Und alle nickten. Was blieb ihnen anderes übrig? Übrigens, Verotschka war nichts Besonderes und hatte schlechte Noten.

Und meine eigene Mutter hat die Meinung vertreten, dass es unpädagogisch ist, ein Mädchen für seine Schönheit zu loben. Als Ergebnis wurde Verotschka immer für ihre Schönheit gelobt und ich nie – sogar nicht einmal für mein gutes Benehmen und meine guten Noten in allen Fächern. Ich hätte ganz leicht den Komplex vom hässlichen Entlein, das noch dazu ungeliebt ist, entwickeln können, aber ich hatte Glück: Als alle angefangen haben, sich zu verlieben, hat sich erst die ganze 5b und dann die 5c in mich verliebt. Und ich habe es geschafft, mich Mamas Druck zu entziehen und dabei zu kapieren, dass ich auch gut bin und nicht nur Verotschka. Sie hat übrigens in ihrem ganzen Leben nur einen Jungen gehabt, den sie später auch geheiratet hat. Und ich … nun ja, nicht nur einen.

Ich denke an meine schwere Kindheit und sage Murka immer: »Du bist unglaublich schön. Du bist sehr nett!«, damit sie keine Komplexe bekommt. Ich versichere Mura sogar, dass sie eigentlich gut in der Schule ist. Ich glaube, dass Mura manchmal denkt, dass ich einfach blind bin und eine Fünf von einer Zwei nicht unterscheiden kann. Aber es ist meine Methode, Muras Selbstvertrauen zu stärken. Denn dann kann ich nicht schuld an allem sein.

… Habe Kaffee getrunken und gedacht: Und was ist, wenn es Mura an Liebe fehlt? Wir alle, ich, Mama, Leo Jewgenjewitsch und Sawwa Ignatitsch denken, dass unsere Mura die beste Mura der Welt ist. Und Dennis hat sie immer mit Begeisterung angeschaut. Z. B. als sie sich im Buddelkasten um Napfkuchen-Förmchen gestritten hat. Und jetzt hat er immer sehr viel zu tun – seine Geschäfte, Restaurantbesuche –, und er hat wenig Zeit, Mura mit Begeisterung anzusehen. Heute wirft er lediglich einen hektischen Blick in der Art von: »Wer ist der Mensch, der so erwachsen aussieht, und worum wird er mich jetzt bitten?« auf sie.

Ich denke … na ja, Dennis. Aber für Mura ist er doch der Papa. Ich denke, dass Dennis nach wie vor nicht erwachsen ist, aber für Mura ist er ein Mann.

Und wenn Dennis immer mit ihr zusammen gewesen wäre und sie mit Begeisterung angesehen hätte: In jeder Minute ihres Lebens hätte sie gewusst, dass ihr eigener Papa sie vergöttert.

Und dann hätte sie vielleicht nicht gesagt: »Ich verdiene keine richtige Liebe!« oder »Ich bin nicht selbstsicher.«

… Mura ist zur Schule gegangen, und ich habe Haferflockenbrei gegessen und zum Abschied ein Butterbrot mit Käse. Habe beschlossen abzunehmen, weil Alla umwerfend aussieht – sehr schlank, viel dünner als ich.

Sie hat Größe 36, und ich habe 40. Und so habe ich mich entschlossen, so viel Gewicht zu verlieren, bis ich wie Alla bin, mit einer Spezialdiät – es ist ganz leicht, man darf nur Brei essen. Ich mag Haferflockenbrei mit Butter und Zucker sehr. Deshalb habe ich gleich noch einen Teller gegessen. Diese Diät ist so praktisch. Man kann so viel Brei essen, wie man will.

Zu Mittag an der Uni habe ich mir noch einmal vergegenwärtigt, wie schlank Alla aussieht, und beschlossen, eine strengere Diät anzufangen. Habe in unserer Kantine einen gebratenen Hühnerschenkel mit Mayonnaise und ein Stück Torte gegessen. (Im Westen ist diese Atkins-Diät sehr populär. Man kann alles essen, was fett ist – je fetter desto besser.)

Am Abend bin ich im Rahmen meiner Diät zu Trennkost übergegangen – das ist sehr leicht. Man kann dieses und jenes essen, alles eigentlich, nur getrennt muss es sein … Man darf z. B. keine Pelmeni essen, weil sie aus Teig und Fleisch sind. Und Vareniki darf man, weil sie aus Teig und Kartoffeln sind. Und getrennt davon ein bisschen Erdbeermarmelade. Nach einer Stunde darf man ein Stück geräucherten Käse, ein bisschen Wurst, eine Apfelsine – aber alles einzeln! – essen.

Roman hat angerufen, er hat große Sehnsucht nach mir, während ich mit meinen Familienangelegenheiten beschäftigt bin. Er hat mir gesagt, dass Mura in einer Reality-Show auftreten kann, weil der Sender gerade Teilnehmer hierfür sucht. Die Idee dieser Show ist irgendwie undurchsichtig – alle müssen in einem Zimmer zusammenkommen und werden von Kameras dabei gefilmt, wie sie Beziehungen zueinander aufbauen.

»Welche Beziehungen?«, habe ich Roman gefragt, und Roman hat geantwortet:

»Verschiedene, worauf sie gerade Lust haben.«

Er hat außerdem gesagt, dass Mura mit ärztlichem Attest kommen soll. Im Sender denken sie, dass die Teilnehmer in eine reale Beziehung zueinander treten und sich untereinander mit Was-auch-immer anstecken könnten. Dann würde aus der Reality-Show ein realer Skandal. Deshalb soll Mura gleich mit einer Urinprobe zur

Vorstellung erscheinen, um einen Vorsprung vor den anderen Bewerbern zu haben.

Ich glaube, ich werde Mura nicht erlauben, an dieser Reality-Show teilzunehmen. Ich werde ihr sagen, dass Roman für sie nichts machen kann – vorübergehend seien das Programm, der ganze Sender und überhaupt das Fernsehen geschlossen.

Sonntag, 31. Dezember

Silvester ist das beste Fest überhaupt. Das Einzige, was es ein bisschen problematisch macht, ist dieser Zwang, »gut reinzurutschen«.

Verschiedene Möglichkeiten, gut reinzurutschen:

1. Mit Mama und Mura.
   Vorteile: Alles schmeckt sehr gut, man muss nicht selbst kochen, man kann fernsehen, in Wärme und Gemütlichkeit auf dem Sofa liegen.
   Nachteile: das unangenehme Gefühl von entgangenen Möglichkeiten – während ich auf dem Sofa liege, feiern alle anderen ausgelassen ohne mich. Auf die Frage: Wo hast du Silvester gefeiert? bin ich gezwungen zu antworten: mit Mama. Als ob mich keiner brauchen würde oder meine Mutter mir nicht erlaubt hätte, jemanden zu besuchen.
2. Gäste zu mir einladen.
   Vorteile: Die Gäste bringen sehr viel gutes Essen mit, man muss nicht selbst kochen. Die Gäste gehen, aber das Essen bleibt. Man kann dann sehr schön im Bett frühstücken, in Wärme und Gemütlichkeit.
   Nachteile: Die Wohnung danach sauber zu machen bedeutet, im Gefängnis zu sitzen, während alle an-

deren feiern. Noch dazu werden alle mit ihren Ehemännern kommen (oder zumindest mit Wasja), und ich bin allein.

3. Selbst zu Besuch gehen.
   Vorteile: sind offensichtlich.
   Nachteile: Mir fällt kein Ort ein, wohin ich gehen möchte.

Wir haben das neue Jahr in Karnevalskostümen begangen.

Ich war eine Gurke (ein großer grüner Sack mit Öffnungen für Hände und Füße). Mura war ein Gorilla (sie hat Alenas Pelzmantel angezogen, ihre Pelzmütze aufgesetzt, ihre Maske haben wir gekauft und den Schwanz selbst angenäht). Mama hat sich einen Bart aus einem kastanienbraunen Stück Toupet angeklebt.

Alle anderen waren ohne Kostüm, aber dafür mit Silvesteressen gekommen.

Alena ist mit Nikita und ihren Jungen gekommen und hat mitgebracht: Krevettensalat, Hühnersalat mit Weintrauben, eine Gans, gefüllt mit Äpfeln, eine Kirschtorte; Olga mit Wasja (der Liegende kann das Haus sogar zu Silvester nicht verlassen): ein Video mit einem neuen Film, Piroggen mit Kohl und Käse (die Piroggen hat Wasja gebacken). Irka Hamster mit Pjotr Iwanitsch, Alenas Freunde, Olgas Freunde und zwei meiner Freundinnen aus der Uni mit ihren Männern waren auch da.

Wir haben uns die Geschenke überreicht, miteinander um den Tannenbaum getanzt, haben Verstecken gespielt (ich habe mich im Schrank versteckt, wurde sehr lange nicht gefunden und bin fast eingeschlafen) und alle anderen Spiele, die wir kennen. Wir haben toll gefeiert. Roman hat um 1.48 Uhr angerufen und mir zum neuen Jahr gratuliert. Haben im Hof zusammen mit dem Glatzkopf und seinen Leuten ein Feuerwerk gezündet. Unseres war schöner.

Donnerstag, 11. Januar

Frühmorgens hat das Telefon geklingelt. In dieser Herrgottsfrühe kann mich auch nur Mama anrufen.

»Aus der Jacke deiner Tochter ist eine kleine Flasche Campari herausgefallen«, hat meine Mutter mit dramatischer Stimme gesagt.

Wieso verwandelt sich Mura, wenn sie etwas falsch macht, in »deine Tochter«? Und wenn Mura eine Alkoholikerin wird? Dann würde sie mit ihr überhaupt nichts mehr zu tun haben wollen.

Mura hat geschworen, dass sie nicht die leiseste Ahnung hat, woher diese Flasche gekommen ist. Aber sie weiß ganz genau, dass das Fläschchen im Vorbeigehen dem Pjetunja aus der Hand und ihr in die Jackentasche gerutscht ist.

Komisch, weshalb Pjetunja plötzlich auf Campari umgestiegen ist?...

»Dafür habe ich zwei Neuigkeiten, eine schlechte und eine gute«, hat Mura runtergerattert, ist knallrot geworden und hat die Augen zur Seite verdreht. »Die schlechte: Du sollst in die Schule kommen, weil ich mit meinem Gasspray in der Garderobe gesprüht habe, und die gute: Ich werde es nie wieder tun, weil mein Spray alle ist.«

»Ich habe dir dieses Spray zur Verteidigung gekauft und nicht, um damit Unfug in der Schule zu machen«, habe ich gesagt, aber Mura war schon an der Tür – heute ist sie viel früher als üblich in die Schule gegangen.

Gerade hatte Mura die Tür hinter sich zugeknallt, als das Telefon geläutet hat. Habe gedacht, dass es meine Mutter sein wird – bestimmt will sie mir eine Lektion über Kinderalkoholismus verpassen.

Vielleicht tue ich so, als ob ich nicht zu Hause wäre, habe ich mir überlegt. Aber wenn es irgendjemand von der Uni ist mit der Bitte, für jemanden einzuspringen?

»Sie sind eine unanständige Frau!«, hat eine heisere Stimme mir mitgeteilt, und gleich danach wurde aufgelegt.

Verwirrt habe ich mein Telefon angesehen. Wer war das? Mama, Jenka, meine Dekanin? Aber weshalb soll ich eine unanständige Frau sein? Habe nachgedacht: Wenn ich mich schlecht benehme, nennt mich meine Mutter nicht eine unanständige Frau, sondern »gewissenloses Wesen«. Jenka bedenkt mich in einem solchen Fall mit einem Schimpfwort, und die Dekanin würde mich niemals eine unanständige Frau nennen, weil ich mich doch nie weigere, die Vertretung für eine erkrankte Kollegin zu übernehmen. Vielleicht hat sich jemand verwählt.

Es klingelte wieder.

»Wer ist da?« – Schon wieder diese heisere Stimme: »Ich … ich bin Romans Schwiegermutter.«

Ich habe mich plötzlich so gefühlt, als ob ich wieder 15 Jahre alt und bei einem Jungen zu Besuch wäre, dessen Eltern unerwartet früh von der Arbeit kommen und uns tadeln, weil wir, anstatt unsere Hausaufgaben zu machen, lieber im Dunkeln fernsehen.

Romans Schwiegermutter hat lange geschwiegen.

»Ich … also … wollte …«, und plötzlich klang sie sehr entschlossen: »Sie, also, ich will sagen …«

»Wie heißen Sie?«

»Das ist nicht wichtig«, hat die Schwiegermutter unerwartet mit dramatischem Ausdruck gesagt. »Sie … also … sind Sie mit Roman zusammen? Ist das ernst?«

Ich habe ehrlich gesagt: »Nein, ich habe Roman das letzte Mal vor einigen Tagen gesehen, und er hat mir nicht gesagt, dass es ernst sei.«

»Sie müssen sich von ihm trennen!«

Der blanke Horror! So ein echtes psychologisches Drama hat mir auf meine alten Tage gerade noch gefehlt! So, ich muss Ruhe bewahren und diese Situation von allen Seiten betrachten, habe ich mich ermahnt. Eigentlich wollte ich unter das Sofa kriechen und in Ruhe nachdenken.

»Wollen Sie ihn etwa heiraten?«

»Nein, nein, das habe ich nicht vor. Ich habe doch eine Familie.« Wozu log ich? Aus Angst? Aber ich habe doch wirklich eine Familie: Mura, Mama, Leo Jewgenjewitsch und Sawwa Ignatitsch.

»Versprechen Sie mir, dass Sie Roman nichts von meinem Anruf erzählen! Wenn er davon erfährt, schlägt er mich tot!«

Ich habe geschworen, das Geheimnis zu wahren, und die Schwiegermutter hat aufgelegt.

Wie unangenehm es ist, jemandes Feind zu sein, sogar, wenn dieser Jemand nur eine heisere Stimme ist. Ich bevorzuge, geliebt zu werden.

Was für Neuigkeiten! Liebt mich Roman etwa so stark, dass er sogar seiner Schwiegermutter davon erzählt hat? Er liebt mich, liebt mich, liebt mich!

Es ist natürlich sehr schmeichelhaft für mich und zugleich sehr schlimm für seine Frau. Alles zusammen ist wie ein weich gekochtes Ei – außen mein wabbliges, edelmütiges Mitleid und innen – gelbliche Freude.

Aber ich will doch gar nichts von ihm! Wir haben einfach eine gute Zeit miteinander. Es ist natürlich schön für mich, dass er mich auch liebt. Ich wusste von Anfang an, dass er verheiratet ist… aber ich fühlte mich so… lebendig… Ich fand diese Romanze mit Roman immer ganz praktisch, aber über ihn als Ehemann habe ich nie nachgedacht. Und warum nicht darüber nachdenken, gerade jetzt? Sonst blüht mir vielleicht das wenig beneidenswerte Schicksal einer einsamen alten Jungfer, die in ihrem Leben jede Chance auf glückliche Liebe vertan hat.

Er liebt mich, liebt mich, liebt mich! Werden wir wirklich zusammenleben? Dann wird er jedenfalls mit Leo Jewgenjewitsch morgens und abends spazieren gehen.

Doch warum sollte ich eine unanständige Frau sein? Warum?!

Vielleicht bin ich wirklich eine unanständige Frau. Es ist eine verdammte Angewohnheit von mir, jede Situation von verschiedenen Seiten zu betrachten. Als ob alle Frauen in zwei Lager geteilt wären – in einem die Ehefrauen, in dem anderen die Unanständigen. So denkt die Schwiegermutter auch – ich soll schuld sein, nicht Roman. Als ob Roman ein Ladenhüter wäre – und jeder könnte kommen und ihn mitnehmen.

Ich habe mich richtig aufgeregt nach dem Gespräch mit der Schwiegermutter. Und wenn ein Mensch Stress hat, braucht er körperliche Betätigung – Skilaufen, Tanzen, Saubermachen. Ich werde die Wohnung sauber machen.

Die Wohnung habe ich nicht sauber gemacht. Stattdessen habe ich Jenka und Alena angerufen. Beide sagten, dass ich Roman über diesen Anruf auf keinen Fall berichten darf, um die Situation nicht anzuheizen. Ich hatte es sowieso nicht vor, ich habe der Schwiegermutter doch versprochen, dass es unser gemeinsames Geheimnis bleiben würde.

Der Tag war von Anfang an nicht sehr gelungen…

Warum benimmt sich Irina Andrejewna so komisch? Diese Frage beschäftigte mich schon seit einiger Zeit, so auch heute. Wir haben doch die Vereinbarung getroffen, dass sie einmal in der Woche kommt, wenn ich meinen freien Vormittag habe, und den ganzen Tag bleibt. »Den ganzen Tag« bedeutet für mich von zehn bis fünf. Und sie kommt entweder um zwölf oder um eins und geht schon um vier. Ich wollte das heute in Ordnung bringen.

Na bitte – es war zehn nach zwei, als sie gekommen ist. Diese Nachlässigkeit kann ich auf keinen Fall hinnehmen. Jetzt kann sie was erleben! Mit diesen Worten habe ich mir in Gedanken Mut zugesprochen.

Habe die Tür mit einem bösen Gesicht aufgemacht.

»Irina Andrejewna! Ich bin sehr böse, sehen Sie, wie spät es ist!«

»Dann bin ich also zu früh dran…?«

Nein, das ging zu weit! Ich wollte meinen schwarzen Lieblingspullover mit den weißen Streifen vorne anziehen. Aber Irina Andrejewna hat ihn offenbar gewaschen, und jetzt ist es ein Puppenpullover.

»Irina Andrejewna! Das… mein Pullover…«

»Und was ist mit deinem Pullover? Es ist ein sehr guter Pullover, sehr dick sogar.«

»Bitte, waschen Sie meine Sachen nicht mehr! Ich mache es selbst…«

Darauf hat Irina Andrejewna mit hysterischer Stimme geschrien: »Das war ich nicht. Er ist von allein kleiner geworden!«

Ich habe um Verzeihung gebeten, und als Zeichen von Entgegenkommen und ewiger Freundschaft habe ich ihr eine Garnitur nagelneuer Bettwäsche geschenkt. Wir haben lange Tee getrunken, und ich habe der Geschichte ihres Lebens zugehört.

Dann habe ich ihr auch noch die neue Ausgabe von »Stolz und Vorurteil« geschenkt, weil ihre schon ganz zerfleddert war.

Ich hatte so ein Gefühl, dass ich in einer solch außergewöhnlichen Situation, in der ich mein ganzes Leben überdenken muss, absolut nicht in der Lage bin, in die Universität zu gehen. Noch dazu hätte ich heute keine Vorlesung, sondern nur eine Fachbereichssitzung.

Ich habe in der Uni angerufen und mit näselnder Stimme und zugehaltener Nase gesagt:

»Ich komme heute nicht, ich habe Schnupfen.«

Habe den Hörer aufgelegt, bin ins Bett gefallen und in Gelächter ausgebrochen, zuerst mit tiefer Stimme und dann ganz piepsig. Das war die Reaktion auf den Schock, den Stress und die Entdeckung meines Verhältnisses zu Roman durch seine Schwiegermutter.

Eigentlich sind Irina Andrejewna und ich keine richtigen Lügnerinnen. Bei uns funktioniert einfach der Selbsterhaltungstrieb ganz beispielhaft: In Gefahr benehmen wir uns völlig gleich – wir lügen wie gedruckt. Sie hat meinen Pullover nicht gewaschen, ich treffe mich nicht mit Roman und schwänze nicht die Fachbereichssitzung.

Was mir am meisten zu schaffen macht, ist, dass ich immer zu bestimmten Zeiten Termine habe – z. B. dass die Vorlesungen um 12.10 Uhr oder um 13.20 Uhr beginnen, und zur Beratung kann ich auch nicht später kommen. Deswegen kann ich nicht in einem beliebigen Augenblick, wenn ich gerade will, das Firmament anhimmeln oder mich am Anblick einer spiegelnden Wasseroberfläche weiden oder dem Geflüster eines Baches lauschen. Das ist eine ernst zu nehmende Ursache für meinen Stress.

Also habe ich beschlossen, spazieren zu gehen, um mich als Teil des ganzen Universums zu empfinden und zugleich die Situation mit der Schwiegermutter zu überdenken.

Na bitte, der Glatzkopf hatte sehr schlechte Nachrichten für mich. Der Glatzkopf hat noch eins draufgesetzt und eine Pförtnerin eingestellt.

In der Pförtnerloge saß eine dicke Tante in Tüchern – eins auf dem Kopf, das andere über ihrer Trainingshose. Es hat sich herausgestellt, dass die in Tücher gewickelte Sportkanone unsere Pförtnerin ist. Der Glatzkopf hat ihr eine Reihe von Pflichten auferlegt, z. B. soll sie jeden fragen, zu wem er will und warum. Dann muss sie zu der Wohnung gehen und fragen, ob er erwünscht ist. Und ich kann dann antworten: »Wir empfangen heute nicht!« Oder: »Nicht reinlassen!«

»Warum sollte ich jemanden nicht hereinlassen?«, habe ich überrascht gefragt.

»Na, das kann alles passieren«, hat der Glatzkopf vage geantwortet. »Die Partner kommen oder jemand anders … Wir werden jetzt nicht schlechter als die anderen Neuen Russen sein.« Der Glatzkopf freute sich wie ein Schneekönig.

Ich – Neue Russin. Ich – Neue Russin?…

Meine unbezahlbaren Schulden als Neue Russin gegenüber dem Glatzkopf sind inzwischen auf 200 Dollar monatlich angewachsen – hundert für den Parkplatz und noch mal hundert für diese in Tücher gewickelte Tante. Ein Horror!

Völlig kopflos bin ich kreuz und quer über den Wladimirski gelaufen. Versuchte dabei, in die Ferne zu schweifen und das Geplätscher zu hören und eine philosophische Haltung zu Romans Schwiegermutter zu gewinnen. Ich habe einen Anrufbeantworter gekauft – wenn die Schwiegermutter anrufen sollte, werde ich den Hörer einfach nicht abnehmen.

Bin in eine Buchhandlung geraten und habe dort zwischen unzähligen Krimis einen Einfall gehabt: Ich werde das Buch doch schreiben! Habe das mit wissenschaftlicher Genauigkeit verfolgt (bevor man eine Dissertation schreibt, muss man immer ein Verzeichnis der Literatur erstellen, die es zu dem Thema schon gibt) und habe mir einige sehr populäre Bücher gekauft – Krimis, die zugleich Liebesromane sind.

Zu Hause habe ich gemerkt, dass ich mit dem Anrufbeantworter falsch gelegen habe – in meiner Wohnung mit einem langen Korridor kann man nur ein mobiles Telefon benutzen, aber den Anrufbeantworter kann man nur an ein stationäres anschließen. Habe meinen Anrufbeantworter mit dem Telefon im Schrank verstaut.

Habe angefangen, die Literatur unter wissenschaftlichen Gesichtspunkten zu untersuchen. Habe mich entschlossen, alles so nach Fragen zu sortieren wie in dem bekannten Kinderspiel:

1. Sie – nicht mehr junge, dicke Jungfer (löchriger BH, Brille, welke Haut).
2. Er – ein Oligarch mit strammen Oberschenkeln. In der Krippe hat ihm einmal jemand ein Lutschbonbon weggenommen, und er ist in dem Bestreben, alles wieder zurückzubekommen, Oligarch geworden.
3. Wo – in jedem Ort, der menschlichen Wesen zugänglich ist (Straßenbahn, benachbarter Schrebergarten, überall, wo es üblicherweise Oligarchen gibt).
4. Was geschah – die Tante und der Oligarch haben überraschenderweise ALLES erlebt. Der Oligarch – er ist mit dem Finger in einem Loch in ihrem BH stecken geblieben – spürt, schon nicht mehr ganz jung, wie schön ES sein kann.
5. Wer es gesehen hat – ein Killer (will den Oligarchen oder die Tante umbringen, weil sie noch nicht weiß, dass sie zufällig im Besitz eines militärischen oder kommerziellen Geheimnisses ist).
6. Wie es endet – die Tante hat den Killer erschossen, der Oligarch hat die Tante gerettet – Hochzeit, neuer BH, Kontaktlinsen statt Brille.

Jeder soll über das schreiben, wovon er etwas versteht. Offensichtlich wissen die Autoren ganz genau, dass DAS genau so läuft...

Aber die Schriftsteller sind so unaufmerksam! Sie haben keine Angst vor Psychologen, die aufgrund ihrer Werke ganz leicht ein genaues psychologisches Profil des jeweiligen Autors erstellen können. Z. B. die Bücher über hässliche Tanten schreibt offensichtlich ein Mensch mit einem Aschenputtel-Komplex – es war einmal ein

Aschenputtel, ganz in Sack und Asche gehüllt, und plötzlich …

Ich werde es klüger machen – will nicht, dass meine Leser alle intimen Details über mich erfahren … Ich werde einen Roman schreiben über etwas, was überhaupt nichts mit meiner Person zu tun hat – z. B. darüber, wie eine alleinstehende Frau über dreißig, die mit einer Tochter im Teenager-Alter, einem Hund und einer Katze in einer großen Stadt wohnt, z. B. in Piter, plötzlich … die große Liebe trifft und wie diese Liebe die Liebe ihres Lebens wird.

Der Roman wird nicht lang, eher kurz, um so schnell wie möglich zum Ende zu kommen.

Habe die Handlung skizziert – die Hauptpersonen haben sich getroffen und sich ineinander verliebt. Dann haben sie sich für kurze Zeit getrennt, danach haben sie sich wieder getroffen, um sich im Leben nie wieder zu trennen. Meiner Meinung nach nicht schlecht. Das Ende ist am schwierigsten auszudenken. Ich habe gemerkt, dass Bücher von Frauen einen irgendwie undeutlichen Schluss haben. Und es bleibt unklar, warum sie das Buch überhaupt geschrieben haben.

Ich hoffe, dass mein Roman ein Bestseller wird und ich ein hohes Honorar bekomme! Von dem Honorar lasse ich die Wohnung renovieren, oder wenigstens einen Teil. Beginne mit dem Flur, weil der Flur das Gesicht der Wohnung ist. Und mein Gesicht, ich meine natürlich nicht mein Gesicht, sondern das von meiner Wohnung, ist so verbraucht wie das von einem armen fünfzigjährigen Taxifahrer, der sich beim ewigen Warten irgendwann hat gehen lassen.

Ich denke schon über zwei Stunden nicht mehr an Romans Schwiegermutter – ich bin völlig in die Kreativität eingetaucht.

Ich habe mir vorgestellt, wie ich im Fernsehen erscheine und meine Meinung zu verschiedenen Themen sage, über die Außenpolitik, die Bildung, die Außerirdischen spreche.

Ich werde auch überhaupt keine Probleme in einer Hundeshow bekommen – Leo Jewgenjewitsch kennt zwei Befehle: Wälzen! Und: Betteln!

In einer Koch-Show… was werde ich kochen? Etwa Pelmeni »Daria«? Ich bitte Alena um das Rezept für spanische Meringues und werde alle überraschen!

Und plötzlich hat jemand oder eher etwas mit schrecklicher Grabesstimme aus dem Schrank zu mir gesprochen: »Sie bekommen einen Anruf. Die Nummer ist 5853397.« Ich habe zehn Minuten nur dagesessen, starr vor Schreck, bis ich kapiert habe, dass das kein Außerirdischer war, der in unserem Schrank ein Nest gebaut hat, sondern dieser verdammte Anrufbeantworter.

Während des Abends hat mich die Schwiegermutter im Schrank fünfmal angerufen. Gut, man braucht ja dank Anrufbeantworter den Hörer nicht abzunehmen, und die Nummer von meinem Handy kennt sie nicht.

Ich habe beschlossen, noch einige Zeit schöpferisch tätig zu sein und meinen Entwurf mit Olga, Mama und Alena zu besprechen. Olga sagte, es wäre gut, wenn mein Roman als Vorlage für einen Film dienen könnte, besser noch für eine ganze Serie. Dann würde ich eines wunderschönen Morgens berühmt und reich aufwachen. Das klang sehr verlockend, ich werde es versuchen.

Abends bin ich zu meiner Mutter gegangen, um mich von Tante Vera zu verabschieden. Morgen reist sie ab. Tante Vera hat Piroggen mit Kohl gebacken und süße Brötchen mit Creme gefüllt. Mir ist nicht ganz klar, warum sie den ganzen Abend bis jetzt am Herd gestanden hat – besser wäre es, wenn wir uns einfach hinsetzen und uns unterhalten könnten. Aber das Essen ist schon etwas ganz Besonderes. Es ist so, als ob in diesen Piroggen und in den Brötchen ihre ganze Liebe zu uns eingebacken wäre.

Wieder daheim war ich so traurig und wollte mich eigentlich im Schlaf beruhigen, aber ich konnte nicht schlafen gehen, solange Jenka noch nicht angerufen hatte. Habe mir den Kopf zerbrochen, warum sie nicht anrief, bis endlich das Telefon läutete – Jenka.

Haben mein neues Buch besprochen und uns ein bisschen dabei gestritten. Jenka sagte, dass ich auf gar keinen Fall die Hunde-Show ohne ihre Erlaubnis besuchen darf. (Wenn ich berühmt werde.) Sie müsse überprüfen, ob ich mich anständig kleide und nicht in irgendeinem Fummel im Fernsehen auftrete, z. B. in meinen Schnür stiefeln.

»Die Schnürstiefel sind braun, grünlich-changierend. Warum darf man sie nicht anziehen, wenn man im Fernsehen auftritt? Sie haben eine dicke Sohle, so wie sie jetzt alle tragen …«

»Wer alle?! Sieh in deinen Pass«, hat Jenka gesagt. Ich denke, es ist unfair. Der Mensch kleidet sich dem inneren Alter entsprechend.

Vor dem Schlafengehen habe ich nachgedacht, ob wir wirklich aus der Mode sind. Habe befunden: Nein! Und in meinen Pass kann ich nicht sehen, weil er verloren gegangen ist.

Freitag, 12. Januar

Zweimal hat die Schwiegermutter angerufen. Beide Male auf meinem Handy, direkt während meiner Vorlesung.

Ich kann nicht gut mit dem Handy umgehen, kenne die verschiedenen Funktionen nicht, kann nur selbst anrufen. In der Pause haben die Studenten irgendwelche Tasten gedrückt, und die Schwiegermutter kam nicht mehr durch, das heißt, sie kam zwar durch, aber man hörte das Klingeln nicht mehr.

Nach der Vorlesung habe ich auf dem Handy nachgesehen: zehn nicht angenommene Anrufe, alle von ihrer Nummer. Zehn!!

Als Psychologin würde ich ihr raten, überhaupt nicht mehr anzurufen, um die Situation nicht zuzuspitzen und die Menschen nicht zu unüberlegten Handlungen zu provozieren, die sie aus emotionalem Stress begehen könnten. Zehn Anrufe! Ich habe den Eindruck, dass die Schwiegermutter nicht die richtige Nummer anruft. Sie braucht etwas Stärkeres als bloße Psychologie.

Heute habe ich drei Termine im Salon, und alle sind – wie verabredet – Frauen, deren Männer fremdgehen.

Wenn betrogene Frauen zu mir kommen, denke ich immer an meine Tante Vera. Sie hat ihren Ehemann Onkel Igor so geliebt wie im Film. Und der war es wert – groß, gutmütig, witzig, alles, was einen echten Mann ausmacht. Er hat irgendwo im Norden ein Werk gebaut, ist dessen Direktor geworden, wurde mit einem Orden ausgezeichnet. Und Tante Vera hat ihn so geliebt, dass sie nichts außer ihm und ihrer Arbeit beachtet hat, nicht mal ihre beiden Kinder. Eine solche Liebe gibt es nicht oft. Und ihre Kinder haben irgendwo im Hintergrund ihres Lebens herumgehangen. Sie wurden von der Krippe und der Pionierorganisation erzogen.

Sie waren Menschen alter sowjetischer Prägung. Im besten Sinne des Wortes, wie in alten sowjetischen Filmen. Tante Vera war in erster Linie Ärztin und in zweiter Linie auch Ärztin. Und Onkel Igor war ein sehr begehrter Mann. Noch dazu ein Werkdirektor, was ihn in der kleinen Stadt einem Zar oder Gott gleichgestellt hat. Und er hat natürlich öfter mal Frauen gehabt. Aber Tante Vera fand, dass ihr Igor alles nehmen kann, was er will, und nach seiner Fasson glücklich sein soll. Noch dazu waren all die Frauen in ihren Augen keine ernsthafte Gefahr.

Und plötzlich hat Onkel Igor eine richtige Affäre aufgerissen! Sie waren damals beide etwas über dreißig, das romantischste Alter überhaupt, wenn die ersten Gefühle schon ihre Schärfe verloren haben, aber noch die Kraft da ist, weiter zu lieben. Und mein Onkel Igor hat sich in die andere Frau verliebt und meiner Tante Vera gesagt, dass er sie als ehrlicher Mann unbedingt verlassen muss. Aber nicht gleich, weil er vorher noch nachdenken müsste, was er genau machen soll.

Und so hat Tante Vera angefangen, darauf zu warten, dass er sich endlich entscheidet. Er war für sie nicht einfach nur ihr Mann, Vater ihrer beiden Kinder und Versorger der Familie, sondern – LIEBE. Und sie hat gewartet. Ein halbes Jahr und noch sechs Monate. Ohne blöde Fragen wie: Hast du dich entschlossen? Und wenn du schon die Entscheidung getroffen hast, dann wäre es nicht zu schlecht, wenn ich erfahren könnte, welche…

Ohne schiefe Blicke und den Wunsch nach einer Aussprache, und natürlich ohne dieses »Wir haben doch Kinder!« Sie hat ihn einfach weiter geliebt wie immer, hat natürlich geweint, aber nur, wenn er schon eingeschlafen war, und ganz leise, um ihn nicht zu wecken, um kein Mitleid zu erregen und nicht vielleicht seine Entscheidung zu beeinflussen. Und nach drei Monaten hat er zu Tante Vera gesagt: »Ich kann mich nicht von dir trennen. Ich wollte es, aber ich kann nicht.«

Man muss anmerken: nicht wegen der Kinder, sondern ihretwegen. Hurra! Und so haben sie noch 25 Jahre zusammengelebt. Und als er gestorben ist, hat Tante Vera auf meine Frage, ob ihre Abende nicht furchtbar einsam seien, überrascht geantwortet: »Ich bin doch nicht allein, ich bin mit Igor.« Ja…

…Jeder will, dass eine große Liebe für das ganze Leben hält und noch über den Tod hinaus…

Alena hat angerufen. Der Kardiologe hat ihrem Pudel eine Diagnose gestellt: Herzklappenfehler. Er hat intravenöse Injektionen verschrieben. Sie hat gesagt, dass er nach wie vor ein ganz normaler Pudel ist, lustig, er habe Nikita gebissen, als er versucht hat, Alena sexuell zu belästigen.

Bevor ich unter die Dusche ging, habe ich mich mit Mura gekabbelt, habe sie mit dem Handtuch auf den Po gehauen. (Ich habe sehr lange nicht mehr Muras Zensurenheft kontrolliert. Eine reine Katastrophe! Überall stehen Eintragungen der Klassenlehrerin und lauter Fünfen in Physik.)

Ich habe mich bei Jenka beschwert, dass die Physiklehrerin Murka nicht mag.

»Und wieso müssen die Lehrer ihre Schüler mögen?«, hat Jenka gefragt. »Die mögen neue Schuhe.«

(Als Jenka noch in Piter gewohnt hat, hat Katjas Lehrerin ihr einmal einen Zettel mitgegeben: »Meine Schuhgröße für geschlossene Sandalen ist 38, für offene 38½.«)

»Bring ihr ein Präsent«, hat Jenka mir empfohlen. Als Präsent gelten Pralinen, Parfüm oder andere überflüssige Luxusgüter.

Habe mich entschlossen – auf gar keinen Fall bringe ich ihr ein Präsent!

Mura ist schon ein erwachsenes Mädchen, sie soll es ihr selbst bringen.

Montag, 15. Januar

Heute Früh bin ich mit Pralinen in die Schule gerannt, habe mich noch nicht einmal richtig angezogen. Über den Pyjama habe ich einen langen Mantel geworfen. Hoffte nur, dass ich nicht gezwungen sein würde abzulegen. Ich habe mir vorgenommen, die Klassenlehrerin (Physiklehrerin) zurechtzuweisen.

»Wieso rechtfertigen Sie die ganze Zeit Ihre Tochter?«, hat mich die Physikschrulle streng gefragt.

»Weil Sie die ganze Zeit auf sie losgehen«, habe ich ehrlich geantwortet und sie dabei falsch angelächelt.

»Entschuldigen Sie bitte, verzeihen Sie mir alles, wenn Sie können ...« – und habe Männchen gemacht wie ein Hund. »Ich verstehe, es ist sehr schwer mit Mura ...« (Und dachte dabei, der Teufel soll sie holen!)

Die Physiklehrerin ist zu mir herangerückt. Stummelbeine, starrer Blick, spitze Zähne ...

»Ihre Tochter ist sehr unkonzentriert ...«

»Ja, ja …« (Der Teufel soll sie holen!)

Ich nickte und sah die Physiklehrerin mit hoffnungslosem, traurigem Blick an – habe es bei Leo Jewgenjewitsch abgeschaut. Mit so einem Gesichtsausdruck sitzt er üblicherweise neben dem Kühlschrank.

Sie hat mir weiters gesagt, dass ein Mädchen lernen muss, Schwierigkeiten zu meistern. Alle anderen auch, aber Mädchen besonders und meine Mura unbedingt. Ich habe nicht verstanden, weshalb die Mädchen auf das allgemeine Unglück vorbereitet werden müssen, das nach Meinung der Lehrerin das Leben darstellt.

»Ich werde mich darum kümmern, gleich jetzt, ich gehe nach Hause und werde sie auf die Bewältigung von Schwierigkeiten vorbereiten!«, habe ich geschworen, mit letzter Kraft mich als Erwachsene tarnend, als Mutter.

Unerwartet hat die Physiklehrerin sich schon wieder zu mir gebeugt und mit tiefer Stimme vertraulich gesagt:

»Wissen Sie, ich will Ihnen was sagen … (Mit einer solchen Stimme lockt der Fuchs im Märchen die Gans: »Gänslein, Gänslein – sieh aus dem Fenster« – und ich habe mich entschlossen, darauf nicht hereinzufallen.) … wir sind beide alleinstehende Frauen …«

Oi, habe ich gedacht, oi, oi oi, ich bin nicht einsam. Ich habe Mama, Mura, Leo und Sawwa, Roman, meine Freundinnen und die Studenten …

Und dann tat sie mir sehr Leid, ich war zu Tränen gerührt:

1. Ich habe Roman, ob die Physiktante auch so jemanden hat?
2. Murka wird in ein anderes Leben eintreten, und sie muss bleiben.

3. Und noch was: Einige Schüler werden von ihren Eltern mit dicken Autos abgeholt und wechseln in der Schulkantine die Fünfhundertrubelscheine, aber sie fährt einen klapprigen alten Wagen und bekommt nur ein sehr kleines Gehalt, fast genau wie ich. Und die Schüler schreiben in dem Aufsatz »Wie ich meine Sommerferien verbracht habe«, dass sie in England, in der Schweiz, auf den Kanarischen Inseln waren, und sie war nie im Ausland… Nur in tiefsten sowjetischen Zeiten hat sie mal eine Reise nach Bulgarien gemacht…

Dienstag, 16. Januar

Heute Abend habe ich eine SEHR WICHTIGE KOSTENLOSE Beratung.

»Larissa Sergejewna hat Sie gebeten, heute etwas länger zu bleiben«, hat mir die Sekretärin gesagt, kurz bevor der Salon geschlossen hat. Ich habe gerade nach meiner letzten Beratung die Taschentücher (heute habe ich sie nicht gebraucht, keiner hat geweint), die Tassen (wasche ich später ab) und das Einwickelpapier von den Pralinen (habe einige gegessen, nicht viele, um genau zu sein: fünf) weggeräumt.

»Wer ist das?«, habe ich gefragt und gleich im Gesicht der Sekretärin gelesen, dass die genannte Dame eine sehr wichtige Person ist.

»Larissa Sergejewna ist unsere Eigentümerin!«, hat mir die Sekretärin in leicht vorwurfsvollem Ton geantwortet. »Früher hat sie in unserem Salon gesessen. Aber jetzt hat sie einen zweiten Salon eröffnet. Deshalb ist sie die ganze Zeit dort. Sie trägt so viel Verantwortung, sie macht immerhin alles selbst… Sie will Sie prüfen.«

Ich habe so einen Schreck bekommen! Was, wenn Larissa Sergejewna von mir enttäuscht ist...? Und was schon? Ich weiß nicht was, aber trotzdem war ich ängstlich. Wie will sie mich überhaupt prüfen, fragte ich mich.

Als Larissa Sergejewna in mein Sprechzimmer gekommen ist, verflog meine Angst augenblicklich, weil ich mich natürlich sofort darauf besonnen habe, dass ich hier sozusagen als Psychologin in einem Sprechzimmer sitze und daher auch entsprechend professionell agieren muss – immerhin habe ich lange genug studiert, um mich so beispiellos in den Griff zu bekommen.

Um die Wahrheit zu sagen: Meine plötzliche Selbstsicherheit basierte doch eher auf der Entdeckung ihres – gelinde gesagt – ein wenig ausladenderen Hinterteils. Ich bin eigentlich kein böses Monster und freue mich nicht, wenn andere Frauen irgendwelche Gebrechen haben. Aber ich fühle mich einfach wohler, wenn vor mir ein ganz normaler Mensch steht. Schöne Menschen ohne jeglichen Makel rufen in mir das Gefühl von Unterlegenheit hervor.

Im Großen und Ganzen – ausgenommen ist hier lediglich das Hinterteil – entpuppte sich die Besitzerin unseres Salons als sehr angenehme Frau. Genau so habe ich mir die Besitzerin eines Schönheitssalons vorgestellt: eine appetitliche, rosige Blondine mit eng anliegendem Kostüm (sieht eigentlich einfach aus, aber man merkt gleich, dass es ein teueres Stück ist). Freundlich lächelnd, selbstsicher, mit lauter Stimme.

Mir gefallen solche Frauen, obwohl ich nicht verstehe, wie sie diese unmenschliche Akkuratesse im Umgang mit ihrem Make-up schaffen! Ich dagegen mache immer irgendetwas falsch: Entweder habe ich ein Auge geschminkt und das andere vergessen oder die Haare gewaschen, aber das Trocknen nicht mehr geschafft, weil ich schon wieder weitermuss…

Larissa Sergejewna hat sich mir gegenüber ganz wie die Chefin, die sie ja auch ist, hingesetzt, mit einem Gesicht, als ob sie jetzt fragen wollte: »Na, welche Probleme haben Sie?« Und ich habe mich schon vorbereitet, ihr alles ganz förmlich mitzuteilen.

Einem normalen Menschen, nicht einem Psychologen, wäre Larissa Sergejewna zu selbstsicher vorgekommen. Es gibt so einen Typ Mensch – überall und immer der Chef. Aber ich (prof. Psychologin) habe gleich kapiert, dass sich unter der rauen Schale eine nette, zarte Frau verbirgt.

Larissa Sergejewna hat die Liste meiner heutigen Kunden vom Tisch genommen und angefangen, darauf kleine Quadrate zu zeichnen. Zeichnete und füllte sie aus, zeichnete und füllte sie aus…

»Ich möchte in meinem zweiten Salon auch einen Psychologen einstellen, wenn es mir gefällt«, hat sie gesagt.

Was soll ihr gefallen? Ich?

Und an dieser Stelle hat sie begonnen, mit offiziell-freundlicher Stimme von sich selbst zu erzählen, und bald erfuhr ich daraus, dass sie furchtbar müde ist, dass sie in ihrem zweiten Salon auf alles selbst aufpassen muss, sogar selbst die Buchhaltung macht, und dass sie nicht ganz glücklich mit ihrem Personal ist. Noch dazu hat sie heute ein unangenehmes Brennen im Hals und außerdem leichte Übelkeit, sie hat gestern ihre Haare schneiden lassen (früher hatte sie immer lange Haare)… Ob mir ihre Frisur gefalle?

Ich habe nur genickt, ihre geschäftlichen Erfolge anerkannt, vor allem verglichen mit meinen eigenen, ihre leichte Übelkeit bemitleidet und ihre neue Frisur gelobt.

»Nennen Sie mich einfach Larissa!«, befahl mir Larissa Sergejewna (diese Vertrautheit ist das Ergebnis meiner meisterhaft eingesetzten psychologischen Methoden wie Kopfnicken etc.).

Sie hat mir ganz ausführlich weiter über ihre Angelegenheiten erzählt, und bald schien es mir, als wären Larissa und ich alte Freundinnen, und ich habe schon angefangen, vor Ungeduld wie auf Kohlen zu sitzen – jetzt war ich endlich an der Reihe, meiner Freundin zu erzählen, wie ich gestern Abend Bauchschmerzen hatte, Leo Jewgenjewitsch den Kühlschrank aufgebrochen und Mura eine weitere Sechs in Physik nach Hause gebracht hat.

Aber es ist mir nicht gelungen, ein Wort über Bauch, Kühlschrank oder Mura loszuwerden, weil Larissa mir zuvorgekommen ist – sie hat sich über das Personal beschwert, mit dem sie nicht arbeiten kann.

Larissa ist in der Vergangenheit eine pädagogische Koordinatorin im Moskauer Bezirk von Piter gewesen. Sie könnte ohne Mühe ihren Leuten beibringen, wie sie mir ihr kommunizieren sollen, weil sie aufgrund ihrer pädagogischen Ausbildung ziemlich gute psychologische Kenntnisse besitzen müsste und zudem Erdkunde unterrichtet hat.

»Könnten Sie sich vorstellen, mir etwas Unterricht zu erteilen? Ich meine, was das Kommunizieren mit meinen Angestellten und mein Durchsetzungsvermögen betrifft«, hat Larissa gefragt und mich mit starrem Blick fixiert.

Nachdem wir in diesem Gespräch sehr freundlich und vertrauensvoll miteinander umgegangen sind und ich sie unbedingt zu meiner Freundin machen wollte, habe ich ganz offen gesagt: »Auf gar keinen Fall brauchen Sie Unterricht, besser treffen wir uns hin und wieder einfach nur so, gehen Kaffee trinken und plaudern ein bisschen miteinander.«

Larissa hat mir zur Antwort gegeben, dass sie gerade jetzt Lust hätte, ein bisschen zu plaudern.

»Aber das sollte nicht mehr als eine Stunde dauern; denn es ist schon spät, und ich bin müde«, war ich versucht zu sagen.

Ist es taktvoll, einer neuen Freundin zu sagen, dass ich müde bin und mich lieber jetzt als gleich von ihr verabschieden würde? Und weiß sie denn nicht, dass die Zeit einer Psychologin Geld kostet? – habe ich mich gefragt.

»Ich… äh… nach Hause…«, piepste ich, und Larissa hat mich so unfreundlich angesehen, als ob ich ihr Soll sei, und wenn ich nicht augenblicklich mit ihrem Haben übereinstimmte, würde ich schon sehen, was ich davon hätte.

Wenn zwei Menschen Freundschaft geschlossen haben, hat immer einer von beiden den Wunsch, ein bisschen näher zusammen zu sein als der andere es will. Nun sitzt sie ja als Besitzerin des Schönheitssalons eindeutig am längeren Ast, war ich mir bewusst – nein, ich versuche, es so zu sehen, habe ich mich streng ermahnt: Es ist doch immer angenehm, einem Menschen mit Interesse an Psychologie zu begegnen! Noch dazu ehrt es mich, dass sie gerade von mir etwas über die Grundlagen erfolgreicher Kommunikation lernen möchte. Deswegen habe ich beschlossen – erzähl ich ihr eben etwas über Kommunikationstechnik. Dann lässt sie mich sicher gehen.

»Also… es gibt verschiedene Kommunikationstechniken. Einige davon sind ganz einfach«, habe ich mit meiner Lektorenstimme angefangen. »Sagen Sie z. B. nie: ›Könnten Sie mir dieses oder jenes geben.‹ Stattdessen müssen Sie sagen: ›Geben Sie mir das bitte.‹«

»Oh, kann man einen Menschen zwingen, das zu tun, was man will?«

»Zwingen nicht gerade, aber man kann ganz subtil einen Menschen in Richtung Ja steuern, obwohl er eigentlich Nein sagen wollte.«

»Wie geht das denn?«, hat die wissbegierige Larissa hellhörig gefragt.

Habe Larissa von der Regel der »Drei JA« erzählt. (Es ist ganz einfach: Man muss einem Menschen drei Fragen stellen, auf die er ganz bestimmt mit JA antworten wird, und dann genau die Frage stellen, auf die es einem ankommt.)

Wir haben noch ein bisschen über verschiedene wissenschaftliche Methoden gesprochen, die meiner neuen Freundin helfen könnten, alles zu erreichen, was sie will, bis wir uns schließlich voneinander verabschiedeten und Larissa sich auf den Weg machte.

»Wohnen Sie in Petersburg?«, hat Larissa unvermittelt zwischen Tür und Angel gefragt.

»Ja«, habe ich überrascht gesagt und nachgedacht: Will sie zu mir zu Besuch kommen, oder hat sie Angst, dass ich von Moskau aus zur Arbeit komme?

»Sind Sie eine Frau?«

»Ja …« Komische Frage. Was meint sie denn? Es kann doch nicht sein, dass … Diesen letzten Gedanken konnte ich nicht zu Ende denken – es folgte bereits die nächste absurde Frage:

»Sind Sie eine professionelle Psychologin?«

»Ja.« Das nächste Mal zeige ich ihr mein Diplom und meine verschiedenen Bescheinigungen über alle Weiterbildungen, die ich absolviert habe, dachte ich verärgert.

»Werden Sie mich zweimal in der Woche unterrichten?«

»Ja. Äh...«, habe ich verblüfft geantwortet.

Larissa war hocherfreut.

»Könnten wir schon am Sonnabend beginnen? ... Nein, das entspricht nicht der Lehre von der richtigen Fragestellung... Also: Erwarten Sie mich am Sonnabend!«, hat sie mit aufrichtiger Sympathie gesagt.

Ein guter Lehrer ist immer stolz auf seinen guten Schüler. Meine neue Freundin – ein Mensch mit ausgeprägtem Talent für Psychologie.

Mittwoch, 17. Januar

Heute Morgen habe ich versucht, den Anrufbeantworter einzuschalten.

Ich komme mit diesem Ding einfach nicht klar: Er piepste, blinkte und wiederholte in einem fort: »Hinterlassen Sie Ihre Nachricht nach dem Signalton...«

Als ich die Gebrauchsanweisung durchgegangen bin, habe ich akzeptiert, dass der Anrufbeantworter sein eigenes Leben lebt, und habe Angst bekommen, dass Romans Schwiegermutter wieder anruft. Jetzt kann ich den Hörer überhaupt nicht mehr abnehmen!

Um halb elf hat es geklingelt. Ich wollte nicht rangehen, aber gut, dass ich doch meine Angst überwunden habe: Olga hat angerufen und klang sehr zufrieden. Ihr berufliches Leben kommt langsam wieder in Gang, ihre finanzielle Situation auch. Sie schreibt sehr viel für verschiedene Internetseiten.

Ich bin ganz froh für sie über ihre berufliche und finanzielle Entwicklung. Aber bei allem Guten gibt es auch immer ein Haar in der Suppe – ich vermute, dass Wasja-Abonnement den Laufpass bekommen hat, obwohl er einer von wenigen Männern ist, die Olga und ich immer bitten können, etwas nach oben zu tragen, mitzubringen oder zu verrücken, und überhaupt, er ist nett.

»Ich habe so eine Vorahnung, dass ich für das Honorar des letzten Monats Dimotschka ein kleines Fernglas kaufen werde. Stell dir vor, er hat eine neue astronomische Hypothese aufgestellt!«

»Wo hat er sie denn hingestellt?«

»Dimotschka sagt, wenn er die Gardinen auseinander zieht und vom Sofa aus den Himmel ansieht, läuft sein Prozess der Identifikationsfindung besser«, hat Olga geantwortet und siegreich dazu gesagt: »Na, ist er nicht ein Genie?«

Früher war ich nicht sicher, aber um 11.05 Uhr hat mich das Leben gelehrt: Du darfst niemals Angst haben. Wenn du Angst hast, trifft das, wovor du Angst hast, gleich ein. Also hat die Schwiegermutter angerufen.

»Ich muss es wissen!«, krächzte die Schwiegermutter. »Haben Sie vor, ihn zu heiraten oder nicht?«

Ich wurde total überrumpelt von dieser Frage und wusste nicht, was ich antworten sollte. Normalerweise treffen solche Entscheidungen die Menschen zu zweit. Es gibt viele beteiligte Interessenten – wir, also ich und Roman, Roman und seine Frau, seine Frau und ihre Mutter. Und auf meiner Seite: Ich und Mura, Leo Jewgenjewitsch und Sawwa, die auch ein Recht darauf haben, mit demjenigen zu wohnen, der ihnen angenehm ist und nicht den Kühlschrank vor ihnen verschließt.

Die Schwiegermutter hat sich geräuspert und ist fortgefahren: »Was denken Sie sich? Wenn ein Mensch einen anderen liebt, glaubt er doch, dass der andere ihn nicht verrät.«

»Das ist eine komplizierte Frage, ich muss darüber nachdenken…«

Ich habe der Schwiegermutter vorgeschlagen, die Situation mal von der anderen Seite zu betrachten. Eine junge Frau lebt schlecht mit ihrem Mann, sie gibt ihm keine Wärme und alles andere auch nicht, wozu sie eigentlich verpflichtet wäre, und wenn er sich in eine andere verliebt, ist die Frau überrascht und fühlt sich verraten. Sie hätte früher darüber nachdenken müssen!

»Und wenn ein Mensch einem anderen Menschen gegenüber eine Liebeserklärung abgegeben hat, und der fühlt sich betrogen…«

»In der modernen Welt endet jede zweite Ehe mit Scheidung. So was kommt doch vor«, habe ich gesagt.

»Meine Mutter sagte immer, dass nur Menschen, die schlecht erzogen sind, sich scheiden lassen!«, hat die Schwiegermutter gesagt.

»Ihre Mutter hat das offenbar vor sehr langer Zeit gesagt. Das ist eine sehr altmodische Ansicht«, habe ich geantwortet und dachte bei mir, früher waren die Menschen naiver, hatten aber das richtige Verständnis für die Familie… Und was, wenn die Mutter der Schwiegermutter Recht gehabt hat – dann bedeutet das, dass ich schlecht erzogen bin.

…Unangenehmes Gefühl, als ob ich eine Eintragung im Klassenbuch bekommen hätte. (Es ist an der Zeit, diesen Komplex der guten Schülerin, Papas Liebling, den alle loben und lieben, endlich zu überwinden…) Als mein Papa gestorben ist, habe ich aufgehört, Papas Liebling zu sein. Ich wurde übermütig und habe mich auf dem Höhepunkt meines Unabhängigkeitsdrangs von Dennis getrennt. Ich habe immer Angst gehabt, dass gute Mädchen sich nicht so benehmen. Und das hat sich jetzt bestätigt – die Generationsweisheit behauptet, dass ich ein böses Mädchen bin…

»Wenn ein Mensch einen anderen betrogen hat, kann der andere das auch.«

»Nein, nur nicht das!«, habe ich geschrien.

»Wieso denn nicht?«, hat mich die Schwiegermutter gefragt.

Habe ihr meine Meinung gesagt – ich denke, dass das Fremdgehen manchmal ein unerfreulich gewordenes Verhältnis beleben kann. Aber Fremdgehen als Revanche kann doch keine Freude machen, das macht alles nur noch schlimmer.

»Ich muss zur Vorlesung, Auf Wiederhören.«

»Auf Wiederhören. Ich rufe später wieder an«, hat die Schwiegermutter mit verrauchter Stimme geantwortet.

Ich denke, wir entwickeln noch eine richtige Partnerschaft, das heißt: Verständnis füreinander, Respekt, Interesse an den Problemen der anderen…

Donnerstag, 18. Januar

Donnerstag ist ein sehr schlechter Tag, fast wie ein Sonnabend. (Nicht alle Samstage sind so, sondern nur die, an denen man am Morgen nicht weiß, wo man den Abend verbringen soll. Es gibt nichts Schlimmeres auf der Welt als Donnerstage…) Donnerstags beginnt meine erste Vorlesung um *8.30 Uhr*, und für jeden ist klar, dass das eine reine Quälerei ist.

Einigen Menschen (mir, anderen) müsste es zum

Schutze der Allgemeinheit verboten sein, früh aufzustehen, und man sollte sie mit Gewalt unter der Decke festhalten, wenn sie früher als um zehn, besser noch: halb elf, aufstehen wollen. Für mich ist es so schrecklich und traumatisch, um sieben Uhr aufzuwachen – als würde ich noch einmal meine Geburt durchmachen.

Habe mein Handy zu Hause vergessen und beschlossen, noch einmal umzukehren (Roman könnte anrufen, und die Schwiegermutter ist immer mit mir in Verbindung).

Habe auf dem Wladimirski-Prospekt gewendet. Nun ja, das Wort »wenden« ist zu schön, um wahr zu sein: Wie ein ganz langsamer Käfer habe ich die Straßenbahngleise überquert und habe dann versucht, in die Gegenrichtung zu fahren. Natürlich bin ich, wenn ich fahre, nicht gerade die flinke Gazelle von Petersburg, aber dafür habe ich auch wichtige Gründe:

1. Mein Alter will nicht schnell fahren, hat Angst, seine Tür und seine Stoßstange zu verlieren.
2. Ich selbst fahre schnell, aber ohne Risiko – nicht mehr als 40 km/h, weil, wenn man das in Meilen umrechnet, ist das eine ganz anständige Geschwindigkeit.
3. In diesem speziellen Fall habe ich beim Wenden an den Entwurf für mein neues Buch gedacht.
4. Ich habe auch darüber nachgedacht, dass Roman gestern und vorgestern nicht angerufen hat. Und das hat mein morgendliches Selbstgefühl beeinträchtigt. Mein Selbstwertgefühl ist ganz unten – tiefer geht es nicht. Im Grunde meiner Seele verstehe ich Männer überhaupt nicht – wie kann man nicht anrufen, wenn man es doch versprochen hat! Ich z.B. habe ver-

sprochen, heute meine Vorlesung zu halten. Und so halte ich mein Versprechen. Von anderen Menschen erwarte ich dasselbe. Ich bin so naiv!

In diesem Moment, als ich laut »naiv« gesagt und sarkastisch über mich selbst gelacht habe, spürte ich plötzlich einen Stoß und bin mit meinem Kopf gegen die Windschutzscheibe geknallt. (Ich weiß nicht, wie kann so etwas nicht plötzlich passieren? Es ist wohl einfach üblich, es so zu sagen: »Plötzlich habe ich einen Stoß gespürt«, obgleich es völlig unnötig ist, etwas von Natur aus Plötzliches als plötzlich zu bezeichnen.)

Rechts von mir habe ich ein für mich ziemlich unangenehmes Bild gesehen – aus einem blauen Mazda ist sehr langsam ein Mensch herausgekrochen. Endlich hatte ich auch mal Glück – ich habe ein echtes Monster gesehen. Ich habe mir früher ein Monster genau so vorgestellt wie diesen Menschen – Raubtieraugen, Raubtierohren, Raubtiernase –, und jetzt hatte ich es leibhaftig vor mir.

Ich habe mich entschlossen, mein Fenster hochzukurbeln, die Tür zu verriegeln und die Augen zu schließen. Ich weiß nicht genau, wie lange ich so gesessen habe, aber als ich mich an meine Vorlesung erinnerte, habe ich meine Augen endlich wieder geöffnet und gehofft, dass das alles nicht wahr ist – aber es war wahr. Überall standen Scharen von Verkehrspolizisten um die Unfallstelle herum, und ich musste aus dem Auto aussteigen und das Monster kennen lernen, das ich ohne Absicht angefahren hatte.

»Sie schulden mir zweitausend Dollar«, hat mir das Monster ins Ohr geflüstert.

Ich habe ihn bloß angestarrt und deshalb eher unaufmerksam den Polizisten zugehört, die mir Fragen gestellt haben, die für das Geschehen gerade überhaupt nicht wichtig waren: wie viele Meter bis irgendetwas…, welche Geschwindigkeit…, welcher Bremsweg bis zu den Straßenbahngleisen…?

»Die Straßenbahngleise sind hier«, habe ich überrascht gesagt. »Können Sie das nicht selbst sehen? Und der Bremsweg, weiß ich doch nicht, wo der ist…«

»Sie sind mit einer nicht erlaubten Geschwindigkeit gefahren«, hat mich ein großer, stämmiger Polizist informiert.

Er hatte ein oder zwei Sternchen auf den Schultern, und ich habe kapiert, dass er kein einfacher Polizist, sondern ein General ist.

»Ich bin mit einer Geschwindigkeit von fünf, höchstens sechs Kilometern die Stunde gefahren«, habe ich gesagt. »Hätte ich noch langsamer fahren sollen?«

»Unterschreiben Sie bitte das Protokoll«, hat mir der General befohlen. Und ich hatte schon angefangen, als mir jemand von hinten den Kugelschreiber weggerissen und ins Ohr gebrüllt hat: »Auf gar keinen Fall dürfen Sie das unterschreiben!«

Als ich mich umdrehte, erstarrte ich vor Überraschung: Da stand meine unrasierte Schönheit aus dem Sexshop, d.h. aus dem Angelgeschäft.

»Ich bin Zeuge«, hat er den General böse angefahren. »Sie wird nichts unterschreiben und fordert eine Untersuchung des Unfallgegners. Der Mazda ist ein behördlicher Dienstwagen. Wer saß am Steuer? Der Fahrer oder der… selbst?« (Ich habe nicht verstanden, wer genau, aber anscheinend ein sehr wichtiger Beamter aus der Staatsverwaltung.)

Das Monster, das ich angefahren habe, war also überhaupt kein Monster, sondern ein wichtiger Beamter – schade, er sieht so monstermäßig aus. Deshalb das große Polizeiaufgebot und deshalb der General. Aber wozu brauche ich eine Untersuchung, und überhaupt: eine Untersuchung wovon? Es kann doch nicht sein, dass ein sehr wichtiger Beamter morgens um halb neun an einem Werktag schon betrunken ist? Oder etwa doch? – habe ich verunsichert überlegt.

...In der Zwischenzeit sind die Studenten alle im Hörsaal und warten sehnsüchtig auf mich..., wurde mir klar.

»Wieso sind Sie so schroff zu ihm?«, flüsterte ich ängstlich der Schönheit zu. »Er ist doch ein General.«

Die unrasierte Schönheit hat mich mitleidig wie eine Zurückgebliebene angesehen.

»Wieso standen Sie mitten auf der Straße?«, hat er gefragt. »Sind Sie eingeschlafen?«

»Wieso eingeschlafen? Ich habe gewendet«, habe ich geantwortet.

»Und Sie haben nicht bemerkt, wie der andere blitzschnell aus der Gegenrichtung angebraust kam«, hat die Schönheit böse gebrüllt. »Wenn er denkt, er kann sich alles erlauben, hat er sich aber getäuscht.«

Ich habe erklärt, dass ich einfach in Gedanken versunken war, und die unrasierte Schönheit (heute ist er rasiert, aber ich habe mir schon angewöhnt, ihn so zu nennen) und den General gebeten, mich zur Vorlesung zu lassen. Aber sie haben abgelehnt, und ich wurde auf ein Revier für Verkehrssünder wie mich gebracht.

Wir sind in einer schönen Kavalkade losgefahren: vorne der General, dann ich mit meinem alten schwarzen Jeep und hinter mir meine unrasierte Schönheit mit einem neuen schwarzen Landrover.

Ich war zum ersten Mal auf dem Revier, weil ich früher noch nie belangt worden bin. Und ich fand es interessant. Ich habe die Schauspielerin Renata Litwinowa nachgemacht: habe die Augen verdreht und in singendem Ton und kindlicher Intonation gesprochen (eine ganz akzeptable Vorstellung):

»Mit welcher Geschwindigkeit? Gefahren? Wer, ich? Ich w-e-i-s-s es nicht … Und wohin ich unterwegs war?«

Obwohl mir alles toll gelungen ist, wurde ich gezwungen, selbst eine Erklärung zu schreiben.

»Als ich in meinem selbstbeweglichen Transportmittel gestanden habe … Nein, so geht es nicht … Als ich in meinem beweglichen Transportmittel gesessen habe …«

Der General hat mich ab und zu angeschrien, und ich fühlte mich unbehaglich und schutzlos: Genau so fühlen sich also Menschen, die das Gesetz übertreten haben.

»Füllen Sie die Zeile ›Beruf‹ aus, dann sind Sie entlassen«, hat der General gesagt. »Beruf«, »Dienststellung« … – ich habe nachgedacht, »Sängerin« hingeschrieben und das Revier mit meinem Zeugen verlassen.

Wie richtige Verbrecher haben wir im Hof des Reviers geraucht. Mein Zeuge heißt Andrej. »Das ist ja ein bemerkenswerter Name«, habe ich höflich gesagt. »Als Kind hatte ich eine Puppe, die in einem blauen Mantel verkauft wurde und die auf dem Rücken ein Schildchen hatte, auf dem stand: ›Die Puppe Andruscha im Mantel‹.«

Andrej sagte, dass ich auch einen schönen Namen hätte, vor allem einen bedeutungsvollen.

»Ich muss zur Vorlesung, ich danke Ihnen für alles«, habe ich gesagt, und dann ist mir eingefallen: »Dieser Beamte … Sie sagen, dass er mit dem Dienstwagen unterwegs war … warum hat er mich um zweitausend Dollar gebeten? Wahrscheinlich war das ein Witz … Oder wollte er, dass ich die Reparaturkosten an die Staatskasse zahle?«

»Ach so!«, Andrejs Blick wurde finster. »Wir müssen unser weiteres Vorgehen besprechen. Ich lasse nicht zu, dass dieser … ungeschoren davonkommt. Die könnten Ihnen tatsächlich diesen Schadensersatz von zweitausend Dollar unterjubeln.«

Mir entfuhr ein lautes, schrilles »Ach!« als Ausdruck meines Erschreckens angesichts dieser Ungerechtigkeit. Ich konnte nicht glauben, dass die Polizei mich so ungerecht behandeln darf!

»Danke Ihnen für Ihre Hilfe. Es ist mir unangenehm, dass Sie mir so viel Zeit geopfert haben.«

»Irgendjemand muss Ihnen doch helfen«, hat Andrej bemerkt, »Ihre Freunde, die, mit denen Sie zusammenwohnen, scheinen Ihnen keine große Stütze zu sein …«

Ich habe mich erinnert, dass ich ihm erzählt habe, wie Leo Jewgenjewitsch mein Butterbrot gemopst hat und Sawwa Ignatitsch nachts über die Müllplätze streift, und habe mich sogleich entschlossen, alles klarzustellen:

»Ich habe doch gesagt, das sind Tiere, echte Tiere.«

»Ja, genau das sage ich auch, man kann nicht auf sie zählen …«

Andrej dachte trotzdem, dass ich mit einem asozialen Pärchen zusammenlebe – einem Dieb und einem Heiratsschwindler. Ich wollte es ihm nicht näher erklären – für einen Mann ist es immer angenehm, sich als einziger Beschützer einer schwachen, unglücklichen Frau zu fühlen, habe ich beschlossen.

Ich wäre gern mit Andrej Kaffee trinken gegangen,

aber ich musste weiter. Ich habe ihn heute Abend zu mir nach Hause eingeladen. (Mama macht mir keine Angst, weil es sich um eine rein geschäftliche Angelegenheit handelt – es geht doch darum, jemandem zu zeigen, wo sein angemessener Platz ist. Man kann sogar sagen, es geht um Politik. Noch dazu sind Leo und Sawwa so tief gesunken, dass sie nicht einmal vor Gericht als Zeugen in Frage kommen.)

Andrej hat nicht geantwortet, er hat mich nur mit seiner überirdischen Schönheit geblendet: gerade, große Nase, graue Augen, nach vorn springendes Kinn, sehr gute Frisur (jedenfalls vor drei Wochen noch). Ich habe ihm ganz schnell meine Adresse auf eine Zigarettenschachtel gekritzelt und bin gegangen.

Am Abend habe ich Mura von diesem Unfall erzählt. Ich habe gedacht, dass ich ihr Leid tun werde und sie deshalb allein das Abendbrot vorbereiten würde: Pelmeni oder irgendetwas anderes... Aber das war nicht der Fall. Mura hat mich kritisch angesehen und gesagt:

»Jetzt musst du ganz genau aufpassen, wie du aussiehst. Bitte keine karierten Hosen in deinem gesetzten Alter, sonst wirst du auf der Straße erkannt... Noch so ein Ding, und du wirst Stammgast im Revier.«

... Komisch, ich habe gedacht, dass diese schwarz-gelb karierte Hose mich jünger macht.

Freitag, 19. Januar

»Ich habe ihm... mein ganzes Leben geopfert«, hat die Schwiegermutter gesagt. »... gewaschen, sauber gemacht, Drei-Gänge-Menüs gekocht und auch noch Kompott...«

(Arme Frau. Ich bin kein sehr blutrünstiger Mensch.

Aber wenn ich gezwungen worden wäre zu waschen, sauber zu machen und Drei-Gänge-Menüs zu kochen, dann hätten sie schon gesehen, was sie davon haben. Noch dazu Kompott, das ist einfach eine Schikane! Die können Tee trinken. Aber vielleicht müssen manche Frauen ihren Familien ihr Leben opfern, um jemand anderem als sich selbst die Schuld daran geben zu können, dass sie keine Astronautinnen oder Dompteurinnen geworden sind, sondern zu Hause in ihrer Küche sitzen und Kompott kochen.)

»Wo wir gerade beim Kompott sind… erlauben Sie mir, Ihnen einen Rat zu geben? Sie müssen Ihrer Tochter ganz taktvoll sagen, dass sie ihrem Mann keine Vorwürfe machen soll. Wenn ein Mensch ständig beschuldigt wird, dass er zum Mittagessen irgendein Leben gegessen hat, dann wird er sehr nervös, weil kein Mensch solche Schuldgefühle ständig ertragen kann.«

»Also darf man Ihrer Meinung nach überhaupt nichts mehr sagen.«

»Meiner Meinung nach ist es besser, wenn ein Mensch selbst entscheidet, was er mit seinem Leben anfängt, statt seinen Mann dafür verantwortlich zu machen. Im Leben gibt es so viel Interessantes. Ich z. B. träume schon lange davon, Saxophon spielen zu können, nur habe ich keine Zeit…«

»Noch kann man einen Motorroller…«, hat die Schwiegermutter träumerisch gesagt. »… aber nur mit Helm.«

Andrej ist weder gekommen, noch hat er angerufen. Wahrscheinlich hat er die Zigarettenschachtel mit meiner Telefonnummer verloren. Dafür hat Roman angerufen. Er meint, dass das Verhalten der Verkehrspolizei reiner Unfug war. Aber was kann man dagegen tun?!

Sonnabend, 20. Januar

Um acht Uhr früh ist Larissa wie das Schicksal über mich in den Salon gekommen und hat gleich ein Gespräch über Psychoanalyse angefangen. Eigentlich hat Larissa davon keine Vorstellung, wollte sie aber bekommen, weil die Psychoanalyse ein Allerweltsthema ist und sie ab und zu an Gesprächen über Kulturelles teilnimmt.

Larissa war furchtbar überrascht, als sie gehört hat, dass nach Freud das Unbewusste die Triebfeder menschlichen Handelns ist. Und dass das Bewusstsein und der Überbau eher unwichtig sind, nur klitzekleine Inseln im Meer der nicht besonders sympathischen Instinkte Aggression und Libido.

»Ja, so sind die Menschen – entweder sie schlagen sich, oder sie lieben sich«, hat Larissa traurig festgestellt. Habe Larissa gesagt, dass nach Freud ihre Psyche aus drei gegensätzlichen Ebenen besteht: dem Ich, dem Über-Ich und dem Es.

»Beispiel!«, hat Larissa gefordert.

»Na, angenommen, Ihr Es hat Hunger und will ein Brötchen im Supermarkt klauen«, habe ich gesagt.

»Na und?«

Ich habe ihr erklärt, dass das Über-Ich, das in Larissas Bewusstsein die Gestalt eines Polizisten und unterschiedlicher Konventionen (Gewissen u. a.) annimmt, ihr nicht erlaubt, das Brötchen zu stehlen.

»Und wo bleibt mein Ich?«, hat Larissa im Verdacht geschrien, dass ich es ihr nicht herausrücken wollte.

»Das Ich hat auch etwas zu tun – es hat dabei ein schlechtes Gewissen«, habe ich ihr erklärt.

»Ich traue diesem Freud nicht ganz über den Weg«,

hat Larissa zweifelnd gesagt und verlangt, dass ich ihr endlich ihr Unbewusstes zeige.

Wir sind in den Massageraum gegangen, und ich habe sie sich auf ein Sofa legen lassen.

»Jetzt kriegen Sie Ihr Unbewusstes«, habe ich versprochen und Larissa mit einem Laken zugedeckt. (Für das Unbewusste ist es völlig egal, es ist im Raum einfach ein bisschen kühl gewesen.)

Larissa hat es sich bequem gemacht und die Augen geschlossen. Aber plötzlich hat sie sich etwas aufgerichtet und nach ihrer Tasche verlangt. Sie hat Lippenstift und Puder herausgeholt und angefangen, sich zu schminken.

»Ich möchte in Ordnung sein, wenn ich meinem Unbewussten begegne«, hat sie mir gesagt und sich dabei den überschüssigen Lippenstift von den Lippen geleckt.

Larissa ist eine echte Frau: Sie dachte gar nicht daran, dass es dem Unbewussten völlig egal ist, ob ihre Lippen geschminkt sind oder nicht. Sie wollte ihm einfach gefallen – nichts weiter.

»Schließen Sie die Augen, liegen Sie fünf Minuten ruhig und denken Sie an etwas Schönes, bis ich geraucht und meinen Apfel gegessen habe«, habe ich ihr befohlen.

Larissa hat mit geschlossenen Augen regelmäßig geatmet, und ich habe beschlossen: Es ist so weit.

»Wir beginnen«, habe ich gesagt. »Ich werde ein Wort nennen, und Sie werden ganz schnell ein anderes Wort als Assoziation darauf sagen.«

»Was?«

»Was Ihnen gerade einfällt, das müssen Sie mir antworten, Hauptsache schnell! Damit das Unbewusste es nach draußen schafft. Achtung! Jetzt geht's los! ›Arbeit‹.«

»Geld«, hat Larissa gerufen, ohne die Augen zu öffnen.

»Glück.«

»Salon, zweiter Salon, dann ein dritter …«, hat Larissa verträumt gesagt.

»Ehemann«, habe ich sie gefordert.

»Waschlappen!«

»Mannometer!«, habe ich unprofessionell gerufen.

»Ich habe das nicht mit Absicht gesagt«, hat Larissa geantwortet.

Habe Larissa beruhigt, dass ihr Unbewusstes ihren Ehemann mit »Waschlappen« assoziiert hat und dass sie damit nichts zu tun hat.

»Wieso ist das so?« Larissa hat fast geweint. »Es scheint, dass mein Unbewusstes ihn überhaupt nicht mag.«

Ich habe Larissa versprochen, mich mit ihrem Unbewussten auseinander zu setzen. Und wirklich: Konnte sie sich nicht anständig benehmen und ihren Ehemann nicht beleidigen? Nun kommen wir wieder nicht zum gemütlichen Kaffeeplausch.

Eigentlich halte ich nicht sonderlich viel von Psychoanalyse, würde das aber in professionellen Kreisen nie zugeben, weil meine Kollegen mich dann nicht länger als ernst zu nehmende Psychologin schätzen würden. Mein Haupteinwand gegen die Psychoanalyse ist, dass ich die Psychoanalytiker als Männer nicht attraktiv finde. Alle meine Bekannten, die Psychoanalytiker sind, sehen einander ähnlich – krumm, mit traurigem Blick, zusammengepressten, schmalen Lippen. Noch dazu husten sie in der Regel ein bisschen, als ob sie alle eine nicht enden wollende Erkältung hätten. Ich sage immer höflich, dass die Psychoanalyse etwas Wunderbares ist, aber im tiefsten Innern verurteile ich das Verfahren – mit Hilfe eines

Stocks und eines Seils ziehen die Analytiker aus erwachsenen Menschen deren Unbewusstes heraus. Z. B. erfahren sie, wem in seiner Kindheit im Buddelkasten eine Schippe weggenommen worden ist, und dann beginnen sie, in dieser Wunde zu bohren, bis der Mensch ganz traurig wird, sich herausstellt, dass die Schippe rot war und schön und bequem und dass das Leben ohne diese Schippe einfach kein Leben ist. »Sieh da«, reiben sich die Analytiker genüsslich die Hände, »endlich haben wir einen Ansatzpunkt gefunden«, und beginnen, lange und für den Patienten teuer zu erklären, wie diese Schippe sein ganzes weiteres Leben beeinflusst hat.

Ich als Psychologin versuche, auf keinen Fall zuzulassen, dass die Patienten von mir unglücklich fortgehen. Wozu sollen sich Menschen überhaupt unglücklich fühlen, wenn sie sich einfach selbst sagen können: Scheißegal!

»Ich bin einsam« – »Scheißegal! Dafür bin ich mein eigener Herr!«, »Meine Mutter hat mich nie geliebt!« – »Scheißegal! Dafür habe ich sie geliebt.« Man sollte gleich an etwas Positives denken. Nein, ich behaupte keineswegs, dass das Leben absolut wolkenlos und einfach ist – es gibt natürlich sehr ernste Probleme, die man nicht so einfach lösen kann. So z. B. mein Gewichtsproblem. Ich nehme sehr schnell zu. Seit dem Sommer habe ich 2 Kilo und 320 Gramm zugelegt, träume aber von Größe 38, die ich hatte, als ich zwanzig war – esse und träume, esse und träume …

»… Liebe ich ihn etwa überhaupt nicht?«, hat Larissa traurig gefragt. Und ich wurde ihretwegen auch missgestimmt. Sie ist doch keine gewöhnliche Patientin, eher eine Freundin.

»Wir werden schon sehen«, habe ich autoritär gesagt. »Besser wäre natürlich gewesen ›Ehemann – Liebe‹ oder ›Ehemann – Sex‹, aber wir müssen mit dem arbeiten, was wir haben.«

Ich war sehr müde und hatte Hunger. Deshalb habe ich alle meine psychologischen Kenntnisse zusammengenommen und Larissa ganz leicht in die richtige Richtung gelenkt – ihr Unbewusstes hat überhaupt nicht gemeint, dass ihr Ehemann ein Waschlappen im Sinne von charakterschwach ist, sondern sie hat die Gedankenkette gebaut: Ehemann – Familie – Haushalt – Aufräumen – Saubermachen – Waschlappen.

»Na, dann auf Wiedersehen?«, habe ich hoffnungsvoll gefragt.

»Bis zum nächsten Mal!«, hat Larissa mit bedrohlichem Tonfall geantwortet. »Ja… ich möchte noch etwas fragen… Ist etwa der sexuelle Instinkt der wichtigste Trieb überhaupt? Das wäre irgendwie nicht fein.«

Im Namen von Freud habe ich erwidert, dass das nicht fein, aber eben doch so ist. Es wäre natürlich besser, wenn irgendwelche anderen Instinkte der Haupttrieb wären, z.B. die Wissbegier oder die Liebe zum Schönen…

Zu Hause hat Mura mich freudig empfangen:

»Tanz ein wenig, dann gebe ich dir einen Brief für dich.«

Ich war sehr müde, wollte aber unbedingt den Brief bekommen. Deshalb musste ich einen Walzer (allein, weil Leo Jewgenjewitsch neben mir gegen den Takt rumgehopst ist) und Tango (mit Mura) tanzen.

Es ist doch interessant: Wer sollte mir einen Brief geschickt haben? Briefe zu erhalten ist immer sehr aufregend. Ich konnte das Kuvert nicht ordentlich aufmachen und habe es zusammen mit dem Brief vor lauter Ungeduld zerrissen. So, von wem ist er denn nun?

»Wir laden Sie herzlich zum Belegen ein, am 21. September, in der Puschkinskaja 5, Wohnung Nr. 8.«

»Was soll das heißen?«, fragte ich Mura entgeistert. Ich kannte mich überhaupt nicht aus … »Das ist glatter Unfug und eine Frechheit noch dazu! Ich werde ohne Kommentar zum Belegen eingeladen. Ich bin doch nicht pervers!« Interessant – ich fragte mich, wer da wohl wohnt, in der Puschkinskaja 15, Wohnung Nr. 8?

Aber Mura hat entdeckt, dass der Brief nicht für mich ist, sondern für Leo Jewgenjewitsch – die Unterschrift hat es verraten: »Hundeclub des Zentralen Wohnbezirks St. Petersburg«.

Montag, 22. Januar

Drei Uhr am Nachmittag, es ist Fachbereichsversammlung.

Die Lehrkräfte haben sich deutlich in zwei Lager geteilt – die jüngeren nahe am Ausgang, die älteren, die Alte Garde, in den vorderen Reihen.

Die jüngeren saßen in »Fertig-Position«, den Blick auf die Uhr gerichtet, so sehr zitternd vor Ungeduld, dass die Tische wackelten. Alle, besonders ich, träumten davon, blitzschnell loszurennen. Man muss einfach weg – Geld verdienen, beraten, Übungen abhalten, wie sich der Mensch am besten verkaufen, Selbstbewusstsein bekommen, Verhandlungen führen kann. Und ich wollte ins

Buchkaufhaus, weil ich gerade mein Gehalt bekommen habe.

Die älteren waren festlich gekleidet und haben schon ihre langweiligen Anwesenheits- und Zensurenordner vorbereitet. Sie haben ihre Ordner aufgeschlagen und ganz ausführlich erzählt, welche jungen Männer und Frauen an ihren Seminaren teilnehmen.

Haben auch über die alarmierend schlechte Anwesenheitsmoral gesprochen. Besonders wenig nimmt anscheinend Andruscha aus Swerdlowsk am Unterricht teil. Der Dekan hat erzählt, dass er gestern einen Anruf von Andruschas Mutter bekommen hat:

»Wir schicken Andruscha 20000 Rubel monatlich. Was denken Sie, ist das genug?«

»Schicken Sie ihm bitte nur 1000 monatlich, dann haben wir vielleicht sogar die Chance, Andruscha an der Uni zu sehen. Sonst ist er an anderen Orten zu Hause mit Ihren 20000«, hat der Dekan Andruschas Mama geantwortet.

Ich habe ein bisschen gedöst. Dann wurde ich wach und hellhörig: Man hat irgendjemanden kritisiert – mich! Zuerst habe ich Angst bekommen. Dann habe ich mich aber schnell gefangen, weil nicht nur ich kritisiert wurde. (Ich bin kein Bösewicht. Ich mag es einfach, Gesellschaft zu haben.)

Es wurde ein junger Dozent kritisiert, der eine Gitarre in den Unterricht mitbringt und mit den Studenten Lieder singt, tanzt, Spiele spielt. Natürlich wollen alle Studenten an seinem Seminar teilnehmen. Die älteren verlangen: Tanzen verboten!

»Und Sie«, hat sich der Dekan an mich gewandt, und ich habe den Kopf eingezogen, in der Hoffnung, dass »Sie« nicht ich bin – aber ich war es doch. »Und Sie tanzen zwar noch nicht in Ihren Vorlesungen – übrigens, ich weiß nicht, was von Ihnen in näherer Zukunft noch zu erwarten ist –, aber Sie singen in Ihren Vorlesungen über Gott weiß was und erheischen damit billige Popularität!«

Ich habe sofort verstanden, worum es ging: Es war alles nur deshalb, weil gestern meine Vorlesung gegen eine Geschichtsvorlesung ausgewechselt wurde und die Hälfte der Studenten sich verdrückt hat. Es ist unfair zu behaupten, dass ich billige Popularität erheische. Ich erzähle den Studenten von ganz einfachen und notwendigen Sachen, von Liebe und so was. Und meine Popularität ist überhaupt nicht billig, sondern ganz normal – alle Studenten haben für meine Vorlesungen genauso viel bezahlt wie für die anderen auch.

Habe beschlossen, mich zu verteidigen, aber nachdem ich darüber nachgedacht hatte, habe ich es vorgezogen, besser still zu sitzen. Es würde sowieso bald zu Ende sein, und ich wollte danach gut gelaunt ins Buchkaufhaus gehen.

Im Buchkaufhaus arbeitet Inna Igorewna seit vielen Jahren. Inna Igorewna ist eine echte Petersburger Sehenswürdigkeit. Sie weiß alles über das Literaturleben von St. Petersburg, und das Literaturleben kennt auch Inna Igorewna.

Es schmeichelt mir, dass die berühmte Inna Igorewna mich für eine richtige Intellektuelle hält. Deshalb habe ich wie immer brav alle Bücher genommen, die sie mir empfohlen hat. Und als Inna Igorewna weggesehen hat, habe ich ganz schnell zwei gelbe Bücher von Donzowa gegriffen und bin mit diesen hinter dem Rücken flink wie ein Hase durch den Laden gerannt.

»So, nehmen Sie bitte, hier haben Sie eine ganz tiefgehende Analyse der modernen Literatur.« Inna Igorewna ist mir hinterhergekommen und hat mir ein ziemlich dickes schwarzes Buch in die Hand gedrückt. Aber ich habe einen klaren Kopf behalten und in einem passenden Moment diese tiefgehende Analyse ins Regal zurückgestellt.

Dann haben Donzowa und ich uns vor Inna Igorewna hinter dem Regal mit der Philosophie versteckt und haben schon geglaubt, dass sie uns nicht findet – aber da waren wir schief gewickelt.

»Was haben Sie denn da?«, hat Inna Igorewna leicht angewidert gefragt, verächtlich die Lippen aufeinander gepresst und auf die beiden gelben Bücher gezeigt.

»Das da… das habe ich für die zweite Frau meines Mannes gekauft, sie wohnt in Deutschland und so… liest gern…«, habe ich mich gerechtfertigt und dabei zärtlich die Donzowas an meine Brust gedrückt.

»Ah – dann ist es gut. Die können das ruhig lesen«, hat Inna Igorewna erlaubt (ach so, wenn irgendjemand in Deutschland lebt, wird er als zurückgeblieben eingestuft – oder wie?). Vielleicht sollte ich alles beiseite schieben und darauf pfeifen, dass ich ein Kulturmensch bin, und Inna Igorewna mein wahres Gesicht zeigen. »Ich liebe Krimis!«, sollte ich ihr gestehen.

Inna Igorewna hat mir das schon bekannte schwarze Buch zurückgegeben: »Das ist die Analyse, Sie haben sie vergessen.« Und ich habe schon gedacht, dass ich mich geschickt von diesem Buch getrennt hätte… so musste ich es kaufen.

Also, ich habe zwei Kilo Donzowa gekauft (für Alla, nicht für mich), die Analyse der modernen Literatur (für Inna

Igorewna) und noch etwas, kaum der Rede wert, ein paar moderne ausländische Autoren (um genau zu sein: acht mehr oder weniger dicke Bände).

Habe einen Teil meines Gehalts ausgegeben, hoffe, den kleineren Teil – aber besser nicht nachprüfen.

Am Abend hat mich meine Mutter angerufen:

»Hast du Geld bekommen? Warst du im Buchkaufhaus? Was hast du gekauft? Gibst du mir eins ab? Vielleicht auch zwei? Ich komme gleich.«

Mama ist zehn Minuten später erschienen (es ist sehr praktisch, neben der eigenen Mutter zu wohnen) und hat mit Wollust die neuen Bücher in die Hand genommen.

»Was denkst du, vielleicht sollte ich zuerst dieses lesen und dann jenes?«, hat sie mich gefragt und ein Buch nach dem anderen an ihre Brust gedrückt. »Oder zuerst jenes und dann dieses? Hör mal, kannst du mir nicht vielleicht gleich drei geben, nein vier?«

Und dann hat sie mit einem Gesicht, als hätte sie alle Brücken hinter sich abgerissen und ihre gute Erziehung über Bord geworfen, gesagt: »Kann ich nicht alle mitnehmen?«

Dienstag, 23. Januar

Larissa hat sich beschwert, dass sie heute nicht gut geschlafen hat. Ich habe ihr auch was zu erzählen – am Sonntag habe ich bis mittags geschlafen und noch ein Stündchen nach dem Abendbrot, und in der Nacht, weiß selbst nicht warum, habe ich mich hin und her gewälzt und konnte nicht einschlafen.

Ich kenne eine sehr wirksame wissenschaftliche Methode, um schnell einzuschlafen, die ich Larissa mit Vergnügen mitgeteilt habe.

»Wenn ich nicht einschlafen kann, nehme ich ein Buch und lese bis zum Morgen. Man liest sich so tief rein, dass die Schlaflosigkeit vorüber ist – und schon muss man aufstehen …«

Larissa sagte, dass ich alles ein bisschen durcheinander bringe, und meine Methode sei eher dazu geeignet, nicht einzuschlafen.

»Man muss sich beruhigen; abends keine Gespräche mehr und auf keinen Fall irgendeine Lektüre nach fünf Uhr«, hat Larissa überzeugt gesagt und hat dann ihr Erstaunen ausgedrückt: Komisch, dass ich bloß eine Psychologin und trotzdem so unkonzentriert sei – sie dagegen halte sowohl im Salon als auch zu Hause alles in Ordnung.

Vor einigen Jahren habe ich Bettwäsche gesammelt, nicht zur Befriedigung eines Sammeltriebes, sondern ich wollte so viel wie möglich ansammeln, um alles zusammen in die Wäscherei zu bringen … Und was ist daraus geworden?! Ich habe vergessen, sie von der Wäscherei abzuholen. Und dagegen kann man jetzt auch nichts mehr machen; denn das ist vor zwei Jahren passiert …

Oh weh, und meine schwarze Lieblingshose, die in der Reinigung geblieben ist, und mein verlorener Reisepass.

Wenn ich doch Larissas Ehemann sein könnte – dann wäre bei mir auch alles in Schuss.

»Heute möchte ich über das Eheleben sprechen, z. B. über meins«, hat Larissa gesagt. »Wir werden so tun, als ob ich Ihre Patientin wäre und zu Ihnen zur Beratung gekommen wäre.«

»Wissen Sie was, Larissa, kostenlose psychologische Beratung bringt normalerweise nichts«, habe ich angedeutet.

»Ach, egal«, hat Larissa abgewinkt. »Es ist doch kein Ernst, wir spielen nur.«

»Na, dann beginnen Sie mal zu spielen«, habe ich gesagt. »Aber nicht lange.« (In einer Stunde treffe ich mich mit Roman, hurra, hurra!)

»Ich mache schnell!«, hat Larissa sich gefreut. »Also, ich mache alles allein, sowohl in der Arbeit als auch zu Hause. Mein Mann hat die Wohnung seiner Großmutter geerbt. Sogar die habe ich selbst verkauft. Und mit dem Geld habe ich den Schönheitssalon eröffnet... Jetzt sind mein Mann und ich auf immer und ewig aneinander gebunden – wir werden doch nicht im Falle einer Scheidung meinen Salon verkaufen, damit wir den Erlös teilen können! Wir würden doch dann beide um die Hälfte des Salons ärmer sein. Deshalb werden wir immer zusammenbleiben und sterben synchron am selben Tag...«

»Wo liegt dann das Problem, Larissa?« Ich habe verstohlen einen Blick auf die Uhr geworfen. Larissa hat mich vorwurfsvoll angesehen.

»Verstehen Sie nicht? Und Sie wollen Psychologin sein?«

Ich habe gekränkt geschwiegen, aber als sie bemerkt hat, dass ich mit dem Bleistift auf den Tisch geklopft und auf die Uhr geblickt habe, hat sie beschlossen, keine weitere Zeit zu verlieren.

»Sie sagen mit Freud: Sexualtrieb, irgendeine Libido... Als ich erfahren habe, dass die Libido das Hauptsächliche ist, war ich nicht mehr ich selbst. In der Buchführung habe ich einen Fehler gemacht, und gestern ist mir die Milch übergekocht. Wissen Sie, einem außen stehenden Psychologen hätte ich das nie gestanden, aber Sie arbeiten doch bei mir … Es ist so, dass ich mit dieser Libido in den letzten zwei, drei Jahren nicht so recht auf bestem Fuße …«

»Ich habe das gleiche Problem bei uns in Urüpinsk«, habe ich gesagt, meinte dabei Nikita. (Ich denke, Alena bemüht sich völlig umsonst um Leidenschaft. Sie muss sich einfach mit etwas Sinnvollem beschäftigen, und ihre Sexualität sublimiert sich von ganz allein in irgendetwas anderes, z. B. Schwimmen im Hallenbad, Floristik-Design etc.)

»Sind Sie aus Urüpinsk?«, fragte Larissa überrascht.

»Nein, ich bin in Leningrad geboren. Ich meine nur, dass meinen Bekannten und mir selbst durchaus auch so etwas passiert.«

Wenn ich eine echte Beratung durchgeführt hätte, wäre es ausgeschlossen, dass ich Larissa von meinen eigenen Problemen erzählt hätte. Es geht einfach nicht, obwohl ich mir nicht sicher bin, dass das stimmt. Ich bin Ärzten gegenüber immer ein bisschen schüchtern und erzähle ihnen nicht ausnahmslos alles. Aber wenn der Arzt mir sagen würde, dass er auch Kopfschmerzen hat und dass sein Stuhlgang nicht richtig funktioniert, dann würde ich auch aufhören, gegenüber der unerreichbaren Gottheit »Arzt« schüchtern zu sein und mich mit ihm auf gleicher Höhe fühlen.

Aber Larissa und ich haben ja keine richtige Beratungssituation, wir spielen nur ein Spiel. In Wirklichkeit stehen wir uns als Freundinnen nahe genug, um statt der doch sehr einseitigen Beratung ein Gespräch miteinander zu führen.

Deshalb habe ich ihr mitgeteilt, dass ich nur noch zehn Minuten für sie habe und dass ich in den letzten Jahren meiner Ehe auch keine so ganz ausgeprägte Libido hatte, sondern eher eine mickrige.

Als ich spürte, dass ich Larissa nicht richtig mit meinem eigenen Beispiel trösten konnte, habe ich ganz schnell angefangen, mich an alles zu erinnern, was normalerweise in einer solchen Situation geraten wird (noch sechs Minuten bis zum Ende der Beratung).

»Larissa, nehmen Sie einen Block und schreiben Sie folgenden Plan auf, um Ihre Libido wiederzuerwecken«, habe ich gesagt und angefangen zu diktieren:

1. »Sprechen Sie mit Ihrem Mann vor dem Sex über irgendetwas Angenehmes, damit Sie die nötige emotionale Nähe herstellen.«

»Worüber?«, hat Larissa gefragt, ohne vom Block aufzublicken.

»Na... plaudern Sie mit ihm ein bisschen über den zweiten Schönheitssalon.«

Larissa hat es aufgeschrieben.

2. »Dann... was noch? Ah: Reizwäsche.«

Larissa hat mich verächtlich angeblickt, und ich habe gleich verstanden, dass das natürlich dumm von mir war. So eine Frau schläft nicht in einem alten Flanell-Schlafanzug. Sie hat bestimmt jede Menge davon – rot, schwarz, rosa...

»Irgendwann kaufe ich mir auch solche Reizwäsche mit Federn, Spitzen und Strass!«, habe ich gesagt. »Schreiben Sie das bitte für mich auf!«

Larissa hat auch das aufgeschrieben, das Blatt aus dem Block gerissen und mir gegeben.

3. »Vor dem Sex erinnern Sie sich an Ihre liebste erotische Fantasie. Der Held darin sollte unbedingt Ihr Mann sein und nicht etwa Mel Gibson oder Leonardo DiCaprio.«

»Haben Sie etwa eine solche Fantasie?«, hat Larissa gefragt. (Sie ist keine Patientin, sondern eine Freundin. Deshalb hat sie auch das Recht, mich etwas so Intimes zu fragen.)

Ich habe traurig den Kopf geschüttelt. In der Tat, warum habe ich keine solche erotische Fantasie auf Lager?

Obwohl... gerade gestern hatte ich einen erotischen Traum: Ich gehe mit einer Tüte über den Hof, und der Glatzkopf kommt auf mich zu. Er sagt, dass Sawwa Ignatitsch schwanger ist. Bedeutet dieser Traum, dass ich einen vagen, unbewussten Hang zum Glatzkopf oder zu Sawwa Ignatitsch habe? Und in der Tüte waren eine Gurke und eine Melone. Die Gurke ist doch ein Phallussymbol. Ich muss doch einen Rat vom Analytiker einholen.

Oh Gott, was soll ich mir noch ausdenken?... Hurra, hurra! Ich habe mich an einen ganz einfachen Rat aus dem Buch »Wie werde ich unwiderstehlich?« erinnert.

4. »Sie müssen sich selbst sagen, dass Ihre Sexualität einzigartig ist. Und sich dann vollständig vergessen und sich auf die einzigartige Sexualität Ihres Partners konzentrieren.«

»Ich kapiere das nicht. Wie geht das?«, hat Larissa gesagt und vom Block aufgesehen. Sie hat mich mit dem Blick einer Musterschülerin angesehen, nach dem Motto: Wenn ich schon nichts kapiere, wer dann?

»Gerade das ist ganz einfach«, habe ich ausweichend geantwortet, bin abrupt aufgestanden und habe meine Tasche genommen. »Das Spiel ist zu Ende, auf Wiedersehen, ich bin schon unterwegs!«

»Bis zum nächsten Mal«, hat Larissa mir nachgerufen.

Mittwoch, 24. Januar

»Lassen Sie uns etwas miteinander vereinbaren – Sie versprechen hoch und heilig, dass Sie Roman nicht heiraten werden«, hat der Bass der Schwiegermutter getönt und damit den Erfolg unseres letzten Gesprächs gefestigt.

»Wer weiß, wie das Leben so spielt«, habe ich ehrlich geantwortet. »Aber Ihre Tochter muss unbedingt mit ihrem Mann ihr Verhältnis zueinander klären, weil ich nicht der Grund für diese Affäre bin; der liegt nämlich in dem Verhältnis der beiden zueinander. Wissen Sie, was ich Ihnen sagen möchte, Roman und seine Frau haben zu wenige gemeinsame Rituale.«

»Was?«

Ich habe der Schwiegermutter erzählt (damit sie es Romans Frau weitersagt), dass im Eheleben Rituale sehr wichtig sind, z. B. zusammen am Abend in einem Chor singen, zu den verschiedensten Anlässen Freunde einladen, zusammen angeln gehen oder Pilze sammeln oder still nebeneinander sitzen und gleichzeitig ein- und ausatmen. Weil genau in solchen Momenten beide Seelen im unsichtbaren Einklang schwingen. (Bei Alena und Nikita läuft nicht alles ganz glatt, aber sie haben sich während der Renovierung ihrer Wohnung zusammengerauft. Besonders, als sie zusammen Fliesen für die Toilette und die Tapete für den Flur ausgewählt haben.)

»Wenn kein Einklang herrscht, werden Roman immer

wieder solche außerehelichen Geschichten passieren, die die Familie und die Gesundheit gefährden.«

»Die Gesundheit? Was heißt das, die Gesundheit?«, die Schwiegermutter wurde quicklebendig. »Wissen Sie, wenn man… benutzt, Sie wissen, was… dann kann man sich nicht anstecken. Sonst gibt es Aids und überhaupt…«

Geht die Schwiegermutter etwa fremd? Andererseits, was ist daran so überraschend? Ninon de Lenclos hat es noch mit 80 getrieben, und ist jetzt vielleicht die Schwiegermutter ein weiteres Beispiel ewiger Weiblichkeit?

»Ich möchte noch etwas sagen… Denken Sie, es geht den Kindern gut, deren Eltern geschieden sind?«, hat die Schwiegermutter ganz betroffen gefragt… Ich verstehe sie, sie macht sich Sorgen um ihre Enkeltochter…

Ich habe Mura durch die Eingangstür hereinrauschen gehört und mich ganz schnell von der Schwiegermutter verabschiedet. Ich habe am meisten Angst davor, dass Mura irgendwann einmal Wind von dieser Geschichte bekommt.

»Achtung! Schildkröte!«, hat Mura schon an der Tür geschrien. In der Hand hatte sie tatsächlich eine Schildkröte. Ich habe panische Angst vor solchen Gliederfüßern oder wie auch immer man sie nennt…

»Die hab ich in der Schule geschenkt bekommen.«

Ihre Augen verrieten sie, mir kann sie nichts weismachen – seit wann werden denn in der Schule kostenlos Tiere verteilt? Es ist bestimmt irgendein kleiner Betrug von Mura, wahrscheinlich hat sie die Schildkröte gegen zwei Mathematikarbeiten getauscht oder was sie sich sonst ausgedacht hat, war ich überzeugt.

Sawwa Ignatitsch hat sich gar nicht erst für die Schildkröte interessiert, und Leo Jewgenjewitsch hat lediglich an ihr gerochen und ist enttäuscht weggelaufen. Hat sicher gedacht, was da für komische Dinge ins Haus geschmuggelt werden – weder zum Essen noch zum Spielen.

In einem langen intimen Gespräch ist es mir gelungen, Mura dazu zu bewegen, die Wahrheit zu sagen: Sie habe nicht viel für die Schildkröte übrig, aber das Tier hätte ein schweres Leben gehabt. Deshalb wird sie vorübergehend bei uns wohnen.

Habe Mura gebeten, die Schildkröte in ihrem Zimmer zu verstauen (ich meine Muras Zimmer, nicht etwa das der Schildkröte) und die Tür richtig zuzumachen. Ich hoffe, die Schildkröte nimmt es mir nicht übel, und der Platz reicht ihr zum Laufen und zum Spielen … Ich habe Angst vor dieser Schildkröte, sehr große Angst!

Irgendwie geht es mir nicht gut – erstens die Schildkröte, und zweitens fühle ich mich nach den Gesprächen mit der Schwiegermutter immer wie eine gemeine Ehebrecherin. Aber weshalb muss ein Mensch sich heutzutage in einer solchen Situation schämen – eine Trennung ist doch ein gewöhnlicher Vorgang; eine Trennung ist viel ehrlicher, als eine unglückliche Ehe fortzusetzen. In einer solchen Ehe langweilen sich die Eheleute doch nur und lieben sich nicht mehr. Die Kinder sind dann die Leidtragenden, weil Lügen und negative Emotionen sie wie Nebel umgeben. In diesem Nebel versuchen sie, an das Glücksufer zu rudern, aber es fällt ihnen schwer, den Weg dahin zu finden.

… Roman hat ein Kind, ein Mädchen. Er wird sich mit ihr sonntags treffen, und Mura und ich werden uns in dieser Zeit mit unseren Angelegenheiten beschäftigen. Aber das machen wir sowieso. Ich arbeite, lese Bücher, telefoniere und treffe mich mit Roman. Und Mura lebt einfach in den Tag hinein.

Ich kenne mich sehr gut. Ich bin sehr eifersüchtig. Ich stelle mir vor, wie er mit seinem Mädchen seinen freien Tag verbringt, mit ihr ins Kino oder in den Zoo geht. Und das ist ja auch richtig so.

Aber was ist mit mir? Ich möchte auch seinen freien Tag mit ihm verbringen. Aber die Interessen seines Kindes sind wichtiger als meine. Das bedeutet, dass er sein Kind mehr liebt als mich. Und erst recht mehr als meine Mura, die hier überhaupt keine Rolle spielt. Aber sie ist doch noch so klein. Sie ist auch ein Kind, ein Mädchen.

Ich sehe mich schon am Sonntag: Ich werde erst einmal schweigend leiden, dann werde ich sauer werden, werde mit Tellern um mich werfen, mich selbst auf den Boden schmeißen, die Augen verdrehen und schreien: »Und wir, was sind wir für dich?«

Wahrscheinlich ist es egoistisch von mir, aber ich will meinen Mann besitzen. Ich brauche überhaupt keinen Ehemann, wenn er jedes Wochenende weggeht. Er kann seine Tochter doch zu uns mitbringen. Ich werde für sie alles kochen, was sie mag: Eis, Mohnrolle aus der Bäckerei gegenüber, und vielleicht wird sie die Pelmeni »Daria« mögen. Und was ist, wenn sie keine Tiefkühlkost mag, sondern nur selbst Zubereitetes wie Bratkartoffeln mit Würstchen?

Ich werde versuchen, mit ihr Freundschaft zu schließen, und sie wird denken: »Mein Papa ist von meiner Mutter fort und zu ihr gegangen...« Und sie ist noch nicht so erwachsen, um zu verstehen, dass es einem Menschen schwer fällt, von Anfang an und für immer die richtige Wahl zu treffen, und dass jede zweite Ehe geschieden wird. Und dass im Leben alles passieren kann und dass jeder Mensch das Recht hat, glücklich zu sein, dass die Kinder erwachsen werden und ihr eigenes Leben führen usw. Alles, was wir uns selbst und den anderen sagen. Dieses Mädchen ist noch nicht erwachsen, und sie weiß nur eins: Papa und Mama müssen zusammenbleiben. Und ich bin Mamas und Omas Feindin.

(Wie rüstig eigentlich Romans Schwiegermutter ist. Wahrscheinlich hat sie sogar eine Kriegsauszeichnung erhalten.)

Vielleicht haben die Frauen, deren Männer Kinder aus früheren Ehen haben, besondere Eigenschaften. Ich habe sie nicht. Ich liebe nur meine eigene Mura und Jenkas Katja.

Alle anderen Kinder liebe ich natürlich auch – jedoch nur im Prinzip.

Es scheint, dass ich von vornherein verloren habe, noch dazu ist das Mädchen in einem Alter, neun Jahre, in dem alles sehr, sehr traumatisch wirkt. Aber mit 12 ist es auch traumatisch und mit 15 sowieso ... Wenn sie doch um die vierzig wäre – dann könnte sie das leichter ertragen ... Wie alt bin ich dann, wenn sie vierzig ist? Frauen in diesem Alter heiraten auch. Z.B. ist die Schwiegermutter eindeutig nicht gegen Sex, obwohl sie versucht, es vor mir zu verstecken. Aber sie kann mir nichts weismachen – das Thema Safer Sex beschäftigt sie sehr.

Diese Gedanken haben mich so beunruhigt, dass ich in der Wohnung umherrennen wollte und alle fünf Minuten nervös in der Toilette geraucht habe – klassischer Stress. Aber, wenn ein Mensch Psychologe ist, weiß er immer, wie er auf Stress reagieren sollte. Also: Ich brauche körperliche Betätigung. Ich muss Wäsche waschen, die Wohnung aufräumen, Pelmeni machen – besonders schmecken die größeren mit Heidelbeeren und saurer Sahne…

»Lass uns auf dem Schlossplatz Rollschuh laufen«, hat Mura vorgeschlagen.

»Auch bei Schnee?«, habe ich überrascht zurückgefragt.

»Die Mädchen sagen, es geht, man kann laufen.«

Bin mit Mura auf Rollschuhen um die Alexandersäule gekreist.

Der Schlossplatz war voller Menschen. Kinder sind Rollschuh gelaufen, und die Erwachsenen sind einfach spazieren gegangen. Mura hat rote Rollschuhe, ich schwarze. Mura hatte ein kurzes weißes Jäckchen an, ich ein rotes. Es war so angenehm, dass alle Menschen dachten, dass ich eine der Jugendlichen bin, genauso jung und schön.

»Sieh mal, Oma läuft Rollschuh«, hat ein Junge von zehn Jahren mit dem Finger auf mich gezeigt. Mein Gott: »Oma«!

Vor lauter Kränkung bin ich gestolpert und habe mich gestoßen.

»Mama, das ist ein Dummkopf. Du siehst sehr, sehr jung aus«, hat Mura gesagt, und ich war gleich wieder auf den Beinen und fühlte mich wie neugeboren.

Als wir nach Hause kamen, haben neben unserer Tür der Glatzkopf (vor einer Woche habe ich ihm stolz gesagt, dass ich jetzt eine gute Arbeit habe und, wenn ich mein nächstes Gehalt bekomme, ich mich an seinen Verschnörkelungen beteiligen werde) und ein Laufband gestanden. Irgendwann einmal hat mich Irka Hamster überredet, zusammen mit ihr ein Laufband zu kaufen. Weder sie noch ich haben es ein einziges Mal benutzt, wir haben uns nur ständig gegenseitig gefragt, wer an der Reihe ist, es bei sich zu haben. Wenn ich an der Reihe bin (bei mir nimmt das Laufband die Hälfte von meinem Flur ein, und Sawwa schläft auf ihm), dann stelle ich es einfach wieder vor Irkas Tür und haue ab. Und jetzt hat Irka es mir nachgemacht.

Ich habe mich entschlossen, heute in meinem Trost spendenden Pyjama ins Bett zu gehen.

Februar

Donnerstag, 1. Februar

Um halb acht habe ich einen richtigen Albtraum erlebt: Ich habe geschlafen (was soll ich um diese Zeit sonst tun?), als plötzlich die »Kleine Nachtmusik« in meinem Ohr erklang. Ich dachte, dass ich in der Philharmonie bin und dass es Zeit ist, Beifall zu klatschen, aber ich wurde wach und begriff: mein Handy. Es lag unter meinem Kopfkissen. Interessant, vor wem habe ich es wohl dort versteckt?

»Ich bin Romans Ehefrau.« Ich war noch nicht richtig wach, hatte aber schon verstanden, dass etwas Schreckliches passierte. »Ich weiß, dass Sie Romans Geliebte sind. Wollen wir uns um sechs Uhr abends treffen? Schlagen Sie einen Ort vor!«

»Im Koffeesol«, habe ich automatisch geantwortet und gleich geschrien: »Nein! Nicht im Koffeesol! Überhaupt nicht!« (Wenn man wichtige Verhandlungen führt, muss man sich entspannen, bis zehn zählen, tief durchatmen, die Probleme von allen Seiten betrachten und erst dann antworten.)

Aber sie war schon weg... Wozu habe ich mich mit ihr verabredet, wozu, wozu?!

Das Koffeesol habe ich ganz automatisch genannt, weil das Koffeesol (ein sehr populäres und nicht protziges Café) im Nachbarhaus ist und es mein ganzes Leben völlig verändert hat.

Wenn ein Mensch an der Ecke Newski/Wladimirski wohnt, bekommt er mehrmals am Tag einen Anruf, der ihm sagt: »Ich bin auf dem Newski, komme schnell bei dir vorbei zum Kaffeetrinken.« Besonders viele meiner Freundinnen sind dafür berüchtigt, auf eine Tasse Kaffee vorbeizukommen, und – siehe da – es wird Mittag, und sie bleiben gleich zum Essen, wo sie schon mal da sind, und dann wird es Abend, und da sie ja schon mal da sind, essen sie mit, und schließlich bricht die Nacht herein, und da ein so netter Abend unmöglich schon zu Ende sein kann, bleiben sie gleich über Nacht. Jetzt treffe ich mich mit ihnen für gewöhnlich im Koffeesol. Das ist sehr praktisch, weil man immer taktvoll weggehen kann, ohne jemanden zu kränken.

Ich habe verstanden, was passiert ist. Die Schwiegermutter hat es nicht ausgehalten und doch alles Romans Ehefrau erzählt. Ich dachte, wir hätten die Vereinbarung getroffen, dass ich Roman nicht heiraten werde und dass sie, meinem Rat folgend, stattdessen versuchen würde, das Eheleben von Roman zu verbessern. Wieso hat sie das jetzt getan? Wieso sind Menschen mir gegenüber so böse und resistent gegenüber den Erkenntnissen der Wissenschaft?

Ich bin ein gehetzter Hirsch (ich habe fast geweint, als ich das verstanden hatte). Mich hetzen alle – der Junge vom Schlossplatz, der Dekan, Romans Ehefrau. Ich tue mir unendlich Leid – armer, sehr einsamer Hirsch … Jetzt hat mich das Schicksal in einer Bärenfalle von Unannehmlichkeiten gefangen, und ich kann nur unter der

Decke liegen bleiben und hoffen, dass irgendwann auch für mich bessere Zeiten kommen.

… Oder soll ich nicht traurig sein? Ich muss doch zugeben, es gibt in meinem Leben auch so viel Gutes – viele treue Freunde (Mama, Mura, Jenka, Alena, Olga, Irka Hamster, Larissa)… und viele, viele Studenten. Für sie alle bin ich nicht die Geliebte von Roman, sondern eine Respekt gebietende promovierte Dozentin.

Habe gedacht, dass ich kein Auge zumachen würde auf diesem von Tränen nassen Kopfkissen, bin aber eingeschlafen und habe bis zehn geschlafen – vor lauter Trauer und auch, weil ich erst um zwölf in der Uni sein musste.

Wach geworden habe ich bei meinen Freundinnen Ratschläge eingeholt zur Frage, ob ich Roman von diesem Treffen erzählen soll oder nicht.

Jenka hat gesagt, dass ich mutig auch Unannehmlichkeiten in Kauf nehmen muss und mich auf keinen Fall mit der Ehefrau treffen soll.

Alena hat angeboten, mir ihre Handtasche von Gucci zu leihen, damit ich mich sicherer fühle. Und sie selbst würde sich für alle Fälle an den Nachbartisch setzen.

Olga hat gesagt, dass sie dringend zu Lenfilm muss, um eine junge Schauspielerin zu interviewen, die in einer Kriminalserie mitspielt. Die wollte sie um Rat fragen. Die müsste doch wissen, wie man sich in einer solch kriminellen Situation benehmen soll.

So habe ich nicht herausbekommen, ob ich Roman anrufen soll oder nicht. Als Psychologin denke ich, es ist besser, ihn nicht damit zu behelligen, sondern selbst herauszufinden, wie seine Frau ist, wie sie aussieht und was sie anhat.

Auf dem Küchentisch lag ein Zettel: »Gib der Schildkröte zu fressen!« Was fressen Schildkröten überhaupt? Mit geschlossenen Augen habe ich in das Schildkrötenzimmer ein kleines Butterbrot mit Käse und Wurst geworfen.

Plötzlich überkam mich ein Gefühl von Bitterkeit – immer versuche ich, es allen recht zu machen: Bin einverstanden mit dem Treffen mit Romans Frau, habe der Schildkröte Obdach gewährt…

Habe mir fest vorgenommen, die Schildkröte in eine Zoohandlung zu bringen.

Konnte kaum bis elf Uhr warten. Warum öffnen die Zoohandlungen nicht um zehn oder schon um acht? Eine Minute vor elf habe ich angefangen, verschiedene Zoohandlungen anzurufen und zu betteln, dass sie die Schildkröte zu einem vernünftigen Preis übernehmen. Überall habe ich die gleiche Antwort bekommen:

»Wir nehmen keine Schildkröten ohne Papiere aus der Bevölkerung.«

Ich habe mich erinnert, ja tatsächlich, die Schildkröte hat wirklich keine Papiere bei sich… Aber ich als Bevölkerung besitze jetzt ungewollt eine Schildkröte. Ich selbst habe übrigens auch keine Papiere. Wir beide zusammen sind arme Schweine.

»Bitte, nehmen Sie das Tier auf!«, habe ich versucht, mich einzuschleimen. »Ich habe schon Leo Jewgenjewitsch und Sawwa Ignatitsch (damit sie gleich wissen, dass ich meine Pflicht gegenüber der Tierwelt erfülle)… das Kind hat es mitgebracht. Mein kleines Kind…«, habe ich geschluchzt, um sie weiter zu überzeugen.

»Wie alt ist Ihr Kind?«

»Äh… fünfzehn, aber sie ist sehr klein für ihr Alter.«

»Verkaufen Sie Ihre Schildkröte auf dem Markt. Aber geben Sie sie nicht umsonst ab, damit sie nicht in schlechte Hände fällt!«, hat mir die Verkäuferin geantwortet. Sie war so gutmütig. Die anderen Zoohandlungen haben mir überhaupt nicht weitergeholfen.

»Ich verstehe, dass man das Tier nicht kostenlos egal wem unterjubeln darf. Es gibt überall Schildkrötenschänder.«

Ich habe mir vorgestellt, wie ich mit der Schildkröte in der Hand auf dem Markt stehe, in den Augen der Passanten etwas wie Tierliebe zu lesen versuche und dabei sage: »Kaufen Sie bitte die Schildkröte. Ich gebe sie für wenig Geld in gute Hände …«

Würde gern wissen, ob sie ein Junge oder ein Mädchen ist.

Ich habe beschlossen, dass die Sache mit der Schildkröte warten kann, und habe mich sehr sorgfältig für das Treffen mit Romans Ehefrau gekleidet – Alena hat gesagt, dass davon sehr viel abhängt. Was genau, verstehe ich nicht. Angenommen, ich gefalle der Ehefrau – was dann?

Ihr Name sei übrigens Gantenbein. Der Name der Schildkröte natürlich.

Der heutige Abend geht in die Geschichte als ein ganz furchtbares Horrorszenario ein. Irgendwann einmal in vielen Jahren werde ich an einem Winterabend sagen: »Erinnert ihr euch an die Katastrophe?« Und alle werden keine Minute nachdenken müssen und gleich traurig nicken.

Im Koffeesol habe ich den größten von allen ausgestellten Schokoladenkuchen und ein Glas Champagner bestellt, um mich selbstsicher zu fühlen und zugleich mein Bewusstsein etwas einzunebeln. Schokolade mit Champagner ist eine Kombination, unter deren Einfluss sich eine unschuldige junge Frau in ein unschuldiges junges Opfer verwandelt, weil die Schokolade anregt und der Champagner den Verstand ausschaltet. Aber ich bin doch kein dummer Teenager mehr!

Ich habe mich an meinen Lieblingstisch gesetzt, am Fenster mit dem Gesicht zur Tür, und habe angefangen, eine Zigarette nach der anderen zu rauchen. Mit den Augen zur Tür zu sitzen ist schon eine Gewohnheit unserer Vorfahren gewesen: Sie saßen immer in einer Taverne oder einer Kneipe mit dem Gesicht zur Tür, um alles unter Kontrolle zu behalten, den Feind zu erkennen und rechtzeitig weglaufen zu können.

Sehr bald war ich etwas benebelt vom Champagner und nicht mehr so ängstlich.

»Oh, Maria, Sie hier? Guten Tag!«

Larissa! Was für ein Glück! In feindlicher Umgebung und in Pumps (die habe ich auf Empfehlung von Alena angezogen, um der Ehefrau zu gefallen) ist es angenehm, einen nahe stehenden, mir positiv gesinnten Menschen zu treffen. Larissa hat mich angelächelt, und ich habe mich gleich entspannt – Freunde sind doch dazu da, um Unterstützung und Geborgenheit zu geben.

»Ich danke Ihnen«, hat mir Larissa gesagt. »Sie haben meine Weltanschauung verändert.«

Es hat sich herausgestellt, dass sie aus meinem Unterricht verstanden hat, dass das Wichtigste für den Mann die Libido ist. Darüber hinaus hat sie aus diesem neuen Verständnis der Welt beschlossen, ihr eigenes Leben und das Handy ihres Mannes zu durchwühlen. Dadurch hat sie seine Geliebte aufgespürt, und jetzt wollte sie es ihr zeigen …

»Was? Was zeigen?«, habe ich interessiert gefragt. Vielleicht zeigt mir die Ehefrau von Roman dasselbe, habe ich bei mir gedacht.

»Das ist nicht wichtig. Ich danke Ihnen nochmals für alles!«

Ich habe verlegen die Augen niedergeschlagen. In solchen Momenten spürt man, dass man nicht umsonst lebt.

»Und ich warte auf die Ehefrau von meinem … Freund«, habe ich gesagt. Und um es deutlicher zu machen, habe ich hinzugefügt: »Meinem Geliebten.«

Wenn meine Angst und der Champagner nicht gewesen wären, hätte ich Larissa nie offenbart, dass ich aus einem solch furchtbaren Anlass hier im Café saß.

»Die Ehefrau meines Geliebten will mich kennen lernen. Ich hab ein bisschen Angst …«

Larissa hat das Gesicht verzogen.

»Sie brauchen sich um mich aber nicht zu sorgen«, habe ich Larissa beruhigt. »Ich bin doch Psychologin, ich kann einen Menschen leicht davon überzeugen, nicht zu streiten und keinen Skandal öffentlich auszutragen …«

Es ist so schön, wenn sich deine Freunde um dich sorgen, besonders, wenn es neue Freunde sind. In unserem Alter sind neue Freundschaften so selten …

Mein Vater hatte eine wunderbare Formel, um den Grad einer Freundschaft zu beschreiben: Ist man per Du, kann man sich alles sagen, selbst Schimpfwörter, nichts wird die Freundschaft belasten. Und es ist wirklich so – richtigen Freunden kann man alles sagen, was man fühlt, aber einfachen Bekannten eben nicht immer.

Bei mir auf der Arbeit gibt es eine Dozentin, mit der

ich fünf Jahre lang gemeinsam rauchen gegangen bin und mit größter Vertrautheit alle Höhen und Tiefen des Lebens besprochen habe. Sie hat erzählt, dass sie nicht weiß, wie sie sich ihrem Sohn gegenüber verhalten soll, dass er einen Vater braucht, dass es aber keinen gibt. Aber die Dozentin würde auf keinen Fall sagen, dass sie z. B. gerade jetzt einen Mann braucht. Und ich würde ihr auch nichts davon sagen … Und so haben wir schon seit fünf Jahren verschiedene existenzielle Probleme besprochen (Sinn des Lebens, Angst vor dem Tod usw.), und dabei reden wir uns mit Vor- und Vaternamen an. Alles in allem heißt das, dass wir in übertragenem Sinne miteinander per Du sind. Aber auf gar keinen Fall befinden wir uns auf dem höchsten Grad der Freundschaft – nämlich beim tatsächlichen Du. Es ist natürlich traurig, so miteinander zu verkehren, man kommt sich dabei so furchtbar erwachsen vor.

Mit Larissa ist es ganz anders. Sie scheint mir doch eine richtige Freundin zu sein.

»Sie … Sie …«, hat Larissa gestottert. Wie sie sich um mich sorgt, dachte ich gerührt.

»Ach, machen Sie sich keine Sorgen um mich, vielleicht kommt sie gar nicht.«

»Mein Mann Roman ist Ihr Liebhaber?«, hat Larissa gekreischt.

Mein Gott! Das gibt es doch nur in brasilianischen Seifenopern, kam mir plötzlich in den Sinn.

Auch unser weiteres Gespräch hörte sich ganz nach Seifenoper an:

»Wer?«

»Roman!«

»Ist Roman Ihr Ehemann?«

»Roman ist mein Mann.«
»Das kann doch nicht wahr sein.«
»Doch!«
Und von vorne:
»Ist Roman Ihr Liebhaber?«
»Roman?«
»Ja!«
»Wer, Roman?«

Larissa ist viel schneller als ich wieder zu sich gekommen und hat alles richtig eingeordnet.

»Ein und derselbe Roman ist mein Mann und Ihr Liebhaber«, hat sie so gesagt, als ob sie mich linke Agentin gefragt hätte: »Für wen arbeiten Sie?« Für einen Augenblick hatte ich das Gefühl, dass sie mir gleich einen Scheinwerfer ins Gesicht halten würde.

Larissa hat ihren starren Blick nicht von mir gewandt, die Tasten ihres Handys gedrückt, und bei jemandem ist die »Kleine Nachtmusik« erklungen. Es hat sich herausgestellt: bei mir.

»Na?«, hat Larissa am Tisch und ins Telefon gesprochen. »Und wie weiter? Sehen Sie mir direkt in die Augen!«

Ich habe geantwortet, dass mir jetzt alles klar ist: Es liegt ein Missverständnis vor.

»Mein Freund Roman kann nicht gleichzeitig Ihr Ehemann Roman sein, weil seine Ehefrau furchtbar schweigsam ist. Sie schweigt mehrere Tage hintereinander.«

»Wie soll ich ihn sonst bestrafen und erziehen?«

In kritischen Momenten des Lebens kratzen die Menschen ihre Kräfte zusammen, legen große Schlagfertigkeit an den Tag und mobilisieren alle Ressourcen ihres

Organismus: Einmal hat eine Frau z. B. einen Bus angehoben, der ihr Kind überfahren hat, und es dadurch gerettet.

Ich habe auch eine ungeheuere Schlagfertigkeit bewiesen und bin in einen Starrkrampf verfallen. Deshalb kann ich mich schlecht erinnern, wie es weiterging.

»Ähhh… bin ich etwa… die Schwiegermutter… ich sollte schlafen gehen… jetzt werde ich meinen Kuchen aufessen und mich gleich schlafen legen. Und wir sehen uns bald im Salon. Ich wünsche Ihnen alles Gute…«

Den Ausgang habe ich schnell gefunden, aber nicht gleich beim ersten Mal. Zunächst habe ich die Toilettentür geöffnet, dann bin ich in die Küche geraten.

Ich frage mich: Bleiben Larissa und ich Freundinnen? Ich denke, ja! Einmal haben Jenka und ich auch einen Mann geteilt – meinen Ehemann Dennis. Was hatten sie miteinander? Zufällig oder absichtlich? Ich wollte gar nicht erst dahinterkommen. Zuerst habe ich Jenka gesagt: Verschwinde aus meinem Leben! Aber dann habe ich gedacht: wie denn, verschwinden? Sie ist doch meine Freundin, schon seit dem Kindergarten. Und dann habe ich gesagt: Warte mal, geh nicht weg!

Vielleicht wird es mit Larissa genauso sein. Sogar wenn es nicht so wird, habe ich nicht das Recht, auf sie sauer zu sein. Sie ist doch keine alte, sondern eine neue Freundin.

Habe vom Hof in die Wohnung geschlagene zwanzig Minuten gebraucht. Die Pförtnerin mit ihren Tüchern über dem Trainingsanzug, Schützling des Glatzkopfs, hat mir nämlich erzählt, wie lustig es vor zwanzig Jahren gewesen ist, als sie am Büfett auf dem Schiff gearbeitet hat – kein Vergleich mit hier und heute, wo sie im Treppenhaus sitzt und im Prinzip wenig zu tun hat. Deshalb kann sie ab heute immer zu mir nach oben kommen und quatschen, wenn sie sich langweilt.

Habe mir wehgetan, als ich mich an dem Laufband gestoßen habe. Montag fange ich an zu laufen. Fühle mich nicht wohl. Aber vielleicht werde ich doch schon jetzt laufen, obwohl es dumm ist, mit dem Training anzufangen, wenn man nicht gut drauf ist.

Ich kann doch jederzeit anfangen, ich brauche nirgendwo hinzugehen. Das Laufband wartet auf mich im Flur.

Kann nicht aufschreiben, was Jenka dazu gesagt hat, dass ich ständig in solche Situationen gerate. Wer hätte gedacht, dass Romans Ehefrau meine Freundin Larissa ist. Ich kann es nicht aufschreiben, weil ich grundsätzlich gegen Schimpfwörter in der Schriftsprache bin. Ich benutze sie nur manchmal mündlich, wenn mir plötzlich das Laufband auf den Fuß fällt – oder eben Jenka mir auf diesen tritt. Aber nicht schriftlich!

Habe Jenka von der lustigen Büfett-Pförtnerin erzählt. Jenka hat gelacht und mich »Neue Russin« genannt. Sagte, dass ich alle Eigenschaften einer solchen habe: Jeep, Parkplatz, Pförtnerin. Musste sie zurechtweisen.

Freitag, 2. Februar

Ein kurzer, sehr, sehr trauriger Tag

Ich kann den Abend kaum erwarten. Um fünf habe ich meine Beratung im Salon und danach gleich den Unterricht mit Larissa.

Kurzer Plan für den heutigen Unterricht:

1. Ausgangspunkt ist, dass unsere Freundschaft keinen Schaden genommen hat.
2. Im Leben kann alles passieren. Es ist eben eine kuriose Situation entstanden.
3. Ich will ihre wunderbare Familie nicht zerstören.
4. Im Gegenteil: Bin einverstanden damit, psychologische Korrekturen an Romans und ihrem Verhältnis, Libido eingeschlossen, vorzunehmen.
5. Obwohl mir das wehtut, weil ich ihn auch liebe.
6. Aber sie hat ihn zuerst geliebt, deshalb – was soll man tun?

... Kann nicht glauben, dass ich wie ein Hund aus dem Salon fortgejagt worden bin. (Wieso wie ein Hund? Einen Hund wegzujagen, ist noch schlimmer, als einen Menschen. Das ist auch so eine unsinnige Phrase.)

Ich wollte wie gewöhnlich in meinen Raum gehen, aber er war verschlossen. Dann habe ich von der Sekretärin den Schlüssel erbeten. Aber sie hat mich nicht angesehen, sondern verlegen geantwortet: »Ich weiß nicht, was passiert ist, aber... Ihre Sachen... hier sind Ihre Sachen«, und hat mir einen Beutel gereicht. Ich habe in den Beutel gesehen. Darin waren die grüne Lampe, zwei Tassen, zwei Löffel, die Zuckerdose für den Tee mit den Patienten, Taschentücher für die Tränen der Patienten oder meine eigenen, zwei Tafeln Schokolade. (Und wo sind meine schwarzen Lieblingsschuhe, die ich immer in meinem Raum anhatte, habe ich beleidigt gedacht.)

»Bin ich in einen anderen Raum umgezogen? Wohin denn? Vergessen Sie nicht, ich benötige zwei gleiche, bequeme Sessel und einen Tisch«, habe ich arglos gesagt und wollte dabei nicht zeigen, dass mir ein solcher Umzug, ohne mit mir vorher darüber geredet zu haben, nicht passt.

(Ich habe dabei die schwierigste psychologische Technik angewandt: Wenn man gekränkt wird, soll man nicht schmollen, sondern versuchen, über die Situation selbst zu verhandeln. Wenn z. B. einer Sie beleidigt und sagt: »Ich habe Sie gar nicht erkannt. Sie haben wenigstens zehn Kilo zugenommen!«, sollte Ihre Antwort in vertraulichem Ton sein: »Wissen Sie, mein Mann muss sicher sein, dass er auf mich bauen kann.«)

Die Sekretärin ist rot geworden, stotterte etwas Unverständliches, und ich meinte endlich, erraten zu haben, dass man mich in ein Kabuff hinter den Massageraum stopfen will. Aber letzten Endes hat man mich rausgeschmissen! Meine schwarzen Lieblingsschuhe sind dabei verloren gegangen!

Wenn ein Mensch unter Schock steht und in eine verzweifelte Lage gerät, ohne Arbeit und ohne Geld (das Gehalt an der Universität kann man nicht als »Geld« bezeichnen, es ist eher so etwas wie ein Stipendium – die Eltern ernähren und kleiden dich, und von dem Stipendium gehst du ins Kino und meinst, dass du ein unabhängiger Mensch bist), beginnt dieser Mensch, über die wichtigsten Probleme nachzudenken, die auf ihn in dieser neuen Situation zukommen. Genauso ich! Habe mich mit meiner Tüte voller Tassen nach Hause geschleppt und dabei erkannt, dass ich dringend Geld verdienen muss, um die Haushälterin zu bezahlen. Ich habe einfach nicht die Kraft, so brutal mit Irina Andrejewna umzugehen … Ich habe nicht ganz aufmerksam der Geschichte ihres Lebens zugehört, erinnere mich aber sehr genau, dass sie keine andere Verdienstquelle hat außer unserem Haushalt.

Mura und ich werden unsere Ausgaben für Ernährung und Kleidung reduzieren.

... Ich wurde noch nie von irgendwo rausgeschmissen ...

Nein! Einmal doch – aus der Physikstunde, dafür, dass ich während der Erklärung des Schraubenprinzips meiner Freundin die Fingernägel lackiert habe. Der Nagellack war sehr schön, so rosa.

Es ist mir furchtbar peinlich, peinlich, peinlich. Ich fühle mich wie ein begossener Pudel.

Auf dem Hof habe ich den Glatzkopf getroffen. Ich musste mein Versprechen halten, das ich ihm vor einer Woche in der Erwartung eines größeren Gehalts gegeben hatte, und bezahlen:

1. für die Uniform der Pförtnerin, ihre Mütze und eine weiße Spitzenschürze,
2. für den Parkplatz für meinen Alten,
3. für andere Anschaffungen des Glatzkopfs. Ich denke, er will der Pförtnerin ein kleines tragbares Fernsehgerät hinstellen.

Das war mein letztes Geld ... Mein Gott, was wird jetzt (ich meine mit Irina Andrejewna)? – dachte ich hoffnungslos.

Habe mir vorgenommen, mir andere Arbeit zu suchen.

Bin nach Hause gekommen, um zu heulen. Aber es hat sich ergeben, dass mein Zuhause keine Wohnung mehr war, sondern ein Kriegsschauplatz – der Heeresbericht lautet wie folgt:

1. Roman hat angerufen.
   Er liebt mich. Er hat wortwörtlich gesagt: »Ich liebe dich.« Ach! Solche Worte lassen bei mir immer die Schmetterlinge im Bauch aufflattern…
2. Alena hat angerufen.
   »Alles läuft prima. Du weißt doch, dass diese lange dauernden Verhältnisse mit Verheirateten der direkte Weg zum einsamen Älterwerden sind. Und jetzt steht Roman vor der Wahl«, hat Alena gesagt. »Und ich persönlich habe keine Zweifel, wen er bevorzugt – dich oder seine Alte.«
   Oi, oi, oi! Wird er sich wirklich für mich entscheiden? Oder nicht?
3. Roman hat angerufen:
   »Ich habe zu Hause angerufen. Meine Frau hat gesagt, dass unsere Tochter in ihrer Jackentasche mein Foto trägt, und wenn sie es ansieht, sagt sie: ›Papa hat mich noch nicht großgekriegt, und schon hat er vor, mich zu verlassen.‹«
4. Jenka hat angerufen.
   Sie sagte: »Was für ein ernstes Mädchen mit unkindlichen Gedanken und Ausdrücken.«
   Jenka ist so bodenständig, vielleicht leidet das Mädchen wirklich, und ich kann ihr nicht helfen.

Jenka versteht überhaupt nichts, sie hat sich von Katjas Vater scheiden lassen, als Katja sechs Monate alt war, und jetzt nervt sie Katja: »Ruf Papa an! Ruf Papa an!…«, nur damit Katja auch einen Vater hat.

Am Abend ist Roman gekommen, und wir haben in der Küche zusammengesessen und die Situation besprochen. Roman hat erzählt, wer wem was gesagt hat.

Die Ehefrau (ich kann nach wie vor nicht glauben, dass seine Ehefrau und Larissa ein und dieselbe Person sind) hat gesagt:

»Die Hälfte des Schönheitssalons und das Kind wirst du genauso wenig sehen wie deine eigenen Ohren!«

Romans Mutter hat gesagt:

»Es ist dumm, sein leibliches Kind gegen ein fremdes (das fremde ist Mura) zu tauschen.«

Der Freund von Roman hat gesagt:

»Obwohl deine Frau einen schwierigen Charakter hat, bei deiner Neuen (die Neue bin ich) kann es aber noch schlimmer werden.«

Die Schwiegermutter hat gesagt:

»Ich werde dir jede Nacht im Traum erscheinen und dir schwere Vorwürfe deswegen machen. (Interessant. Ist es wahr, dass sie nach Wunsch in fremden Träumen auftauchen kann? Ich hoffe doch sehr, dass sie nicht beabsichtigt, mich zu besuchen.)

Wir haben die ganze Geschichte so lange durchgekaut, dass ich vollkommen die Übersicht verloren habe, wie alles gekommen ist – als ob ich wie Alice im Wunderland aus der falschen Flasche getrunken hätte, jetzt nicht länger ich wäre und in einer Tasse ertrinken würde.

Mura ist sauer geworden, weil Roman und ich, statt mit ihr Freundschaft zu pflegen, uns ohne sie in der Küche eingesperrt und leidenschaftlich die Situation in seiner Familie besprochen haben. Sie hat nein zu Pelmeni »Daria« gesagt, hat mich in den Korridor herausgerufen und böse geflüstert:

»Ich möchte, dass du glücklich wirst. Aber du hast einen Gesichtsausdruck wie unsere Klassenlehrerin – als ob du vorgestern eine Flasche Essig getrunken hättest.«

»Wieso vorgestern?«

»Weil du schon im Jenseits angelangt bist.«

Ich bin selbst schuld – Mura ist sehr verwöhnt und meint seit ihrer Geburt, dass meine Gäste ihre Gäste sind. Sie hat sich nie für ihr Spielzeug interessiert, sie wollte immer nur ganz still und unauffällig neben den Gästen sitzen. Wir haben sie dann immer schnell vergessen. Es hatte ja sowieso keinen Sinn, sie fortzujagen; denn sie hätte uns ja belauschen können...

Direkt von der Küche aus hat Roman seine Frau angerufen (ich glaube nach wie vor, dass es nicht Larissa ist und nichts als ein schlechter Traum!), ich habe schweigend zugehört, was sie zu ihm gesagt hat, er ist dabei traurig geworden und mit finsterer Miene aus dem Haus gerannt. Ich hinterher – sehen, was ich machen kann. Und als ich zurückgekommen bin, hat Mura nicht mehr mit mir gesprochen.

Nach zwei, drei Minuten hat sie dann doch endlich etwas gesagt:

»Mach! Lauf ihm ruhig hinterher. Vielleicht gelingt es dir sogar, ihn einzuholen und seine Tränen zu trocknen!«

»Du bist genau wie dein Vater. Verstehst meine innere Bewegung überhaupt nicht.« (Man darf nie schlecht über den zweiten Elternteil reden, außer wenn einem die Nerven durchgehen, und das ist bei mir gerade der Fall.)

Ich habe Mura zu einem kalten Mädchen erzogen! Aber vielleicht kennt sie Roman einfach nicht gut genug und kann deshalb seine Lage nicht verstehen.

Ich verstehe überhaupt nichts mehr, aber sogar Jenka hat mit mir sehr ätzenden Klartext gesprochen. Sie hat gesagt, dass Roman ihr schon längst auf den Wecker gefallen sei. »Wozu erzählt er dir die ganze Scheiße … und wozu lädt er seine Probleme auf dir ab?«

Ich habe ihr gesagt, dass sie doof ist. Ich bin nicht ihrer Auffassung. Wieso mag sie Roman nicht? Sie hat ihn doch nie gesehen! Ah – ich verstehe, es ist die pure Eifersucht.

Es ist eine Sache, wenn wir beide ohne Ehemänner und dicke Freundinnen sind, aber eine andere, wenn ich ein Verhältnis habe und Roman mir fast genauso nahe steht wie sie.

Am Ende unseres Gesprächs hat Jenka Roman ein weinerliches Weichei genannt. Das alles ist mir sehr unangenehm. Ich bin sicher, dass Mura sich bei ihr über ihn beschwert hat.

Wegen dieser doofen Jenka habe ich in meinem Trost spendenden Pyjama geschlafen.

Sonnabend, 3. Februar

Dieser Tag ist der bitterste in meinem Leben – nicht überhaupt, ich meine, in meinem Liebesleben.

Noch vor der ersten Vorlesung habe ich mich mit Roman im Sommergarten getroffen. Er war sehr zärtlich und nachdenklich.

Ich habe ihm gesagt, dass ich großes Mitleid mit ihm habe.

»Schlägst du vor, dass wir uns trennen?«, hat Roman mit einer komischen Bereitschaft gefragt. »Vorübergehend, bis sich alles gelegt hat …?«

Ich war sehr überrascht, weil ich gedacht habe, dass er gerade umgekehrt sagen würde, er will immer mit mir zusammen sein (Alena war sich dessen ziemlich sicher, Olga und alle anderen auch).

»Nein, ich …« Ich wollte ihm etwas über die erwachsene Liebe erklären, über die bewusste Auswahl und dass wir schon alle Komplikationen mit den Kindern überstehen würden. Wir haben doch genug Kraft, um sowohl seine Tochter als auch Mura zu lieben. Aber in zehn Minuten sollte meine Vorlesung beginnen.

Roman hat mich bis zur Tür der Uni gebracht.

»Also, ich gehe dann. Auf Zeit – wir trennen uns nur auf Zeit …«

Ich konnte nicht glauben, dass er einfach so fortgehen wollte, ohne Kuss zum Abschied, ohne Tränen, ohne Versprechungen. Wurde ich sitzen gelassen?

Mir scheint, ich wurde sitzen gelassen …

Ohne die Neuigkeiten über den verhafteten Oligarchen wäre alles ganz bitter gewesen, aber so, angesichts dieses gesellschaftspolitischen Problems, habe ich mich ein bisschen ablenken lassen von meinem eigenen Drama. Einige Dozenten waren richtig böse und haben über den Geheimdienst geflucht; nach dem Motto: »Das ist wie 1937.« Ich habe mich als einzige Verteidigerin des Präsidenten im feindlichen Lager gefühlt. Ich bin doch mit ihm auf eine Schule gegangen, und das darf man nicht vergessen!

Ich habe mich gerechtfertigt, gute Miene zum bösen Spiel gemacht – so, wie es einem geht, wenn ein naher Verwandter etwas gemacht hat, was nicht so toll ist, und man selbst ganz zwiespältige Gefühle dabei hat: Einerseits bist du mit der Mehrheit einer Meinung, andererseits ist es doch ein Verwandter, den man nicht öffentlich bloßstellen kann. Außerdem habe ich noch einen kleinen

Gedanken: Der da oben wird schon wissen, was er macht. Vielleicht spricht aus mir das Erbe der Leibeigenen – ich möchte wirklich, dass unser Präsident immer Recht hat und alles weiß!

Alles ist unangenehm und macht mir Sorgen.

Meine Mutter hat angerufen, ich wollte ihr erzählen, was meine Kollegen über Putin denken.

Und plötzlich hat mich irgendein eigenartiger innerer Zensor gewarnt – nicht am Telefon! Wahrscheinlich darf man über Putin nicht schlecht reden.

Oder wahrscheinlich sollte man über Putin überhaupt nicht reden.

In Gedanken habe ich schon einen Brief an den Präsidenten entworfen:

»Lieber Putin! Wir sind zusammen auf eine Schule gegangen, haben in einem Saal getanzt, haben schlechte Noten von ein und demselben Lehrer bekommen. Und jetzt ist es mir irgendwie peinlich. Bitte, mach es so, dass …«

Wahrscheinlich sollte man seinen Namen überhaupt nicht erwähnen! Ach je …

Während der Vorlesung habe ich meine Studenten gefragt, wie sie die neue Wende im Fall des verhafteten Oligarchen sehen. Die Studenten haben mir geantwortet, dass sie nicht wissen, wer das ist. Aber sie seien für den Präsidenten. Alle diese Oligarchen sollte man zur Ordnung rufen, meinen die Studenten, obwohl sie natürlich nicht wissen, worum es geht.

Am Ende der Vorlesung habe ich eine SMS bekommen. Ich habe gedacht, Roman würde mich um Verzeihung bitten. Vor lauter Aufregung konnte ich nichts lesen und habe ein Mädchen aus der ersten Reihe gebeten. Sie hat es gelesen. Es hat sich herausgestellt, es war die Bestätigung unserer Trennung, er liebe mich, aber trotzdem werde er mich vorläufig nicht anrufen. Furchtbar unangenehm, dass ich mein Privatleben mit meinen Studenten geteilt habe. Gott sei Dank waren heute nicht mehr als 110 Hörer anwesend.

Wie zum Trotz hatten wir heute ein sehr kompliziertes Thema: die Theorien des Denkens. Ich verstehe sie selbst nicht genau. Am Ende der Vorlesung habe ich vorsichtig gefragt, ob es noch Fragen gibt. Letzten Endes kann man immer die Kurve kriegen, sich immer irgendetwas ausdenken und schlimmstenfalls sagen: »Für Sie ist es noch zu früh.«

Die Beste, die aus der ersten Reihe, die mir die SMS vorgelesen hat, ist aufgestanden:

»Ich habe eine Frage… Was macht man, wenn man sitzen gelassen wurde? Das frage ich für meine Freundin.«

Ich habe ein bisschen nachgedacht, wie meine persönlichen Pläne in Bezug auf Roman aussehen:

1. eine rauchen,
2. in einer Bäckerei eine richtig altmodische Torte mit gelben Creme-Rosen kaufen und sie im Auto aufessen,
3. für den Abend meine Freundinnen einladen und schon im Flur ordentlich heulen,
4. für sie Pizza backen – sie sollen nicht wegen meines Unglücks Hunger leiden,
5. selbstverständlich Mama nichts verraten (weil nach Mamas Ansichten das Leben richtig verläuft, wenn ich jemanden sitzen lasse, aber wenn ich sitzen gelassen werde, ist es für Mama eine Tragödie, und Mura und ich sind zwei arme Waisen, zu nichts zu gebrauchen),

6. und Mura auch nicht (schicke Mura ins Kino. Weinen und leiden in Gegenwart eines kleinen Kindes ist unpädagogisch. Das Kind braucht eine Mutter, die sicher durchs Leben geht),
7. mit Jenka besprechen, dass mein Leben verpfuscht ist, weil ich Roman ohne Erwiderung liebe. Und was ich einsame, arbeitslose Neue Russin mit dem Parkplatz, der Pförtnerin und dem Haushalt machen soll.

»Ich weiß, was zu tun ist«, habe ich plötzlich eine Erleuchtung bekommen. »Erstens genieren Sie sich auf keinen Fall, dass Sie sitzen gelassen wurden. Alle denken, dass es peinlich ist, wenn man sitzen gelassen wird. Weit gefehlt – es ist dumm, sich für andere zu schämen; denn wir haben doch keinen verraten, sondern umgekehrt. (Als ob es besser wäre, selbst jemanden sitzen zu lassen …) Und zweitens ist es notwendig, die eigene Persönlichkeit zu entwickeln und aufzubauen.«

»Soll man denn die Muskelmasse auch aufbauen?«, hat ein junger Mann aus einer hinteren Reihe gefragt.

»Nein, die Persönlichkeit.«

»Was für eine Persönlichkeit?«

Habe mich eine halbe Stunde dabei aufgehalten zu erklären, wie man sie genau entwickeln und aufbauen kann. Nicht im Fitnesscenter, sondern in Bibliotheken, Museen und Konservatorien. Außerdem wäre es dafür gut, in einem Waisenhaus oder einem Altenheim zu helfen, damit es uns gleichgültig wird, wenn uns jemand sitzen gelassen hat; denn es gibt größeres Leid als unseres.

Übrigens ist es vielleicht gar nicht so schlecht, dass ich aus dem Salon rausgeflogen bin. Genug der Stümperei – da schreibe ich lieber meine Dissertation!

Ich habe eine geraucht, habe Alena und Olga angerufen. Irka Hamster hat bei solchen Besprechungen eigentlich nichts verloren; sie ist keine Freundin von Alena und Olga. Aber ihre engen Kontakte zu Mura geben ihr das Recht, an meinem Leben teilzunehmen. Außerdem will ich ihr keinen Anlass bieten zu denken, dass das Interessanteste aus meinem Leben an ihr vorbeigeht.

Um fünf Uhr bin ich mit einer Torte nach Hause gekommen (ein kleines Törtchen habe ich nach Plan schon im Auto gegessen) und habe angefangen, den tröstenden Besuch meiner Freundinnen vorzubereiten. Was die Pizza angeht, hat sich zu Hause herausgestellt, dass weder Wurst noch Käse da waren und natürlich auch kein Teig. Die Torte wird schon reichen, sagte ich mir guten Gewissens. Torte allein aufgegessen. Habe mich entschlossen, meinen Freundinnen einen gefegten Flur statt einer Torte anzubieten.

Den Fußboden habe ich zusammen mit Sawwa Ignatitsch gekehrt, der sich auf den Besen gesetzt hat. Gantenbein ist uns entgegengeeilt. Ich habe total vergessen, ihn in die Zoohandlung zu bringen, und so ist er auf Dauer bei uns geblieben …

Um fünf nach sechs hat Alena angerufen. Sie hatte Sorgen.

Heute Früh hat sie Nikita ins Gesicht gesagt, dass er ihr zu wenig sexuelle Liebe schenkt, und samstags stümpere er auch nur mit ihr rum, obwohl sie doch eine feste Vereinbarung für den Samstag hätten. Sie hat ihn aus dem Bett geworfen, aber ihre Kraft unterschätzt. Nikita hat dann vom Fußboden aus traurig gesagt: »Frag mal deine Psychologin (mich), sie (ich) sagt dir, dass man so mit mir nicht umspringen kann!« Eigentlich hat Alena geschäftlich angerufen. Sie wollte mir nahe bringen, dass ich Nikita sage, dass man das doch kann.

Alena sagte, ihre Stimmung sei so mies, dass es im Sarg lustiger wäre. Sie könne keinen mehr sehen und komme bald zu mir und ziehe schon mal ihre neuen Calvin-Klein-Jeans an.

Um zwanzig nach sechs hat Olga angerufen. Sie war in heller Aufregung – Wasja hat sich schon wieder blamiert (es ist noch die Zeit des Liegenden. Wasja steht auf der schwarzen Liste).

Er hat gesagt, dass er keinen Unterschied zwischen Achselschnur und Aquamarin sehe. Beides klinge wie Katzennahrung.

»Sag mir als Psychologin! Ist er ein Idiot? Jeder weiß doch, dass das Katzenfutter Whiskas heißt!«

»Ein Idiot im übertragenen oder im physiologischen Sinn?«, habe ich nachgefragt. »Welche Form hat sein Kopf, Wasserkopf oder dreieckig?«

»Seine Kopfform ist wie bei einem Idioten, ich schwöre es.«

Olga hat gesagt, dass sie wegen der Achselschnur/Aquamarin-Sache jetzt endgültig zu Dimotschka neigt und sich fast von Wasja getrennt hat. Allerdings hat Wasja selbst das nicht bemerkt. Habe Olga entgegengehalten, dass Wasja nicht alles wissen muss. Meine Studenten z. B. kennen die Wörter »marginal«, »Apartheid« und »Dessert« nicht – und ich war im letzten Winter furchtbar überrascht, als ich aus dem Heizkörper habe Wasser fließen sehen. Woher sollte ich wissen, dass der Heizkörper voll Wasser ist? Aber Wasja weiß genau, wo bei ihm was fließt.

»Und du, du bist auch nicht ohne!«, habe ich freudig geschrien. (Alle wissen, dass ich für den Frieden, für die kleinen Freuden des Alltags und für Wasja bin.) »Wer hat sich letzte Woche im Restaurant blamiert?«

Am letzten Mittwoch war Olga in einer teueren Bar zusammen mit berühmten Filmleuten. Ich weiß nicht mehr, mit wem (konnte nicht verstehen, weshalb ich mich für fremde Menschen interessieren soll, die sich nicht für mich interessieren). Und einer dieser Filmfritzen hat beim Kellner nach dem Sommelier gefragt.

»Wir haben keinen Sommelier«, hat der Kellner gesagt. »Tut mir Leid.«

»Wie, keinen Sommelier? Das gibt's doch nicht«, hat der Mann vom Film böse reagiert. »Ich will sofort den Sommelier haben!«

»Ich habe doch gesagt, wir haben keinen Sommelier!«

So ging es hin und her, und Olga hat friedfertig dem Kellner vorgeschlagen:

»Holen Sie meinetwegen aus dem Nachbarrestaurant den verdammten Sommelier! Sehen Sie nicht, dass dieser Mensch wirklich nur einen Sommelier will und nichts weiter?«

Wenn es einem schlecht geht, will er dem Nächsten auch ein bisschen wehtun. Deshalb habe ich weiter in der Wunde gebohrt:

»Wer wusste nicht, dass der Sommelier kein Wein, sondern der Kellermeister ist? Hä? Und selbst sagst du, dass Wasja ein Idiot ist…«

Olga hat dem Gespräch natürlich rasch eine andere Richtung gegeben und gesagt, dass sie ganz schnell ihren Bericht zu Ende schreiben und dann zu mir kommen will. Das war eine reine Lüge. Es wurde ihr einfach zu peinlich, dass sie sich nicht an Wasjas Kopfform erinnern konnte.

Nach dem Gespräch mit den Mädels ist das Böse in mir wach geworden – nicht nur bei mir ist alles schlecht, bei den anderen klappt auch nicht alles! Es ist doch interessant: Alle Menschen freuen sich ein bisschen, wenn sie sehen, dass es den anderen auch schlecht geht. Ich bin ein normaler Mensch, und nichts Menschliches ist mir fremd; bin ich deshalb ein böses und illoyales Ungeheuer? Wieso? Ich wünsche Alena nicht, dass sie Probleme mit Nikita hat, ich habe nur ein Gefühl von Solidarität, wenn ich weiß, dass wir beide Probleme haben.

Um sieben Uhr ist Mura ins Kino gegangen, und zu mir sind Alena, Olga und Irka Hamster gekommen. Alena hat viel leckeres Essen (einen Salat, Avocados mit Scampi, Honigkuchen von »Denissow & Nikolajew«), Olga eine Videokassette mit »Moskau glaubt nicht an Tränen« und Irka Hamster eine Creme gegen Falten mitgebracht. Irka hat außerdem gesagt, dass sie mir wegen meines Kummers das Laufband für immer abtritt.

Meine Freundinnen haben mich ausgefragt, wie wir uns getrennt haben, was Roman gesagt hat, was ich, was er darauf, und was ich…

Alle (außer Jenka natürlich) wollten mir den Eindruck vermitteln, dass ich ihn habe sitzen gelassen und nicht er mich. Und Alla und Dennis sage ich auch ganz nebenbei: »Habe den armen Roman sitzen gelassen.« Sie fragen warum, und ich antworte: »Ach, hab genug von ihm!«

Ich verstehe natürlich, dass es eigentlich blöd ist zu lügen, auch wenn keiner dahinterkommt…

Aber mein stärkstes Empfinden ist jetzt Scham. Es ist entsetzlich peinlich – ich habe allen gesagt, dass uns eine überirdische Liebe verbindet, aber am Ende war sie ganz banal, und ich komme dabei schlecht weg!

Ich habe mich entschlossen, es auf keinen Fall zuzugeben. Ich sage allen, dass es zu kompliziert geworden ist und ich selbst es nicht mehr gewollt hätte …

Es ist mir nicht gelungen, allen etwas vorzumachen, weil mich die Mädels richtig in die Zange genommen haben. Und ich habe keine Ausrede gehabt, warum ich das eigentlich nicht mehr will. Erst habe ich die halbe Wahrheit gesagt, dass ich ihn ein bisschen sitzen gelassen hätte und er mich auch ein bisschen, aber er doch ein bisschen mehr. Dann habe ich die Wahrheit gesagt. Alle haben mich geliebt, haben mich mit Kuchen gefüttert und gesagt: »Roman wird es schon noch bereuen …«

»Er bereut es sicher schon jetzt …«

Das tat gut!

Um halb zehn hat Pjotr Iwanitsch Irka abgeholt, und mein Drama wurde von den Neuigkeiten über den Oligarchen überschattet. Pjotr Iwanitsch ist ein Vertreter des Großkapitals (er hat eine Kette von Geschäften »Orthopädische Einlagen«, die bis jetzt aus einem einzigen Geschäft in der Zwetschgengasse besteht. Aber Pjotr Iwanitsch vermarktet sein Produkt ganz ernsthaft. Er hat mich sogar gezwungen, über diese Einlagen historisch zu recherchieren: »Orthopädische Einlagen – Mythos und Wirklichkeit«). Und so sieht Pjotr Iwanitsch diese Geschichte sehr finster und hat zu Irka und mir gesagt: »Na, und was habt ihr in der Schule gelernt? Das Großkapital müsse man zerschlagen!« Ich habe geantwortet, dass wir so etwas nicht in der Schule gelernt haben, nur vertieft Chemie gehabt haben und alle anderen Fächer. Aber Pjotr Iwanitsch war trotzdem böse. Irka saß da und hatte Angst, dass diese ganze Geschichte ihr Privatleben beeinträchtigen würde.

Irka wollte noch nicht gehen, sträubte sich und hat ängstlich über die Schulter geblickt, genau wie Sawwa Ignatitsch, wenn er am Genick gepackt wird. Aber Pjotr Iwanitsch hat sie sehr barsch nach Hause gezogen.

Als Irka fort war, haben Olga und Alena endgültig vergessen, weshalb sie zu mir gekommen waren, und haben die neue Fernsehfassung der »Forsythe-Saga« besprochen.

»Ich liebe Soms! Wie ich ihn liebe!«, hat Olga geschrien. »Er ist genau der Mann, den ich heiraten wollte. Und außerdem ist er auch finanziell gut gestellt, kein Vergleich zu Wasja oder Dimotschka…«

»Hört mal zu! Vielleicht verstehe ich nicht richtig«, hat Alena schüchtern angefangen. »Es scheint mir, dass Irene aus einer Mücke einen Elefanten macht. Weshalb konnte sie nicht mit ihm schlafen? Er bietet es ihr an, und sie will nicht. Das ist richtig unmoralisch, nicht wahr?«

Olga hat gesagt, dass sie von Männern enttäuscht ist und dass sie in Zukunft Feministin sein will, vielleicht sogar lesbisch wie Sappho. (Wasja weiß übrigens nicht genau, wer Sappho ist, er denkt, dass das ein ausländischer Filmschauspieler ist.)

Die Zeitschriften, für die Olga Filmrezensionen schreibt, wollen jetzt von ihr keine klugen Besprechungen mehr, sondern nur Klatsch und Tratsch. Sie haben eine brillante Rezension über einen Film mit Hugh Grant nicht genommen, sondern wollten, dass sie stattdessen nur über seinen Kleidungsstil schreibt. Außerdem müssen die Rezensionen kurz sein, weil diese Zeitschriften in erster Linie für Männer gedacht sind, und die können keine langen Texte lesen, sondern nur so kurze wie ein Hasenschwanz.

»Dabei sagen sie immer, dass die Frauen blöd sind«, hat Olga gesagt. »Ja, ich werde eine Weile Feministin bleiben, dann werde ich eine Weile lesbisch ...« Olga hat sich kokett an Alena gedrückt und plötzlich gebrüllt:

»Wisst ihr, Mädels, der Oligarch ist eine Schönheit!«

Meiner Meinung nach droht sie nicht lesbisch zu werden – Olga mag es doch gar nicht, sich gegen ihr Naturell zu etwas zu zwingen.

Als alle gegangen waren, habe ich mit Jenka gesprochen und dabei viel geraucht.

»Du hast noch Glück, dass er nicht mit einem Koffer und einem karierten Beutel bei dir aufgetaucht ist«, hat Jenka gesagt. »Wozu brauchst du ihn mit seiner rüstigen Schwiegermutter und seiner Ehefrau als Teil seiner Krankengeschichte.«

Böse, böse Jenka ...!

Während unseres Gesprächs ist jemand die ganze Zeit vor der Küchentür hin und her gegangen, wahrscheinlich hat Mura gelauscht.

Montag, 5. Februar

Den Tag kann man vergessen – sehr traurig, wieder viel geraucht, um neun Uhr schlafen gegangen. Mura hat meine Temperatur gemessen: 36,5 – ein bisschen zu niedrig – eine starke Schwächung.

Ich konnte nicht einschlafen. Ich wurde von traurigen Gedanken übermannt, und mir war vom endlosen Rauchen ganz schlecht; als ob ich eine Schachtel Zigaretten aufgegessen hätte. Ich habe mich an den Satz erinnert:

»Jeder hat seine eigene Hölle.« Und nicht Gott schickt uns dorthin, sondern jeder Mensch schafft sich seine eigene gemütliche Hölle nach seinem Geschmack. Ich werde nicht weinen und werde mir keine Hölle erschaffen.

Ich habe geheult. Ich bin absolut einsam, überhaupt völlig allein im Universum, und Kopf, Hals, Brust und Bauch schmerzen mich.

Um zehn hat meine Mutter angerufen, mich für irgendeine Sechs von Mura getadelt und für noch irgendetwas – im Grunde für alles.

»Mura hat eine Sechs, du bist unverzeihlich leichtsinnig… Und außerdem hatte Mura heute Früh starke Bauchschmerzen…«

»Mama, tschüs!« Ich merkte, dass ich nicht weiter mit ihr reden konnte.

»Nicht tschüs! Nicht tschüs! Mura hat eine Sechs, du hast gestern Kopfschmerzen gehabt, und ich sage dir, man muss gleichzeitig Thomapyrin und Aspirin nehmen, kauen, kein Wasser dazu… es ist ein unverzeihlicher Leichtsinn… Ich sage dir, man muss kauen, aber du schluckst bestimmt…«

Hat Mama etwa nicht gespürt, dass es mir ganz schlecht geht? Wahrscheinlich wurde ich bei der Geburt verwechselt.

Was für ein unglücklicher Tag heute! Kaum habe ich im Schlaf Vergessen gefunden, ist Mura im Pyjama und mit Lockenwicklern im Haar zu mir gekommen. Sie ist ganz leise zu mir gekrochen, und während sie gerade ein Bein über mich geschwungen hat, heulte sie schon richtig los.

Ich habe Mura angefleht, mir zu sagen, was passiert ist,

eine Sechs oder irgendwelche Probleme mit einem Jungen, oder ob sie einen neuen Mantel haben möchte. Als ich schon am Ende meiner Fragen war, hat Mura abrupt aufgehört zu heulen und mit ruhiger Stimme, frech vor Angst, gesagt (diese Stimme kenne ich sehr gut, sie benutzt sie seit ihrer Kindheit, um etwas streng Verbotenes zu gestehen):

»Ich bräuchte es dir eigentlich nicht zu sagen... aber ich sage es, weil ich so ehrlich bin.« Mura hat einen Augenblick lang – zur Steigerung der Dramatik – innegehalten. »Ich wollte doch nicht, dass du weinst, und dass du ohne Arbeit bist, wollte ich auch nicht...«

»Mura, sei nachts nicht intrigant! Und zwinge mich nicht, dich anzubetteln. Gestehe schnell, sonst beiße ich dich.«

Mura hat noch ein bisschen um den heißen Brei herumgeredet, sich dann im Bett aufgesetzt, sich in eine Ecke verkrochen und durch das Kopfkissen trompetet:

»Das ist alles meinetwegen... Ich bin an allem schuld. Meinetwegen bist du mit ihm nicht mehr zusammen und aus der Arbeit geflogen... Du denkst, ich weiß nichts, aber ich habe gelauscht...«

»Ich habe keinen Zweifel, dass du lauschst. Aber wieso deinetwegen?« Das Kind ist von meinen Geschichten verrückt geworden. Mama hat Recht, ich bin eine schlechte Mutter, und Jenka hat auch Recht: Ich bin einfach doof...

»Die Schwiegermutter ist Serjoscha...«

»Welcher Serjoscha?«, habe ich automatisch gefragt, obwohl ich eigentlich hätte fragen müssen: Welche Schwiegermutter?

»Du hast schlecht geträumt, Murotschka, lass uns schlafen gehen...«

»Serjoscha Pletnow…«

Wenn ich nach dem heutigen Tag noch über ein bisschen Kraft verfügt hätte, wäre ich in heller Aufregung aufgesprungen und auf dem Laufband davongelaufen. Aber so habe ich mit schwacher Stimme gefragt, genau so, wie meine Freundinnen heute Abend: »Und du… und er… und was du…?«

Eine unglaubliche Geschichte, die zu glauben ich mich wirklich weigerte!

Mura behauptete Folgendes:

1. Romans Schwiegermutter, die erst im Schrank geklingelt hat und mit der ich dann Freundschaft geschlossen und verschiedene Fragen über die Familie besprochen habe (erinnere mich ganz genau, dass es um Motorroller ging),
2. die Schwiegermutter, die ich wegen ihres unerwarteten Interesses für Safer Sex für eine zweite Ninon de Lenclos gehalten habe,
3. die Schwiegermutter, die mit heiserer Bassstimme mit mir gesprochen hat (so tief, dass ich sie für eine äußerst starke Raucherin gehalten habe) –

diese um das Familienglück ihrer Tochter besorgte alte Frau soll Muras Schulfreund Serjoscha Pletnow sein.

»Du bringst etwas durcheinander, Murotschka. Die Schwiegermutter ist eine erwachsene, alte Frau, sie hat mit mir über Ehebruch gesprochen, darüber, wie Kinder leiden, wenn ihre Eltern sich scheiden lassen…«, habe ich sanft gesagt. (Das arme Kind ist verrückt geworden!) »Die Jungen in deinem Alter interessieren sich doch gar nicht für solche Probleme von Erwachsenen. Du irrst dich, Murotschka, geh schlafen! Und morgen gehen wir zum Arzt…«

Mura hat abgewinkt.

»Was den Ehebruch betrifft, ist Tanka erst mit ihm ins Kino gegangen und hat dann was mit Max angefangen… Und im letzten Jahr haben sich seine Eltern scheiden lassen. Er sagt also aus eigener Erfahrung, dass betroffene Kinder leiden…«

»Aber warum, Murotschka«, habe ich enttäuscht gefragt. »Warum habt ihr das getan?«

Mura hat den Kopf unter der Decke versteckt.

»Aber wozu wolltest du heiraten? Eh?«, hat Murka unter der Decke gefragt.

»Du bist verrückt geworden, Mura, wie hätte ich denn einen verheirateten Mann heiraten können?«

»Aber wer hat gesagt: ›Es ist ernst zwischen uns‹? Wer hat gesagt: ›Es ist alles möglich‹?«

»Mura, rede keinen Blödsinn!«

»Erst einmal bekommt Papa ein Kind«, spulte sich Mura langsam auf und kroch unter der Decke hervor. »Außer mir wird es noch jemanden geben. Und was, wenn Papa ihn mehr lieben wird als mich? Und jetzt willst du heiraten, willst du mir etwa auch noch jemanden in die Welt setzen?«, hat sich Mura kriegerisch in die Brust geworfen. In ihrer Stimme waren deutlich hysterische Untertöne zu horen. »Und was ist mit mir, wenn ich fragen darf? Wohin mit mir? Ich bin noch ein Kind!«

Endlich habe ich alles kapiert. So fugt sich alles. Bei Serjoscha und bei Mura herrschen ganz schwierige Familienverhältnisse, und so haben sich zwei arme Einsamkeiten gefunden.

Zuerst hat Mura Angst bekommen, dass ich heirate, und Serjoscha hat Mura geholfen. Dann hat Serjoschas Mutter die Schildkröte auf die Straße gesetzt, und so war Mura dran zu helfen. Es wurde ehrlich vereinbart: Serjoscha spielt die Schwiegermutter so lange, bis ich verspreche, nicht zu heiraten. Und Mura verpflichtet sich dafür, die Schildkröte zu versorgen. Allerdings hat Serjoscha Mura ein bisschen betrogen und ist jetzt nicht bereit, die Schildkröte zurückzunehmen, aber das ist nicht so wichtig, weil wir sie »Gantenbein« genannt haben, und wenn man jemandem einen Namen gegeben hat, dann hat man auch die Verantwortung für ihn.

Mura hat für sich, Serjoscha und die Schildkröte Mitleid eingefordert, hat mich damit erpresst, dass sie ein Scheidungskind ist, mir mit einem sofortigen psychischen Schock gedroht, hat dann schließlich dünn geheult und unter Tränen um Verzeihung gebeten. Sie hat es so gesagt: »Verzeih mir bitte, ich werde es nie wieder tun!«

Mura hat noch nie im Leben um Verzeihung gebeten; das hat mich so aus der Fassung gebracht, dass ich mich plötzlich erinnert habe, worüber ich heute meine Vorlesung gehalten habe.

»Mura, es gibt so einen Begriff: Tunnelblick«, habe ich feierlich angefangen und bin dabei in meinem löchrigen Pyjama vor Mura auf und ab gegangen. »Er bedeutet, dass ein Mensch nur in eine Richtung denkt, und deshalb ist es unwahrscheinlich, dass er zu besserer Einsicht gelangt. Wir zwei werden die Situation nun einmal anders betrachten. Ich werde es dir erklären: Nimm ein Heft und schreib kurz auf!

1. Ich habe mich von Roman getrennt.
   a. Mich hat noch keiner sitzen gelassen, und ich war ziemlich sicher, dass mir so etwas nie passiert. Aber ein Mensch sollte alles einmal erleben. Insofern ist alles schön und gut.
   b. Außerdem wartet in der Zukunft eine echte Liebe auf mich. (Toi-toi-toi!) Und es ist ziemlich sicher,

dass ich nicht mehr in der Lage sein werde zu gebären, wenn sie endlich eintrifft.

2. Serjoscha weigert sich, die Schildkröte zurückzunehmen.
   a. Ich werde bald aufhören, vor Gantenbein Angst zu haben. Ich denke, dass er ganz nett ist. Stell dir vor, wie bitter es einem Wesen ergeht, das keiner will. Es ist unsere Pflicht, es ihm so schön zu machen, dass er sich wie in seiner eigenen Familie fühlt.
   b. Schildkröten leben 300 Jahre. In 300 Jahren werde ich völlig ruhig sein, Gantenbein wird bei uns zu Hause leben und sich ewig an mein Drama erinnern.«

Ich habe mich wieder ins Bett gelegt und mich erinnert, was ich der Serjoscha-Schwiegermutter wie eine psychologische Nachtigall über die Probleme zwischen uns Frauen vorgesungen habe. Und ich wollte Murka ein bisschen triezen.

»Jetzt, meine liebe Mura, bist du zu weit gegangen«, habe ich rachsüchtig gesagt. »Ich habe keine Arbeit mehr, aber wir müssen Irina Andrejewna unterhalten. Deshalb müssen wir sparen, und zwar an dir … Morgen werde ich mir überlegen, wie genau.«

Mura ist eingeschlafen, aber ich konnte nicht schlafen – habe das Ergebnis zusammengefasst.

1. Ich bin jetzt ohne Roman und ohne Arbeit,
2. dafür mit Schildkröte und Laufband.

Bevor ich endgültig eingeschlafen bin (ich hoffe, das war's für heute mit den Überraschungen und keiner teilt mir mit, dass Roman in Wirklichkeit eine Frau ist), konnte ich endlich in Ruhe meine Liebe beweinen … Endlich habe ich wahrgenommen, dass ich wirklich allein, allein, allein bin …

Ich werde meinen Trost spendenden Pyjama nie mehr ausziehen. Und ich werde in ihm auch in meine Vorlesungen gehen.

Dienstag, 6. Februar

Will aber durchhalten! Habe meinen Pyjama gut versteckt, werde mit doppelter Energie mein Buch schreiben, weil Schmerz und Enttäuschung sich auf keinen Fall nach innen fressen dürfen. So werde ich alles rauslassen, zuerst bei Mango, dann bei Benetton und dann auf den Seiten meines Werkes.

Bevor ich zu meinen Vorlesungen gegangen bin, habe ich es noch geschafft, Olga zu unterstützen: Sie hat Probleme. Der Redakteur irgendeiner Moskauer Zeitung hat ihr gesagt, dass ihre Artikel nichts taugen und dass sie ihren Stil ändern muss.

»Aus meinem ernsten Text wurde ein Beitrag für die Boulevard-Presse gemacht, wer mit wem gebumst hat usw. Und unter diesem Mist wird mein Name stehen …«

»Dann lass deinen Namen weg«, habe ich vorgeschlagen.

»Du hast keine Ahnung! Das ist ein renommiertes Blatt, das kann ich nicht machen.«

Ich habe Olga getröstet, ihr empfohlen, so zu schreiben wie geheißen, Honorare zu kassieren und zu Wasja zurückzukehren.

Ich bleibe bis zum Abend weg. Mura kommt heute auch spät, deshalb treffen wir uns nach meinen Vorlesungen zu einem tröstenden Bummel durch die Geschäfte. Damit sich Leo Jewgenjewitsch nicht langweilt, werde ich ihm den Fernseher anschalten.

Der Bummel durch die Geschäfte ist uns gelungen – wir haben die neuen Kollektionen bei Mango, Mexx, Benetton und allen anderen Läden angesehen, die uns angelacht haben. Der Schaufensterbummel war sehr positiv für meine psychische Gesundheit: Ich habe beschlossen, mir alles in Rosa anzuschaffen, Hosen, Pullover, eine Bluse, Schuhe und auch eine Tasche. Für den Anfang habe ich Mura einen rosa Gürtel gekauft und einen Ring mit einem riesigen rosa Stein – sehr schön, schade, dass ich so etwas nicht mehr tragen kann.

Auf dem Wladimirski ist Mura ausgestiegen und zu ihrer Freundin gegangen. Ich wollte schon auf unseren Hof fahren, als ich plötzlich mit meiner Stoßstange gegen etwas rot-weiß Gestreiftes gefahren bin, das waagerecht vor mir aufgetaucht ist.

Verdammt! Wegen meines Dramas habe ich das total vergessen – der Glatzkopf hat mir heute Früh gesagt, dass ein Schlagbaum auf mich warten würde, wenn ich nach Hause komme, und hat mir irgendein Ding in die Hand gedrückt und gesagt: »Drück hier auf den Knopf, und das Tor öffnet sich.« Das heißt, der Schlagbaum sollte dann hochgehen und mich hereinlassen. Aber ich habe dieses Zauberding verloren…

Zuerst habe ich versucht, mich unter dem Schlagbaum hindurchzuschlängeln, aber das Auto ist zu hoch. Dann habe ich versucht, zwischen Schlagbaum und der Mauer durchzukommen. Aber das habe ich auch nicht geschafft. Wozu brauche ich so ein großes Auto? Wenn ich z. B. auf Rollschuhen liefe, wäre ich völlig unabhängig, und ich müsste nicht zum Glatzkopf gehen und darum betteln, dass er mich nach Hause lässt.

Ich stehe beim Glatzkopf auf der schwarzen Liste... Wahrscheinlich denkt er, ich bin eine Idiotin, und träumt davon, die Form meines Kopfes zu überprüfen.

Als ich die Treppe hochstieg, dachte ich, es ist doch ganz gut, dass ich nicht so einsam bin. Jetzt werden mich Leo Jewgenjewitsch, Sawwa und Gantenbein begrüßen.

Sawwa war nicht zu Hause, und im Flur hat mich nur Gantenbein erwartet. Er ist auf dem Laufband gelaufen, und Leo Jewgenjewitsch war so sauer darüber, den ganzen Tag allein gelassen worden zu sein, dass er mich gar nicht zur Kenntnis genommen hat.

So, so! Der Kühlschrank stand sperrangelweit offen. Das untere Regal wurde komplett leer gefressen, nur das Butterpapier ist übrig geblieben. Wurst und Käse hat Leo Jewgenjewitsch anscheinend mit der Verpackung verspeist. Die Marmelade hat er ganz ordentlich aus der Dose geschleckt, so ein Prachtkerl! Auf dem Boden lagen die Quarkpäckchen verstreut – natürlich nur die leeren Päckchen.

Wollte Mamas Buletten essen (heute Früh sind drei wunderschöne, üppige, gebratene Bulettchen in der Pfanne geblieben) – die Buletten waren auch weg. Wie konnte er so einen schweren gusseisernen Deckel wegschieben? Und wozu hat er ihn wieder zugemacht? Wahrscheinlich hat er gedacht, dass ich die Buletten vergessen würde.

Es klingelte an der Tür: der Glatzkopf mit bedeutsamem Gesichtsausdruck – ein strenger Bote des Schicksals.

»Sammle Geld für die warmen Mahlzeiten der Pförtnerin. Suppe mit Fleischklößchen und Kompott … Pjotr Iwanitsch hat schon gespendet.«

Jetzt werde ich ganz nebenbei erwähnen, dass ich eine Schriftstellerin bin.

»Wissen Sie, ich habe irgendwie nicht verstanden, worum es geht, weil ich eine Schriftstellerin bin und gerade ein Kapitel beende«, habe ich wichtig getan.

»Bekomme von Ihnen fünfzig Dollar für Fleischklößchen bis zum Ende des Monats!«

Das war's. Mir blieb in meiner verzweifelten Geldnot nichts anderes übrig, als gegenüber dem Glatzkopf stärkstes psychologisches Geschütz aufzufahren.

Um Zeit zu sparen, griff ich tief in die Trickkiste der Kommunikationstechniken, um den Glatzkopf so zu manipulieren, wie ich ihn haben wollte. Ich musste dazu meine tiefsten, urtümlich weiblichen Empfindungen ausdrücken. Ich wollte ihm sagen, dass ich mich als Frau gerade ganz einsam fühle und schwarz sehe für die nähere Zukunft der Pförtnerin.

Und außerdem, dass ich nichts zahlen kann, weil mir ja gekündigt worden ist. Wenn ich alles bezahlen würde, dann könnte meine Tochter Mura vor Unterernährung auf die schiefe Bahn geraten und beginnen, der abgelenkten Pförtnerin die Frikadellen vom Teller zu stehlen und ihr Kompott zu vernaschen …

So werde ich eine ewige Schuldnerin vom Glatzkopf bleiben, dachte ich verzweifelt. Schließlich habe ich ja auch andere Pflichten in meinem Leben, z. B. die Haushaltshilfe bezahlen.

»Ich … ich … ich …« Mir traten plötzlich Tränen in die Augen, und ich habe begonnen zu stottern: »Ich, die

Psychologin … kann allen helfen … aber mir selbst kann ich nicht … So weine ich wie jede gewöhnliche Idiotin … Und ich wurde sogar sitzen gelassen, für immer …«

Ich bin auf das Laufband geplumpst und habe wahrscheinlich mit meinem Po irgendeinen Knopf erwischt; denn das Laufband ist mit mir losgefahren, und ich bin auf den Boden gefallen und dort sitzen geblieben, heulend und zutiefst gekränkt.

»So!«, hat der Glatzkopf streng gesagt.

Er hat mich vom Fußboden aufgehoben und ins Badezimmer begleitet. Und weil ich nicht aufhören konnte zu heulen und zu stottern und die ganze Zeit versucht habe, etwas zu sagen, hat er einige Male meinen Kopf unter den Wasserhahn gesteckt.

Ich habe mich wie Leo Jewgenjewitsch nach dem Baden geschüttelt und bin dann endlich zu mir gekommen.

»Ver … ver … verzeihen Sie, ich werde nicht mehr vom Laufband fallen«, habe ich gesagt.

»Sind Sie wirklich eine echte Psychiaterin? Aus einer Anstalt?«, hat der Glatzkopf respektvoll gefragt und mich dabei mit einem Handtuch abgetrocknet.

»Es gibt einen gewaltigen Unterschied zwischen Psychiater und Psychologe … Ich habe mit gesunden Menschen zu tun, die einfach verschiedene Probleme haben – Selbstidentifikation, Sinnkrise, Selbstaktualisierung …«

»Können Sie mich von einer Verhexung befreien?«, hat er interessiert gefragt.

»Na, wenn es sein muss …«

Der Glatzkopf hat mich ins Zimmer begleitet, hat mich an den Tisch gesetzt und angefangen, sein Leben zu erzählen. Aus professioneller Sicht ist er ein sehr interessanter Fall. Er wurde wirklich verhext. Er hat sehr viel Geld. (»Viel Geld« ist ein relativer Begriff, der von der jeweiligen Stimmung abhängt. Ich bin froh, dass der Glatzkopf damit zufrieden ist, wie seine Geschäfte laufen.) Also: viel Geld und wenig Liebe. Er, der Glatzkopf, hätte schon längst heiraten wollen. Aber es kommt für ihn nur eine Liebesheirat in Frage. Doch alle Frauen wollen nur sein Geld.

»Und wo lernen Sie diese Frauen kennen?«, habe ich interessiert gefragt.

Eigentlich habe ich meine eigenen Interessen verfolgt – wollte so einen geheimen Ort herausbekommen, wo alle normalen Menschen sich kennen lernen und sich Paare für Liebe und Heirat finden. Dort möchte ich auch hin!

»Wie meinen Sie, wo? Dort, wo alle sind. In Bars, Restaurants, verschiedenen Clubs... Habe mir sogar auf Schönheitswettbewerben jemand an Land gezogen... Ich habe einmal die Miss vom Frunsinski-Bezirk abgeschleppt...«, hat der Glatzkopf angegeben.

Ich habe schon mehrere Freundinnen des Glatzkopfs gesehen – sie sehen alle gleich aus: Grashüpfer-Zwillinge mit sehr, sehr dünnen, langen Spinnenbeinen und blonden Haaren...

»Aber wohin soll ich gehen, um DAS Mädchen zu erlegen? Für einen Besuch in der Disco bin ich zu alt...« Er hat schüchtern die Augen niedergeschlagen, und ich habe zum ersten Mal mitbekommen, dass der Glatzkopf in meinem Alter ist und überhaupt kein dicker alter Sack.

Interessant, bin ich etwa auch schon zu alt für einen Disco-Besuch? Ich glaube nicht. Murka, ihre Freundinnen und ich waren im vorigen Jahr zusammen auch in einer sehr modernen Disco (bin mitgegangen, weil ich sie nicht allein dorthin lassen wollte). Nach zwei Stunden Belustigung habe ich für 50 Rubel den DJ überredet anzusagen, dass die Disco in fünf Minuten schließt. Der DJ hat gesagt: »Entschuldigung, wir schließen!«, und ich habe Mura und ihre Freundinnen weggeschleppt.

Die Disco war gleich wieder geöffnet – aber dann ohne uns.

»Welche Eigenschaften soll Ihre Ehefrau denn haben?«, habe ich gefragt.

»Na ... halt ... sie sollte Götterspeise aus der Tüte machen können, sie soll ruhig, eher ein bisschen schüchtern sein, mit einem Wort: eine Stubenhockerin.«

Mit professioneller Überlegenheit habe ich dem Glatzkopf gesagt, dass die Fähigkeit, Götterspeise aus der Tüte machen zu können, und Schüchternheit nicht gerade die Eigenschaften sind, die man jeden Tag auf einem Schönheitswettbewerb finden kann.

»Ich denke, Ihre Suche unter ganz jungen Frauen dürfte kaum vor dem Standesamt enden«, habe ich nachdenklich gesagt.

Der Glatzkopf war überrascht und hat mich um honorarpflichtige psychologische Dienstleistungen in diesen und verschiedenen anderen Angelegenheiten gebeten. Er hat gesagt, dass seine Partner einfach platt sein werden, wenn sie erfahren, dass er sich eine persönliche psychologische Beraterin zugelegt hat.

Ich habe schon insgeheim die mir drohenden Verluste überschlagen, weil ich den Glatzkopf in dieselbe Schublade stecken wollte wie Larissa; immerhin stehe ich ja auch in seiner Schuld – ich sage nur Pförtnerin, Parkplatz und Springbrunnen. Aber er hat gesagt, dass er für die Beratung zahlen will, viel sogar, weil alles Kostenlose schlecht und alles Teure gut sei.

Der Glatzkopf und ich haben beschlossen, dass wir einen Barter betreiben werden: Er übernimmt meinen Anteil am Schlagbaum und an den Frikadellen für die Pförtnerin, und ich werde ihm psychologische Hilfe leisten. Ich bin glücklich, dass alles so ausgegangen ist mit der Pförtnerin, dem Parkplatz und was sonst noch in seinem Kopf herumspukt.

Nicht vergessen, Mura zu sagen, dass sie jetzt den Glatzkopf nicht »Glatzkopf«, sondern »Ernährer« nennen soll, und während der Gewöhnungsphase »kahler Ernährer«. Wenn der kahle Ernährer nicht meine psychologische Hilfe in Anspruch nähme, würden wir brav für alles zahlen, was er sich ausgedacht hat, würden dann abnehmen, blass werden und fast in eine Hungerohnmacht fallen, und das angesichts all dieser wunderschönen Dinge für Neue Russen – Schlagbaum und eine Pförtnerin mit ihrer Dienstmütze.

Jetzt, da ich völlig einsam auf der Welt bin, kann ich endlich mein Buch zu Ende schreiben. Habe bis abends wie eine echte Schöpferin geschrieben, konnte keine Minute von meinem Werk aufblicken. Zur Nacht war ich sehr müde, aber es ist noch ein weiter Weg bis zum Schluss; den Schluss habe ich mir noch gar nicht ausgedacht…

Plötzlich habe ich einen genialen Einfall gehabt, wie ich schnell eine richtige Schriftstellerin werden könnte: Ich werde das Buch nicht zu Ende schreiben, sondern einfach mein Tagebuch veröffentlichen. Ich schreibe es doch nicht umsonst an jedem Abend. Ich darf nur nicht vergessen, die Namen zu verändern und am Anfang zu schreiben: »Eine große Bitte, nicht sauer sein, alle Tatsachen sind frei erfunden.« Oder noch besser: »Die Autorin hat alle Personen und Vorkommnisse völlig frei erfunden.«... Und was, wenn mich ein Erfolg erwartet und ich vielleicht sogar übersetzt werde? Ich persönlich denke, dass mein Tagebuch eine große Bedeutung für die Freundschaft und das gegenseitige Verständnis zwischen den Völkern haben wird – viel größer als alle politischen Aktionen. Alle, alle, werden erfahren, welche Kleidung und welches Essen Mura und ich bevorzugen, welche Freuden und welchen Kummer wir haben (z. B. eine Fünf in Physik ... Mura droht eine Fünf im Zeugnis und sogar im Personalausweis) und wie wir damit umgehen – genauso wie alle ganz gewöhnlichen Menschen in aller Welt –, dass Mura und ich gegen den Terrorismus sind und ... vielleicht bekommen wir sogar einen Friedenspreis ...

... Habe Ausschnitte aus meinem Tagebuch Mura und auch meinen Freundinnen am Telefon vorgelesen. Allen hat es gefallen, alle sagen, dass ich ein Genie bin. Ich wusste es. Hurra!

Konnte nicht einschlafen, weil ich jetzt eine richtige Schriftstellerin bin. Habe Mura wachgerüttelt (wenn ein Mensch eine Schriftstellerin zur Mutter hat, dann braucht dieser Mensch erst zur zweiten Stunde zu gehen) und gefragt, was sie über mein Buch denkt.

»Du hast mich schon am Abend hundertmal gefragt, oder zweihundertmal.«

»Sag es noch mal!«

»Eine Heldin aus deinem Tagebuch ist dir ähnlich und eine andere mir, weil dein Tagebuch von dir und mir handelt und auf jeder Seite deine Handschrift zu erkennen ist.«

»Das ist nicht gut, das bedeutet, dass ich keine echte Schriftstellerin bin.«

»Ach, das macht nichts. In jedem Buch sieht man die Handschrift seines Autors, sogar in ›Anna Karenina‹, der von Dumas.«

Morgen werde ich mein Tagebuch an alle Verlage der Heldenstadt an der Newa schicken.

Freitag, 23. Februar

Heute beginnt das große Fasten, und in dem Zusammenhang habe ich etwas vor.

Es geht ums Abnehmen. Es gelingt mir nicht abzunehmen, wenn ich nur an meine körperliche Perfektion denke. Ich habe nicht eine einzige Diät durchgehalten, weil ich ein sehr spiritueller Mensch bin und ich keinen physischen, sondern einen psychischen Ansporn brauche. Also habe ich gedacht, vielleicht mit dem Ziel einer Persönlichkeitsentwicklung endlich abzunehmen. Aber es ist doch eine Sünde zu fasten mit dem Ziel abzunehmen. Es ist so, dass ich Gott eigennützig missbrauche.

Andererseits haftet der Mensch nicht nur für Gott, sondern auch für sich selbst. Man sagt, dass während des Fastens mit der Seele etwas passiert. Also, warum sollte ich es nicht probieren dürfen, ich glaube doch an die Existenz der Seele.

Eigentlich ist es nicht so schwer zu fasten. Man kann sehr viel und praktisch alles essen, besonders das, was ich mag: Brot, Kartoffeln, Makkaroni, Mais, Bohnensuppe – wenn sie jemand für mich kocht.

Interessant, als ob ich mich in einer Sekunde in ein ganz anderes Wesen verwandelt hätte, das kein Fleisch, keine Eier und keinen Käse isst. Auch keinen Camembert!

Vor dem Schlafengehen habe ich mich mit Jenka auf religiöser Ebene gestritten. Zu Katja kommt ein Junge zu Besuch, der kein Schweinefleisch isst. Deshalb füllt Jenka wie eine echte Mutter die Teigtaschen mit Hühnerfleisch und knurrt dabei:

»Diese Juden aus Russland waren nie Juden und haben immer Schweinefleisch gegessen. Wieso haben sie in Deutschland aus allen Religionen die ausgewählt, die Schweinefleisch verbietet?«

»Jeder Mensch hat das Recht, sich aus seiner Religion diejenigen Grundsätze herauszupicken, die er verfolgen will«, habe ich erwidert.

»Aber warum, warum gerade kein Schweinefleisch?«

»Und warum gehst du nicht in die Kirche?«, habe ich gestichelt. Ich war sehr böse damals, als Mura, Katja und ich Kathedralen besichtigt haben und Jenka draußen geblieben ist mit einer Miene, als ob sie irgendetwas wüsste, was mir verborgen geblieben ist. »Du hast dich doch selbst entschieden, keine Kirche fremder Religion zu besuchen.«

»Das ist etwas ganz anderes. Das Eigene ist das Wichtigste – nicht Spenden für fremde Kirchen! Und wenn man erst einmal drin ist, kann man auch nicht nichts in die Sammelbüchsen tun.«

Das hat mich sehr geärgert. Meiner Meinung nach hat jeder das Recht, für sich etwas (kleines) Eigenes zu wählen – kein Schweinefleisch essen oder fasten. Und nicht für fremde Kirchen zu spenden ist für mich eigentlich keine Kleinigkeit. Nach unserer großen Auseinandersetzung waren wir aber sofort wieder ein Herz und eine Seele.

Sonntag, 25. Februar

Habe nachgedacht – bin doch keine richtige Gläubige, die in die Kirche geht usw. Ich denke sogar (vielleicht liege ich ja falsch, dann bitte ich alle um Entschuldigung), dass es für Gott gleich ist, ob ich mein Brot mit Butter beschmiere oder nicht. Ich werde nie glauben, dass er keine anderen Sorgen hat, als mich genau zu beobachten Ich bin mir fast sicher, dass Gott überhaupt nicht merkt, ob ich ein kleines Stück Käse esse oder nicht. Und Kaffee mit Milch dazu.

Montag, 26. Februar

Habe aufgehört zu fasten, weil ich sehr aufgeregt wegen eines unglaublichen Ereignisses bin.

Alle sagen, dass solche Wunder sehr selten geschehen oder dass es sie überhaupt nicht gibt – das Manuskript meines Tagebuchs (weiter: »Buch«) fiel zufälligerweise der gelangweilten Ehefrau eines Verlegers in die Hände, und so wurde es vom Verlag und der Ehefrau angenommen.

Ich glaube an Wunder, weil:

1. Mura denkt, dass mein Tagebuch ungewöhnlich schön ist, und meine Tochter ist eine strenge, aber objektive Kennerin von echter Literatur.
2. Alena und Olga haben es gelobt. Jenka hat es am Telefon gehört und es nicht kritisiert. Und das bedeutet schon etwas, sogar sehr viel.
3. Und Olga ist noch dazu Profi – sie hat Ahnung im Filmgeschäft.
4. Das Leben ist durchwachsen, alle wissen das. Wenn Roman mich nicht – ich scheue das Wort nicht: –

brutal sitzen gelassen hätte und wenn noch Liebe zwischen uns herrschen würde, bin ich mir sicher, dass keine Ehefrau eines Verlegers mein Tagebuch angefasst hätte. Aber Gott (Schicksal… Schutzengel…) passt auf, dass das Leben so durchwachsen bleibt, und lässt auf Regen Sonnenschein folgen.

Der Verlag, der mein Buch verlegt, ist nicht groß (wozu brauche ich einen großen?). Ich habe mich gleich mit dem Verleger angefreundet und mit seiner Frau auch, sehr, sehr nette Leute.

März

Donnerstag, 1. März

Arkadij (mein Verleger) hat mir am Telefon gesagt, dass mein Buch wunderbar ist.

Ich lief dabei mit einem selbstbewussten, schriftstellerischen Gang in der Küche hin und her, zitterte, rauchte, schmolz dahin vor Glück, weiter habe ich nicht mehr zugehört. Obwohl er noch verschiedene wichtige Dinge gesagt hat, solche, denen man eigentlich aufmerksam zuhören sollte – über Auflage, Fristen und das Honorar.

Arkadij hat auch erwähnt, dass es in der Druckerei gerade ein Loch gibt (ich habe das nicht ganz verstanden) und mein Buch schon in zwei Monaten gedruckt wird.

Den Informationen über mein Honorar habe ich nicht richtig zugehört, es war mir eher peinlich. Es ist doch Kunst, und ich konnte mich nicht von dem Gedanken befreien, dass ich eigentlich etwas zuzahlen sollte, wenn mein Buch verlegt wird.

»Danke, danke vielmals«, habe ich mich von Arkadij verabschiedet. »Grüßen Sie bitte Ihre Frau, auf Wiedersehen.«

Pjotr Iwanitsch, Nikita und Alena haben gesagt, dass jede Arbeit bezahlt werden sollte und ich natürlich Honorar zu beanspruchen habe. Ich bin mir nicht sicher. Obwohl andererseits jede Arbeit bezahlt werden sollte – oder etwa nicht?

Interessant, wie viel ich wohl bekomme? Zurückrufen und noch einmal fragen wäre mir sehr peinlich.

Von dem Honorar kaufe mich mir ein Notebook und kann mein nächstes Buch schreiben, wenn ich im Stau stehe. Oder nein! Besser lasse ich meine Wohnung renovieren und kaufe für jeden teuere Geschenke: Mura bekommt irgendetwas von Mango und Mama einen Gutschein für das Buchkaufhaus, Leo einen riesigen künstlichen Knochen, Sawwa einen Baum für seine Krallen, sonst wetzt er sie weiterhin am Rücken von Leo Jewgenjewitsch, und Gantenbein bekommt auch irgendetwas … Ich ahne, dass mein Honorar sehr groß sein wird.

Bis zum Abend habe ich ununterbrochen von meinem Honorar geträumt. Olga hat gesagt, dass man einen Vertrag bräuchte, dann würde ich schon erfahren, wie hoch mein Honorar ist. Danach könne ich meine Ausgaben planen. Werde anstandshalber ein paar Tage warten, besser: eine Woche. Dann rufe ich Arkadij an – und werde einen Vertrag unterschreiben.

Mein Anstand hat nur bis 13 Uhr gereicht. Habe im Verlag angerufen und mich dabei als sehr bedeutende Autorin gefühlt.

»Na, wie geht's, was ist mit meinem Vertrag?«

»Verstehen Sie, die Lage im Verlagswesen ändert sich blitzschnell. Heute Vormittag ist es so, und am Nachmittag ist alles wieder ganz anders.«

Arkadij hat mir die Lage vom Nachmittag verdeutlicht, aber ich habe nicht zugehört – von einer sehr bedeutenden Autorin verwandelte ich mich in einen Niemand.

Habe befürchtet, dass Arkadij sagt:

»Es gibt viele Autoren und nur einen Verlag. Wir haben Wichtigeres zu verlegen.« Aber er hat das nicht gesagt.

Freitag, 2. März

Ich war sehr aufgeregt darüber, dass ich den Vertrag noch nicht habe, aber selbst rufe ich nicht mehr an. Habe mich an das Prinzip gehalten, dass man nie um etwas bitten darf, sie sollen selbst kommen und mir alles anbieten.

Habe im Verlag Punkt zwölf Uhr angerufen. Ich denke, um zwölf darf man schon anrufen...

»Ich möchte bitte Arkadij sprechen.«

»Wen darf ich melden?«

Ich hasse es, wenn ich gefragt werde, wer ich bin. Es scheint mir, dass sie jetzt untereinander flüstern und sich dafür entscheiden zu sagen: »Er ist nicht da«, obwohl er in Wirklichkeit sehr wohl da ist, und alle werden mich auslachen.

Genau so ist es gekommen:

»Er ist nicht da.«

Ich kapierte – Arkadij hat es sich anders überlegt und will mein Buch nicht mehr verlegen! Er versteckte sich vor mir. Auf keinen Fall werde ich noch einmal anrufen, habe ich mir geschworen. Es war zu kränkend.

Habe nach 23 Minuten wieder angerufen.

... Ich möchte... Wer ist da?... Er ist nicht da.

... Im Laufe des Tages habe ich noch einige Male angerufen und wurde schließlich böse. Die werden etwas erleben! – sagte ich mir selbst. Also, am Anfang: »Ihr Tagebuch ist so wunderbar, wir werden damit viel Geld verdienen.«

Und jetzt so etwas! Habe Arkadij auf seinem Handy angerufen. (Man weiß ja nie, ob es richtig ist, auf dem Handy anzurufen oder nicht. Es kann passieren, dass dir die Telefonnummer aus reiner Höflichkeit gegeben wurde und nicht, damit du anrufst.) Habe mit lässiger, fast gelangweilter Stimme, als ob ich mich zufälligerweise daran erinnert und nicht alle zehn Minuten im Verlag angerufen hätte, gesagt:

»Übrigens … Wann soll ich vorbeikommen, um den Vertrag zu unterschreiben?«

»Na … äh … morgen Nachmittag.«

Hurra!

Habe Olga angerufen (sie ist meine Beraterin in dieser für mich neuen Welt), habe erzählt, dass ich furchtbare Angst habe, vor allem wegen des Honorars und überhaupt.

»Ruf gleich noch mal an und sage direkt: ›Wieso soll ich bis morgen warten? Es ist normal, Verträge per E-Mail zuzusenden. Welche Überraschungen erwarten mich denn in dem Vertrag, dass Sie ihn mir nicht zusenden?‹« So etwas verstehe ich unter Professionalität.

Olga hatte Recht. Ich bin eine erwachsene Frau, eine Dozentin für Psychologie und Schriftstellerin, habe aber vor allem Angst …

Habe mir Olgas Text aufgeschrieben und ihn laut wiederholt, dabei mit den Augen gerollt und mit den Zähnen geknirscht: »Wieso soll ich warten? Was für Überraschungen erwarten mich?«

»Äh, entschuldigen Sie bitte, Arkadij, vielleicht, aber nur, wenn es Ihnen nichts ausmacht, könnten wir, äh... morgen Nachmittag? Kann man nicht... dann entschuldigen Sie bitte, auf Wiederhören...«

Vor dem Schlafengehen habe ich das Tagebuch von Schukowski gelesen: »Es war einmal ein Krokodil, das lief über den Newski-Prospekt, hat Papyrossi geraucht und türkisch gesprochen...« Ich glaube, das Tagebuch gefällt mir.

Also, sogar der Autor des Krokodils, ein sehr glücklicher, heiterer Mensch, ist genauso »glücklich«, wenn er schreibt:

»... Ich bin ein armer Hund, laufe von Verlag zu Verlag, mein Leben ist in Fetzen, ich bin ein Leidender, ein Bankrotteur, zerquetscht vom Absatz des Schicksals, ein Versager...«

Ich habe verstanden, dass sogar so erfolgreiche Schriftsteller wie ich auf ihrem triumphalen Weg zum Ruhm solche Rückschläge einstecken und Stacheln spüren müssen, wie Arkadijs Widerwillen, einen Vertrag mit mir zu schließen...

Montag, 5. März

Einige Tage habe ich nichts aufgeschrieben – alle Gedanken waren den üblichen schriftstellerischen Problemen gewidmet: Vertrag, Auflage, Honorar...

Heute bin ich endlich in den Verlag gefahren, um den Vertrag zu unterschreiben. Arkadij war sehr nett zu mir und hat versucht, mir ein handgeschriebenes Papier ohne seine Unterschrift oder einen Stempel unterzujubeln. Wahrscheinlich hat Arkadij seit seiner Kindheit eine seltene Krankheit – einen absoluten Widerwillen, Verträge zu unterschreiben. Aber ich war auf der Hut und habe schnell, ohne ihn gelesen zu haben, den Vertrag unterschrieben. Er ist so ein netter Mensch, und seiner Frau gefällt mein Buch so gut, dass es undenkbar ist, unser Verhältnis durch das Durchlesen eines Vertrages zu stören. Das würde ja so aussehen, als traute ich den beiden nicht über den Weg.

Ich bin richtig glücklich aus dem Verlag gegangen, habe mich ins Auto gesetzt und erst, nachdem ich vor lauter Glück eine geraucht hatte, konnte ich meinen Vertrag durcharbeiten. Im Vertrag stand:

1. Der Verlag kann mein Buch veröffentlichen oder auch nicht – wie es sich ergibt.
2. Der Verlag zahlt mir kein Honorar, weil darüber kein Wort verloren wurde.

Ich habe alle Vertragsbedingungen verstanden, aber eine Sache will mir nicht in den Kopf: Verstehe nicht, weshalb man mir nicht gleich wohlerzogen sagen konnte:

»Liebe Autorin! Wir können Ihr Buch ohne Honorar veröffentlichen, oder auch nicht – das aber auch ohne Honorar. Die Wahl treffen wir.«

Ich hätte dann genauso wohlerzogen geantwortet:

»Lieber Verlag! Ich bin sehr glücklich, dass Sie mein Buch veröffentlichen wollen, weil es mir ganz egal ist, ob ich dafür Honorar bekomme oder nicht. Und wenn ich überhaupt daran gedacht habe, dann nur, weil ich unter dem schlechten Einfluss von Pjotr Iwanitsch und Nikita gestanden habe, die sich nicht in der Welt der Kreativität auskennen, sondern nur in der des Geldes.«

Ich bin sehr zufrieden, dass alles endlich geklappt hat und mich die Gedanken an das Honorar nun nicht mehr stören. Jetzt kann ich wieder in Ruhe meinen Haushalt schmeißen und z. B. Muras Zensurenheft überprüfen, freute ich mich beim Nachhausekommen.

»Murotschka, Kindchen, zeig doch mal deiner Mama dein Zensurenheftchen!«, habe ich süß gesungen, hielt es aber nicht lange durch und bin in strengen Bass verfallen. »Wo ist dein Zensurenheft?«

»Gibt es nicht, es gibt mein Zensurenheft nicht mehr, ich habe es verloren«, hat Mura gepiepst.

»Mura, hast du etwa dein Zensurenheft versteckt?«

»Nein, ich habe es verloren – verloren!«

Es schien, dass sie nicht vorhatte, mir ihr Heft zu geben, aber mit mir ist nicht zu spaßen. Ich habe es geschafft, mit ihr Folgendes zu vereinbaren: Mura erlaubt mir, ein Auge auf ihr Heft zu werfen, dafür kaufe ich ihr ein rosa Armband, passend zu ihrem rosa Ring.

»Nur aus meinen Händen«, hat Mura geschrien und mit aller Kraft ihr Heft festgehalten.

Muras Heft war komischerweise mit rotem Stift voll geschrieben, warum? Wir haben früher immer mit einem blauen Kugelschreiber geschrieben. Schließlich habe ich verstanden: Das sind die Bemerkungen. Die Klassenlehrerin hat fünf eigene Bemerkungen und drei von anderen Lehrern eingetragen, z. B.: »Laut Mathematiklehrer hat sie die ganze Stunde die Hand ihres Nachbarn mit Teufelchen bemalt. Ich denke, sie sollte nicht diese Teufelchen, sondern etwas Positives, Helles malen.« – »Dem Geschichtslehrer zufolge hat sie sich ständig zu ihrem Hintermann umgedreht und ihm schöne Augen gemacht. Ich denke, es ist für sie noch zu früh, den Geschichtsunterricht damit zu verbringen.«

Mir scheint, Muras Heft ist der Lieblingsort der Lehrerin, um ihre Gedanken aufzuschreiben; als führte sie ihr eigenes Heft mitten in Muras. Das Spannendste kommt aber erst: Die beiden letzten Eintragungen sind von heute: »Kindchen, bring das Heft wenigstens deinem Nachbarn zur Unterschrift!« und »Meine Geduld ist zu Ende! Morgen geht das Heft mit mir zum Direktor!«

Auf keinen Fall würde ich meine Unterschrift darunter setzen! Mura soll die Suppe selbst auslöffeln – ich möchte sie nicht ständig an die Hand nehmen …

Sie soll machen, was sie will – das Heft verbrennen oder die Schuld auf Leo Jewgenjewitsch schieben, sagen, dass er es aufgefressen hat … Sie muss endlich die Verantwortung für ihr Tun übernehmen.

»Ich bin deine Tochter«, hat Mura traurig gesagt. »Du bist meine Mutter.« Jetzt wird sie mich darum bitten, sie von diesem Heft zu befreien, dachte ich siegessicher und überlegte: Ich als Erwachsene neige dazu, das Heft zu verbrennen, aber … sie soll selbst entscheiden.

»Angesichts dessen, was alles passiert ist, möchte ich dich im Ernst etwas fragen: Was willst du mir zum Internationalen Frauentag schenken?«

Ich habe mich sehr geärgert über diese Unverschämtheit und geschrien:

»Statt dich geschickt von der Last dieses Heftes zu befreien, denkst du nur an Geschenke. Wie viele Fünfen hast du in Physik, acht?! Du wirst schon sehen, ich werde die Form deines Kopfs überprüfen lassen!!«

Gott vergib mir, ich bin ja selbst im Prinzip eine Lehrerin, aber die Physiklehrerin ist eine reine Seuche! Es ist doch klar, dass die Kinder sich nur in den Fächern nachhelfen lassen, die sie später auch brauchen. Und die Belastung im Gymnasium ist riesig! Wozu soll z. B. Mura etwas über irgendeinen Papst wissen? Ich weiß auch nichts über ihn und habe trotzdem promoviert. Manchmal macht Mura bis in die Nacht Hausaufgaben und schleicht gegen zwölf ins Badezimmer, so dass ich ihr hinterherrufen muss: »Geh endlich schlafen, ich verbiete dir, dich jetzt noch zu waschen!« Einmal hat unsere Nachbarin sehr vorsichtig (wahrscheinlich hat sie geglaubt, dass ich tobsüchtig bin) gefragt: »Wieso erlauben Sie Mura nicht, sich zu waschen?«

»Waschen schadet der Gesundheit!«, habe ich gebrüllt. »Das ist eine neue Erkenntnis der Pädagogik. Sie müssen die Nachrichten besser verfolgen!«

Aber acht Fünfen, das ist nun doch zu viel!

»Was willst du machen im Leben, willst du Straßenfegerin werden?«, habe ich geschrien und gespürt, dass ich nicht mehr ich selbst war, sondern meine Mutter …

Und in diesem Moment hat es an der Tür geklingelt.

Draußen stand die unrasierte Schönheit im Schlepptau der Pförtnerin mit der Mütze, die sie über ihr warmes Kopftuch gezogen hatte. (Die Pförtnerin mag es, meine Gäste selbst zu begleiten, weil es ihr dann gelingt, auf mein Territorium zu gelangen und am Gespräch teilzunehmen.)

»Wieso schreien Sie Murotschka so an? Man hat es bis unten gehört«, hat die Pförtnerin gesagt, und ich habe schnell erwidert: »Danke, dass Sie meinen Gast begleitet haben, alles Gute!«

Wie peinlich! Der Mensch ist zum ersten Mal zu Besuch gekommen und direkt in den Skandal geraten!

»Andrej, sind Sie es?«, habe ich dumm gefragt, als ob er mir jetzt antworten würde: »Nein! Das bin ich nicht!« – »Kommen Sie doch rein, es ist toll, dass Sie vorbeischauen, und nochmals vielen Dank … für diesen Verkehrsunfall.«

»Die Schachtel mit Ihrer Telefonnummer habe ich aufgeraucht und weggeworfen. Aber Ihre Adresse hatte ich zufälligerweise im Kopf … Jetzt bin ich da. Und wo wir gerade dabei sind, was diesen Unfall angeht …«

Ich wurde verlegen – habe ich ihn vielleicht damals auch angestoßen?

»Wir werden gegen den Beamten Anzeige erstatten«, hat Andrej wollüstig gesagt.

Wir haben Tee getrunken. Es war nur schade, dass ich nichts zum Tee anzubieten hatte. Gerade vor dem Skandal hat Leo Jewgenjewitsch Mamas Kirschkuchen mit Saurer-Sahne-Creme aufgefuttert. Er hat sehr gut geschmeckt, es ist unfair, dass ich nur ganz wenig davon abbekommen habe. Ich fühle mich in diesem Hause wie ein Waisenkind.

Unser Küchentisch ist niedrig, und Leo Jewgenjewitsch ist groß. Deshalb war Andrej überrascht, als er plötzlich dessen Schnauze in seiner Tasse entdeckt hat. Abgesehen von diesem Vorfall haben die Tiere heute für ihr Betragen eine sichere Drei verdient, nur einmal haben sie sich unmittelbar auf mir um einen Wurstzipfel gestritten. In Wirklichkeit haben sie sich um meine Liebe gestritten, jeder will eben den ersten Platz in meinem Herzen einnehmen.

»Mura, mach Leo Jewgenjewitsch sofort ein Butterbrot«, habe ich streng gesagt. »Siehst du nicht, dass er Hunger hat?«

Es ist schrecklich, kaum kommt ein Mensch zum ersten Mal zu uns zu Besuch, und schon hat Leo Jewgenjewitsch Hunger…

Ich habe es geschafft, mich vor Andrej vollkommen reinzuwaschen – er hat verstanden, dass Leo und Sawwa nicht als Zeugen vor Gericht auftreten können. Und ich habe Mura eine Straßenfegerin genannt, nicht, weil dieser Beruf irgendwie unwürdig ist, sondern weil sie acht Fünfen in Physik hat.

Andrej hat gesagt, dass er Mura in Physik helfen könnte, aber nicht heute. Heute hat er keine freie Minute. Deshalb wollte er nur schnell ihre Aufgaben durchsehen, aber ein andermal würde er schon richtig kommen.

Mura hat mit gelangweilter Miene ihr Buch und ein Heft hergebracht und konzentriert an die Decke gestarrt, während Andrej kurz in ihr Buch geschaut hat.

»Haben Sie vielleicht ein Nachschlagewerk hier?«, hat er gefragt.

Ich habe Andrej einen Schrank im Korridor gezeigt, in dem die ganze technische Fachliteratur von meinem Papa steht, bin aber dann weggegangen, um ihn nicht zu stören, wenn er in den Nachschlagewerken blättert.

Nach eineinhalb Stunden habe ich in der Küche vorbeigeschaut. Mura hat gedöst und dabei ihren Kopf auf die Hände gestützt (ein sehr höfliches Mädchen. Sie hätte doch in ihr Zimmer gehen können, um zu schlafen, aber nein – sie saß dabei ganz taktvoll neben unserem Gast). Andrej saß am Tisch, von Nachschlagewerken umgeben, und hatte schon das dritte Heft voll geschrieben. Ich hatte den Eindruck, dass er hier ein paar Monate verbringen will.

»Ich habe fast alles bis zum Ende des Schuljahres ausgerechnet«, hat er gesagt. »Es ist nur ganz wenig geblieben, für zwei oder zweieinhalb Stunden. Schade, dass der Taschenrechner defekt ist. Ich muss alles selbst rechnen – das geht natürlich etwas langsamer.«

»Vielleicht brauchen Sie nicht zu rechnen«, habe ich schüchtern gesagt. »Vielleicht reicht es, wenn Sie ihr nur die einzelnen Schritte erklären, den Rechenweg...«

Andrej hat ohne zu antworten weitergerechnet, Zeile um Zeile Zahlen untereinander geschrieben.

Es ist so praktisch, wenn eine Zufallsbekanntschaft die Physikaufgaben erledigt. Aber wenn dieser Mensch nicht eine Zufallsbekanntschaft, sondern der Vater des Kindes wäre, dann würde ihm seine Frau sagen:

»Du bist doch nicht der erste Beste. Das ist doch dein Kind. Du könntest doch vielleicht bei den Physikaufgaben helfen!«

Und der Vater des Kindes würde sich in die Enge getrieben fühlen, weil er sich nun mit der Physik und mit seiner Frau herumplagen müsste. Aber mit dem ersten Besten läuft es ganz gut. Er muss nichts, und keiner ist irgendwie verpflichtet.

Nach einer Stunde habe ich noch einmal in der Küche vorbeigeschaut.

Mura war wach geworden und ist in ihr Zimmer gegangen. Ich habe Angst bekommen, dass Andrej das für unhöflich halten könnte, aber er hat gar nicht bemerkt, dass Mura nicht mehr da ist, hat noch ein paar Aufgaben gelöst und sich verabschiedet – hat gesagt, dass er schon lange – seit sechs Uhr abends – keine freie Minute mehr habe. Hat mir empfohlen, Mura etwas früher zu wecken und ihr alles gut zu erklären, was er gelöst hat.

»Es ist nicht schwer, ich erkläre es Ihnen gleich«, hat er an der Tür gesagt.

Ich habe abgelehnt, weil ich ein völliger Laie auf diesem Gebiet bin. Andrej ist weggegangen, und ich war in einer so wunderbaren Stimmung, dass ich den Karaoke-Rekorder angemacht (das ist das Geschenk von Dennis zum letzten Silvester) und einige Lieder gesungen habe. (Habe es aber nie geschafft, dass das Gerät mir bestätigt: »Sie singen wunderbar.«)

Als ich »Katjuscha« fast zu Ende gesungen hatte, hat Jenka angerufen. Sie hat auch ihr Karaoke-Gerät angeschaltet, und wir haben zusammen per Telefon einige Lieder gesungen.

»Na, wie viele Punkte hast du ersungen? Ich z. B. sechsundachtzig«, hat Jenka geltungssüchtig gesagt.

»Ich habe dreiundsechzig. Versuchen wir es noch einmal?«

Vor dem Schlafengehen habe ich nichts mehr gelesen, nur ins Kopfkissen gesungen.

Donnerstag, 8. März

Der 8. März ist ein gynäkologischer Feiertag. Kein normaler Mensch hält ihn für einen Feiertag. So wurde mir von keinem gratuliert. Normale Menschen feiern den Siegestag und Neujahr. Außerdem begehen einige den Valentinstag, Thanksgiving (allerdings in Amerika), den Tag der Erstürmung der Bastille und Allerheiligen.

Um elf Uhr hat Alena angerufen, war sehr stolz auf Nikita – aus Anlass des Internationalen Frauentages hat er morgens Eier gebraten (wie geschmacklos!) und ihr eine silberne Bonbonniere geschenkt. Und mir hat keiner gratuliert, weil ich ein normaler Mensch bin.

Hurra! Um halb eins hat Andrej angerufen. Wir treffen uns im Koffeesol, zum Kaffeetrinken.

Hat mir Primeln überreicht! Blumen, Blumen, hurra! Dieser Feiertag hat doch was. Und was ist so schlimm daran, ein paar Blümchen zu bekommen?

Am Abend hat Muras Bekannter Serjoscha Pletnow (die ehemalige Schwiegermutter) mir ein Plüschrentier geschenkt. Und jeder von uns eine Tulpe, Mura und mir. Am Popo des Plüschrentiers drängen sich die Kügelchen seiner Füllung. Der 8. März ist ein wunderbarer Feiertag!

Sonntag, 11. März

Um zehn Uhr, als ich noch halb geschlafen habe, hat plötzlich Andrej angerufen und gesagt, dass Mura überhaupt nicht genug draußen ist und dass wir gleich packen sollen, weil in Korobitzino die Saison fast zu Ende ist.

»Aber wir laufen nicht Ski«, habe ich irritiert gesagt.

»Ich sage doch, die Saison ist fast zu Ende, und ihr wollt nicht laufen?!«

Unterwegs nach Korobitzino sind wir bei meiner Kollegin, die Geschichte unterrichtet, vorbeigefahren, um einen Skianzug auszuleihen. Der Anzug war sehr schön, blau mit dunkelblauen Flickenaufsätzen.

Schnee, Sonne, Musik und viele schöne Menschen. Mura hat in ihren Skischuhen im Café gesessen und war stolz. Auf den Berg wollte sie nicht gehen, sagte, sie fühle sich im Café auch nicht schlecht.

Aber ich wollte laufen. Wenn ich schon mit Andrej hergekommen bin, mussten wir auch gemeinsame Interessen haben.

Bin den Anfängerhügel Zentimeter für Zentimeter hochgekrabbelt, und nach zwei Stunden konnte ich den Hang aus einer Höhe von 3 Metern herunterfahren.

»Sie können es doch schon, Sie haben nur Angst, aber Sie brauchen keine Angst zu haben, überhaupt nicht!«, hat Andrej gesagt und ganz selbstsicher hinzugefügt: »Ich werde es Ihnen gleich zeigen.«

Auf der Spitze eines riesigen Berges zu stehen macht unbeschreibliche Angst. Es kann natürlich keine Rede davon sein, von hier aus hinunterzufahren. Letzten Endes kann ich mir das gar nicht leisten – ich habe doch ein Kind, ein Mädchen.

Andrej ist mit dem Gesicht zu mir rückwärts hinuntergefahren, hat an meinen Stöcken gezogen und gerufen:

»Rechts ... jetzt links! Wissen Sie denn nicht, wo links und rechts ist?«

Bin hingefallen, aber es tat nicht weh, war nur sauer und habe liegend gedacht: Das war's, es gibt keinen Ausweg. Aber das gibt es nicht, dass es keinen Ausweg gibt – es gibt immer zwei Auswege, erstens: die Ski abschnallen und auf dem Hintern nach unten rutschen, zweitens: die Ski abschnallen und auf allen vieren nach oben krabbeln.

»Andrej, fahren Sie nach unten, ich warte hier«, habe ich gesagt. »Und wenn Sie das nächste Mal hier vorbeikommen, stehe ich da, und Sie holen mich ab«, habe ich schmeichelnd hinzugefügt. »Meiner Meinung nach ist das kein schlechtes Angebot.«

Andrej ist rasant nach unten gefahren, und ich stand auf dem Berg wie eine richtige Skifahrerin. Schnee, Sonne und viele schöne Menschen, dazu ich im blauen Anzug von unserer Geschichtsdozentin.

... Was war das, was, was?! Ich lag im Schnee und verstand nicht, was passiert ist... Ich bin doch gar nicht gefahren. Warum habe ich so furchtbare Kopfschmerzen, und warum tut mir mein Bein weh? – etwas anderes konnte ich nicht denken.

Es hat sich herausgestellt, ich lag nicht alleine. Neben mir lag ein Snowboarder.

»Tut mir Leid, Sport ist Sport!«, hat er gegrinst und ganz schnell sein Board genommen und ist nach unten entschwunden. Er hat Recht, sagte ich mir frustriert, Sport ist Sport. Aber Leben ist Leben – und mir tut alles weh.

Als Andrej endlich angefahren kam, um mich zu retten, habe ich gemerkt, dass er auch Probleme hat. Erstens hat er während der Abfahrt einen leichten Hexenschuss bekommen und ist nach links eingeknickt bei mir angekommen. Zweitens war ihm nicht klar, wohin er mich ziehen sollte – nach unten zum Lift oder nach oben zum Café.

Haben uns entschlossen, zu Kaffee und Blinis hinaufzukriechen. Wir sind am Pistenrand entlanggewankt, haben uns dabei gegenseitig gestützt – er hat sich ganz gekrümmt ans Kreuz gefasst, und ich hinkte. Wie Alice die Füchsin und Kater Basilio in »Pinocchio«.

Montag, 12. März

Heute hat mein neues schriftstellerisches Leben angefangen, gleich frühmorgens. So ist es immer – abends bist du noch nichts, und morgens wachst du auf, und dein Foto ist in allen Zeitschriften. Klasse, nicht?

Die Redakteurin (ich habe eine Redakteurin!) aus dem Verlag (ich habe einen Verlag! Ich kann es einfach nicht glauben, dass ich das alles habe!) hat mich angerufen. Die Redakteurin hat mich zu einer Präsentation irgendeines Buches ins Haus des Films eingeladen – wieso Film, wenn es um ein Buch geht? Egal. Ich verstehe selbst noch nicht alles, werde aber sicher noch dahinterkommen.

Den ganzen Tag habe ich innerlich »Hurra, hurra« geschrien. Nicht nur Olga und einige andere verbringen ihre Zeit auf Präsentationen, Empfängen und Preisverleihungen – ich nun auch.

Ich war sehr aufgeregt vor dem Treffen mit der Redakteurin. Sie ist im Literaturmilieu zu Hause und sehr berühmt. Und sie nimmt mich mit. Und ich bin in diesem Literaturmilieu praktisch nichts: einfach eine Leserin.

Habe sehr lange mit Alena beratschlagt, was ich anziehen soll. Ich habe in mein Auto (die Präsentation findet abends statt, und ich könnte es nicht schaffen, erst noch nach Hause zu fahren, um mich umzuziehen) einen großen Beutel gelegt, in dem sich befanden: eine dünne seidene Hose zum Ausgehen (Alena hat gesagt: »Zieh die an, einmal im Leben wirst du wie ein Mensch angezogen sein!«); eine seidene Bluse mit Rüschen (Alena hat gesagt: »Nimm sie nicht mit. So ein vornehmes Stück wirst du sowieso nie anziehen.«); ein Säckchen voller Schmuck (haben uns entschlossen, erst vor Ort zu entscheiden, welche Stücke ich nehme); High Heels (in letzter Minute hineingestopft). Die Schuhe sind mir zu groß. Alena hat gesagt, die Schriftsteller werden staunen, wenn sie sehen, wie ich hinke und dabei mit den Zehen meine Schuhe festkralle. Außerdem falle ich bestimmt hin, weil ich eigentlich nie Absatzschuhe trage.

Auf diese Literaturveranstaltung bin ich in Jeans (sie sind schwarz, keiner merkt, dass es sich um Jeans handelt und nicht um eine Abendhose, und Alena erzähle ich nichts davon) und meinem schwarzen Pullover gegangen.

Die Redakteurin hat sich als furchtbar nett entpuppt, und wenn man davon absieht, dass ich sehr schüchtern und eher ängstlich war, sind wir doch fast Freundinnen geworden. Wir sind zusammen in den Saal getreten, in dem die Buchvorstellung stattfand. Sie hat gesagt, dass viele Menschen aus Moskau hier sind, und hat mich dann einem älteren Herrn im dunklen Anzug, wahrscheinlich einem berühmten Moskauer Schriftsteller, vorgestellt.

»Das ist unsere junge Petersburger Prosaschriftstellerin«, hat die Redakteurin ihm mitgeteilt.

Ich habe mich umgedreht, um die junge Petersburger Prosaschriftstellerin zu sehen. Es war außer mir keiner da. Bin ich wirklich selbst gemeint? Ich habe höflich gelächelt und vorsorglich die Redakteurin angesehen, ob sie sich nicht über mich lustig machte. Nein, es kann nicht sein, sie würde so etwas nicht tun, sie ist so nett, war ich überzeugt. Und dieser Moskauer Schriftsteller, lacht er etwa auch nicht? Nein!

Wir sind weitergegangen, die Redakteurin vornweg,

ich, Schritt für Schritt wie ein schüchternes Entlein auf dem Teich, hinter seiner Mutter her. Gut, dass ich schwarz angezogen war – ein unauffälliger schwarzer Geist und keine festlich aufgemotzte Idiotin in blöden Seidenhosen und einer Bluse mit noch blöderen Rüschen dazu.

Die Redakteurin hat mich noch einigen anderen vorgestellt, die in einem kleinen Kreis etwas abseits von den übrigen Gästen standen.

»Das ist...« Oi! – sie hat einen Namen genannt, der mir noch aus meiner Kindheit bekannt ist, und meiner Mutter auch.

»Das ist...« Oi. Oi! – sie hat wieder einen Namen genannt, der mir noch aus meiner Kindheit bekannt ist, und meiner Mutter auch.

»Das ist...« Oi, Oi, Oi! – sie hat noch einen Namen genannt, der mir noch aus meiner Kindheit bekannt ist, und meiner Mutter auch.

Gehöre ich etwa auch dazu? Ist mein Tagebuch vielleicht ein so großartiges Werk, das mich auf die Spitze des literarischen Olymp katapultiert hat? – fragte ich mich.

»Das ist unsere junge Petersburger Prosaschriftstellerin«, hat mich die Redakteurin wieder vorgestellt.

Ich habe mich nervös gekratzt, auf meinen Lippen spielte wie immer ein etwas idiotisches Lächeln, und habe dabei gedacht, ob es gerade passend wäre zu sagen, dass meine Mutter und ich sie seit meiner Kindheit mögen. Oder doch lieber nicht? Vielleicht wollen sie nicht, dass meine Mutter und ich wissen, wie alt sie sind.

Habe mir vorgestellt, wie ich das meiner Mutter am Abend erzählen würde:

»Das ist Shakespeare, das ist Charlotte Brontë, das Michail Jurjewitsch Lermontow, und das ist unsere Petersburger Prosaschriftstellerin...«

So habe ich gestanden und mir vorgestellt, was mir meine Mutter wohl antworten würde, und vor lauter Begeisterung ein bisschen das Realitätsgefühl verloren. Als ich wieder zu mir gekommen bin, hatten die Schriftsteller schon die gedeckten Tische umringt – zu Recht! Weil das Büfett wirklich nicht schlecht war: drei Wurstsorten, viele verschiedene Käsesorten, kleine gefüllte Teigtaschen, Nüsse und getrocknetes Obst.

Ich habe nach wie vor idiotisch gelächelt, und zwar in Richtung aller Schriftsteller gleichzeitig, die sich allesamt um die Wurst drängelten. Ich habe ununterbrochen an einem bestimmten gelblichen Käse mit Löchern gekaut (wäre nicht schlecht herauszubekommen, wie die Sorte heißt) und war sehr froh – so stand ich, die junge Petersburger Prosaschriftstellerin, inmitten dieser faszinierenden Menschen und aß diesen schmackhaften schriftstellerischen Käse. Die Teigtaschen lagen so weit entfernt, dass ich keine einzige abbekommen habe!

Habe viele Nüsse gegessen. Die Nüsse am Büfett sind sehr praktisch. Wenn man sich nicht unterhält, kann man ununterbrochen kauen und so tun, als ob man extra hergekommen sei, um zu kauen, und als ob man sehr beschäftigt wäre.

Ich bin mit einem Schriftsteller ins Gespräch gekommen, dessen Bücher ich noch aus meiner Kindheit kenne. Er hat mir erfreut mitgeteilt, wie preiswert er eine Fahrkarte von Moskau nach Petersburg und zurück bekommen hat – nur 500 Rubel für einen Liegeplatz. An dieser Stelle habe ich verstanden, wie dumm das Gerede von Pjotr Iwanitsch, Nikita und Alena über das Honorar gewesen ist. Wenn schon ein so berühmter Schriftsteller sich über eine günstige Fahrkarte freut, waren meine Träume von der Renovierung naiv!

»Im offenen Liegewagen brummt das Leben, im Abteil reist nur die Arroganz!«, hat der berühmte Schriftsteller gesagt. Habe verstanden, was er gemeint hat.

Im offenen Liegewagen ist der Schriftsteller mit einer Frau gefahren, die ihm erzählt hat, dass vor fünf Jahren in Magadan ihr Verwandter gestorben sei und sie ihn jetzt überführen wolle.

Der Schriftsteller hat Angst bekommen, dass die Frau vielleicht nicht ganz dicht ist, und wollte schon mit jemandem den Liegeplatz wechseln. Aber die Frau hat es ihm erklärt:

»Verstehen Sie das nicht, da ist doch Norden, der Verwandte ist noch sehr gut erhalten.«

Jetzt werde ich auch immer im offenen Liegewagen fahren und alles über das Leben für meine weiteren Werke in Erfahrung bringen.

Und außerdem hat der Schriftsteller vor kurzem Glück gehabt – hat im Secondhand-Laden eine Jacke für 300 Rubel gekauft – »Schauen Sie, wie gut sie aussieht!« Ich habe genickt, die Jacke angefasst und habe mich als Teil der literarischen Welt gefühlt – ich bin auch von Secondhand überzeugt und habe mir vorgestern bei Metro Gorkowskaja einen schwarzen Pullover gekauft.

Der berühmte Schriftsteller hat mich (mich!) gefragt:

»Sind Sie auch Schriftstellerin?«

»Nein, ich bin keine Schriftstellerin. Ich führe Tagebuch, abends … Über die Liebe …«

»Oh, oh, oh …«, hat der berühmte Schriftsteller nachdenklich gemurmelt. »Über die Liebe könnten Sie eine Frauenserie veröffentlichen. Da sind die Auflagen riesig …«

Konnte den Gedanken nicht loswerden, dass er auch in die Frauenserie will.

Der berühmte Schriftsteller ist fortgegangen, und ich habe mich in eine Ecke gesetzt, wo ich einige Zeit allein mit meinem Teller verbracht habe, bis sich eine Schriftstellerin zu mir gesetzt hat (eine echte Schriftstellerin, nicht so eine wie ich). Sie hat ihre Asche auf meinen Teller geschnippt und mich mit ihrem spitzen Ellenbogen in die Seite gestoßen. Nach dem dritten Glas hat die Schriftstellerin ihr Gesicht in den Salat gelegt und so komische Geräusche von sich gegeben wie Leo Jewgenjewitsch.

(Habe mir vorgestellt, wie ich das Jenka erzähle, und unwillkürlich gegrunzt. Nicht vergessen, mit Jenka zu besprechen, ob eine echte Schriftstellerin die Asche auf den Teller schnippen darf.)

Am Ende des Abends habe ich mich in dieser neuen, für mich interessanten Welt so wohl gefühlt, dass ich meine Nachbarin, mit der ich mich gemeinsam an dem gelblichen Käse überfressen hatte, gefragt habe:

»Sind Sie auch Schriftstellerin?«

»Ich bin die Ehefrau eines Schriftstellers«, hat sie stolz geantwortet und mir dabei das letzte Stück Käse vor der Nase weggeschnappt. Wahrscheinlich ist es ein Beruf, die Ehefrau eines Schriftstellers zu sein. Dann habe ich sie mit ihrem Ehemann gesehen. Er war etwa 35 Jahre alt und hat vielleicht jahrelang geschrieben und geschrieben und wurde nicht veröffentlicht. Aber er hat trotzdem weitergeschrieben, und sie ist auf Zehenspitzen um seinen Schreibtisch herumgeschlichen und hat auf drei Arbeitsstellen gleichzeitig gearbeitet, damit er ruhig schöpferisch tätig sein kann und etwas zu Essen hat… Aber wie sie diesen Käse mag! Vielleicht, weil sie sonst immer ihm das *Beste* gibt... Ihr Kind ist wahrscheinlich ganz blass...

Montag, 19. März

Wurde wach und bin gleich wieder eingeschlafen. Es ist völlig klar: Das Einzige, was man am Montag machen kann, ist, im Bett zu bleiben. Sich krank zu stellen, um überhaupt nicht aufstehen zu müssen. Das gerade mache ich. Heute sind keine Vorlesungen, sie wurden abgesagt, weil in unseren schönen Hörsälen eine ausländische Delegation zu Besuch weilt. Die Studenten wurden ins Museum geschickt und ich ins Bett.

Ich wurde durch die Klingel geweckt. Die Redakteurin! Das heißt es also, Schriftstellerin zu sein – weder Schlaf noch Ruhe für meine geplagte Seele. Wenn es so weitergeht, dann werde ich bald müde von diesen gesellschaftlichen Verpflichtungen, Empfängen, Präsentationen, Büfetts sein... Nein! Ich werde nicht so schnell müde. Überlegte, wohin sie mich wohl diesmal einladen würde.

»Ich kann Ihr Buch nicht lesen«, hat die Redakteurin streng gesagt.

Ich habe panische Angst bekommen. Ist es so schlimm?

»Bei Ihnen tragen ein- und dieselbe Person verschiedene Namen.«

Kann nicht sein! Ich habe zwar einige Male vor allem meinen Freundinnen andere Namen gegeben, aber dann bin ich alles von vorne bis hinten durchgegangen... Für alle Fälle wollte ich noch einmal die Diskette überprüfen.

Der Text ist völlig in Ordnung. Es kommen viele verschiedene Personen vor, und sie haben alle unterschiedliche Namen. Will die Redakteurin etwa, dass ich allen den gleichen Namen gebe? Wozu, das ist doch langweilig! Bei mir ist es überhaupt nicht langweilig, z. B.:

»Dima, schmeckt dir der Fisch?«

Anton nickte.

Oder etwa so:

Ala ist ins Zimmer getreten.

»Guten Tag, Katja!«, haben alle gerufen.

Und weiter:

»Ach Asja, Asja!«, hat Mascha zu sich gesagt.

Wahrscheinlich meint die Redakteurin, dass ich verrückt bin... Ich hoffe, sie ist wenigstens glücklich, dass die Präsentation so gut gelaufen ist – die verrückte Autorin ist nicht durchgedreht und hat nicht nach den echten Schriftstellern geschnappt...

Ich bin sehr traurig. Nur einen Abend, eine Nacht und einen halben Morgen war ich eine junge Petersburger Prosaschriftstellerin. Und wer bin ich jetzt? Eine Verrückte, die eine seltene Manie hat, ihren Personen verschiedene Namen zu geben, um den Eindruck zu erwecken, dass viel mehr Personen im Buch vorkommen, als tatsächlich vorhanden sind.

April

Dienstag, 3. April

Ich bin äußerst schlecht gelaunt aufgewacht, weil ich sogar im Schlaf versucht habe, den Gedanken zu verjagen, dass ich mir Arbeit suchen muss (die Hoffnung darauf, dass ein professioneller Schriftsteller von seinem Honorar leben kann, ist wie Rauch verflogen).

Vor einigen Tagen ist etwas Schreckliches und völlig Unerwartetes passiert – die Armut hat sich unbemerkt an mich herangeschlichen, als ich an der Kasse eines Supermarkts war. (Ich bin nach dem Buchkaufhaus noch in ein Lebensmittelgeschäft gegangen.) Das heißt, dass mir einfach das Geld nicht gereicht hat für alles das, was ich in meinen Einkaufswagen geschaufelt hatte (wozu sind die auch so groß?).

Ich musste ganz schnell die Lebensmittel aussortieren; dazu habe ich einen Teil der Waren rechts und den anderen links im Wagen aufgetürmt.

Rechts (bleibt im Geschäft): Camembert (reiner Überfluss, Käse »Rossiskij« – besser), Räucherwurst (schädlich für die Gesundheit), Fertigbrei (Brei kann man selbst kochen).

Links (kommt mit nach Hause): der Rest, d.h. alles, was Mura und ich unbedingt brauchen, um weiterhin gesund zu leben: Brot, zwei Schokoriegel, Kekse, Süßes.

Bin nach Hause gekommen und habe gleich ein Ausgabenheft angelegt.

Brot »Gesundheit« 24 Rubel,
Zwei Schokoriegel 38 Rubel.
…

Dann habe ich mich entschlossen, die Lebensmittel einfach so aufzuschreiben, ohne Preise – so kann man schneller alles Überflüssige aussortieren:

Kirschmarmelade,
Erdbeermarmelade,
Pralinen,
Kefir,
Schwarze Johannisbeermarmelade,
Gelee.

Nein! Ich musste eine andere Methode entwickeln:

Ich darf nicht nur die Ausgaben für Lebensmittel berücksichtigen, sondern muss auch die Ausgaben für alles andere prüfen.

Lebensmittel 685 Rubel,
Bücher 410 Rubel.

Na bitte! Das ist genau das, was ich beweisen wollte. Wir leben wenig sparsam – wir geben eindeutig zu viel für Lebensmittel aus!

Zunächst wollte ich Folgendes nicht ins Tagebuch eintragen, aber dann habe ich mir gedacht, das wäre nicht fair. Also: Heute musste ich in einem Antiquariat die »Forsythe-Saga« kaufen. Ich habe das Buch eigentlich schon, aber beim Stöbern im Antiquariat konnte ich mich einfach nicht daran erinnern, wo ich es zuletzt gesehen habe; es ist wohl irgendwie verloren gegangen. Zum

Glück habe ich es in dem Laden entdeckt, noch dazu in einer mir unbekannten Ausgabe. Ich musste es natürlich kaufen, habe es aber kein einziges Mal aufgemacht, weil ich das Buch an jeder Stelle auswendig zitieren kann. Und dann, zu Hause angekommen, sehe ich – hier sind sie, zwei alte blaue Bände, ganz oben auf einem Bücherstapel! Die zwei Exemplare, die ich schon ewig habe! Habe die neue Saga während des Mittagessens gelesen und konnte nicht aufhören. Es ist eine ganz andere Saga als meine alte, die ich schon so lange kenne.

Nach dem Mittagessen habe ich nachgedacht – ich sollte mich was schämen! Ich habe Bücher und noch weitere Bücher gekauft. Deshalb hat das Geld für den Camembert und die Wurst nicht gereicht. Aber warum ist es mir peinlich, und warum habe ich ein so starkes Verlangen nach Wurst und besonders nach Camembert? Nein! Es reicht, verdammt! Ich muss mir eine andere Arbeit suchen. Und ich will alle (nur die Freundinnen) anrufen, damit sie mir eine passende Stelle suchen helfen.

Heute um vier hatte ich ein entscheidendes Bewerbungsgespräch. Nikita hat arrangiert, dass mich ein sehr wichtiger Mensch beurteilt, der eine kluge und flinke Mitarbeiterin (das passt mir) für Teilzeit (das passt mir auch) braucht.

Dieser wichtige Geschäftsmann ist Mitglied eines Rotary Clubs (aus der Literatur weiß ich, dass im Westen ein Rotary Club eine einflussreiche Versammlung von Geschäftsleuten, Politikern und dergleichen ist. Gut, dass sie sich jetzt auch bei uns gegründet haben.) und verkauft Waschpulver. Er hat angeordnet, dass ich ins Schloss Scheremetjew kommen soll.

Das Mitglied des Rotary Clubs hat sich als sehr angenehmer, gut gekleideter Herr entpuppt. Er hat mich sehr nett über meine Arbeit, den Verdienst und meine Familie ausgefragt.

»Warum haben Sie so ein schlechtes Auto?«, hat er gefragt.

Ich habe sein Interesse an meinem Leben sehr hoch eingeschätzt, mich entspannt und angefangen, ganz ausführlich zu erzählen, wie Dennis seinen halblebendigen Landrover bei uns auf immer und ewig vergessen hat.

»Verstehen Sie, mein Mann, ich meine, mein erster Mann… Das heißt, ich habe keinen zweiten Mann…«

»Hier ist ein psychologischer Intelligenztest für Sie«, hat mich der Herr unterbrochen und mich dabei mit seinem Blick fixiert. »Setzen Sie folgende Reihe fort: E Z D 4«

»Ich weiß nicht«, habe ich zugegeben. Jetzt sagte der Mann, dass ich debil sei.

»Oi, nein, warten Sie«, habe ich schüchtern gepiepst. »Eins, zwei, drei, vier, fünf… Ist das richtig?«

»Sie haben es gewusst, gewusst!!«, hat der Herr geschrien.

Ich bin vor Stolz fast geplatzt und habe gesagt, dass mein Vater Mathematiker war und dass ich schon mit fünf Jahren wusste, dass nach eins zwei kommt. Deshalb kann ich jeden Test bewältigen, und ich kann diese Reihe noch weiter fortsetzen. Weiter geht es: sechs, sieben, acht…

Ich hoffe, ich habe mich gut geschlagen und auf mich wartet jetzt eine schwindelerregende Karriere in der Waschmittelbranche. Zuerst werde ich die linke Hand dieses Herrn, dann die rechte, dann spalte ich mein eigenes Geschäft von seinem ab (vielleicht stürze ich sein Unternehmen in die Insolvenz – alles hängt davon ab, wie er sich zu verhalten weiß), und dann ... dann werde ich in den örtlichen Rotary Club aufgenommen ...

Der Herr sagte, dass er nachdenken müsste und Nikita anrufen würde (wieso Nikita?).

Während der Abendvorlesung habe ich ununterbrochen daran gedacht, wie gut ich in dem Bewerbungsgespräch war. Und mir ist eingefallen, dass die Studenten unbedingt wissen müssen, wie sie sich in solchen Bewerbungssituationen am besten verhalten – sie haben doch ihr Leben, eine Karriere und alles andere noch vor sich.

In diesem Sinne habe ich die Studenten gebeten, einen Aufsatz aus drei Sätzen zu schreiben. Das Thema heißt: Heute Früh bin ich ganz grün aufgewacht. Der Aufsatz soll aus drei Teilen bestehen:

Einleitung, Hauptteil und Schluss. Das hat keiner außer einem jungen Mann geschafft, der folgenden Text vorgelesen hat:

Einleitung: Heute Früh bin ich ganz grün aufgewacht.
Hauptteil: Die Decke ist weggelaufen, das Laken ist weggeflogen,
und das Kissen ist wie ein Frosch von mir weggehüpft.
Ich wollte eine Kerze, aber die Kerze ist im Ofen,
ich wollte ein Buch, das flieht vor mir ...
Schluss: Hanf von solcher Qualität werde ich nie mehr kaufen!

Ein sehr begabter Junge, einfach ein Prachtkerl!

Zu Hause konnte ich Nikitas Anruf nicht abwarten und habe ihn selbst angerufen.

»Na, wie geht es denn mit dem Waschpulver?«, habe ich gefragt und zu hören erwartet, dass alles gut ist und ich diese Arbeit bekommen werde. Aber ich habe mich bitter verrechnet. Schlechte Nachrichten – ich passe diesem Herrn aus dem Rotary Club nicht. Er meint, dass man solche Blitzmerker nicht zum Verkauf von Waschpulver einsetzen darf. Es kränkt mich, aber ist nachvollziehbar – er hat einfach die Konkurrenz durch mich gefürchtet (zuerst eröffne ich meine Zweigstelle, und dann übernehme ich ihn ganz ...).

Das Problem mit der Arbeit bleibt ungelöst.

Mittwoch, 4. April

Heute Abend habe ich den Glatzkopf beraten (kann mich nicht daran gewöhnen, ihn »Ernährer« zu nennen). Er hat eine ganze Menge Probleme (ich vermute, sein Leben ist gar nicht so leicht – vielleicht gefällt es ihm einfach, wenn ihm jemand zuhört).

Das heutige Glatzkopf-Problem ist quasi mein eigenes – Geld.

Nachdem ich Irina Andrejewna bezahlt habe, ist uns gerade so viel geblieben, wie ein Plastikring kostet (Mura will einen blauen, ich meine aber, dass zu ihren Augen ein grüner besser passen würde). Soll ich die Probleme meines Haushalts grundlegend überdenken, oder soll ich Dennis um Geld für den nächsten Monat bitten? (Er wird schreien, dass wir berüchtigte Verschwenderinnen sind und er kein Millionär ist.)

Dennis weiß, dass ich weiß, dass er gibt und sein ganzes Geschrei eine reine Formalität ist – aber er tut mir trotzdem Leid ... Deshalb habe ich Mura gefragt, wie sie auf Brei zum Frühstück, Mittag und Abendbrot drei Tage lang bis zum nächsten Gehalt reagieren würde. Mura ist mit Buchweizengrütze und Milchreis einverstanden – und es ist gut so.

Also, der Glatzkopf hat dieselben Probleme wie ich – Geld. Es ist mit ihm plötzlich etwas passiert. Er hat schon die ganze Woche Angst, Geld auszugeben: kauft keine Kleidung, prüft alle Rechnungen in den Lebensmittelgeschäften nach und hat sogar schon einmal im Großhandel eingekauft. Und gestern hat er den ganzen Tag nachgedacht, wann er es geschafft hatte, den ganzen Joghurt aufzuessen.

Einige Male in dieser Woche ist der Glatzkopf mit seinen Freunden in Clubs und Restaurants gegangen, wo er auch diese Probleme mit dem Geld hatte. Als es Zeit war, die Rechnung zu bezahlen, ist er aufgesprungen und ohne sich von seinen Freunden zu verabschieden davongelaufen. Konnte sich einfach von seinem Geld nicht trennen! Aber es kommt noch dicker: Er hat sogar die Arbeiten an einem Turm gestoppt, den er in unserem Hof zur schöneren Aussicht auf den Wladimirski Prospekt errichten lassen wollte. Und er denkt darüber nach, seinen Anteil an den warmen Mahlzeiten für die Pförtnerin zurückzuziehen.

Mir schien, es war nicht klug von mir, mit dem Bartergeschäft einverstanden zu sein – ich hätte nicht gedacht, dass er so komplizierte Geldprobleme hat ... Ich hatte panische Angst (aber ein Barter ist ein Barter, und ich bin jetzt verpflichtet, ihm psychologische Hilfe zu leisten).

»Äh … Ihre Probleme … sind die typischen Probleme von reichen Leuten in aller Welt.«

Der Glatzkopf plusterte sich sofort auf vor Stolz, aber ich wusste nach wie vor nicht, was ich machen soll.

»Ich weiß genau, was Sie tun sollten«, habe ich ihm erklärt. »Hundert Mal habe ich es mit solchen Problemen von sehr, sehr reichen Menschen aus der ganzen Welt zu tun gehabt. Und jetzt werde ich Ihres lösen …«

Der Glatzkopf saß da wie ein Klassenletzter, der zum Klassensprecher ernannt worden ist.

»Sie sollten drei gute, großzügige Taten vollbringen«, habe ich fest entschlossen gesagt. »Dreimal müssen Sie Geld ausgeben, aber nicht für sich. Der Hof und die Pförtnerin zählen nicht. Sie haben das Geld für bestimmte Menschen auszugeben.«

»Wieso das denn?!«, hat der Glatzkopf entsetzt gefragt.

»Alle Reichen werden so behandelt«, habe ich ihn erinnert. »Aber hier gibt es einen Haken: Wenn Ihnen sogar nur für eine von den drei guten Taten das Geld zu schade ist, dann ist alles umsonst, und Sie müssen von vorn beginnen.«

Ich hoffe, dass der Glatzkopf nicht in seiner Kindheit gelesen hat, wie Nesnajka die guten Taten vollbracht hat, um einen Zauberstock zu bekommen.

»Kommen Sie in einer Woche mit dem Bericht wieder zu mir. Also: Drei gute Taten! Und denken Sie daran, Sie sollen froh sein, dass Sie mit Ihrem Geld den Menschen helfen können!«

Donnerstag, 5. April

Um zehn Uhr früh ein komischer Anruf – Andrej.

»Äh... wie ist es... Äh... wie ist es mit der Physik? Ich... Hm... hm... habe ich die Aufgaben richtig gelöst?«

Ich habe gesagt, dass er es richtig gemacht hat, um ihn nicht traurig zu stimmen. In Wirklichkeit weiß ich es nicht, und Mura, glaube ich, auch nicht.

Andrej hat geschwiegen. Ich habe auch geschwiegen, aber ihm ausführlich über die missglückte Karriere in der Waschpulverbranche erzählt.

»Wieso hat es ihm nicht gefallen, dass ich schon seit meinem fünften Lebensjahr zählen kann?«, habe ich gefragt.

»Hm... hm... Ich kenne dieses Mitglied vom Rotary Club«, hat Andrej gesagt und hinzugefügt, dass ich in dessen Geschäft wirklich nichts verloren hätte. Als ich gefragt habe, ob Andrej Mitglied im Rotary Club ist, hat er einen komischen Laut von sich gegeben, irgendetwas zwischen Räuspern und Brüllen. Daraus habe ich geschlossen, dass die örtliche Organisation von einflussreichen Menschen nicht seinen Respekt genießt. Hat gesagt, dass dort ziemlich hohe Mitgliedsbeiträge für eine unangenehme Gesellschaft gefordert werden.

Wenn es so ist, umso besser, dass ich die Arbeit bei diesem launischen Menschen nicht bekommen habe. Ich wollte sehr gern fragen, was Andrej für einer ist, dass er in den Rotary Club eingeladen wird – Medienmogul, Textilmarktbesitzer, Politiker? – habe mich aber nicht getraut.

Andrej hat so lange geschwiegen, dass es mir unangenehm wurde, und um das Schweigen zu brechen habe ich gesagt:

»Haben Sie Lust, irgendwohin auszugehen?«

Andrej hat gesagt – ja, morgen Abend, weil er später nicht kann.

»Wohin gehen wir?«, habe ich gefragt.

»Äh… ganz egal…«

»Morgen ist ein schönes Konzert in der Philharmonie«, habe ich mit einem fragenden Unterton gesagt, damit er einen Weg zum Rückzug frei hat – vielleicht hatte er einfach aus Höflichkeit zugesagt und bereute es inzwischen schon…

»Ich kann nicht vor acht Uhr abends.«

Was bedeutet »ich kann«? Denkt er etwa, dass die Konzerte sich nach jedem Einzelnen richten? – dachte ich irritiert.

»Aber die Philharmonie kann gerade zu dieser Zeit nicht.«

»Hm…«, Seufzer, kleine Pause. »Um sechs Uhr…«, lange Pause, Seufzer. »…vor Ihrem Haus. Hm…, auf Wiederhören.«

Die Philharmonie ist die einzig richtige Wahl, was das Treffen mit Andrej angeht:

1. Er soll nicht denken, dass ich auf der Jagd nach hoch dotierten Beamten bin und dass ich überhaupt keine kulturellen Ansprüche habe.
2. Er hat bekommen, was er verdient hat. Er hätte auch selbst etwas vorschlagen können. Roman z. B. hatte immer eine ganze Menge Einfälle.

Am Abend habe ich Alena, Jenka, Olga und Irka Hamster gesagt, dass ich das nicht als Rendezvous empfinde, sondern als ein Treffen zwischen der Angeklagten und einem Zeugen im Rahmen der Prozessvorbereitung. Meine luxuriöse Schönheit hat bestimmt einen ganzen Haufen Frauen. Alle stimmten mir zu – außer Irka Hamster.

»Das macht nichts. Sein Haufen geht zumindest nicht morgen mit ihm in die Philharmonie«, hat Irka Hamster gesagt.

Vielleicht schätze ich sie zu Unrecht so gering und halte sie nicht für die Klügste meiner Freundinnen.

Freitag, 6. April

Bin um drei Minuten nach sechs aus dem Haus gegangen (es macht immer einen besseren Eindruck, wenn man ein bisschen zu spät kommt). Auf der Straße neben meinem Haus stand niemand. (Was bedeutet »niemand«? Da waren natürlich viele verschiedene Menschen, unter denen auch ich gestanden und mich umgesehen habe wie bestellt und nicht abgeholt.)

Habe mich entschlossen, mich im Lebensmittelgeschäft »24 Stunden« zu verstecken und die Straße durchs Fenster zu beobachten.

Kann nicht sagen, dass ich richtig sauer darüber war, dass er zu spät kommt, weil ich es von Anfang an nicht als Rendezvous betrachtet, sondern nur gedacht habe, dass wir einen romantischen Abend miteinander verbringen könnten – zuerst bleiben wir im Café, dann gehen wir in die Philharmonie, und vielleicht nimmt er mich sogar an die Hand wie ein verliebter Teenager in der fünften Klasse.

Der schwarze Landrover ist um sechs Uhr zweiundzwanzig erschienen. Ich habe anstandshalber noch einen Schokoriegel gekauft, noch drei Minuten gewartet und bin dann in Richtung Auto gegangen.

»Trinken wir Kaffee?«, habe ich vorgeschlagen. »Wo?«

Andrej hat die Schulter gezuckt – sollte heißen: »Wo Sie wollen.«

Im Koffeesol hat er einen doppelten Espresso bestellt und ich einen Cappuccino und ein dickes Stück Kuchen mit Heidelbeeren (wollte noch eins mit Himbeeren und auch Käsekuchen, aber ich traute mich nicht richtig).

Als wir uns am Tisch niedergelassen und ich Andrej mit hellem und nachdenklichem Lächeln angesehen hatte, klingelte das Handy in seiner Tasche.

»Ich habe dir… gesagt, dass… rrrr…«, hat er böse geknurrt. »Aber du… rrr…«

Ich habe meinen Kaffee getrunken und ganz ruhig gewartet, bis er seine aktuellen Probleme gelöst hat und wir dann ein Gespräch über dieses und jenes beginnen könnten. Endlich hat Andrej aufgehört zu brüllen, und ich habe mich interessiert an ihn gewandt:

»Ah…« Aber sein Handy hat schon wieder geläutet.

»Aber bei mir stehen die Waggons…«, hat er mit gepresster, Furcht einflößender Stimme geschrien. »Du…«, hat er sich von mir abgewandt und mit der Hand den Mund verdeckt, aber ich konnte alles erraten.

Ich habe nachdenklich geraucht und so getan, als würden wir uns schon hundert Jahre kennen und sogar eine Familie sein: Der Ehemann, ein Geschäftsmann – wo er sich hinsetzt, dort ist sein Geschäftssitz; die Ehefrau, eine Schriftstellerin – hier im Café beobachtet sie das Leben und denkt über ein Sujet nach.

...Es kränkte mich, es kränkte mich sehr! Andrej hat nach wie vor kein Wort zu mir gesagt, redete nur mit seinen anderen Bekannten... Wozu hat er mich überhaupt in die Philharmonie eingeladen? – habe ich verärgert gedacht.

Ich habe mich entschlossen, nicht sauer zu werden. Schließlich sind die Waggons für einen richtigen Mann wichtiger als ich, und ich bin noch dazu kein dummes Mädchen und kann mich auch selbst beschäftigen. Z.B. jetzt, während er ins Telefon schreit, kann ich nachdenken, ob er verheiratet ist oder nicht.

Es gibt so eine Krebsart, bei der die eine Schere eine Delikatesse ist und die andere nicht. Die Fänger eines solchen Krebses schneiden ihm die delikate Schere ab und schmeißen ihn zurück ins Meer. Dort versteckt er sich, und ihm wächst die abgeschnittene Schere nach. Und statt aus Schaden klug zu werden und sich nicht mehr fangen zu lassen, gerät er schon wieder in fremde Fänge – und wieder wird ihm die gleiche Schere abgeschnitten...

So bin ich. Mit großen Schwierigkeiten habe ich eine Schere nachwachsen lassen, und jetzt werde ich nicht wieder so blöd sein, mich fangen zu lassen. Ich bin nicht so doof, noch mal dasselbe mit einer Ehefrau und einer falschen Schwiegermutter mitzumachen!

Wie traurig es trotzdem wäre, wenn er verheiratet sein sollte... Es ist, als ob man fünf Jahre alt wäre und sein Pfötchen nach einer Puppe ausstreckte – aber sie gehört schon einem anderen. Dann streckst du dein Pfötchen nach einer anderen Puppe – aber die ist auch nicht deine... Und wo ist dann deine? Ich meine meine...

So ins Leben des Krebses vertieft, habe ich nicht bemerkt, dass er schon seit zehn Minuten brüllte. Ich habe fast endgültig entschieden: Jetzt stehe ich auf und verlasse dieses romantische Abendessen. Sonst kommen wir zu spät in die Philharmonie.

»Wir kommen zu spät ins Konzert«, habe ich in der Hoffung gesagt, dass er mich anlächelt.

Er hat aber nicht gelacht. Andrej hat weitergesprochen, währenddessen die Rechnung bezahlt, und wir sind ins Konzert gefahren.

In der Philharmonie herrscht immer eine ganz besondere Atmosphäre – es ist wie eine Insel, die aus einem anderen Leben auftaucht und in mein jetziges hereinragt.

Ich habe mich meine ganze Kindheit über in diesem Saal gequält – konkret in der 14. Reihe. Wenn ein Kind gezwungen wird, irgendetwas zu machen, was es eigentlich hasst, es aber noch klein ist und sich nicht dagegen wehren kann, dann setzt es alles das auch später fort, wenn es als Erwachsener nicht mehr dazu gezwungen wird … Genau wegen dieser verdrehten psychologischen Geschichte gehe ich in die Philharmonie. Außerdem gibt es dort meine philharmonischen Alten. Sie bleiben immer dieselben, mit weißen Blusen und silbernen Frisuren. Ich war damals noch klein, als ich sie das erste Mal sah, und sie waren schon damals so. Und sie haben besondere Gesichter, Gesichter, die so nur auf dieser Insel vorkommen.

Ich dachte fälschlicherweise, dass zuerst Bach gegeben würde – er ist sehr melodisch, und jeder kann ihn überleben –, und in der Pause wollte ich schon gehen, weil danach ein Konzert für Violoncello und Orchester von irgendeinem mir unbekannten Schochat auf dem Programm stand. Aber die Reihenfolge wurde umgekehrt, und jetzt fing das Konzert mit diesem Schochat an.

Als ich das Programmheft angesehen habe, begriff ich erst, dass Schochat noch lebt und sogar noch ein bisschen jünger ist als wir. Und er war nicht so bekömmlich wie Bach und darüber hinaus auch noch mit Gesang. Ich vermutete schon, dass der Gesang Andrej völlig kalt lässt.

Es gab also ein Konzert für Violoncello und Gesang von Schochat. Ich habe Andrej aus dem Augenwinkel beobachtet – meiner Meinung nach hat es ihm gefallen. Auf jeden Fall waren seine Augen geschlossen. Echte Melomane genießen die Musik immer mit geschlossenen Augen.

Oi! War ich ängstlich aufgeschreckt, er schnaufte! Und dazu schien er beim Einatmen zu schnarchen. Was tun?! Nein! Wenn ein Mensch müde ist, kann er von mir aus ruhig schlafen. Aber diese beiden Tanten da vorne … sie drehten sich um und zischten. Ich habe so getan, als gehörte Andrej nicht zu mir.

Er ist nach vornübergesackt! Ich fürchtete, dass Andrej genau auf diese Tanten fallen könnte, und habe ihn etwas am Arm festgehalten. Hätten wir uns näher gekannt, dann hätte ich seine Angewohnheiten in Gesellschaft gekannt. Z. B. hat er einen Hang zu schnarchen und vom Sessel auf den Gang zu fallen? Oder schläft er ganz manierlich und wird zur Pause wieder wach? Aber so war ich natürlich sehr nervös.

Andrej hat den ganzen Teil »Konzert für Violoncello und Orchester« über geschlafen und ist erst wach geworden, als der Teil »Konzert für Gesang« von der Sängerin eröffnet wurde.

Hat sich zu mir gedreht – das blanke Entsetzen in seinen Augen! Offensichtlich hatte er SO WAS nicht erwartet.

Er hat sich zu mir gebeugt, hatte er etwa vor, mir ganz zärtlich etwas Romantisches ins Ohr zu flüstern?

»Gibt es hier ein Büfett?«

»Äh … Ja … Hier gibt es häufig die Brötchen aus dem Metropol.«

»Und weshalb gibt es in der Philharmonie keine Schlafsessel?«

»Nach der Pause gibt es Bach«, habe ich mich gerechtfertigt.

»Bei Bach schlafe ich noch besser«, hat mir Andrej zuversichtlich versichert. Er ist ein bisschen nach unten gerutscht, hat in das Programmheft gestarrt und, ich weiß nicht warum, einen Kugelschreiber herausgeholt.

Wahrscheinlich ist er doch ein Mensch mit einem sehr guten musikalischen Geschmack, habe ich gedacht, so aufmerksam, wie er das Programmheft liest und die Arien und Stellen markiert, die ihm besonders gefallen.

Andrej hat mich mit dem Ellenbogen angestoßen und mir im Programm gezeigt:

Liederzyklus für Vokalstimme und für Streicher. Gedichte von Rimbaud.

Fanfaren
Städte
Flotte
Zwischenspiel
Das Schöne
Parade
Abreise

»Das war's! Jetzt gibt es die ›Abreise‹«, hat er erfreut geflüstert. Ach so, Andrej streicht das ab, was die Sängerin schon gesungen hat…, habe ich ernüchtert erkannt.

Ich habe der Sängerin zusammen mit allen anderen applaudiert.

»Ist jetzt Pause oder Schluss?«, hat Andrej sachlich gefragt.

»Pause«, habe ich geantwortet und angedeutet: »Übrigens, im Saal hat niemand außer Ihnen geschlafen. Ich sage es nur, um Sie zu informieren.«

»Ich habe schon ausgeschlafen, und nach der Pause werden die anderen schlafen«, hat Andrej friedlich geantwortet.

»Auf keinen Fall gehe ich weg! Ich werde die Ouvertüre in fünf Teilen hören«, habe ich rachsüchtig entgegnet.

»In fünf Teilen?!«, hat er geseufzt, und wir sind ans Büfett gegangen.

Ich hatte sehr auf kleine Windbeutel spekuliert, manchmal sind sie mit Schlagsahne, manchmal mit Creme gefüllt, wie man Glück hat. Ich bin Optimistin und hoffte auf Schlagsahne.

Andrej hat mich nach Hause gebracht und hatte es dann eilig. Hat kein Wort mehr gesagt, wie wunderschön der Abend war und wie ihm der Gesang gefallen hat, und hat überhaupt nichts von einem nächsten Treffen erwähnt… Roman z. B. hat mir immer zum Abschied gesagt, wohin wir das nächste Mal gehen…

Meine Mädels haben angerufen – wollten wissen, wie alles gelaufen ist.

Alena hat gesagt, dass ich doof bin, weil ich mir einen solchen Mann durch die Lappen habe gehen lassen (Alena hat ihn noch nie gesehen. Und ihre Meinung beruht nur auf dem Respekt vor Landrovern aller Art, außer meinem natürlich. Übrigens: Bei meinem ist die Stoßstange fast abgefallen…). Sie hat weiter gesagt, ich hätte lieber mit ihm in den Oktoberski Saal ins Varieté gehen sollen, dann hätte uns wahrscheinlich der Humor einander näher gebracht. Alena hat in einem Buch über Sex gelesen, dass Humor Nähe bringt, und hat heute Abend vor, in ihrem Schlafzimmer eine Kassette mit lustigen Konzertmitschnitten aufzulegen. Die erotischen Kassetten haben auf Nikita keine Wirkung gezeigt. Aber diese werden sicher helfen – meinte sie.

Alena hat in ihrem pädagogischen Ton, als wäre ich nicht ich (eine promovierte Psychologin etc.), sondern einer ihrer Jungen, der gerade schlechte Noten bekommen hat, von ihrer Bekannten erzählt:

1. Sie hat nur Harry Potter gelesen und ist deshalb für jeden intellektuellen Wind offen.
   (Kein Vergleich zu mir. Männer mögen es nicht, wenn eine Frau zu viel liest.)
2. Sie hat jemanden auf der Straße kennen gelernt, aber außer der Straße hat sie auch noch eine luxuriöse Wohnung.
   »Weißt du wenigstens, wo dein Andrej gemeldet ist?«, hat Alena streng gefragt. »Oder lebt er im Landrover?«
3. Sie ist über den Newski-Prospekt in einem Kabriolett gefahren und hat weiße Rosen aus dem Fenster geworfen, die ihr jemand geschenkt hatte (und ich habe eine kriminelle Vergangenheit, weil ich in einen Verkehrsunfall verwickelt wurde).

Dieser Jemand ist ein sehr wohlhabender Mensch. »Und was macht dein Andrej?«, hat Alena gefragt. »Ich frage dich wie eine Mutter!« Habe gesagt, dass ich das nicht weiß, aber in seinem Auto liegen immer riesige Gummistiefel, und am Telefon schreit er wegen irgendwelcher Waggons. »Streckenwärter?«, hat Alena vermutet. »Schaffner? Woher hat er dann den Landrover?«

Und dieser Jemand hat übrigens Alenas Freundin nach zwei Tagen Bekanntschaft und der Fahrerei im Kabriolett angeboten, sie zu heiraten. Mir wurde dagegen nicht einmal angeboten, zusammen ins Kino zu gehen.

Ich habe nagenden Neid gegenüber Alenas Freundin empfunden … Wäre schön, wenn uns beiden so ein unerwartetes Glück zugeflogen wäre. Z. B. ihr die Wohnung und die Heirat, und mir – ich möchte nur die Rosen aus dem Kabriolett werfen …

In Wirklichkeit ist es eine geniale Formel für Frauenfreundschaft: Die eine Freundin hat nichts dagegen, wenn der anderen etwas Schönes widerfährt, sie will nur das Gleiche auch haben.

Unter Frauen gibt es kaum Männerfreundschaft, nur zwischen mir und Jenka, Alena, Olga und Irka Hamster. Unsere Freundschaft hat alles ausgehalten. Sogar als Jenka sich einen Pullover von Betty Barclay im Angebot für nur zehn Dollar gekauft hat und ich keinen mehr abbekommen habe. Ich habe mich damals zusammengerissen und nur verlangt, dass sie mir dafür ihre Hosen von Calvin Klein gibt.

Alena hat schon wieder angerufen. Hat gerade mit ihrer Bekannten geklärt, dass die Heirat abgesagt ist. Alenas Bekannte hat es falsch verstanden, was die Heirat angeht. Außerdem hat sich herausgestellt, dass er zu einer Glatze neigt. (Na bitte. Aber Andrej ist groß, schlank, hat ein markantes Gesicht, einen leichten Dreitagebart und eine sonore Stimme.)

Sonnabend, 7. April

Terroranschlag in Madrid!

Den ganzen Tag habe ich über einen jungen Spanier nachgedacht. In diesem Zug sitzen seine Frau und ihre kleine Tochter. Die Frau in einem blauen Kleid mit rosa Kragen, mit einer Korbtasche in der Hand, und das Mädchen mit einer weißen Spitzenschürze wie auf den Bildern von Goya. Und so erfährt er, dass sie umgekommen sind … im Fernsehen, in seiner Mittagspause im Büro …

Ich habe mir diesen Mann ausgedacht. Er existiert in Wirklichkeit nicht, aber ich zerbreche mir den Kopf darüber, wie er weiterleben wird.

Im Fernsehen sagen sie, das werde nicht der letzte Terroranschlag sein. Das bedeutet, dass es irgendwann einmal noch weitere Opfer geben wird (ich wünsche mir, dass das nie eintritt).

Und über diese Opfer wird auch im Fernsehen berichtet werden, alle werden entsetzt sein und weinen, und dieser Mann wird in Vergessenheit geraten. Aber er wird nie mehr eine Frau in einem blauen Kleid mit rosa Kragen haben und nie wieder eine Tochter mit einer weißen Spitzenschürze.

Dienstag, 10. April

Am Abend habe ich den Glatzkopf beraten. Er ist sehr zufrieden zu mir gekommen, mit einer ganzen Liste seiner guten Taten, und hat mir stolz vorgelesen:

1. Dem benachbarten Kindergarten hat er zehn Puppen und Modellautos geschenkt – Lamborghini, Ferrari, Mercedes, Subaru Impreza.
   »Das Modell Ferrari habe ich behalten, konnte mich nicht von ihm trennen. Macht das was?«
   Schuldbewusst hat mich der Glatzkopf angeblickt. Ich habe den Kopf geschüttelt – bis jetzt macht es nichts. Mal sehen, was weiter wird …
2. Hat einer alten Frau über die Straße geholfen und in ihre Tasche unbemerkt 500 Rubel gesteckt. Er hat mich eindringlich gebeten, das als zwei gute Taten anzurechnen, aber ich war sehr streng.
   »Eine Alte – eine gute Tat«, habe ich bestimmend gesagt.

Der Glatzkopf hat gesagt, dass seine Partner auch ihre persönliche Psychologin haben möchten und gute Taten vollbringen wollen.

Ich bin froh – je mehr Klienten ich habe, desto schneller wird sich mein materieller Stand verbessern. Und dann muss ich meinen Haushalt nicht drastisch einschränken und Irina Andrejewna nicht belügen, dass ich mich einer speziellen Diät unterziehen würde, die ausschließlich Brei gestattet.

»Heute sind Mura und ich in ein Ausflugslokal unserer Wahl eingeladen«, habe ich Alena gesagt, und es hat so schön geklungen, dass ich selbst ein bisschen überrascht war, als mir klar wurde, dass wir einfach so ins Blaue fahren (obwohl das ohne Zweifel viel interessanter ist, als an einen bestimmten Ort zu fahren). Wir haben schließlich auch ein Restaurant gefunden, und das war reiner Zufall, auf jeden Fall hatte Andrej es gar nicht mehr erwartet.

Es hat sich herausgestellt, dass der Glaspavillon in Repeno, in dem ich in meinen Semesterferien Wurst und Pantoffeln gekauft habe, vor ein paar Jahren in ein Restaurant umgewandelt worden ist. Das Lokal war manieriert und der Service auch.

Ewiges Problem: Wenn man das teuerste Gericht auswählt, kommt man sich irgendwie gierig vor und beim billigsten wie ein Dummkopf, der sich an der nächsten Bude mit einer Bockwurst abspeisen lässt, und deshalb habe ich einfach mit dem Finger auf irgendein Fischgericht getippt. Aber Mura und Andrej haben die Speisekarte sehr genau durchgesehen. Jede Zeile haben sie wie echte Gourmets genossen.

»Ich werde nichts trinken«, hat Andrej gesagt. »Gestern … in der Sauna … bin ich fast weggetreten …«

»Wohin?«, habe ich höflich gefragt.

Andrej hat mich schräg angesehen. Wahrscheinlich hätte ich nicht fragen sollen, wohin.

Viele Männer können es nicht vertragen, wenn sie gefragt werden, wo sie hingehen. Sie meinen, das sei ein Angriff auf ihre Bewegungsfreiheit.

Wir haben gegessen und uns dabei unterhalten. Die Hauptrolle im Gespräch spielte Mura, und ich saß da und dachte: Warum verstecken Menschen ihre wahren Gedanken voreinander? Ich werde mich jetzt mit einem teueren Essen voll stopfen und dabei denken, dass ich gerade nichts Vernünftiges zu Muras und meiner Ernährung im Hause habe (keine geräucherte Wurst, keinen Camembert), aber ich kann das Andrej nicht sagen, sonst müssten wir beide lachen…

Der nicht gerade groß geratene, schwarzhaarige Kellner ist fast nicht von unserem Tisch gewichen, und ich habe zuerst gedacht, dass das ein wunderbarer Service ist. Aber dann habe ich mitbekommen, dass er nur Andrej bediente. Zärtlich piepsend hat der Kellner ihn umtänzelt und endlos seinen Teller und die Gläser zurechtgerückt. Ein paarmal hat er Andrejs Hand berührt, als er das Hauptgericht vorgelegt hat. Mir ist es angenehm, dass Andrej allen gefällt. Er ist wirklich ein seltenes Exemplar absoluter Männlichkeit. Mura und ich waren natürlich nicht eifersüchtig, aber es war doch ein bisschen unangenehm, dass jemand anderer ständig mit unserem Begleiter kokettiert hat.

Mura und ich haben uns Blicke zugeworfen und laut gelacht, aber der Kellner war vertieft in seine Gefühle, und Andrej hat überhaupt nichts bemerkt…

Auf dem Heimweg haben wir in dichtem Nebel sehr viel Zeit damit vertan, einen Jungen mit Igelfrisur aus dem Straßengraben zu ziehen und abzuschleppen. Es hat beinahe eine Stunde gedauert.

Während Andrej und der Igel das Abschleppseil befestigten, habe ich gedacht – wie gut und großzügig Andrej doch ist! Hat erst mich gerettet, jetzt ist der Igel dran…

Ich versuche immer zu denken, dass alles, was passiert,

nur zum Guten gereicht, und der in den Straßengraben gefahrene Igel ist im Grunde genommen so etwas wie ein Engel auf unserem Weg: Während der Rettungsaktion sind Andrej und ich uns wirklich sehr nah gekommen, was unter normalen, nicht extremen Bedingungen Monate oder Jahre gedauert hätte. Es schweißt immer besonders zusammen, wenn man gemeinsam ins Artilleriefeuer gerät, beliebt sind auch immer Staus, sehr hilfreich kann es sein, wenn die Decke über einem einstürzt, aber am besten ist es natürlich, wenn man zusammen jemanden rettet.

Bei dieser Rettungsaktion sind wir zum Du übergegangen. In unserem Alter ist das schon ein Meilenstein, deshalb gilt dieser Schritt als Fortschritt.

Vor nicht langer Zeit habe ich auf der Straße einen wunderschönen Landcruiser gesehen. Ich wollte ihn gerade richtig anschauen (eigentlich bin ich nicht wie kleine Jungen, die jedes außergewöhnliche Auto genau unter die Lupe nehmen müssen – aber der Landcruiser sah einfach umwerfend aus), als zwei Wachmänner ein ziemlich dickes Onkelchen im Anzug aus ihm herausgezogen haben.

»Oi, du bist es! Du bist es!«, habe ich gerufen. Der Dicke hat sich von den Wachmännern losgemacht und ist mir um den Hals gefallen mit dem Ausruf: »Das bin ich – und das bist du!«

Der Dicke und ich waren Schulfreunde (er hat hinter mir gesessen, und jetzt handelt er mit Öl; früher hat er mir Kleingeld in den Hals gesteckt), aber unter uns neuen Erwachsenen weiß man nie genau, ob man per Du sein soll.

Wo ist das Du wirklich angebracht? Im Sexshop oder auf dem Polizeirevier? Vielleicht beim Sex per Du und danach wieder per Sie? Oder nur dann, wenn man schon zusammen die Enkelkinder großgezogen hat?

»Bring den Wagenheber her!«, hat Andrej gerufen, und ich habe mich umgedreht auf der Suche nach der Person, der dieser wenig formelle Befehl gegolten haben könnte. Habe gemerkt, dass ich gemeint war.

»Was hast du mitgebracht? Weißt du nicht, wie ein Wagenheber aussieht?«

Und da habe ich verstanden, dass wir uns ab jetzt duzen.

Wir haben den Igel bis in die Stadt abgeschleppt. Hätte nie gedacht, dass man dabei so viel Zeit verlieren kann, ungefähr zwei Stunden. Andrej ist immer wieder aus dem Auto gesprungen und hat irgendetwas korrigiert, hat Hinweise gegeben und nach und nach zu dem Igel eine solch vertrauliche Zuneigung entwickelt, dic nur zu denen entsteht, die man gerettet hat (das galt jedoch nicht für mich, ich wollte schlafen).

Als wir endlich drei Stunden nach der gepflegten Unterhaltung in dem Ausflugslokal die Stadt erreicht hatten, fragte ich Andrej ganz vorsichtig, ob der Igel außer uns vielleicht noch irgendwelche näheren Verwandten hat, dic jetzt an der Reihe wären, ihm erste Hilfe zu leisten.

»Wozu?«, hat Andrej gefragt. »Wir sind doch schon da, wir schaffen das schon.« Und wir haben den Igel immer weiter durch die Stadt in die entgegengesetzte Richtung geschleppt (aber das war nur eine Kleinigkeit, eine Stunde und zwanzig Minuten Umweg, nicht mehr).

Die ganze Wohltat hat ungefähr vier Stunden gedauert, und ich habe gedacht: Mura und ich müssen schon bald wieder aufstehen, dabei sind wir noch nicht einmal ins Bett gegangen. Das Zusammenleben mit einem sehr großzügigen Menschen hat immer kleine Macken. Obwohl es wahrscheinlich auch sehr komfortabel ist – man weiß zumindest immer, wo er ist: Entweder ist er mit einem Wagenheber auf den Straßen unseres Bezirks unterwegs, oder er ist gerade im Zeugenstand in einer fremden Unfallangelegenheit.

»Am Sonnabend komme ich geschäftlich – Physik und überhaupt«, hat Andrej zum Abschied gesagt.

Hm… Am Sonnabend wird Mura mit ihrer Klasse übers Wochenende nach Komarovo fahren. Also werden wir allein sein.

Heute ist unser viertes Treffen, wenn ich von Anfang an zähle. Vielleicht ist es schon so weit, allein zu bleiben, sonst wird nichts aus der Liebe!

…Es ist doch schön, dass wir so viel Gemeinsames haben (den Igel etc.).

Nach meinem Drama muss ich sehr vorsichtig mit meinen Gefühlen sein.

Wir werden allein sein… Wir werden allein sein? Wir werden allein sein!

Sonnabend, 14. April

Ob er genauso versteht wie ich, zu was unser erstes echtes Rendezvous führen kann? Ohne Mura, ohne die Sängerin, ohne den homosexuellen Kellner und ohne den Igel im Nebel?

Denkt er auch schon seit dem Aufstehen, dass wir vollkommen allein sein werden – außer natürlich Leo Jewgenjewitsch, Sawwa Ignatitsch und Gantenbein?

Weiß er genau wie ich, dass man Sawwa nach draußen schicken, Gantenbein auf das Laufband stellen und Leo in die Küche mit dem Kühlschrank sperren kann?

Und zu guter Letzt, kauft er sich auch Reizwäsche wie ich? (Ich war dazu im Geschäft »Wilde Orchidee«.)

Obwohl – was ist mit mir… Ein solcher Mann (groß, schlank, markantes Gesicht, Dreitagebart und sonore Stimme) braucht keine Reizwäsche. Selbstverständlich war er hunderte Male in solchen Situationen, und Hunderte von Frauen haben nicht wegen irgendwelcher Reizwäsche an seinem Hals gehangen und hängen unter Umständen immer noch dort… usw.

Aber ich brauche diese Reizwäsche (für alle Fälle, um mich sicher zu fühlen)!

Erinnern wir uns an unsere traurige Erfahrung – Roman mochte Garnituren…

Ich wollte diesmal etwas Besonderes kaufen. Schleifen, Strass, Glasperlen und andere Überflüssigkeiten habe ich gleich abgelehnt, einerseits, damit ich ihn nicht verschrecke, wenn ich ihn so feierlich in Federn und Strass empfange, und damit er mich andererseits auch nicht für eine von jenen Frauen hält, die jeden Tag wie ein Pfau in solchem Federschmuck herumlaufen.

In Weiß fühlt man sich irgendwie wie eine Braut; rote oder schwarz-rote Unterwäsche lenkt die Gedanken eher in Richtung Freudenhaus; Gelb gibt einen unvorteilhaften Kontrast zu blasser Haut und geht überhaupt nur bei einer idealen Figur; Blau mit Rosa erinnert an die Unterwäsche in den Kindergärten zu sowjetischen Zeiten…

Schwarz? Schwarz… Beschlossen: In schwarzer Spitze

werde ich wie eine richtige Frau aussehen, erwachsen, leidenschaftlich – gleichzeitig bescheiden und geschmackvoll.

Habe eine sehr schöne schwarze Garnitur mit silbernen Spitzen gefunden – vielleicht ist sie zu gewagt…? Nein, gar nicht, gerade richtig!

…Mir scheint, sie ist doch zu gewagt – sehr teuer, mein ganzes Gehalt… Wo bleibt die soziale Gerechtigkeit – der Mensch bringt unermüdlich den ganzen Monat das Vernünftige, Gute und Ewige unter das Volk, und am Ende des Monats reicht es gerade für eine Unterhose und einen BH mit silbernen Spitzen – es langt nicht einmal mehr für Strümpfe!

Habe in einem türkischen Laden gegenüber der »Wilden Orchidee« eine sehr süße Garnitur dreimal billiger gekauft, um nichts schlechter, ich bin sehr glücklich.

Bin nach Hause gekommen, habe mich in die neue Unterhose und den BH geworfen und Alena angerufen. Habe sie gefragt, mit welchem Essen ich Andrej überraschen soll.

»Wenn du ihn wirklich überraschen willst, kannst du ihm deine Pelmeni ›Daria‹ kochen. So hat ihn wahrscheinlich noch keine bewirtet.«

Ich habe Alena geschworen, dass ich es diesmal ganz ernst in kulinarischer Hinsicht meine.

»Dann koch ihm ein erotisches spanisches Süppchen!«, hat Alena gekichert. »Man sagt, die Wirkung sei umwerfend.«

(Alena hat dieses Süppchen schon an Nikita ausprobiert, aber Nikita zählt nicht – nach dem Süppchen hat er noch ordentlich Makkaroni gespachtelt, und die Wirkung der Suppe war im Arsch.)

»Das Rezept ist ganz einfach, sogar du schaffst es.« In Alenas Worten habe ich einen unangenehmen Ton wahrgenommen. »Hör zu!

1. 100 g Pinienkerne (ich habe gerade ein offenes Päckchen Cashews) mit Eigelb verrühren,
2. dazu ein Glas Hühnerbrühe (ich habe gerade mehrere Maggi Brühwürfel) und ein Glas Schlagsahne (Schlagsahne oder Milch – ich sehe keinen Unterschied),
3. alles auf kleiner Flamme erhitzen (auf gar keinen Fall aus den Augen lassen und an all die verbrannten Töpfe denken – aber an alle kann man sich sowieso nicht erinnern), dazu eine Prise Safran (ich habe gerade Salz und Pfeffer im Haus),
4. ein paar Löffel Anisschnaps (ich habe gerade Martini).«

Beschlossen: keine Suppe!

Oder doch? Ich habe eigentlich alles dafür da.

Ich habe nun endgültig beschlossen, die Suppe doch zu kochen und auch noch Apfelküchli zu backen.

Als ich es an der Tür klingeln hörte, habe ich schnell meine Strümpfe angezogen. (Die Strümpfe habe ich für alle Fälle gekauft. Sie sind hautfarben mit einem breiten Spitzengummi oben. Die Verkäuferin hat gesagt, es handle sich um ein verbessertes, vollkommen neues Modell. Es könnte die ganze Welt verändern, weil der Spitzengummi jetzt zwei Zentimeter breiter sei als früher.)

... In Strümpfen bin ich wirklich eine echte Frau!

Ich hatte eine Bekannte, die ein leichtes Mädchen war. Aber anfangs wusste ich das nicht, ich habe gedacht, dass sie es einfach mag, ihre Abende allein in teueren Hotels zu verbringen, um sie mit unterschiedlichen Kavalieren zu verlassen. Einmal bin ich im Regen vor ihr Haus geraten und zu ihr nach oben gegangen, ich wollte um trockene Socken bitten.

»In meiner Garderobe existieren solche Sachen nicht«, hat mir diese Dame gesagt, und seitdem habe ich mich gefragt: Was trägt sie unter den Hosen?

Jetzt, da ich das Leben von Prostituierten aus der Literatur kenne (alles, was ich weiß, verdanke ich meinen Büchern, im Unterschied zu Olga, die alles aus dem Kino hat), weiß ich, was diese Dame unter ihren Hosen getragen hat – Strümpfe. Das ist ganz unbequem, weil Strümpfe ja rutschen, aber jeder Beruf fordert seine Opfer. Ich z. B. soll zur Prüfung eine strenge Lehrerin sein. In Wirklichkeit will ich alle mit einer Zwei nach Hause schicken. Aber es hilft nichts: Ich muss mitspielen. Gut, dass ich wenigstens die strenge Lehrerin in Socken spielen kann und nicht in Strümpfen auftreten muss.

Andrej und ich sind in die Küche gegangen. Andrej – groß, schlank, markantes Gesicht, Dreitagebart, sonore Stimme – und ich in silbernen Spitzen und Strümpfen.

»Verdammt, ich habe die Apfelküchli auf dem Tisch stehen lassen! Leo Jewgenjewitsch hat sie bestimmt aufgefressen«, habe ich geschrien. Sofort habe ich nach ihnen gesehen: Sie standen am Rand des Tisches, unberührt, mit einer verbrannten Kante.

Hm… Warum hat Leo Jewgenjewitsch meine Apfelküchli verschmäht? – fragte ich mich gekränkt.

Andrej hat ganz ruhig seine Suppe gegessen, und ich habe die ganze Zeit darauf gewartet, dass er noch eine Portion verlangt und …

Keine Wirkung, er hat nur um ein Stück Brot zu diesem erotischen Süppchen gebeten.

Ich habe ihm Mamas Klopse mit Buchweizen gegeben und überbackene Kartoffeln dazu – alles nostalgisch sowjetisch. Konnte nicht an mich halten und habe auch zwei Klopse gegessen und ein kleines Stück Kartoffelgratin. Alles hat so gut geschmeckt, wie ein Mittagessen im Kindergarten.

Nach den Klopsen und dem Kartoffelgratin hat Andrej zwei Tassen Tee getrunken und, so schien es mir, einzig von einer dritten geträumt. Es war unser erstes echtes Rendezvous, und wir waren schon über eine Stunde ganz allein …

Und dann habe ich einen richtig verführerischen Plan ausgebrütet.

Ich bin zum Fenster gegangen, aber nicht einfach aus Interesse an der tollen Aussicht, sondern aus Berechnung, und habe angefangen zu warten. Nach allen Regeln der Romantik müsste Andrej nun zu mir kommen und so tun, als ob er auch aus dem Fenster sehen möchte, und mich bei der Gelegenheit von hinten umarmen, während ich so tue, als ob ich mich von etwas ganz Interessantem im Hof nicht trennen könnte.

Dann müsste er mich nach Plan ganz vorsichtig an sich ziehen und fragen: »Hast du schon irgendwann einmal so viele Sterne gesehen?« Und dann müsste er mich küssen vor dem Firmament mit Myriaden von Diamanten als Hintergrund … Und dann mich lieben auf dem Fell, das vor dem rotgoldenen Kaminfeuer liegt.

… Er kam nicht, trank Tee, knabberte Kekse (weshalb eigentlich nicht meine Apfelküchli? Ihm und Leo Jewgenjewitsch kann man es wohl nie recht machen)… Wenn ich nur Sterne, Kamin und Fell hätte…

Gerade wie ich mich um eine besonders verführerische Körperhaltung bemühe, ist das Furchtbarste passiert, was einer Frau in Strümpfen widerfahren kann – die Strümpfe sind runtergerutscht. Warum? Bei den anderen halten sie immer. Ich habe noch nie Frauen auf der Straße gesehen mit einem Wulst von heruntergerutschten Strümpfen am Knöchel. Was tun? – überlegte ich fieberhaft.

Er rührte sich nicht. Blieb am Tisch sitzen und trank Tee.

»Hast du eine Limone?«, hat Andrej gefragt, als ob er keine erotische Suppe gegessen hätte.

Verdammt, was für Limonen, wenn meine Strümpfe mir schon in den Knien hängen! Ich kann nicht vom Fenster weggehen, weil sie dann endgültig hinunterrutschen. Außerdem habe ich keine Limone, dachte ich genervt.

Ich wünschte, er käme endlich etwas näher. Auf die kurze Entfernung könnte er nur mein Gesicht und nicht meine Beine mit heruntergerutschten Strümpfen sehen.

»Sieh mal, was für ein… Regen«, habe ich gesagt.

Er trank weiter Tee. So, dann eben das schwere Geschütz…:

»Sieh mal, was für ein riesiges Auto in unserem Hof steht! Was für ein Modell ist das?«

Andrej ist blitzschnell aufgesprungen und wie ein Geschoss zum Fenster geflogen.

»Das ist ein gewöhnlicher VW der Shiguli-Klasse«, hat er enttäuscht gesagt.

»Es schien mir nur so außergewöhnlich.«

Jetzt endlich umarmte er mich, endlich, endlich! Aber ich konnte ihn nicht auch umarmen, ich brauchte meine Hände, um die Strümpfe wenigstens an den Knien festzuhalten.

»Dein Wasserhahn tropft«, hat Andrej gesagt und ist so schnell zum Waschbecken geeilt, als drohte dort ein Nahestehender zu ertrinken. Der Hahn tropft wirklich, aber was soll's? Er tropft schon zwei Jahre, und das beeinflusst mein Leben in keiner Weise.

Eine halbe Stunde hat Andrej wichtigtuerisch den Wasserhahn repariert, hat mich ein bisschen angeschrien und hat unbekannte Fachausdrücke benutzt, wie z. B. Schraubenzieher, und ich hatte den Eindruck, dass er sich endlich gefunden hat.

Endlich hatte er den Wasserhahn festgeschraubt, dann hat er angefangen, ängstlich um sich zu schauen, ob nicht noch irgendetwas entzwei ist.

Und dann ist mir eine psychologische Hypothese eingefallen (eine umstrittene zwar, aber wir wissen schon, alles Neue hat einen schwierigen Weg vor sich):

Hat er etwa auch Angst? Genau wie ich?

Die Männer scheinen vielleicht nur so, als ob sie ungemein entschlussfreudig und selbstsicher wären. Wahrscheinlich haben sie auch Komplexe wie wir, oder sogar noch stärkere als wir? Wir wissen ganz genau, dass wir diesen »ersten sexuellen Kontakt« irgendwie bewältigen können, und sie, wissen sie das auch?

Wahrscheinlich denken sie: Vielleicht blamiere ich mich, vielleicht mache ich es zu schnell, und überhaupt … ein Horrortrip! Und die Situation wird noch dadurch erschwert, dass viele Frauen diesen ersten sexuellen Kontakt wie eine Showveranstaltung empfinden – na zeig mal, was du kannst, vielleicht kannst du mich ja damit amüsieren!

Natürlich trifft das nicht auf die ganz jungen Männer zu (die Jungen wie Serjoscha Pletnow), aber unter den Männern über dreißig (Andrej ist ungefähr 38, wo er gemeldet und ob er verheiratet ist, weiß ich nicht) gibt es ziemlich viele Halbimpotente (das ist mir aus der Literatur bekannt).

Daraus ergibt sich doch, dass ich anstatt mit diesen Männern über dreißig lieber gar keinen Sex haben sollte, um mir solche psychologischen Probleme zu ersparen.

Aber meine Hypothese kann auch falsch sein – so etwas gibt es überall in der Wissenschaft. Z. B., wenn Andrej keine Angst hat, sondern nur mir gegenüber gleichgültig ist. Ich habe wirklich etwas zu befürchten – ich habe ein kleines Pölsterchen am Bauch… Seitdem ich mich von Roman getrennt habe… (Das klingt viel besser als die Wahrheit. Es ist ein psychologischer Trick, die Sache nicht bei ihrem richtigen Namen zu nennen, sondern so, wie es einem besser gefällt.) Also: Seitdem habe ich drei Kilo zugenommen… Aber wenn ich ehrlich bin: vier. (Schokolade hilft über den Kummer hinweg und erhöht die Endorphinmenge im Gehirn. D. h. wer so gescheit ist wie ich, ist auch automatisch fett. Die Gleichung ist ganz einfach: Viel Wissen = viel Gewicht.)

Ich habe über diese Hypothese nachgedacht und schon erwogen, ob ich darüber nicht einen wissenschaftlichen Artikel verfassen soll. Habe dabei nicht bemerkt, dass mich Andrej schon seit einiger Zeit umarmte und erfolglos die Haken zu meinem BH suchte.

Die Haken waren nicht da, wo er sie vermutet hat, weil ich meinen neuen BH anhatte, den schwarzen mit silbernen Spitzen, bei diesem Modell sind die Haken vorn!

Leider konnte ich mich aus diversen Gründen nicht völlig entspannen:

1. Mein Kopf war voll mit prosaischen Gedanken – ich dachte an Safer Sex:
   Das sollte für intelligente Menschen keine sehr schwierige Frage sein, aber ich fragte mich: Was soll ich konkret machen? Wir sind doch moderne Menschen, von Aids usw. umgeben … Daraus folgt, dass wir ein Kondom brauchen, ein »Ding« eben.
   Es können verschiedene Streitfragen dabei auftauchen – wer soll das Ding überziehen und wann genau und ob es zu groß oder zu klein ist und überhaupt?
   »Du … du …?«, habe ich gestottert, und Andrej hat mich nicht verstanden. Vielleicht dachte er, dass ich plötzlich Kopfschmerzen bekommen habe? Wahrscheinlich hat er selbst ein »Ding« dabei. Aber vielleicht auch nicht … Wir müssen einige Varianten in Betracht ziehen:
   a. Er hat absichtlich ein Ding mitgebracht und wusste, dass ES heute passieren würde – nach Suppe, Klopsen mit Buchweizen, Kartoffelgratin, drei Tassen Tee und der Reparatur des Wasserhahns.
   b. Er hat angenommen, dass ich es nicht gut finden würde, dass er immer ein »Ding« bei sich hat, als ob er dauernd Gelegenheit zu seinem Gebrauch hätte. Deshalb hat er keines mitgebracht.

c. Er könnte denken, dass ich es verletzend finden würde, wenn er ein »Ding« benutzt, als ob er mir nicht über den Weg traute. Deshalb würde er es nicht herausrücken, auch wenn er eines dabeihätte.

Wenn ich ihm hingegen zeige, dass ich so ein »Ding« habe, denkt er nicht bloß, dass ich ganz unromantisch bin, sondern sehr berechnend. Und vielleicht bin ich in seinen Augen sogar zu ausschweifend, weil ich so etwas zu Hause habe und für jede Gelegenheit gerüstet bin.

Ich habe eine vernünftige Entscheidung getroffen: Ich muss es riskieren.

2. Habe mir Gedanken gemacht, wie ich aussehe. Von der Seite – mit Bauchwulst, von oben – Zellulitis, von unten – Doppelkinn.

Schmachtende Pose auf der Seite – schön und nur ein kleiner Wulst –, wenn ich nicht vergesse, den Bauch einzuziehen. Aber wenn ich lange ohne Bewegung auf der Seite liege, denkt er vielleicht, dass ich frigide bin.

Habe mir gedacht, es wäre doch gut, ein Tier zu sein. Es gibt so viele dicke Tiere. Alenas Jungs haben früher Hamster gehabt, die viele Junge hatten. Ich bin mir fast sicher, dass ein dicker Hamster nicht über sein Doppelkinn oder seine Zellulitis am Schwanz nachdenkt. Deswegen scheut er sich nicht, seinem Partner den Schwanz zuzuwenden, sondern freut sich und hat Spaß am Leben.

Er hat auch einen kleinen Wulst, wie ich sehe – aber das stört mich nicht, im Gegenteil. Ich bin ja selbst nicht perfekt.

3. Alles läuft wunderbar, aber warum, warum kann ich den Gedanken nicht loswerden, dass er gerade zu denen gehört… aus der Fachliteratur…, zu denen, die über dreißig sind?

Gott sei Dank, nein!

Alena sagt (sie hat zu viele Bücher über Sex gelesen und versucht jetzt, ihre neu gewonnenen Kenntnisse an mich und Olga weiterzugeben), dass Männer sich so viel Mühe mit einer neuen Partnerin geben, dass sie selbst dabei fast auf der Strecke bleiben.

Ich habe mir diesbezüglich große Sorgen um Andrej gemacht. Offenbar hat er auch dieses Buch über Sex gelesen und hat deshalb alles getan, was er konnte – und bald wurden wir ganz vertraut miteinander.

Die armen modernen Menschen haben ständig Probleme! Wie war es zum Beispiel früher (ich kenne es aus der Literatur):

»Ach, Sie haben den einzigen Schatz in Besitz genommen, den ein ehrliches Mädchen hat!« – das gilt im Fall des Verlusts der Jungfräulichkeit.

Oder:

»Ach, Sie haben den einzigen Schatz in Besitz genommen, den eine ehrliche Frau hat!« – das gilt im Fall des Verlusts der Ehre.

Und der Partner weiß ganz genau, welche Antwort er geben soll – »Heiraten« oder »Lass mich in Ruhe!«.

Und jetzt?! Jetzt ist es nach dem Sex üblich, so zu tun, als ob nichts Besonderes passiert wäre. Deswegen habe ich mir Mühe gegeben, Andrej zu zeigen, dass das alles nicht so wichtig für mich ist und dass wir weiter Gespräche über allgemeine Themen führen werden.

Wir haben uns sehr lange, fast bis um vier Uhr nachts, über Gott und die Welt unterhalten. Das heißt, ich habe verschiedene Themen angesprochen: Politik, Literatur, Kunst.

Natürlich war mein Wunsch unerträglich stark, Andrej zu fragen, ob er verheiratet ist, aber er hätte denken können, dass ich irgendwelche Ansprüche auf ihn erheben will (nur wegen einer doch eher flüchtigen Affäre). Deshalb habe ich keine einzige private Frage gestellt (Adresse usw.).

Das Einzige, was ich klären konnte (mehr für Alena als für mich), ist seine berufliche Tätigkeit: Er ist kein Medienmagnat, er baut einfach irgendetwas im Bezirk Leningrad (warum nicht in der Provinz Petersburg?), anscheinend sind es Hochspannungsleitungen (ich bin mir nicht sicher, ob ich alles richtig verstanden habe, aber er macht definitiv etwas mit Elektrizität).

So haben wir (eigentlich hauptsächlich ich) geredet, Tee getrunken und auch die Apfelküchli aufgegessen (was anderes gab es nicht), aber um sechs Uhr früh ist Andrej plötzlich aufgesprungen.

»Verdammt, verdammt!... Ich hätte schon vor fünf gehen sollen! Noch besser schon um vier!«, hat er ausgerufen, sich schnell wie ein Soldat bei Alarm angezogen und ist weggerannt. Wohin weggerannt? Vom Fahrstuhl aus hat er gerufen, dass er mich anruft, wenn er zurück ist. Woher zurück?

Ist doch interessant: Gibt es eine Arbeit, die morgens um sechs oder gar um vier getan werden muss? Ich kenne so etwas nicht!

Vielleicht muss er nicht zur Arbeit, sondern zu seiner Frau, seiner Geliebten, seiner alten Oma?

Sonntag, 15. April

Am Morgen hat Andrej nicht angerufen.

Um mich von der Telefonhypnose abzulenken, bin ich mit Irka Hamster einkaufen gegangen. Irka hat gesagt, dass ich mir nach dem furchtbaren Drama mit Roman keinen weiteren Fehler erlauben darf. Und jetzt soll ich versuchen, Andrej zu domestizieren.

Ich erinnere mich ganz genau, wie ich versucht habe, Sawwa Ignatitsch an das Katzenklo zu gewöhnen! Es hat nicht geklappt – ich musste ihn nach draußen lassen.

Irka Hamster meint, dass der Kerngedanke bei der Zähmung der Männer darin besteht, dass man den Männern etwas zu essen gibt. Deswegen sind wir zuerst in die Gewürzabteilung gegangen, wo ich auf Irkas Empfehlung hin Nelken, Muskatnuss, Zimt und Curry gekauft habe.

Ein Supermarkt ist eine sehr bequeme und nützliche Erfindung im Vergleich zu kleinen Lebensmittelläden, besonders für mich als Schriftstellerin – dort kann man das Leben beobachten, wenn man sich für die Einkaufswagen von anderen Leuten interessiert.

Habe ein junges Pärchen beobachtet. In ihrem Wagen lagen:

1. eine verpackte Luftmatratze,
2. Kaugummis.

Sie werden sich auf dem Boden lieben und dabei Kaugummi kauen. Sie haben keine Sorgen, es geht ihnen gut. Aber ich muss meine Familie ernähren …

Ich wollte tiefgefrorene Pizza, Lasagne und Fischstäbchen nehmen.

»Du bist verrückt geworden«, hat Irka gezischelt und mir einen Klaps auf die Hände gegeben. »Fleisch kaufen! Was mag er lieber, Schwein oder Rind? Oder vielleicht Lamm – dann müssen wir auf den Markt …«

Ich verstehe, dass Irka Hamster mir eine feste Beziehung mit Andrej wünscht, aber meiner Meinung nach hat sie in dieser Sorge alles Gefühl für Maß verloren.

Haben zwei Stück Schweinefleisch und ein Stück Rindfleisch für alle Fälle gekauft.

»Und wie ist der Sex mit Andrej?«, hat Irka am Regal mit den Desserts gefragt, und in diesem Moment setzte Musik ein – in unserem Supermarkt gibt es häufig Tanz und Gesang im Rahmen von Werbeaktionen.

»Zu süß«, habe ich nachdenklich gesagt und dabei den Text auf der Schlagsahnetube gelesen. Er war so klein gedruckt, extra für Falkenaugen mit fortgeschrittener Altersweitsichtigkeit …

»Zu süß gibt es nicht, Maria«, hat Irka Hamster entgegnet, und ich habe die Tube ganz brav in meinen Wagen geworfen. »Ich z. B. bin äußerst leidenschaftlich … und überhaupt: Wir sind jetzt 36 und damit in dem Alter, wo eine Frau endlich zu verstehen beginnt, wozu das Ganze dient …«

»Murka und ich haben schon längst kapiert, wozu das Ganze dient – ich benutze es zum Kaffee, aber Murka nimmt die Tube und sprüht sie sich gleich in den Mund …«

»Was hast du gesagt!?«, hat Irka überrascht gefragt. »Ich habe wohl nicht richtig gehört, bist du etwa …«

Montag, 16. April

Andrej hat nicht angerufen, aber das macht nichts. Wir werden eine sehr feste Beziehung miteinander haben – eine vernünftige, liebevolle Beziehung, unsere Liebe wird wachsen und sich langsam entwickeln wie ein junges Pflänzchen.

Um mich abzulenken bin ich mit Olga ins »Kapella« zu einem Knabenchor gegangen. Die Knaben sind wunderschön, haben sehr bewegend von Hoffnung und Liebe gesungen. Noch. Aber sie werden auch erwachsen werden, und dann schreien sie: »Hol den Wagenheber!«, bleiben bei einem über Nacht und rufen danach nicht an …

Ich habe im »Kapella« mein Handy auf den Vibrationsmodus umgeschaltet.

Dienstag, 17. April

Andrej hat nicht angerufen, und ich brauche das auch nicht. Ich bin nicht verliebt.

Jenka hat gesagt: »Dein Andrej ist wohl ein Playboy.«

»Was meinst du damit?«, habe ich beleidigt gefragt.

Ich fühlte mich für Andrej gekränkt. Ich habe versucht zu analysieren, was das Wort bedeutet:

1. das ist einer, der sowohl stark als auch schön ist (Andrej hat beide Eigenschaften),
2. das ist einer, der viele Frauen hat (das hat er wohl auch).

Aus alledem folgt, dass Jenka Recht hat und dass ich aufhören sollte, an ihn zu denken. Wir treffen uns wie Fremde vor Gericht – und das war's.

Mittwoch, 18. April

Hat es ihm nicht gefallen, dass ich zu viel geplappert habe?

Es ist doch ganz klar, dass er nicht mehr anrufen wird. Ich bin nach wie vor nicht verliebt, aber es kränkt mich total. Warum bin ich so ein Nichts?

Um mich abzulenken, bin ich mit Olga ins Theater gegangen. Das Stück hat uns gelehrt, dass man, um die Männer zu verstehen, keine psychologischen Bücher zu lesen braucht – die lehren uns nur, mit Männern wie mit wilden Tieren umzugehen – anlocken, zähmen, erziehen, manipulieren …

(Was die wilden Tiere angeht, habe ich eigene Informationen. In einem Buch über wilde Affen stand, dass ein erwachsenes Männchen den ganzen Tag müßig geht, die anderen Männchen ärgert, die Weibchen reizt sowie die ganze Zeit frisst. Die Schlussfolgerung kann jeder selbst ziehen.)

Ich bin vollkommen überzeugt, dass man zum Verständnis der Männer Folgendes tun bzw. wissen muss:

1. in einem Buch nachlesen, wie 560 Matrosen mit ihrem Schiff untergegangen sind und dabei gesungen haben. Nichts bezeugt die Natur der Männer besser. (Aber warum soll ich das auch noch lesen? Ich habe doch eben schon so geweint, als ich das auf der Bühne gesehen habe.)
2. Einen Mann muss man nicht für irgendetwas (Geld) lieben und respektieren, sondern einfach um seiner selbst willen.
   (Nur den Glatzkopf muss man lieben und respek-

tieren wegen seinem Geld. D. h. ich verstoße völlig unfreiwillig gegen diesen Punkt.)

3. Der Mann soll unbedingt ein Foto seiner Lieblingsfrau haben. Die Frau braucht er nicht, aber das Foto muss unbedingt sein.
   (In diesem Punkt war ich sehr nachlässig – ich hätte es schon ermöglichen können, einen mehrere Jahre alten Film in seine Tasche zu stecken. Er hätte ihn ins Fotogeschäft bringen – außer ihm macht das sowieso keiner – und sich dann ein Foto von mir an die Wand hängen können. Da ist ein sehr gutes von mir drauf: Ich liege im Bett und habe eine Silvestermaske mit Brille und Schnurrbart auf. Auf dem Kopf habe ich eine Pelzmütze, in einer Hand eine Zigarre und in der anderen einen Besen. Olga und Alena haben sich an mein Bett geschlichen und mich hilflos im Schlaf in dieser Pose abgelichtet.)
   Andrej hätte dieses Foto aufhängen können … Und was ist jetzt? Er erinnert sich sicher gar nicht mehr an mein Gesicht …

»Gute Nacht, mein Eber«, hat Mura mir durch die Tür zugerufen.

»Gute Nacht, Murs.«

Donnerstag, 19. April

Heute ist nach der ersten Vorlesung eine Studentin zu mir gekommen.

»Kann ich mit Ihnen eine private Angelegenheit besprechen?«

Ich erlaube es den Studenten immer, mit mir private Angelegenheiten zu besprechen, und alle wissen das genau. Aber in dem Moment hat mir das gerade noch gefehlt, als ich rauchen und aufs Klo gehen wollte.

»Ich bin zu dick«, hat die Studentin angefangen zu weinen. »Und mein Freund hat sich deswegen von mir getrennt.«

»Also bitte, nicht hier weinen!«, habe ich gesagt. »Möchten Sie eine private psychologische Beratung? Sie haben drei Minuten, dann möchte ich rauchen und aufs Klo!«

Das Mädel, das muss ich schon zugeben, stand ziemlich gut im Futter, hat ihr Heft herausgenommen und war bereit mitzuschreiben.

»Heute werden Sie Tausenden von modischen Tagebüchern ausgesetzt. Denn die Leute führen nicht nur Tagebuch, sondern wollen ihren Schwachsinn auch noch gedruckt sehen. (Ich bin empört über den Wunsch, all diese intimen Einzelheiten auf den Altar der Öffentlichkeit zu legen und sogar noch etwas dazuzuspinnen.) Alle handeln davon, dass jemand wegen seines Gewichts sitzen gelassen wurde«, habe ich gesagt. Das Mädchen hat alles mitgeschrieben: »Antworten Sie mir ganz schnell: Wo haben Sie ihn kennen gelernt?«

»In einer Disco, im Klub ›Griboedov‹.«

»Aha«, habe ich genickt. »Was beweist das? In einer Disco suchen Männer sich Frauen nach Äußerlichkeiten aus. Das bedeutet, dass Sie ihm Ihrem Aussehen und Ihrer Figur nach gut gefallen haben müssen. Stimmt das oder nicht?«

»Stimmt …«

»Wenn er Sie schon ausgewählt und eingeladen hat … zu Ihnen oder zu sich nach Hause …« Das Mädchen hat die Augen niedergeschlagen. »Und wenn es nicht bei dem einen Mal geblieben ist, dann bedeutet das, dass Sie für Ihre einzigartige Persönlichkeit geliebt wurden und er sich von Ihnen nicht wegen der überflüssigen Kilos getrennt hat, sondern aus einem anderen Grund … Das war's. Jetzt gehe ich aufs Klo.«

Das Mädchen hat mir nachgerufen:

»Aber aus welchem anderen Grund? Was für ein Grund …?«

»Das weiß ich nicht!«, habe ich mit einem schnellen Blick zurück geantwortet und bin in der Toilette verschwunden. Ich leide unter meiner Gutmütigkeit und Anteilnahme und schaffe es nicht mal mehr, eine zu rauchen.

Während der nächsten Vorlesung habe ich ununterbrochen gedacht: Es hat ihm doch irgendetwas nicht gefallen. WAS?

Gegen Ende der Vorlesung habe ich verstanden (es ist unprofessionell, unangenehme Wahrheiten vor sich zu verstecken) – in Wirklichkeit geht es nicht darum, welches Fleisch ich ihm serviere, und es geht auch nicht darum, dass ich zu viel geplappert habe.

ICH BIN ZU DICK: Deshalb ist Andrej endgültig verschwunden.

Unterwegs nach Hause habe ich mich daran erinnert, dass Murka gestern Abend zu mir »Eber« gesagt hat. Ganz unverblümt hat sie zu mir gesagt: »Gute Nacht, mein Eber.« Es ist anscheinend schon so offensichtlich, dass das Kind sich nicht mehr verstellen kann …

Fast schon zu Hause wurde mir absolut klar – es ist an der Zeit abzunehmen. Jetzt oder nie!

Statt nach Hause zu gehen, habe ich bei Irka Hamster vorbeigeschaut – um über irgendeine neue Diät zu sprechen, Irka kennt sie alle. Morgen gehe ich zur Akupunktur – um den Appetit zu zügeln.

In Erwartung des morgigen Diätbeginns habe ich den ganzen Abend gekaut. Habe so viel gegessen, dass im Kühlschrank nur noch leere Fächer geblieben sind. Es wäre besser, sich nicht mit den Kleinigkeiten im Kühlschrank abzugeben, sondern ihn gleich ganz aufzuessen.

Hier beginnt nun mein Sondertagebuch: Wie ich abnehmen wollte!

Freitag, 20. April

Abmagerungstagebuch

12 Uhr. Beim Arzt. Der Arzt ist ein Koreaner und heißt Igor Semjonowitsch. (Aber vielleicht ist er kein Arzt, sondern ein Pseudo im weißen Kittel?)

12.05 Uhr. Hat Nadeln in mich gesteckt und angeordnet, eine halbe Stunde im Korridor wie ein Stachelschwein sitzen zu bleiben. (Wenn er ein Koreaner ist, warum heißt er Igor Semjonowitsch?)

12.35 Uhr. Im Behandlungszimmer mit dem Arzt. Hat mich aufgefordert, mich auszuziehen und mich auf die Liege zu legen. Hat mich gefragt (drei Mal), ob bei mir mit dem Privatleben alles in Ordnung ist. Ich habe dreimal geantwortet, dass alles in Ordnung ist. Trotzdem hat er mich an der Schulter gestreichelt. (Wozu hat er mich gefragt, ob mir seine Ausstrahlung gefällt? Er gefällt mir nicht. Ich bin zu ihm gekommen, weil er Arzt ist.)

mich. Nicht für mich sind die Supermärkte offen ... Dort gibt es so viele wunderbare Dinge (z. B. Eingekochtes in kleinen Gläsern) – nicht für mich.

Es scheint, das Abnehmtagebuch verwandelt sich allmählich in eine Liste von den Dingen, die ich nicht gegessen habe.

20 Uhr. Die ganze zivilisierte Welt steht auf einer Seite und ich zusammen mit der Hungersnot in Afrika und den Kliniken von Vichy auf der anderen.

20.10 Uhr. Dreihundert Rubel, die ich bezahlt habe, um eine halbe Stunde lang ein Stachelschwein zu sein, sind relativ wenig Geld, besonders im Vergleich zu meinem Heißhunger auf Suppe.

20.15 Uhr. Wenn das eine richtige, seriöse Methode wäre und nicht reine Scharlatanerie, hätte ich nicht so unerträglichen Hunger.

20.25 Uhr. Ja, und noch was: Igor Semjonowitsch hat gesagt, wenn ich nicht alles richtig befolge ... Also, wenn ich nach der Akupunktur viel esse, werde ich sehr viel – ungefähr hundert Kilo – zunehmen. Das nenne ich nicht eine wirksame, seriöse Methode, sondern Erpressung.

20.26 Uhr. Wahrscheinlich hat die Akupunktur noch nicht angefangen zu wirken?

20.30 Uhr. Eine Tasse Tee. Kein Kaffee, weil ich vorhabe, das »Sandmännchen« anzusehen und dann schlafen zu gehen – und durchzuschlafen bis zum Morgen.

20.40 Uhr. Alena hat mich geweckt. Sie ist sehr glücklich. Sie wollte ins Telefon reinkriechen vor lauter Aufregung.

»Ich kann nicht sprechen«, habe ich mit schwacher Stimme gesagt.

»Nein, du kannst, du kannst!«, hat Alena gesagt. »Weißt du, was gerade passiert ist? Ich habe es geschafft!«

Sie meinte, dass das Buch über Sex vor einigen Minuten seine erhoffte Wirkung im Verhältnis zu Nikita entfaltet habe. Sonst hätte ich mich für sie gefreut, aber jetzt konnte ich nur träge sagen: »Gratuliere!« Dabei habe ich gedacht: »Ich habe jetzt nach einem Hungertag (mein morgendliches Butterbrot zählt nicht, das war in einem anderen Leben, bevor ich bei der Akupunktur war) so ein Schwächegefühl … Wenn ich dünn werde, werde ich keinen Sex mehr brauchen …«

Samstag, 21. April

11.30 Uhr. Kann nicht aufstehen. So schwach bin ich vor Hunger. Habe Mura gebeten, mir eine Tasse Tee zu bringen.

Mura hat den Tee gebracht und gesagt:

»Da ist dein Tee, mein Eber.«

Ich schmecke keinen Tee, nichts, außer einer tiefen Kränkung durch das Leben. Ich stehe heute nicht auf. Ich habe keinen Hunger mehr, ich möchte nur heulen.

11.46 Uhr. Vielleicht bleibe ich lieber dick? Üppig, wohlgenährt, rundlich, weich, mollig (alle diese Wörter sind sehr gemütlich).

15.15 Uhr. Wenn man nicht isst, wozu lebt man?

15.20 Uhr. Ich werde der Suppe einfach zusehen, wie sie ohne mich existiert.

20.10 Uhr. Ein Teller Bohnensuppe. Einer, aber ein großer. (Andererseits ein großer, aber nur einer. Vielleicht ist noch nicht alles verloren, und ich könnte zur Diät zurückkehren?)

20.16 Uhr. Wurst – drei Scheiben und noch eine kleine dazu, die nicht zählt. Zwei Clementinen.

21.15 Uhr. Ja, ich bin ein Eber.

21.22 Uhr. Zwei Klopse.

Man muss der Wahrheit ins Auge sehen – es scheint: Ich bin nicht mehr auf Diät. Aber ich habe einen wichtigen Grund dafür – ich habe verstanden, dass ich ein so starker und unabhängiger Mensch bin, dass ich Igor Semjonowitsch nicht erlauben kann, meinen Willen zum Essen zu unterdrücken. Außerdem werde ich die 300 Rubel für das nächste Mal pieksen sparen. Und wenn ich überhaupt nicht mehr hingehe, wie viel ich da noch sparen kann!

Ich habe kein schlechtes Gewissen – im Gegenteil. Ich bin so ein Prachtweib, ich habe mich so flink aus den Klauen von Igor Semjonowitsch befreit und noch dazu viel Geld gespart.

0.10 Uhr. Pelmeni.

0.22 Uhr. Ich habe mich zur Kontrolle auf die Waage gestellt – während der Diät habe ich zweieinhalb Kilo zugenommen. Das bestätigt vollkommen meine Meinung, dass die Akupunktur ein gemeiner Betrug ist.

Ende des Abnehmtagebuchs!

Dienstag, 24. April

Ich habe mich vergebens den ganzen Samstag auf das Notwendigste – Ernährung – beschränkt, Andrej war vorgestern und gestern bei mir.

Was mir an ihm gefällt, ist, dass er immer irgendetwas mitbringt. Gestern hat er eine Zucchini mitgebracht, vorgestern einen Kürbis. Aber was für eine Marotte, alles immer sofort zubereiten und aufessen zu müssen? Das sind doch wunderbare Dekorationsgegenstände. Ich hatte schon einmal einen Kürbis von Alenas Datscha.

Der hat den ganzen Winter über mein Büfett geschmückt, und im Frühling haben wir ihn als klebriges Mus vom Schrank abgekratzt.

Als Andrej auftauchte, habe ich ihn gefragt, wieso er die ganze Woche verschwunden war. (Ich habe einfach vergessen, dass man das auf keinen Fall fragen sollte, weil das zeigt, dass man irgendwelche Ansprüche auf ihn erhebt.)

War sehr überrascht, als er antwortete, dass er nicht angerufen hat und nicht gekommen ist, weil er dreihundert Kilometer von Piter entfernt gearbeitet hat. (Während ich die ganze Zeit gehungert habe aus Kränkung und Sorge und ununterbrochen auf seinen Anruf gewartet habe, sogar im »Kapella«.)

Als Antwort hat Andrej ziemlich vage erklärt, dass er gedacht hat, dass:

1. ich … äh, äh … eine unabhängige Person sei, die kein Drama mache … hm, hm … und für mich bedeute das alles nichts.
2. Und er … hm, hm … wollte nicht aufdringlich sein …
3. Er wäre auch jetzt nicht gekommen, aber in unserem Hause seien noch einige Physikaufgaben ungelöst geblieben. Und in unserem Flur habe er einen kaputten Sessel erspäht. Sonst hätte er uns auf keinen Fall belästigt.

Männer sind komische Menschen – der Sessel hält sich schon zwei Jahre wunderbar auf drei Beinen.

»Du hast mich nichts gefragt, es interessiert dich sogar nicht einmal, ob ich verheiratet bin…« Andrej hatte in diesem Moment die Augen eines richtig leidenden Menschen.

»Bist du verheiratet?«, habe ich schnell gefragt. Und mir gleich selbst geantwortet: »Verheiratet…«

»Aber nicht doch!«, hat Andrej gerufen. »Ich bin nicht verheiratet…« Und in meinem Bauch kribbelte es vor Glück. Jetzt kann ich leben und arbeiten ohne Angst vor operettenhaften Verwicklungen, z. B. dass sich der Glatzkopf plötzlich als seine Ehefrau entpuppt!

Ich gehöre zwar nicht zu den Frauen, denen nur eine baldige Ehe im Kopf herumschwirrt, aber wenn er nun mal nicht verheiratet ist, dann kann ich ja schon fast an so etwas denken wie »immer und ewig«… Es ist einfach nicht ausgeschlossen, dass wir ein so bewegendes Paar werden wie die Alten, die ich Händchen haltend auf einer Bank im Sommergarten habe sitzen sehen. Ich habe sie bemerkt, als Roman mir gesagt hat, dass wir uns nur auf kurze Zeit trennen würden. Das war das Schönste, was ich in meinem Leben gesehen habe – sieht man von der Mona Lisa im Louvre ab.

…Nein, es ist nicht ganz so… nicht das Schönste… Noch schöner war etwas, was ich an einer Tankstelle in Frankreich beobachtet habe, als wir alle zusammen, Mura, Dennis, Alla und ich, einen Familienausflug nach Disneyland unternommen haben.

An diese französische Tankstelle kamen zwei Motorradfahrer in ihrer schwarzen Lederbekleidung gefahren, schlank, vor Energie sprühend, und ich dachte: Wie wunderschön ist doch die Jugend. Bei mir schien sie schon vorbei zu sein…

Und plötzlich haben die beiden ihre Helme abgesetzt,

und es kamen ein Alter und seine Frau zum Vorschein, mit faltigen Gesichtern und grauen Haaren. Wir schätzten sie auf 75 oder älter…

»Und weshalb hast du dich von deinem Mann getrennt?«, hat Andrej gefragt. »Und wo ist dein Mann?«

»Mein Mann lebt in Deutschland. Ich wollte gern nach Deutschland auswandern, aber er wollte auf keinen Fall. Deshalb haben wir uns getrennt.«

»Ich habe nichts verstanden.«

Komisch. Mir schien, dass ich die Situation in allen Einzelheiten dargestellt hatte.

»Und wozu wolltest du nach Deutschland?«

»Zu meiner Freundin Jenka.«

»Ich habe nichts verstanden. Du wolltest zu deiner Freundin emigrieren?«

»Ja. Zu Jenka. Sie hat mich übrigens schon lange nicht mehr angerufen, fast seit gestern. Sie ruft bestimmt gleich an, und ich werde euch miteinander bekannt machen.«

Wie auf Kommando hat Jenka tatsächlich angerufen.

»Gib ihn mir mal!«, hat sie mir befohlen. »Ich werde mit ihm wie eine Mutter sprechen.«

Andrej hat den Hörer gehalten und geschwiegen, praktisch kein Wort von sich gegeben, dafür aber sehr viele verschiedene Laute von sich gegeben, unter anderem sich geräuspert und geknurrt; deshalb weiß ich nicht, weshalb Jenka gesagt hat: »Er ist so gesprächig… Aber sonst ist er ein sehr guter Mensch.«

Ich habe auch Andrej gefragt, weshalb er sich von seiner Frau getrennt hat. Er hat nur mit der Schulter gezuckt – sein Grund sei nicht so interessant wie meiner. Vor zwei

Jahren habe er aus dem Briefkasten eine Postkarte von irgendeinem ihm nicht bekannten Reisebüro genommen, auf der stand:

»Liebe Tamara Alexejewna, lieber Konstantin Wladimirowitsch!

Guten Rutsch ins Neue Jahr! Herzlichen Dank dafür, dass Sie schon mehrere Male unsere Dienste für wunderschöne Reisen in Anspruch genommen haben. Wir sind immer glücklich, diese sehr schönen Reisen für Sie organisieren zu dürfen...« usw.

Tamara Alexejewna heißt seine Exfrau. Und mit Konstantin Wladimirowitsch war Andrej nicht bekannt.

»So haben wir hm... äh... hm... uns getrennt.«

»Und wo ist deine Frau jetzt?«

»In Minsk.«

Minsk ist weit weg...

»Mit Konstantin Wladimirowitsch?«

»Ja!«

Konstantin Wladimirowitsch ist auch weit weg... Schade, dass ich ihn nicht zu Gesicht bekomme – kann mir nicht vorstellen, wer besser sein kann als Andrej. Aber manche Frauen haben mehr Glück als alle anderen.

Es ist doch wahr – eine mir bekannte Autorin kennt das Leben sehr gut – es laufen wirklich auf der Straße und auch in Angelgeschäften echte Männer für so manches Aschenputtel wie mich herum – unverheiratete Oligarchen, die nie die echte Liebe kennen gelernt haben! (Andrej ist natürlich kein Oligarch, und ich weiß auch nicht, ob unsere Liebe echt ist, aber man kann ja bekanntlich nie wissen...)

Zu Hause haben wir Erbsensuppe aus der Tüte gegessen (die Suppe hat Mura gemacht, quasi als Bestechung, um sich von Andrej bei ihrem Biologiereferat helfen zu lassen, normalerweise essen wir solche Suppen nicht).

Mittwoch, 25. April

... Heute erwarte ich Besuch; lauter Menschen, die ganz scharf darauf sind, endlich Andrej kennen zu lernen: Alena, Olga und vielleicht sogar Irka Hamster.

Aus der Uni habe ich Alena angerufen und gefragt, was sie heute für Nikita zum Abendbrot hat.

»Gefüllte Paprika. Er liebt sie!«, hat Alena ziemlich angeberisch gesagt. Und mir gefällt der abschätzige Ton in ihrer Stimme nicht – nach dem Motto: »Was verstehst du schon davon!«

»Aber dir empfehle ich: Kauf tiefgefrorene Buletten und versuch, sie anzureichern.«

Was bedeutet es, tiefgefrorene Buletten anzureichern?

»Steck in jede Bulette ein Stück Butter, ein bisschen Petersilie, und dann kannst du ihm vorschwindeln, du hättest sie selbst gemacht!«

»Ach so«, habe ich entschlossen gesagt. »Dann mache ich auch gefüllte Paprika!«

Unterwegs nach Hause habe ich auf dem Markt Paprika gekauft. Zu Hause habe ich mich erinnert, dass man Hackfleisch dazu braucht. Aber die Mutigen haben immer Glück: Aus einer entfernten Ecke meiner Gefriertruhe habe ich ein verbeultes Päckchen Hackfleisch geangelt – wahrscheinlich hat Irina Andrejewna Buletten machen wollen und es dann vergessen.

Alena soll bloß nicht die Nase so hoch tragen, dachte ich, während ich das Hackfleisch zusammen mit Reis in die Paprikaschoten gestopft habe. Für einen Menschen mit Geist gibt es nichts Schwieriges dabei, zuerst Hackfleisch und dann Reis in eine Paprika zu füllen. Das Problem besteht darin, dass man die Paprika auf kleiner Flamme schmoren muss, man aber eigentlich auf großer Flamme kochen will, um die Sache so schnell wie möglich hinter sich zu bringen.

Es ist ein umwerfendes Gericht geworden, nicht etwa schlechter als Alenas – grüne und rote Paprika schwimmen im eigenen gelben Saft, sehr schön.

Während die Paprika geschmort haben, dachte ich, warum möchte ich Andrej, in den ich nicht verliebt bin, füttern? (Er ist ein sehr sympathischer Mensch, groß und schön, außerdem hilft er Mura in Physik, und es ist schließlich sehr nett mit ihm.) Und weshalb wollte ich Roman, in den ich verliebt war, nicht auch mit gefüllten Paprika bewirten? (Die große Tragödie meines Lebens.) Roman arbeitet außerdem beim Fernsehen, und Andrej hat eine so uninteressante Arbeit – irgendetwas mit Strom.

Murka hat den Tisch sehr schön gedeckt, sie hat sogar von Irka Teelöffel geholt. Unsere verschwinden immer auf mysteriöse Weise aus dem Haus. Meine Mutter denkt, dass wir sie immer zusammen mit den Joghurtbechern wegwerfen, aber ich habe meinerseits längst vor, meine Gäste beim Fortgehen zu kontrollieren: Sicher nehmen sie sie aus Zerstreutheit mit.

Mura hat alle unsere Kristallvasen auf dem Tisch aufgebaut, sie dann nachdenklich umkreist und hat schließlich in die Mitte einen kleinen Topf mit einer Azalee gestellt.

»Wieso gibst du dir so viel Mühe, als ob heute Sylvester oder der Tag des Grenzschutzes wäre?«, habe ich interessiert gefragt. – »Er soll denken, dass wir immer so zu Abend essen.«

Andrej ist mit einer großen Tüte gekommen (in der Tüte lagen drei Sorten Camembert, Wurst, Pralinen, Saft, ein Glas Pilze und Cognac) – und mit seinem Werkzeugkoffer. Er mag ihn sehr und trägt ihn überall bei sich.

Also hat er alle seine Werkzeuge ausgebreitet und bewundert… Ich habe ihn zu Tisch gebeten (es ist besser, wenn wir essen, bevor Alena und Olga kommen, habe ich aus reinem Selbstschutz beschlossen).

Die Paprika waren schon längst kalt, als Andrej mit seinem Werkzeug erst richtig in Fahrt gekommen ist: Er hat eine Leiste angenagelt, und jetzt hängt auch das Regal im Badezimmer. Er hat ein furchtbares Durcheinander angerichtet, hat unsere Shampoos und Cremes in alle Richtungen verstreut, mit der Bohrmaschine gelärmt und überall Bohrstaub hinterlassen.

»Gib mir einen Hammer!«, hat er von Zeit zu Zeit mit wichtiger Stimme gerufen. »Bring mir einen Zollstock! Halt mal das Regal!«

Er ist wie Onkel Podger, genießt, dass er im Mittelpunkt steht. Nicht zum ersten Mal hat er in unserem Haushalt alles durcheinander gebracht und dann mit dem müden Lächeln eines Menschen, der gute Arbeit geleistet hat, Tee getrunken und von uns erwartet, dass wir zugeben, wie wichtig das alles gewesen ist. Wichtig? Danach müssen wir einfach sauber machen.

… Die Menschen brauchen Zeit, um sich aneinander zu gewöhnen. Und ich denke, dass gerade diese seine Leidenschaft für das Instandsetzen unseres Hausrats mich mit der Zeit nicht mehr nerven, sondern mir als nette Marotte lieb sein wird.

Als wir endlich am Tisch saßen, hat es geklingelt. Ich bin aus der Küche gerannt und habe dabei einen Teller mit Wurst mitgenommen.

»Wieso nimmst du die Wurst mit?«, hat Andrej überrascht gefragt.

»Das ist Gewohnheit… hier wird gestohlen…«, habe ich bedrückt gesagt.

»Wer? Mura?«

»Leo Jewgenjewitsch mopst hier alles!«, habe ich schon im Flur gerufen. Was ist daran außergewöhnlich? Ein Hund stiehlt eben – aber er braucht auch etwas zum Leben! Wir spielen so miteinander – er stibitzt, wir sind empört, er ist deprimiert und mopst weiter. Sawwa Ignatitsch hilft ihm dabei – er springt auf den Tisch und schiebt alles auf den Boden, dann teilen sie… Dagegen benimmt sich Gantenbein sehr anständig… Stiefkinder wollen immer beweisen, dass sie viel besser sind als leibliche Kinder, deshalb bemüht er sich. Er weiß noch nicht, dass wir ihn schon längst in unsere Herzen geschlossen haben und er ruhig auch stehlen kann.

Olga und Alena sind gekommen – aber nicht allein: Nikita war auch dabei!

»Alles, einfach alles, was interessant ist, läuft an mir vorbei«, hat Nikita auf dem Weg in die Küche geschrien und dabei eine Cognacflasche geschwenkt. »Hab keine Angst, ich sehe ihn mir nur ganz diskret an, er wird nichts davon mitkriegen! Trinkt er Cognac? Im Auto habe ich noch Gin und Wodka!«

Wozu hat Alena ihn mitgebracht? Wozu? Jetzt fängt er

sicher an, die Vaterrolle zu übernehmen, und fragt, wo wir uns kennen gelernt haben, habe ich befürchtet. Was soll ich ihm sagen – am Eingang zum Sexshop …?

Erwachsene, die sich noch fremd sind, finden nicht leicht eine gemeinsame Sprache. Ich habe schon längst bemerkt, dass ab 34 jeder sein eigenes Stück Leben lieb gewonnen hat, und je kleiner dieses Stück ist, desto heftiger verteidigt er es wie den letzten Fußbreit.

Meine Freunde, die ein solches Stück in Amerika gewonnen haben, sagen immer: »Wie kann man woanders leben als hier. Bei uns in Amerika ist alles besser!« Und meine Freunde, die in Piter leben, antworten: »Wie kann man woanders leben als in Piter. Bei uns ist es viel besser.«

Ich weiß nicht, wo es besser ist, obwohl ich nicht damit einverstanden bin, wie die Amerikaner mit Serbien umgesprungen sind. Sie sprechen über die Ideale der Demokratie und untergraben diese, indem sie sich einmischen, wo es ihnen gerade passt. Wenn jeder anfängt, Bomben zu schmeißen, wohin er will, was passiert dann mit der Welt? Außerdem denke ich, dass wir dann, wenn wir ewig leben würden, überlegen müssten, wo wir uns endgültig niederlassen wollen. Aber weil wir nicht ewig leben, kann sich doch jeder dort niederlassen, wo er gerade Lust hat, und man braucht nicht darüber zu streiten. So auch Nikita und Andrej – sie konnten nicht gleich entscheiden, wessen Cognac sie trinken sollten.

»Was ist das?«, hat Alena gefragt, als sie ein Stück der gefüllten Paprika abgebissen hat.

»Was heißt ›was ist das‹? Gefüllte Paprika, ich habe

alles nach deinem Rezept gemacht, genau so, wie du gesagt hast.«

Ich habe Andrej voller Hoffnung angesehen und gefragt:

»Schmecken sie etwa nicht?«

»Hm... äh... hm, hm... Nicht schlecht... Was ist da drin?«

Es hat sich herausgestellt, dass ich die Paprika mit Fischhack gefüllt habe.

»Das ist alles wegen Irina Andrejewna – bestimmt wollte sie Fischbuletten machen«, habe ich bitter gelacht. Wenn ständig alle einen auslachen, gewöhnt man sich am Ende daran.

»Warum steht der Hund die ganze Zeit neben dem Tisch und bettelt? Man kann ja nicht in Ruhe essen«, hat Andrej gefragt. Hm – er meinte wohl Leo Jewgenjewitsch.

»Stell dir vor, du wohnst bei irgendwelchen Wesen, die groß und böse sind!«, hat Mura erklärt. »Und diese Wesen essen alles, was sie wollen und wann sie wollen, und alles ist von ihnen abhängig – ob du etwas abbekommst, entscheiden sie ganz allein, vor allem wenn es besonders schmackhaft ist. Schließ die Augen und stell dir das vor! Die essen Wurst und sagen dir: Andrej, nimm deine Schnauze vom Tisch!« Andrej hat vollkommen verblüfft geantwortet: »Ich hätte meine Schnauze aber nicht auf den Tisch gelegt.«

Wie stolz er ist. Ich hätte mich bestimmt gehen lassen, wäre ständig um das Essen herumgeschlichen und hätte wohl auch meine Schnauze auf den Tisch gelegt...

»Leo Jewgenjewitsch ist absolut nutzlos, er bewacht die Wohnung nicht und bellt noch nicht einmal«, hat Nikita das Gespräch fortgesetzt.

»Und du selbst, bellst du? Beißt du auch, wenn nötig?«, hat Mura ganz sachlich gefragt. »Bist du selbst sehr nützlich in eurem Haushalt?«

Das Kind ist es gewohnt, jeden zu duzen! Wer hat es so schlecht erzogen?

Um die Situation zu entspannen und uns ein wenig in Schutz zu nehmen, hat Olga gesagt:

»Leo Jewgenjewitsch ist einfach so wie alle anderen Männer: Er ist ein Feinschmecker ... Du bist doch auch nicht scharf auf gewöhnlichen Brei, oder?«

»Wer, ich?«, hat Andrej ängstlich gefragt.

Olga hat gelacht:

»Ja! Normalerweise frage ich die Dame des Hauses gleich zu Beginn, wenn ich zu Besuch komme, ob ihr neuer Bekannter auf gewöhnlichen Brei oder auf Braten scharf ist.«

Andrej hat sehr nett und verlegen gesagt:

»Verdammt! Mädel! Ich habe einfach Angst. Ich bin schon zwanzig Jahre lang nicht mehr in der Rolle des Bräutigams aufgetreten!«

Und dann war alles wunderbar, als ob wir uns schon tausend Jahre kennen würden!

Am meisten Glück an diesem Abend hat Alena gehabt. Sie hat nicht umsonst Nikita mitgebracht. Sie hat mit ihm um einen neuen Pelzmantel gewettet – und gewonnen!

»Das ist der schönste Mann, den ich überhaupt je gesehen habe«, hat Alena träumerisch gesungen, als Andrej mit Leo Jewgenjewitsch kurz spazieren gegangen ist.

»Wetten, dass er georgisches Blut hat«, hat Olga gesagt, weil sie ein bisschen sauer war wegen Dimotschka und Wasja. »Oder armenisches. Die Slawen haben nicht so eine animalische Anziehungskraft ...«

»Ja, ja! Stimmt!«, hat Nikita zugestimmt. »Ich bin selbst aus slawischem Holz geschnitzt. Deswegen sollte man von mir diesen Magnetismus nicht erwarten …«

»Wetten, dass Andrej auch durch und durch Slawe ist? Um einen neuen Pelzmantel! Nerz!«, ist Alena eingestiegen. »Blau, mit Polarfuchskragen!«

Als Andrej mit Leo Jewgenjewitsch zurückgekommen ist und alle angefangen haben, Tee zu Alenas Kuchen zu trinken, ist er gefragt worden, ob unter seinen Vorfahren ein Armenier oder Georgier war.

»Ich bin Weißrusse«, hat Andrej gesagt. »Kein anderes Blut ist in meinem Stammbaum zu finden. Aber ich kenne nicht alle, nur bis ins dritte Glied.« Und er hat angefangen, alle seine Verwandten bis zum dritten Glied rückwärts aufzuzählen.

»Pelzmantel, Pelzmantel!«, hat Alena vor Freude gequietscht, als Andrej bei der Urgroßmutter väterlicherseits angekommen war. »Ein neuer Pelzmantel aus blauem Nerz mit Polarfuchskragen!«

Später am Abend ist Irka Hamster in der Küche aufgetaucht – sie ist ohne zu klingeln gekommen. Andrej war überrascht, aber ich habe ihm erklärt, dass ich irgendwann vor langer Zeit einmal meinen Schlüssel bei ihr vergessen habe. Einige Male am Abend (vier an der Zahl – um genau zu sein) hat Jenka angerufen und sich nach Andrej und mir erkundigt. Wenn alle weg sind, können wir endlich richtig miteinander sprechen.

»Wieso hast du so viele Freundinnen?«, wollte Andrej wissen, als alle nach Hause gegangen waren.

»Na ja, Jenka zählt nicht, aber Alena, Olga, Irka Hamster – das sind meine besten Freundinnen. Ich habe noch einige andere, aber die sind sozusagen zweite Wahl, und dann gibt es noch einfache Bekannte …«

Habe nach seinen Freunden gefragt. Er hat gesagt, dass es Menschen gibt, die er nachts von unterwegs anrufen und denen er sagen kann, dass sie blitzschnell zu ihm kommen sollen. Und selbst könnte er nachts auch blitzschnell sein, wenn es nötig sei.

»Nur einfach so anrufen und quatschen, im Café sitzen, eine rauchen und so, hast du so jemanden nicht?«

Stotternd hat er zwei Namen genannt.

Männer und ihre Freunde – es ist schon eigenartig, dass er mit zwei sehr guten Freunden auskommt, während bei mir gleich eine ganze Gesellschaft (Jenka, Alena, Olga, Irka Hamster) nachts angerannt kommt und bis zum Morgen sitzen bleibt!

Zwanzig vor zwölf hat Andrej gesagt:

»Das war's. Ich gehe jetzt.«

Weil er in drei Stunden schon wieder aufstehen und 300 Kilometer wegen seines Elektronetzes fahren müsse. Jetzt trinke er noch eine Tasse Tee, und dann fahre er los.

Viertel nach eins hat Mura gegähnt und ist schlafen gegangen.

»Übernachten Sie ruhig die restlichen 45 Minuten bei uns«, hat sie bemerkt, bevor sie gegangen ist.

Während ich das Sofa in der Küche für Andrej hergerichtet habe, hat er seinen Wecker auf drei Uhr nachts gestellt. Vor dem Schlafengehen hat er noch unser Küchenschränkchen repariert, noch eine Tasse Tee getrunken, die Papiere aus seinem Koffer durchgesehen und Leo Jewgenjewitsch gekrault.

Ich lag in meinem Zimmer und dachte: Mura schläft in ihrem Zimmer, und das Zimmer ist weit weg; Muras Zimmer ist weit weg, Mura schläft … und bin eingeschlafen. Ich wurde vom Geräusch einer zugezogenen Tür wach – Mura ist zur Schule gegangen. Ich habe noch ein bisschen geschlafen, und kurz nach neun bin ich in die Küche gegangen, um etwas zu essen zu finden, gereizt und unausgeschlafen. Und was sahen meine Augen?

»Andrej«, habe ich vor lauter Angst gerufen. »Du hast verschlafen!«

Andrej ist wie ein geölter Blitz aufgesprungen, hat geschrien, er werde schon seit Stunden in 300 Kilometern Entfernung erwartet und hat nachdenklich seinen Tee getrunken …

… Heute bin ich nicht der Meinung, dass das Gerede über den weiblichen Orgasmus übertrieben ist, dass Frauen ohne Orgasmen frustriert und verbittert sind und so weiter. Aber wieso das denn plötzlich? Ich bin doch nicht in ihn verliebt. Ich bin nicht so eine gewöhnliche Person, die zweimal im Jahr verliebt ist. Ich war in diesem Jahr schon einmal verliebt.

Andrej hatte es sehr eilig, und wir haben schon wieder nur Tee getrunken. Im Fernsehen lief Fußball. Andrej hat sich so reingesteigert, und als er nach Ende des Spiels von seinem Fußball-Fieber genesen war, konnte er auf dem Tisch sein Butterbrot nicht mehr finden.

»Man muss das Essen ein bisschen höher abstellen, zum Beispiel auf dem Fernseher, dort kann Leo Jewgenjewitsch nicht ran«, habe ich ihm erklärt.

Dennis hat angerufen. Ich habe ihm gesagt, dass ich verliebt und sehr glücklich bin. Dennis hat mich ausgefragt und war neidisch. Hat gemeint, wenn ich in Andrej verliebt bin, dann könnten er und Alla Roman also als einfaches Vergnügen abtun. Aber es ist ihm nicht gelungen, mich in ein Streitgespräch zu verwickeln. Ich habe geantwortet: »Ihr könnt es ruhig so halten.«

Mai

Freitag, 4. Mai

Andrej hat einen sehr langweiligen Job, der mit Elektrizität zu tun hat, in verschiedenen, weit von Piter entfernten Gegenden. Er fährt dauernd irgendwohin, 300 Kilometer weit und noch darüber hinaus. Aber einige Male in der Woche kommt er zurück, und wir pflegen ein glückliches Familienleben (Mura ist dafür, und Mama ist auch nicht dagegen).

Und heute habe ich mich entschlossen, über mein Familienleben nachzudenken. Wir sind wirklich glücklich, wenn man von gewissen Marotten absieht, an die man sich gewöhnen kann.

Woran ich mich heute Früh gewöhnen musste:

9.14 Uhr. Ich habe im Kühlschrank ein Glas mit schwarzem Kaviar gefunden. Ich dachte, wie schön, mit einem Menschen zusammenzuleben, der sich um so etwas kümmert! Der Kaviar ist doch so gesund für die Gesichtsfarbe. Ich wollte für jeden Brote mit Kaviar machen, habe schon den Deckel geöffnet – aber was denn? –, es hat sich herausgestellt, dass da keineswegs schwarzer Kaviar drin war, sondern Erde mit Regenwürmern.

9.15 Uhr. Wieso liegen in meinem Kühlschrank diese Regenwürmer? Ich bin doch kein Chinese.

9.23 Uhr. Meine Mutter hat angerufen und wollte, dass ich Andrej weitersage, heute herrsche Nordwind, und er müsse unbedingt eine Mütze aufsetzen, weil es auch Niederschläge geben könnte. (Gestern hat Andrej meiner Mutter gesagt, dass wir – also Mura und ich – unsere Gesundheit vernachlässigen. Er meinte, dass es bei uns immer Erbsensuppe geben müsste. Aber Mama hat es so verstanden, dass Mura und ich uns nicht warm genug anziehen. Und gleich wurde er ihr sympathisch).

9.26 Uhr. Andrej hat mich gebeten, dass ich ihm Kaffee koche. (Er ist eigentlich ganz anspruchslos im alltäglichen Leben, aber er trinkt keinen löslichen Kaffee. Warum?)

9.37 Uhr. Habe Kaffee mitgebracht (ich bin ein Engel).

»Was ist das?«, hat Andrej mit angewidertem Gesichtsausdruck gefragt.

»Gemahlen, gekocht…«, habe ich schnell gesagt.

»Du lügst«, hat Andrej abrupt geantwortet. »Du hast löslichen Kaffee gemahlen.«

Ich denke, dass solche Verdächtigungen einen Menschen tief beleidigen. Außerdem kann man löslichen Kaffee viel schneller mahlen.

9.50 Uhr. Er hat mich gebeten, ihm grünen Tee zu kochen. Aber er ist nicht damit einverstanden, dass der grüne Tee etwa Tee aus einer grünen Dose ist.

10.20 Uhr. Er hat mit Irina Andrejewna verhandelt (heute ist ihr Tag) –, hat ihr vorgeschlagen, eine Ente zu braten. Ich verstehe nicht, wie Menschen Enten essen können (die fliegen doch) oder Zunge (Kühe sprechen doch mit der Zunge) oder Kaninchen (die haben doch so große weiche Ohren)!

»Aber wenn man ständig, wie du, nur Wurst isst, lebt man ungesund! Und außerdem schmeckt das gar nicht«, hat Andrej gesagt.

»Das tut der Seele des Menschen gut«, habe ich geantwortet. »Wurst ist ein Lebensmittel ohne jegliche Spur von einem Lebewesen.«

Irina Andrejewna mag Andrej sehr. Deshalb steht sie auf seiner Seite. Es ist unverständlich, warum sie ihn so sehr mag – sie haben vollkommen verschiedene Interessen. Sie liest immer wieder Jane Austen, und Andrej blättert in seiner Spezialliteratur (»Angeln Sie mit uns«, »Angeln in Russland«, »Angelzubehör«).

10.32 Uhr. Andrej hat gesagt, es wäre nicht schlecht, irgendwo hinzufahren, für zwei oder zweieinhalb Tage, und dabei Mura ein bisschen die Welt zu zeigen.

»Nach Italien!?«, habe ich gerufen. »Nach Spanien, nach London!?«

In Spanien sei es zu heiß, in Italien gebe es zu viele Touristen, nach London würden wir irgendwann einmal später fahren, Paris finde er unangenehm, Prag kenne er aus dem Fernsehen.

»Wir können nach Kuba fliegen«, hat Andrej angeboten.

»Wozu brauchen wir Kuba?«

»Kuba ist die Heimat der Renke«, hat Andrej tiefsinnig bemerkt und angefangen, seine Sachen zu packen: sein Köfferchen, seine Angeln und die Würmer. Er fährt angeln. Eigentlich fährt er zur Arbeit, aber er angelt auch dabei, weil die Arbeit nicht weit von einer guten Angelstelle entfernt ist.

Ich habe mir vorgestellt, wie wir Mura die Welt zeigen: der Reihe nach die Heimat der Renke, des Hechts, der Brasse, des Stints …

10.40 Uhr. Ich bin schon vor Andrej zur Vorlesung gegangen. An der Eingangstür hing ein Zettel: »Nicht vergessen! FALTER!« Gilt das mir? …

Das Zusammenleben ist in der Regel gekennzeichnet von Kompromissen: Man muss sich dem anderen anpassen, alles Mögliche verstehen und verzeihen … Ich z. B. kann ihm die Würmer und das mit meiner Mutter verzeihen, aber es gibt auch ernstere Sachen, die ich nicht akzeptieren kann, sonst verliere ich, was mich und mein Leben ausmacht: löslichen Kaffee, grünen Tee im grünen Beutel etc.

Es gibt da auch noch ein Problem mit dem Geld. Ich kann nicht entscheiden, wer ich sein will – eine verheiratete Frau, die von ihrem Mann ausgehalten wird, oder einfach eine Frau, die ausgehalten wird? Oder ein selbstständiger Mensch, der einen gemeinsamen Haushalt mit dem Partner führt – nach den Prinzipien von Gleichberechtigung, Großzügigkeit und gegenseitiger Unterstützung?

Letzte Woche hat der Glatzkopf zwei seiner Bekannten mitgebracht (die Probleme sind dieselben wie beim Glatzkopf – Liebe, Geld und Ähnliches), und ich konnte Irina Andrejewna bezahlen. Das Geld von Dennis für April und Mai haben wir für Muras Schulreise nach England verwendet, und mein Gehalt ist schon längst alle. Geld von Andrej für meinen Haushalt erbitten will ich aus Stolz nicht, weil er der Ansicht ist, dass ich keinen Haushalt habe.

Andrej bringt immer riesige Tüten voller Essen und Zahnpasta mit, und etwas Geld hat er auch in den Nachttisch gelegt. Ich will es nicht anfassen, weil ich stolz und ein selbstständiger Mensch bin und nicht genau wüsste, wie viel zu entnehmen angemessen wäre.

Wenn ich Andrej nicht hätte, dann müsste ich jetzt:

1. von Alena etwas leihen … oder

2. vorübergehend Mura und mich von Brei ernähren und ab und zu bei meiner Mutter zu Abend essen …

Jetzt habe ich zu Hause eine Menge zu essen und Geld im Nachttisch. Aber ich fühle mich wie eine Schülerin der Grundschule – die Eltern ernähren einen und haben das Mittagessen in der Schule bezahlt, aber die Arme kann nicht mal einen gewöhnlichen Hamster oder ein Meerschweinchen kaufen, wenn ihr danach ist. Ich bin genauso unglücklich, kann mir weder eine Strumpfhose noch ein paar Bücher leisten!

Es wäre interessant zu wissen, ob Andrej auch so eine Liste hat und was da draufsteht. Oh Gott, wie schwer ist doch das Leben!

Bin heute ein bisschen zu spät zur Vorlesung gekommen.

»Heute beginnen wir ein neues Thema – Konflikte«, habe ich angekündigt, als ich in den Hörsaal reingeschossen bin, und habe mich umgeblickt.

Rechts, links und vorne – allen steht die Müdigkeit im Gesicht. Wozu brauchen sie Konflikte im Mai, wenn sie alle verliebt sind und wegen Vitaminmangels schlafen wollen?

»Streichen Sie ›Konflikte‹«, habe ich gesagt. »Das Thema von heute ist ›Unterschied zwischen Liebe und Verliebtsein‹, und überhaupt: ›Was heißt Liebe?‹.«

Mein Lieblingspsychologe (nach manchen anderen) meint, dass die Liebe wie ein Markt ist. Aber die Menschen bieten weder Tomaten noch türkische Textilien an, sondern sich selbst. Und es wird alles angepriesen, was man hat – Locken, lange Beine, schicke Schuhe und die ganze Vielfalt einer Persönlichkeit, von Güte bis zur Fähigkeit, Ski zu fahren.

Jede Persönlichkeit auf dem Markt der Liebe bekommt, was sie verdient hat – z. B. ER ist schön, SIE hat »Krieg und Frieden« gelesen, oder: SIE ist reich, und ER ist klug.

Die Müdigkeit hat sich verflüchtigt, und wie aus dem Nichts fingen die Augen an zu strahlen, und viele Fragen wurden gestellt.

Als ich auf die Fragen geantwortet habe, musste ich dabei an mich und Andrej denken. Er sieht gut aus und ist sehr großzügig. Ich kann mich finanziell auf ihn verlassen … Aber ich? Wer bin ich im Vergleich zu ihm auf diesem Markt? Ich bin nicht so groß und so schön wie er, habe keine außergewöhnlichen Eigenschaften, und auf mich kann man in finanziellen Dingen auf keinen Fall zählen.

»Sie haben versprochen zu erzählen, wie man die Liebe vom Verliebtsein unterscheiden kann«, haben die Studenten mich gelöchert.

»Ah … das … Ich weiß es selbst nicht«, habe ich ehrlich geantwortet. »Aber die Wissenschaft meint, das sei leicht zu unterscheiden. Wenn Sie verliebt sind, dann möchten Sie mit diesem Menschen glücklich sein, aber wenn Sie lieben, dann wollen Sie, dass er auch glücklich ist …«

»Beispiele! Wir möchten Beispiele hören.«

Ich habe ein bisschen nachgedacht und habe dann ein Beispiel gefunden:

»Angenommen, Ihre Liebe schläft … sie ist vielleicht 300 Kilometer wegen ihrer Arbeit gefahren … und so schläft sie jetzt. Aber Sie möchten, dass sie wach wird und Ihnen Blumen schenkt, dass sie Sie glücklich macht.

Was machen Sie nun in dieser Situation als liebender Mensch?

Sie betten Ihre Liebe noch bequemer und sind glücklich, dass sie endlich einmal ausschläft. Und zum Teufel mit diesen albernen Blumen!«

Ich habe viele verschiedene Fragen beantwortet, dabei aber nur an Andrej und mich gedacht. Ich glaube, dass man die Zubereitung von gefüllten Paprika mit Fischhack durchaus als Liebe gelten lassen kann.

Dienstag, 8. Mai

Es regnet. Ich bin sehr, sehr glücklich! Man kann ohne Gewissensbisse zu Hause rumhängen und muss nicht daran denken, dass man etwa irgendeine kulturelle Veranstaltung verpasst. So was passiert mir vielleicht einmal im Jahr.

Weich geworden, weil ich ihm zunächst Kaffee ans Sofa gebracht habe, dann Eierkuchen (gummiartig, wie bei uns üblich), dann wieder Kaffee, und weil ich ihm dann erlaubt habe, im Zimmer zu rauchen, hat Andrej vorgeschlagen:

»Lass uns so tun, als ob du in einem Harem lebtest und dein Leben davon abhinge, wie sehr du mich zufrieden stellst!«

»Ha! In einem Harem!«, habe ich geantwortet. »Nach den neuesten wissenschaftlichen Untersuchungen werden die Männer im 21. Jahrhundert nur noch für die Reproduktion benötigt. Wohnen werden sie außerhalb des Hauses, z. B. in einer Hütte im Garten …«

»Wo hast du von derartigen Untersuchungen gelesen?«, hat Andrej interessiert nachgefragt.

»Äh … in ›Schokolade zum Frühstück‹, dem Tagebuch der Bridget Jones …«

Wir haben gelacht, geplappert, einen Film angesehen – ich bin sehr, sehr glücklich!

Außerdem habe ich endlich verstanden, worin das Geheimnis eines glücklichen Familienlebens besteht.

Es geht darum, dass Andrej mich das ganze vergangene Wochenende allein gelassen hat. Er hat gesagt und dabei bescheiden den Blick gesenkt, dass er bis Montag auf Dienstreise sein wird und am Montag, ohne sich bei mir blicken zu lassen (wieso hat er nicht »zu Hause« gesagt?), wieder wegmuss. Ich habe nichts gesagt, ihn nur angesehen und darauf gewartet, dass aus meinen Augen endlich eine Träne kullert.

Er war fort und ich – ich war wieder völlig allein, mit Mura, Leo und Sawwa (jetzt lebt bei uns auch noch Gantenbein, der mich aber auch nicht aufmuntern kann, weil Humor nicht gerade seine Stärke ist), Jenkas Anrufen, Alena, Olga u. a.

Ich denke, dass es nichts Schlimmeres gibt, als einen Menschen zuerst an sich zu gewöhnen und ihn dann ein ganzes Wochenende über allein zu lassen.

Sonnabend war alles genau wie früher – alle leben ihr glückliches Familienleben auf Premieren und Vorstellungen aus, und nur ich war allein – allein! Ich hatte den höchsten Grad meiner Traurigkeit erreicht – wollte weder mit Alena noch mit Olga sprechen (Jenka zählt nicht).

… Ich spürte, dass mich keiner braucht, niemand sagt mir: »Ich möchte grünen Tee« … oder »Koch mir bitte Kaffee« …

Als ich allein, von keinem auf der Welt gebraucht und geliebt, zu Hause gesessen habe, ergab sich zufällig die Gelegenheit zu einer dauerhaften guten Tat für den Glatzkopf.

Eine Deutschlehrerin hat bei mir angerufen, mit vor Aufregung zitternder Stimme zunächst über ganz Allgemeines gesprochen, um dann zu sagen, dass sie mich als Psychologin aufsuchen will.

Diese Deutschlehrerin ist nicht allein gekommen, sondern mit ihrem zehnjährigen Sohn. Als wir den Jungen zu Mura geschickt haben, hat die Lehrerin geweint und mir eine alberne Schulgeschichte erzählt: Einige Jungen aus seiner Klasse haben ein Mobiltelefon entweder gestohlen, gefunden oder verkauft, und ihr Junge ist auch dabei gewesen.

»Ich bin doch alleinstehend, ohne Mann, und ich habe Angst, dass aus meinem Jungen ...«, hat die Lehrerin gesagt und wieder angefangen zu weinen.

Hätte meine Mura irgendetwas gestohlen, gefunden oder verkauft, dann hätte ich auch nur heulen, Angst haben und hysterisch schreien können ... Aber gemeinsam müssen wir es doch schaffen, diesen Jungen zu erziehen, war ich überzeugt.

Wir haben einen sehr ausführlichen Plan für ein Gespräch mit ihrem Sohn entwickelt. Der Plan beinhaltete Beispiele aus der Antike und dem deutschen Heldenepos, und ich habe noch einige psychologische Tests beigesteuert. Wir haben abgemacht, dass ich ihn rügen und sie ihn loben werde, und dann umgekehrt, damit alles so aussieht wie in einem dieser Männerfilme aus dem kriminellen Milieu.

Plötzlich hat es geklingelt, und der Glatzkopf ist in der Tür erschienen. (Er hat sich angewöhnt, ohne Anruf zu kommen – diesmal wollte ich ihn aber endlich auf seinen Platz verweisen!)

»Was für ein glücklicher Zufall, dass Sie gekommen sind!«, habe ich gesagt. »Jetzt können Sie unseren Plan zur Erziehung eines Minderjährigen überprüfen. Sie sind doch ein Spezialist dafür.«

Der Glatzkopf hat unseren Plan bis zur Hälfte gelesen und dann ganz streng gefragt: »Wo ist der Bengel?«

Während der Glatzkopf mit dem Jungen gesprochen hat, haben wir wie Espenlaub gezittert und vor lauter Aufregung die halbe Flasche Martini getrunken. Murka hat versucht zu erlauschen, worum es bei den beiden ging. Aber der Glatzkopf hat so leise gesprochen, dass sie leider nichts mitbekommen hat.

Unsere bedauernswerte Deutschlehrerin ist so arm dran – sie hat die Verantwortung für ein ihr völlig fremdes und unverständliches Wesen. Ihrer beider Innenleben ist grundverschieden; dieses Wesen (ein wunderbarer Junge!) ist von Natur aus ganz anders gestrickt als sie, und nun soll sie es nach bestem Wissen und Gewissen erziehen. Es ist so, als sollte eine Giraffe einem Adlerjungen das Fliegen beibringen. Außer ihr gibt es aber niemanden, der die Erziehung übernehmen könnte.

Und wenn ihr einmal alles zu viel wird, wenn ihr die Nerven durchgehen? Ich schütte Murka mein Herz aus, aber die Lehrerin hat niemanden, dem sie etwas vorheulen kann.

Eine meiner Bekannten hat es immer ihrem zehnjährigen Sohn gesagt, wenn sie ihre Tage hatte. Und der Junge hat dann bedeutungsvoll gesagt: »Mama fühlt sich heute nicht wohl.« Ich habe zuerst gedacht, dass sie furchtbar dumm ist. Aber dann habe ich kapiert, dass sie wollte, dass irgendein männliches Wesen sie bedauert.

Unsere Deutschlehrerin ist klug, sie ist eine Dozentin. Sie wird ihrem Jungen nichts über ihre Tage erzählen und ihn damit auch nicht zwingen, die Last der Verantwortung zu tragen, dass er der einzige Mann in ihrem Leben ist...

Der Glatzkopf ist dann mit dem Jungen wieder zu uns gekommen und hat gesagt, dass sie über alles gesprochen haben. Worüber im Einzelnen, bräuchten wir nicht zu wissen. Und dass er in Zukunft öfter zu dem Jungen kommen will, z.B. morgen schon. Aber jetzt werde er den Bengel mit seiner Mama in seinem echten Jeep nach Hause fahren.

Vielleicht kommt unsere Gesellschaft irgendwann einmal zur Besinnung und wird die Jungen betreuen, die keine Väter haben, statt die jungen Männer nach Tschetschenien zu schicken.

Als Andrej dann endlich wiedergekommen ist, habe ich ziemlich bestimmt gesagt, weil er doch ohnehin irgendwohin verreisen will, dass uns Nikita und Alena in die Türkei eingeladen haben.

»Für zwei Wochen«, habe ich im Befehlston ergänzt. »Eine romantische Reise, ich schwöre es dir!«

»Muss ich unbedingt mitkommen? Fahr doch auf diese romantische Reise mit Mura!«, hat Andrej in flehendem Ton gesagt und Geld aus dem Nachttisch geholt. Ich habe es schweigend beobachtet.

»Was soll ich dort tun?«, hat Andrej gejammert. »Vielleicht fahren wir besser nach Finnland, zum Angeln!«

»Natürlich, in der Türkei gibt es keinen Fisch«, habe

ich gesagt. »Und was soll ich in Finnland machen, während du angelst? … Na gut, ich werde dir entgegenkommen.«

Das war mein Plan: zuerst ihn mit der Türkei nerven und dann großzügig absagen und traurig mit Finnland einverstanden sein.

Mittwoch, 9. Mai

Andrej schläft noch (Liebe ist, wenn man ihn furchtbar gern wecken möchte, um mit ihm so schnell wie möglich sprechen zu können, aber trotz der eigenen Bedürfnisse so lange zu warten, bis er ausgeschlafen ist). Mura verlangt, dass ich sie in den Park fahre, damit sie Rollschuh laufen kann.

Ich würde ja auch gerne Rollschuh laufen, aber ich bin ein normaler Mensch und werde am Tag des Sieges nirgendwohin fahren, bevor ich »Der Tag des Sieges« zusammen mit allen nennenswerten Popstars und den übrigen normalen Menschen gesungen habe. (Am Tag des Sieges muss man das Stadtfernsehen gucken, weil es ein bewegendes und feierliches Konzert bringt – die Popstars singen zusammen mit den ordengeschmückten Veteranen!)

»Der Tag des Sieges – wie weit warst du entfernt!«, habe ich neben dem Waschbecken gesungen (sehr schön und mit viel Gefühl).

»Wer jault hier so widerlich?«, hat Andrej gefragt, als er – endlich wach! – in die Küche gekommen ist, und dann selbst gesungen: »Dieser Tag des Sieges riecht nach Pulver, dieser Tag hat graue Schläfen …« usw., bis wir das Lied zu Ende gesungen hatten.

Mura hat ungeduldig getanzt und gejammert, dass alle längst draußen sind (es ist ein Wunder, dass ich nie »alle« gesehen habe. »Alle« tragen Levis, »allen« ist es erlaubt, woanders zu übernachten, »alle« haben bei Mango schon die dritte Jacke in dieser Saison gekauft – eine rührende Eintracht).

Mura will Rollschuh laufen, und ich werde wie jeder normale Mensch erst fahren, wenn ich den Film »Belorussischer Bahnhof« zu Ende gesehen habe. Am Tag des Sieges müssen ALLE noch einmal diesen Film sehen.

Jenka hat angerufen – sie sieht auch den »Belorussischen Bahnhof«, aber bei mir hat er um 12 angefangen, bei ihr erst um zwei (es ist unmöglich zu verstehen, weshalb er bei ihr zwei Stunden später läuft, wir sprechen doch jetzt auch zeitgleich miteinander).

»Es ist sehr komisch, den ›Tag des Sieges‹ in Deutschland zu feiern«, hat sie nachdenklich gesagt.

»Frag sie, ob sie sich als Siegerin fühlt«, hat Andrej gesagt.

»Ich blicke vom Balkon auf die besiegten Deutschen und fühle mich wie eine Partisanin im feindlichen Hinterland«, hat Jenka geantwortet und sich eine Zigarette angesteckt.

Habe mich mit Jenka unterhalten (und verstanden, dass sie traurig ist) und dabei den Film weiter angesehen (ich muss den Text gar nicht hören, ich kenne ihn auswendig). Als im Film das berühmte Lied gesungen wurde, habe ich mitgesungen und Jenka auch. Es ist so gut gelungen, aber als die Wörter erklangen »...wir brauchen einen Sieg, einen für jeden von uns, und wir bezahlen jeden Preis dafür...«, musste ich weinen – nicht, weil ich eine solche Patriotin bin, sondern weil mich meine Mutter damals mitgenommen hat, um dem Umzug der Veteranen auf dem Newski-Prospekt zuzuschauen. Die Veteranen waren schon sehr alt, und man merkte, wie schwer es ihnen fiel, mit all ihren Orden zu gehen. Jenka hat in Deutschland auch ins Telefon geweint (und auch sie nicht, weil sie eine solche Patriotin ist, sondern weil ihre Mutter sie damals mitgenommen hat, um dem Umzug der Veteranen auf dem Newski-Prospekt zuzuschauen. Die Veteranen waren schon sehr alt …). So haben wir zusammen gesungen und ein bisschen geweint in unseren Küchen, ich in Piter und sie in Deutschland.

»Vielleicht willst du in die ›Starfabrik‹«, hat Murka spöttisch gefragt.

Ich war einverstanden, dass nun genug gesungen worden ist, und wir sind Rollschuhlaufen gefahren. Andrej ist auch mitgekommen. Ich habe ihm angeboten, ihm Rollschuhe zu leihen, aber er hat so getan, als ob er mich nicht hören würde.

Donnerstag, 10. Mai

Das habe ich von meinem einsamen Wochenende und von meinem tollen Einfall mit der Türkei!

Ich habe vorgeschlagen, um neun Uhr abends zu fahren, um Finnland noch bei Tageslicht zu erreichen und dann dort schlafen zu gehen.

Murka hat gemeint, dass es besser wäre, wenn wir erst morgens fahren würden, um noch im eigenen Bett schlafen zu können.

Andrej hat gesagt, der beste Zeitpunkt für den Beginn der Reise wäre drei Uhr früh.

Und so haben wir es auch gemacht, um uns für keine

der beiden Varianten zur Lösung des Schlafproblems entscheiden zu müssen. Davor haben wir nicht geschlafen, weil es keinen Sinn gehabt hätte, sich noch hinzulegen – und danach auch nicht, weil wir gefahren sind.

»Ihr müsst damit rechnen, dass ich unterwegs nicht anhalte«, hat Andrej so bedeutungsvoll mitgeteilt, wie manche Politiker vor den Wahlen im Fernsehen sagen: »Ich werde eure Rente erhöhen« oder »Ich – für das glückliche Russland«.

»Wie, überhaupt nicht? Und wenn wir mal müssen?«, hat Mura Angst bekommen.

»Ich werde nicht anhalten. Aufs Klo müssen wir vor der Abfahrt gehen (wir müssen ungefähr fünf Stunden fahren, plus Grenze, Zoll …). Denk dran, Mura, ich halte nicht an.«

»Gut, wir fahren in Pampers!«, hat Mura bissig geantwortet, und wir sind losgefahren.

Ich war damit einverstanden, nicht anzuhalten. Allerdings hatte ich ein paar Bedenken, was die Grenze betrifft. Dort sollte man schon anhalten, wenigstens um die Pässe zu zeigen.

Haben an der ersten besten Tankstelle angehalten – um Käsetaschen zu kaufen. Dann an einem Supermarkt, um Taschenlampenbatterien zu kaufen (Andrej sagte, dass man in Finnland überhaupt nicht ohne Taschenlampe …), dann am Zeitungskiosk, um eine neue »Sport Express« zu kaufen, dann in Wyborg, um uns das Schaufenster von dem geschlossenen Geschäft »Hundert Kleinigkeiten für einen Autofreak« anzusehen, und noch dreimal unterwegs, um wichtige Telefongespräche zu führen. (Es ist ja nicht möglich, aus dem Auto zu telefonieren, weil Andrej während des Gesprächs um das Auto herumlaufen und laut schreien muss.)

In Wyborg hatten wir es sehr eilig, deshalb haben wir nicht lange, nur zwanzig Minuten, Fußball im Café gesehen, um dann schneller als der Wind weiterzufahren.

Im finnischen Hotel haben wir vor lauter Müdigkeit kaum unsere Betten erreicht. Den ganzen nächsten Tag haben wir geschlafen. Dann mussten wir schon zurück, weil Andrej arbeiten musste.

In Wyborg haben wir wieder am Geschäft »Hundert Kleinigkeiten für Auto-Freaks« angehalten. Andrej hat gesagt, dass er ein für ihn unentbehrliches Teil erspäht hat, und wir würden es nicht einmal schaffen, uns umzudrehen, da wäre er mit diesem Teil schon wieder bei uns.

Er war (nach der Uhr) genau dreiundvierzig Minuten abwesend. Währenddessen hat Mura unaufhörlich gequatscht, und ich habe gedöst.

»Von mir aus kann er dich heiraten«, hat Mura gesagt.

»Du wolltest doch nicht, dass ich heirate, und hast sogar ohne konkreten Anlass ›die Schwiegermutter‹ eingeschaltet…«, habe ich gegähnt.

»Die Hochzeit möchte ich schon erleben«, hat Mura ausweichend geantwortet und begann zu fantasieren: »Zuerst werden wir durch die Stadt fahren und Blumen am Ehernen Ritter niederlegen, dann werden die Gäste euch mit Erbsen bewerfen, dann wird irgendjemand, am besten ich, euch Brot und Salz bringen, und ihr werdet reinbeißen, um festzustellen, wer die Hauptperson ist, dann…«

»Mura, wozu die Erbsen?«

»Du hast wohl keine Ahnung… Damit das Geld bei euch nie alle wird.«

»Mura, ich träume selbst davon, dass ich irgendwann einmal eine solche Hochzeit feiern werde. Aber ich bin nicht mehr in dem Alter, besonders die Nummer mit Brot und Salz …«

»Du solltest nicht so reden«, hat Mura leidenschaftlich erwidert. »Wieso soll ein Mensch, wenn er ein bisschen älter ist, auf alle Freuden des Lebens verzichten?«

Tatsächlich, warum?

Und so haben wir das Hochzeitskleid besprochen und ganz vergessen, dass uns noch niemand einen Antrag gemacht hat.

Freitag, 11. Mai

Ein unglaubliches, überraschendes Ereignis! Ich habe mich im Buchkaufhaus, heimlich und unbemerkt von Inna Igorewna, an das Regal für Frauenliteratur geschlichen, und plötzlich sehe ich … mein Buch! Es liegt da und wird verkauft! Ein kleines Taschenbuch! MEIN BUCH! Auf dem Umschlag steht MEIN NAME! Und darunter steht: »Tagebuch«. Ich hatte gehofft, dass es irgendwann einmal veröffentlicht wird. Aber so – ich gehe nichts ahnend ins Buchkaufhaus, und da liegt es im Regal!!

Aus der Literatur weiß ich, dass Schriftsteller üblicherweise heulen und sich zu Boden werfen, wenn sie ihr erstes Buch zu Gesicht bekommen. Ich konnte mich aber ganz gut beherrschen. Meine Beine wurden zwar weich, meine Hände zitterten, ich habe eine mir unbekannte Verkäuferin am Ärmel gepackt und habe auf den Umschlag gezeigt und dabei geschrien: »Das bin ich!« Aber die Verkäuferin ist blitzschnell von mir weggesprungen (auf dem Umschlag ist eine Frau abgebildet, die mir nicht im Mindesten ähnlich sieht).

Es hat sich herausgestellt, dass das Buch schon seit zwei Tagen im Handel ist. Wieso hat es noch keiner gekauft? Ich habe selbst drei Exemplare erworben, alle, die sie im Lager hatten.

Als ich das Buchkaufhaus am Newski-Prospekt verlassen habe, bin ich auf einem Bein gehüpft:

»Hahaha, hohoho – ich bin eine Schriftstellerin, hihihi!«

Ich habe die Buchhandlungen in der näheren Umgebung abgeklappert und noch elf Exemplare aufgetrieben. In jedem Geschäft bin ich zu dem Verkäufer gegangen, habe das Buch vorgezeigt und gefragt:

»Haben Sie dieses wunderbare Werk? Mir wurde es sehr empfohlen… Das habe ich selbst geschrieben, um ehrlich zu sein!«

Also: Im Auto lagen am Ende des Nachmittags 14 Exemplare von meinem Buch! Wem zeigt ein Mensch mit Tränen in den Augen sein erstes Buch? Natürlich Mama!

Gleich habe ich Mura und meine Freundinnen angerufen. Sie sollten alle abends zu meiner Mutter kommen. Schade, dass Andrej dienstlich verhindert ist, er kümmert sich um den Strom im Lande.

Ich habe vier Bücher mitgebracht – je eines für Mama, Alena, Olga und Irka Hamster. Und Mama hat das Abendessen zubereitet. Wieso kann ich nicht so gut und schmackhaft kochen? Fleisch mit Backpflaumen, Kartoffeln mit Käse überbacken, Eierkuchen mit Heidelbeeren. Und eine Torte mit Creme von saurer Sahne und Kirschen – eine anständige Torte. Ich hoffte, sie würde nicht ganz aufgegessen werden und ich könnte den Rest mit nach Hause nehmen (ich hoffte auf die Hälfte).

Wir haben darauf getrunken, dass ich jetzt Schriftstellerin bin, und ich habe darauf gewartet, dass alle endlich beginnen, mich zu loben. Natürlich haben Mama und die Mädels mein »Tagebuch« als Manuskript gelesen. Aber als Buch – das ist doch etwas anderes!

»Meiner Meinung nach ist es nicht schlecht«, hat Mama vorsichtig gesagt. »Aber warum gibt es keinen sozialen Hintergrund? Nur Liebe und Alltag…«

Mama ist mit der Literatur des Sozialistischen Realismus groß geworden – sie ist daran gewöhnt, dass Liebe immer am Fließband oder in einem Laboratorium passiert.

Eigentlich weiß ich, weshalb sie mich nicht richtig loben kann. Das ist so ein Aberglaube – sie lobt mich und verhext mich mit dem »Bösen Blick«… Mama plagen viele verschiedene Ängste.

»Aber das Mädel aus dem Tagebuch bin ich«, hat Mura gesagt. »Und ich verlange meinen Teil und Provision.«

»Murotschka, was heißt ›Provision‹?«, hat Olga gefragt.

»Die bekommt man, wenn man einen Auftrag vermittelt«, hat Mura wichtigtuerisch erklärt (nicht umsonst besucht Mura dieses gute Gymnasium: Dort bringt man den Kindern den richtigen Umgang mit Geld bei).

Ich weiß, wer mich am meisten loben wird – Olga!

»Hör mal, ich habe hier bei dir irgendetwas nicht ganz verstanden…«, hat Olga gesagt und dabei im Buch geblättert, und ich habe in meinem Inneren furchtbar gezittert. So kann man doch ganz diplomatisch zu jedem sagen: »Das gefällt mir nicht«; oder es auch nicht sagen und stattdessen so eine Miene ziehen, als ob man einen aus Höflichkeit nicht kränken wollte.

Ich habe Olga nicht richtig zugehört, nur versucht, ein besonderes Autorengesicht aufzusetzen – nach dem Motto: »Ihre Meinung ist mir völlig egal, ich bin Künstlerin!«

Ich werde nicht auf Olga sauer sein. Ihr Privatleben haben Mura und ich gestern den ganzen Abend durchgehechelt. Sie hat Wasja schon verlassen (gestern Mittag) und ist noch nicht beim Liegenden angekommen (auf jeden Fall weiß ich davon nichts).

Leo Tolstoi hat geschrieben, dass Lewin, als er zum ersten Mal sein Kind gesehen hat, spürte, dass er damit einen neuen Schwachpunkt bekommen hat. Ich verstehe das sehr gut.

Wenn ich nur an meine neugeborene Mura denke – frühgeboren, 2 Kilo und 600 Gramm, 46 Zentimeter lang, krumme Pfötchen … eine einzige Verletzlichkeit!

Jetzt habe ich – wie Lewin – einen neuen Schwachpunkt bekommen: mein Buch.

Mich interessiert, ob sich Leo Tolstoi auch Gedanken darüber gemacht hat, ob sein »Krieg und Frieden« gelobt wird oder nicht – oder wusste er von Anfang an, dass er Leo Tolstoi ist?

Übrigens, wenn mein Buch schon veröffentlicht ist, kann ich mir doch endlich ein kleines Geschenk machen – ich kaufe mir offene Schuhe mit einem Pfennigabsatz. Ich bin doch nicht Leo Tolstoi, dass ich barfuß laufen muss. Die Schuhe habe ich schon gesehen, weiße mit einer runden rosa Kappe. Hinten eine Schnalle.

»Aber ich mag Bücher über Liebe«, hat Alena gesagt. »Ich werde dein Buch heute die ganze Nacht lang immer wieder und wieder lesen! Ich kann einfach nicht aufhören!«

Alena ist die Einzige von allen, die weiß, wie man mit Schriftstellern umgehen muss.

Wer richtig stolz auf mich war, ist der Glatzkopf. Ich habe ihn im Hof getroffen und ihm mein Buch geschenkt. Er war furchtbar aufgeregt und hat gesagt, dass jede Ware Werbung braucht und er könne mit eigenen Mitteln auf der Uferpromenade eine Werbetafel aufstellen.

»Alle bekommen es mit und werden gleich losrennen und es kaufen«, hat der Glatzkopf mich überzeugt. »Los! Sagen Sie schon ja!«

»Auf solchen Werbetafeln wird nicht für Bücher geworben, sondern nur für Zigaretten oder Wodka.«

»Aber bei uns wird es eben so sein!«, hat der Glatzkopf gesagt. »Wir machen es intelligent, mit Ihrem Foto …«

»Dann möchte ich auch auf einer Werbetafel sein«, hat Mura gesagt. »Und die Überschrift auf der Tafel: ›Sponsor für den Kauf einer neuen Tasche gesucht‹. Und Olgas Foto werden wir auch auf den Tafeln platzieren und darunter den Spruch: ›Einsames Krokodil träumt von Bekanntschaft‹.«

Ich habe versucht, Andrej zu erreichen, um ihm von dem Buch zu erzählen. Daraus wurde nichts. »Der Teilnehmer ist vorübergehend nicht erreichbar.« Bevor ich eingeschlafen bin, habe ich von Werbetafeln geträumt – in der Mitte ich, auf meinem Schoß Mura, Olga, Alena, Leo Jewgenjewitsch, Sawwa Ignatitsch und Gantenbein.

Samstag, 12. Mai

Ich habe ins Telefon geheult und mich vor Mura nicht geniert:

»Ich schwöre dir, dass ich nichts Schlechtes getan habe. Nichts, einfach nichts hat darauf hingedeutet, dass ein Streit und ein dauerhaftes Verlassen bevorstehen!...«

Es war ein gewöhnlicher freier Tag. Vielleicht, weil wir den ganzen Tag zu Hause gesessen hatten und ein bisschen voneinander müde geworden waren? Es wäre anders gelaufen, wenn wir ins Völkerkundemuseum gegangen wären und die Ausstellung »Alltag und Gewohnheit nördlicher Völker« angesehen hätten...

»Erzähl alles ausführlich«, hat Jenka gesagt, und dabei habe ich gehört, wie sie sich eine angesteckt hat.

»Wir haben Mittag gegessen...«

»Was hattet ihr zu Mittag?« In extremen Situationen wird Jenka zu einer Veteranin aus den Spezialeinheiten – kein unnützes Wort, keine überflüssige Geste.

»Was, was... Pelmeni ›Daria‹ natürlich! Ich habe Pelmeni gegessen und dabei Marinina gelesen, Mura hat mir gegenüber gesessen, auch Pelmeni gegessen und Donzowa gelesen. Andrej saß in der Mitte und rutschte hin und her und ächzte. Dann hat er den Fernseher angeschaltet, Fußball, laut!«

»Weiter!«

»Dann hat Alena angerufen.«

»Weiter!«

»Dann hat Olga angerufen.«

»Na?«

»Dann ist der Glatzkopf vorbeigekommen, und ich habe ihn ganz schnell beraten...«

»Bis jetzt sehe ich nichts Schlimmes«, hat Jenka mit der Stimme eines Amtsarztes gesagt.

»Dann hat Roman angerufen.«

»Roman!?«

»Dann haben wir Tee getrunken. Es gab keine Teelöffel, weil unser ganzes Geschirr unabgewaschen war. Mura und ich haben den Zucker mit einem Esslöffel umgerührt. Aber Andrej hat immer seinen eigenen Teelöffel. Er trägt ihn in seiner Jeanstasche. Dann hat er gesagt, das sei der letzte Tropfen.«

»Was soll der letzte Tropfen sein?«

»Ich habe auch nicht verstanden, was ...«

Ich habe Jenka Wort für Wort wiedergegeben, wie Andrej hochdramatisch gesagt hat, dass wir reden müssen, und vorgeschlagen hat, ins Koffeesol zu gehen. Endlich habe ich kapiert – er wollte sagen, dass wir uns trennen müssen, und meinte, es fiele ihm leichter, es im Café zu sagen, weil ich in der Öffentlichkeit keine Szene machen würde.

(Ha! Da kennt er mich aber schlecht! Wer hat in aller Öffentlichkeit Dennis angeschrien, dass nur Idioten nicht alle Texte der Lieder der Gruppe »Sekret« kennen!?)

»Die Situation ist unklar. Schwöre, dass du ihn nicht anrufen wirst, bis sich alles aufgeklärt hat«, befahl mir Jenka.

»Du sagst ›anrufen‹?« Ich habe einfach nicht genau zugehört.

Ich habe Jenka nicht gesagt (sogar in einer dicken Freundschaft muss der Mensch schon mal irgendetwas für sich behalten), dass ich Andrej schon fünfzig Mal auf seinem Handy angerufen habe. Dass ich einfach dagesessen und stumpfsinnig die »2« gedrückt habe. Unter »1« ist bei mir Mura, und »2« ist Andrej. Ich habe Jenka auch nicht gesagt, dass ich ihn endlich erreicht habe und ganz lässig gesagt habe:

»Ich war beschäftigt, habe abgewaschen, und wohin bist du verschwunden?«

»Ich habe sehr viele Anrufe einer unbekannten Nummer erhalten. Steckst du dahinter?«

»Nein! Das war ich nicht. Wann kommst du?«

»Ich... hm, hm... habe nachgedacht... Wir passen nicht zueinander. Hm!«

Eine Stunde später ist der Krisendienst erschienen – Alena und Olga, Irka Hamster war auch dabei.

Alena hat mir – ich weiß nicht, warum – die Haare gewaschen (ich habe mich aus Nervosität gekratzt, aber sie hat gedacht, dass ich schon lange meine Haare nicht gewaschen hätte), Olga hat sie mir dann geföhnt und ununterbrochen gesagt:

»Pfeif auf ihn, er ist deiner gar nicht würdig, reiß dich zusammen, du bist doch eine Psychologin!«

Ich habe mich aus Olgas Händen befreit und ganz ruhig gesagt:

»Als Psychologin sage ich dir – halt den Mund! Wenn du irgendwann einmal... noch einmal sagst, dass er meiner gar nicht würdig ist...«

Und meine Tochter Mura hat mit Haargel in der Hand neben mir gestanden und gesagt, dass sie die Erbsensuppe lieb gewonnen hat. Und wenn Andrej mich verlassen habe, dann gehe sie mit ihm. Weil Andrej viel mehr nach Eltern aussehe als ich.

...Ich kann einfach nicht mehr diskutieren, überzeugen oder beweisen. Alles klar – mich braucht keiner.

»Mädels«, habe ich traurig gejammert. »Er hat heute Früh gesagt: ›Hallo, mein Dickerchen‹... Wenn ich Größe 38 hätte, dann hätte er das nicht gesagt.«

Irka Hamster ist zu sich rübergegangen, hat die Waage mitgebracht, und wir haben ein Kontrollwiegen durchgeführt. Dabei hat sich herausgestellt, dass ich zweieinhalb Kilo mehr wiege als Irka. (Ich bin sicher, dass die widerliche Hamster geschummelt hat – ich habe mich mit Pantoffeln, Zähnen und Nägeln gewogen. Aber trotzdem: zweieinhalb Kilo! Wahrscheinlich liegt das an dem Schwimmreifen, den ich am Bauch mit mir herumtrage...)

Irka Hamster hat mich so zart und liebevoll angesehen, dass ich absolut sicher war, eine Entstellte zu sein. Als Psychologin habe ich verstanden, dass mein Bauchwulst der einzig wirklich unerotische Teil meines Körpers ist. Alles andere Dicke kann ein Mann ertragen, aber ein dicker Bauch steuert genetisch die Gedanken des Mannes in Richtung Schwangerschaft und hat die Gewissheit zur Folge, dass dieser Frau keine sexuelle Aufmerksamkeit gebührt.

Der nächste Gedanke ist der Gedanke an die Erweiterung seines Einflussbereichs, und die Folge dessen wiederum der Gedanke an Nachwuchs. (Dagegen ist nichts zu machen, das ist die genetische Struktur des Mannes. Das ist durch verschiedene Experimente wissenschaftlich erwiesen.)

»Wenn es dich so stört, dann solltest du nicht Sport treiben, sondern dich operieren lassen«, hat Irka entschieden gesagt. Sie ist doch eine bekannte Verfechterin radikaler Methoden zur Verbesserung des Äußeren. »Es wird dein Leben vollkommen verändern. Ich garantiere dir, du erkennst dich danach nicht wieder!«

Irka wollte schon längst meinen Körper verändern, aber jetzt brauchte sie mich nicht einmal zu überreden. Ich war nicht mehr Muras Mutter, Psychologin, Dozentin, Schriftstellerin. Ich war ein hilfloses Kind – egal von wem.

Neben Irka war ich Irkas Kind und gab mich völlig einverstanden – die Operation, die den Wulst an meinem Bauch beseitigen soll, würde mein Leben vollkommen verändern.

»Die Operation ist Quatsch! Was du brauchst, ist eine Imageänderung«, hat Alena entschlossen gesagt. »Wir gehen in die Boutiquen-Galerie und kaufen dir irgendetwas, z. B. eine Tasche von Gucci.«

Ich bin augenblicklich Alenas Kind geworden und habe widerstandslos genickt – lass uns gehen! Die Tasche von Gucci würde mein Leben vollkommen verändern...

Die Mädels sind nach Hause gegangen, und ich habe völlig vergessen, ihnen zu erzählen, dass mir Roman Arbeit angeboten hat.

Der Sender »Petersburg« braucht mich dringend, d. h.: Sie brauchen einen Psychologen, der in der Sendung »Guten Morgen« kleine psychologische Tipps geben soll (ich habe mein Leben lang davon geträumt, jeden Tag in der Sendung »Guten Morgen« auf dem Bildschirm zu erscheinen). Ich soll jeden Morgen genau um 7.15 Uhr psychologische Empfehlungen geben: wie man eine Führungspersönlichkeit wird, wie man einen untreuen Ehemann zurückgewinnt, wie man eine erfolgreiche Karriere einschlägt usw.

Montag, 14. Mai

Heute ist mir etwas passiert, was eigentlich nie im Leben passieren sollte: Ich habe meine Vorlesung geschwänzt, einfach so bin ich nicht erschienen. Ich bin sowieso eine Loserin, und mein ganzes Leben ist ruiniert.

Andrej wird mir nie mehr sagen: »Lass uns Tee trinken« oder »Es ist Zeit, schlafen zu gehen« oder »Es ist eine Lüge, dass du die Tasse abgewaschen hast«… DAS WAR'S!

Ich kann nicht mehr darüber nachdenken, was passiert ist. Und zum ersten Mal in meinem Leben wollte ich keinen Menschen anrufen.

Ich bin langsam über den Flur zu meinem Zimmer geschlichen, um mich auf immer ins Bett zu legen, und habe mich dabei ganz doll an einem eisernen Haken gestoßen, der aus der Wand ragte – Andrej wollte hier ein Bücherregal für seine Angelbücher aufhängen. Das Regal haben wir in einem Geschäft gegenüber gesehen.

Offensichtlich hat sich bei diesem Stoß etwas in meinem Kopf verrückt, und ich bin nicht nur in das Geschäft gegangen und habe das Regal gekauft, sondern ich habe es auch selbst nach Hause geschleppt und sogar versucht, es aufzuhängen. Als Psychologin kann ich das, was geschehen ist, verschieden interpretieren:

1. Ich habe verstanden, dass mein Leben beendet ist.
2. Ich habe verstanden, dass mein Leben weitergeht.

Als ich endlich mit dem Regal fertig war, d. h. als ich erkannt hatte, dass man das Regal gar nicht aufhängen muss, sondern es einfach an die Wand stellen kann, hat das Telefon geklingelt.

»Äh… hm… Maria?«

»Andrej, du bist es? Und wohin bist du von mir weggegangen?« Im letzten Moment habe ich mich besonnen und aus dem Warum ein Wohin gemacht, weil ich befürchtet habe, dass die Sache mit den fehlenden Teelöffeln zur Sprache kommen könnte.

»Wohin – wohin…«, hat Andrej geantwortet. »Ich war nicht weit weg… äh… bin 300 Kilometer gefahren und habe gewisse Dinge erledigt…«

»Irgendetwas mit Strom?«, habe ich verständnisvoll gefragt. (Es ist immer nötig, sich gut orientieren zu können, so natürlich wie ein Fisch im Wasser zu schwimmen sozusagen, was das betrifft, was der geliebte Mensch macht. Sogar, wenn es nicht so spannend ist wie beim Fernsehen.)

»Äh… hm, hm… Wem hast du am Telefon gesagt, dass du sehr gern Frieden schließen wolltest… hm, hm… und dass jetzt alles ganz anders würde… und dass du in deinem ganzen Leben nur davon geträumt hättest…? Wovon hast du geträumt? Und wie heißt er? Hm?«

In diesem Moment erklang die »Kleine Nachtmusik«, und Mura hat mein Handy genommen, obwohl ich sie mit ganzer Kraft daran hindern wollte – ich wollte jetzt mit keinem Menschen reden!

»Das ist vom Fernsehen«, hat Mura ehrfürchtig geflüstert.

»Warte mal! Mein Traum ruft mich gerade am Handy an!«, habe ich Andrej zugerufen, mein Handy gepackt und gesagt: »Es macht mir nichts aus, natürlich kann ich morgen um 7.15 Uhr live auftreten.«

Der Mensch vom Fernsehen in meinem Handy hat aufgelegt, und ich habe Andrej gesagt: »Morgen habe ich meine erste Live-Sendung, meine erste Live-Sendung habe ich morgen, ich habe morgen meine erste Live-Sendung…«

Wie kann ein Mensch so viel Glück ertragen? Alles ist an einem Tag passiert – Andrej liebt mich doch, und ich habe die Zusage für meine erste Live-Sendung bekommen.

…Werde ich wirklich beim Fernsehen arbeiten? Alle meine Träume gehen in Erfüllung… Ich lasse mich an der Uni auf unbestimmte Zeit vertreten. Ich habe nicht einmal mehr die Kraft, »Hurra« zu sagen…

Dienstag, 15. Mai

Debüt – Mein erster Tag beim Fernsehen

Ich hatte vor, ganz ausführlich meinen ersten Tag beim Fernsehen zu beschreiben, und zwar in folgenden zwei Teilen:

1. Fernsehen ist wunderschön.
2. Was ich Interessantes erlebt habe und wie es mir bei meinem ersten Live-Auftritt ergangen ist.

Aber beim Fernsehen ist es so wunderschön, dass darüber zu sprechen so viel bedeuten würde, wie wenn man die Mona Lisa als »geheimnisvoll« bezeichnete und glaubte, man hätte sich als Erster eine so präzise Formulierung für die Beschreibung ihrer Schönheit ausgedacht. So viel zum ersten Punkt.

Weiter: Stottern, Zittern, der Wunsch fortzulaufen, leichte Darmprobleme – das war bei mir wie bei jedem anderen auch. Zehn Minuten vor meinem Auftritt bin ich aufs Klo gegangen und wollte es gar nicht mehr verlassen, bis die Regieassistentin gekommen ist, um mich abzuholen. Ich dachte, ich hätte es besonders geschickt angestellt, aber die Assistentin sagte, es passiere ziemlich häufig, dass sie die Fernsehneulinge vom Klo ziehen muss. So viel zum zweiten Punkt.

... Ich werde mein Debüt lieber ganz bescheiden – und nur das Allerwichtigste – beschreiben, habe ich schließlich entschieden:

So war es: Ich habe mich gefühlt, als ob ich gleich anfangen würde zu weinen, zu lachen, mir in die Hosen zu machen und auf den Boden zu sinken, und zwar alles gleichzeitig. Dann habe ich mich zusammengenommen und mit zitternder Hand meine dunkle Brille zurechtgerückt und in die Kamera gesagt:

»Liebe Frauen! Wenn Sie morgens mit schlechter Laune wach geworden sind, stellen Sie sich vor den Spiegel und sagen Sie sich: Ich bin die bezauberndste und attraktivste Frau der Welt!«

Es ist längst bekannt, dass die Erfüllung von Träumen uns häufig eine ganz gewöhnliche Sache zu sein scheint. Menschen stellen jemandem, dessen Traum wahr geworden ist, häufig solche Fragen wie: »Verspürst du nun Stolz oder Rührung als Mutter, Fernsehstar (Schriftsteller, Präsident, Vater)?«

»Nein! Ich spüre überhaupt nichts. Aber eigentlich habe ich damit gerechnet, mich irgendwie stolz oder gerührt zu fühlen«, denkt der Gefragte überrascht. »Das ist wahrscheinlich nur deshalb, weil ich gestern noch nicht alles das war, was ich heute bin. Und ich habe so viel um die Ohren, dass ich mich nicht hinsetzen und nachdenken kann, wie ich mich eigentlich fühle als Mutter und Fernsehstar (Schriftsteller, Präsident, Vater).«

Übrigens: Mein Text hat dem Redakteur der Sendung sehr gut gefallen, und ich wurde gebeten, ihn morgen zu wiederholen.

Mittwoch, 16. Mai

Fernsehstar

Jetzt bin ich schon wieder ganz bescheiden und werde nur den Kern der Sache beschreiben.

So war es: Ich habe verstanden, dass ich jetzt nicht weinen, lachen, mir in die Hosen machen und auf den Boden sinken muss, weil nichts Fürchterliches passiert, und habe ganz ruhig meine dunkle Brille zurechtgerückt und in die Kamera gesagt:

»Liebe Frauen! Wenn Sie morgens schlecht gelaunt aufwachen, treten Sie vor den Spiegel und sagen Sie sich: Ich bin die bezauberndste und attraktivste Frau der Welt!«

Der Text kam wieder sehr gut an, und mir wurde geraten, ihn noch einmal zu wiederholen, ihn dabei aber etwas zu kürzen.

Heute Abend haben Andrej und ich ein familiäres Abendessen zu Ehren meiner Fernsehkarriere gegeben. Ich habe meine Mädels eingeladen, um sie nicht auf den Gedanken kommen zu lassen, dass ich mich verändert hätte, seit ich beim Fernsehen arbeite – ich kann mir ja wirklich nicht sehr viel darauf einbilden, immerhin erscheine ich ja bloß genau um 7.15 Uhr mit einem Drei-Sekunden-Satz auf der Mattscheibe.

Habe mich entschlossen, das Abendessen ernst zu nehmen, und bin unterwegs auf dem Kusnetschnij-Markt vorbeigefahren, um etwas Gutes für meine Gäste zu kaufen, damit sie endlich einmal verstehen: Im Handumdrehen kann ich mich in eine Super-Hausfrau verwandeln, wenn ich nur möchte!

Habe überlegt: Ich kaufe z. B. Schweinekoteletts und brate sie in Paniermehl und Eiern. Oder nur in Eiern.

... Unterwegs zum Markt bin ich zufällig im Buchkaufhaus vorbeigekommen. Ich dachte an mein Abendessen und bin deshalb gleich in die Kulinaria-Abteilung gegangen.

Ich habe gekauft: »Barbecue und Grill«, »Vom Kühlschrank in die Mikrowelle«, »Frühstück im Grünen«, »Appetitliche Salate und Vorspeisen«, »Neues vom Dessert«, »Leckere Erinnerungen«.

Über Getränke gab es im Buchkaufhaus folgende Werke: »Geschichte des Wodkas« und »Großes Cocktailbuch«.

... Den Markt habe ich darüber vergessen. Als Ausrede habe ich mir Folgendes zurechtgelegt: Ich sage allen, dass ich es nicht geschafft habe – wenn ein Mensch beim Fernsehen ist, kann er nicht mehr frei über seine Zeit verfügen. Er kann nicht einfach sagen: »Kommen Sie um sieben zu mir zum Abendessen, es gibt Schweinekoteletts.« Beim Fernsehen kann viel Unvorhergesehenes passieren.

Abends hat Alena angerufen und mitgeteilt, dass sie mein Familienabendessen bei sich gibt. Sie habe viel Schönes zu essen gekauft und selbst eine umwerfende Torte mit Baiser und Schlagsahne gebacken. So sind wir zu Ehren meiner Karriere zum familiären Abendessen zu Alena gegangen.

Und das war auch besser so, weil Alena viele Menschen eingeladen hatte. Somit wurden all die vielen Leute Zeugen eines wunderbaren und völlig unvorhersehbaren Ereignisses: Zum ersten Mal in diesem Jahr war ich nicht allein zu Besuch, sondern als PAAR!!!

Beschreibung: Feier zu meinen Ehren

Alle haben lebhaft durcheinander geredet und mich ausgefragt, wie es denn beim Fernsehen so ist. Andrej hat mit düsterem Gesicht dagesessen und wurde nur lebhaft, wenn über Fußball gesprochen wurde. Das heißt, Andrej hat selbst über Fußball gesprochen, aber keiner ist darauf eingegangen. Außerdem wurde er für Momente lebhaft, als es ihm gelungen ist, einen anderen Gast in ein Gespräch über Elektrizität zu verwickeln, aber der hat bald angefangen, über seine Reise nach Griechenland zu erzählen, und Andrej ist wieder in sich zusammengesunken und hat geschwiegen.

Nicht einfach so geschwiegen, sondern demonstrativ, geradezu provozierend. Nur einmal hat er zwei Worte verloren – hat verlangt, die Fußballübertragung im Fernsehen anzuschalten, das entscheidende Spiel zwischen Spartak und Dynamo.

Er hat nicht einfach still ferngesehen, nicht zwischendurch mal die anderen angelächelt, sondern stur Fußball geguckt, als ob er bei sich zu Hause gewesen wäre, und nichts um ihn herum zur Kenntnis genommen. Im Gegenteil! Er hat sogar noch unsere Unterhaltung unterbrochen und verlangt, den Ton lauter zu stellen.

Alena hatte wie immer so viel gutes Essen, dass keiner – nicht einmal für eine Minute – den Tisch verließ.

Als Andrej sich endlich satt gesehen hatte, ist er am

Tisch eingeschlafen, und ich habe nur gehofft, dass es nicht sehr auffällt (ich habe ihn gegen den Sofarücken gelehnt und ihn in eine Pose gerückt, die ihn aussehen ließ, als ob er taktvoll den Gesprächen der anderen von hier aus folgen würde).

Andrej hat ungefähr eine Stunde und fünfundzwanzig Minuten geschlafen. Alena hat den Gästen erzählt, dass Andrej so schön ist, dass sie sogar einen Pelzmantel auf seine Schönheit gewonnen hat, und ich verspürte Besitzerstolz.

Nach einer Stunde und fünfundzwanzig Minuten wurde Andrej wach und hat sich zu mir gebeugt. Ich war sicher, dass er mich küssen wollte, und habe ihm schon in der lässigen Manier einer verwöhnten Frau meine Wange hingestreckt.

»Und wann können wir endlich nach Hause gehen?«, hat Andrej in einem Augenblick allgemeiner Stille leidend gefragt.

»Äh… Hier ist es doch so lustig… Es schmeckt so gut… und Mura gefällt es auch gut…«, habe ich gestottert und dabei versucht, Alena nicht anzusehen.

Mura gefiel es wahrhaftig sehr gut: Sie hat Andrej ständig zugezwinkert und laut gelacht, um seine Aufmerksamkeit zu erregen.

»Ja, ja. Stimmt! Lass uns nach Hause gehen. Mura ist doch ganz allein daheim«, hat Andrej laut und freudig gesagt.

Auf dem Weg nach Hause hat Andrej gestanden, dass er mein Auto untersucht hat und dass er äußerst unzufrieden ist. Nach seiner Einschätzung hätte ich den Motor totgefahren und (oder) die Kupplung verbrannt. Er meint, dass ich ein neues Auto brauche (bei diesen Worten habe ich sehr zufrieden genickt), und zwar einen Traktor der Marke Belorus. Außerdem habe der eine Treppe, und ich könnte über eine Treppe in mein Auto einsteigen.

Ich habe mich gerechtfertigt und ihm versichert, dass ich nichts an meinem Auto kaputtmachen kann, weil ich nie – für alle Fälle – den Fuß von der Bremse nehme.

Die Treppe benötige ich übrigens gar nicht – ich bin noch in der Lage, selbst in einen Belorus-Traktor hineinzuspringen.

Dann kam die Rede auf das schlechte Benehmen von Sawwa Ignatitsch. Es hat sich nämlich herausgestellt, dass er zwischen den Kiosken an der Metrostation Wladimirskaja umherbummelt. Und an jedem Kiosk sind sie der Meinung, dass er ihr Kater ist. Er wird verwöhnt, und alle haben einen Korb als Bett für ihn. Besonders hat Andrej genervt, dass er tatsächlich gelegentlich dort schläft. Es scheint, dass wir dank Sawwa bei Andrej auf der schwarzen Liste stehen.

Donnerstag, 17. Mai

Nächster Tag beim Fernsehen – Kreative Meinungsverschiedenheiten

»Liebe Frauen, wenn Sie morgens schlecht gelaunt wach werden, treten Sie vor den Spiegel und sagen Sie sich das, was ich Ihnen gestern geraten habe!«

Ich wurde gebeten, den Text noch etwas zu kürzen – wenn ich es schaffe. WIE KANN MAN NOCH KÜRZER?

Freitag, 18. Mai

Der letzte Tag als Fernsehstar

»Liebe Frauen! Wenn Sie morgens aufgewacht sind, schneiden Sie sich eine schreckliche Grimasse – oder demjenigen, mit dem Sie wach geworden sind!«

Samstag, 19. Mai

Heute in meiner Vorlesung habe ich die Studenten gefragt:

»Könnten Sie jeden Morgen Punkt 7.15 Uhr immer genau dasselbe wiederholen?«

Vom ersten Tisch ist ein Mädchen mit Brille aufgestanden und hat gesagt:

»Ich mag es, wenn sich alles wiederholt. Ich werde nicht müde, jeden Tag denselben Satz zu sagen…«

»Was für einen Satz?«

»Ich bin die bezauberndste und die attraktivste Frau der Welt…«

…Ich habe nachgedacht, ich war mit dem Mäuschen mit Brille einer Meinung – es ist doch gut, dass es im Leben manche Dinge gibt, die sich immer wiederholen.

Na bitte – so werden wir z. B. nicht müde, jeden Tag wach zu werden!

Freitag, 31. Mai

Fazit des Schuljahres

1. Habe viereinhalb Kilo zugenommen, zwei abgenommen, das Ergebnis ist nicht schlecht.
2. Ich schenke den einfachen menschlichen Freuden viel mehr Aufmerksamkeit, ich habe zum Beispiel Wasja um sein Rezept für Weißkohlpiroggen gebeten und Mama um ihr Rezept für die Torte mit saurer Sahne und Kirschen.
   … Und herausgefunden, wie Irina Andrejewna ihre ledernen Eierkuchen backt.
3. Gestern hat Andrej mir einen Rucksack geschenkt. (Hier liegt er, mein lieber Rucksack, vor mir auf dem Tisch.) Der Rucksack ist sehr bescheiden und sieht ein bisschen langweilig aus – einfaches Leinen mit Reißverschluss, so ganz ohne Schnickschnack. Aber wenn man den Reißverschluss aufzieht, gerät man plötzlich in eine andere Welt – im Innern des Rucksacks ist auf das Futter Blaue Kamille gemalt, nicht einfach Kamille, sondern freche, lustige Blaue Kamille auf einer rosafarbenen Wiese!

Natürlich gibt es in meinem Leben noch etwas außer Blauer Kamille – ich stelle mir immer wieder verschiedene Horrorszenarien vor. Zum Beispiel:

1. Mura und Andrej sind nicht zu Hause, es ist dunkel, und ich bin sehr ängstlich. Dann tue ich so, als schniefte ich nervös, und sage mir selbst: »Mein Gott, wenn du existierst, mach bitte, dass diesmal nichts passiert und das nächste Mal auch nicht …«

2. Andrej und ich, wir lieben uns. Und wir müssen so viel miteinander besprechen zwischen »Guten Morgen« und »Gute Nacht«. Aber ein Mensch kann nie wissen, was die Zukunft bereithält. Es kann doch passieren, dass es für den anderen langweilig wird. Was dann? Und wann genau passiert es? Aber ich kann immer, um mein kulturelles Niveau zu heben, Toynbee lesen, und ich werde dann immer etwas zu erzählen haben, wenn Andrej das Haus betritt, nachdem er 300 Kilometer in Sachen Strom gefahren ist.

Mir wird es mit ihm nie langweilig sein, weil es in unserem Leben ein geheimnisvolles Element gibt. Zum Beispiel sagt Andrej üblicherweise mit strenger Stimme: »Warte um sechs auf mich!« Das kann sechs Uhr früh sein oder auch sechs Uhr abends.

Und wenn man etwas aus seinem Rucksack holen will, erwartet man gewiss nicht, Blaue Kamille zu sehen – im Rucksack findet man doch immer alles Mögliche: eine Quittung von der Reinigung aus dem vorigen Jahr, vergessene Terminvereinbarungen vom Zahnarzt, einen Apfelgriebs … Aber so was – Blaue Kamille! …